LE CRÉPUSCULE DES MAUDITS

ŒUVRES D'ANDRÉ BESSON

Éditions France-Empire

Contrebandiers et Gabelous, histoire, 3e édition, thème de la série en 6 épisodes de France 3 « Les Passeurs du clair de lune ».
Les Trente Jours de Berlin, histoire, 4e édition.
Malet l'Homme qui fit trembler Napoléon, histoire, 2e édition.
Mon Pays Comtois, histoire-tourisme-folklore, 8e édition.
Une Fille de la Forêt, souvenirs, Prix des Écrivains de langue française, 3e édition (épuisé).
La Louve du Val d'Amour, roman, Prix Louis Pergaud. Adapté pour un spectacle « Son et lumière ». Téléfilm France 3, 8e édition.

Éditions Larousse

La Franche-Comté et ses Trésors, livre d'art. Préface Bernard Clavel.

Éditions Cètre

Nos Années d'Espérance, souvenirs, 2e édition.

Éditions Mon Village SA

La Grotte aux Loups, roman, Prix International du Terroir. Paru en langue allemande sous le titre « Die Wolfshöhle ». En poche éditions MV. Téléfilm coproduit par TF1, RTB, RTSR, 13e édition.
Le Village Englouti, roman, Prix Émile Zola. Paru en langue alemande sous le titre « Das Versunkene Dorf ». Série en 30 épisodes coproduite par TF1, RTB, RTSR, RAI, 14e édition. Paru aux Éditions « J'ai lu ».
La Marie des Bois, roman, Tome I, série « Les Auvernois ». Paru en langue allemande sous le titre « Das Waldmädchen », 8e édition.
Alexandre le Vannier, roman, Tome II, série « Les Auvernois ». Paru en langue allemande sous le titre « Alexander der Korbflechter », 8e édition.
Le Dernier des Auvernois, roman, Tome III, série « Les Auvernois ». Paru en langue allemande sous le titre « Der Letzte Auvernois », 8e édition.
Le Moulin du Silence, roman, Prix Max du Veuzit décerné par la Société des Gens de lettres de France, 6e édition. Paru en gros caractères Éditions VDB.
Les Randonneurs, roman, Grand Prix du roman policier, 5e édition. En poche collection « Fleuve-Noir ».
Le Loup Garou de la Vallée des Anges, roman, 3e édition. En poche collection « Press-Pocket ». En gros caractères Éditions VDB.
Le Secret du Colporteur, roman, 4e édition. En gros caractères collection VDB, en cassette audio VDB.

Nouvelles Éditions latines

Marie de Bourgogne, biographie, 5e édition.
Marguerite d'Autriche, biographie, 4e édition.

Éditions Ouest-France

La France-Comté, tourisme, 5e édition. Paru en langue anglaise et en langue allemande.

ANDRÉ BESSON

Le Crépuscule des maudits

roman

ÉDITIONS FRANCE-EMPIRE
13, rue Le Sueur, 75116 Paris

ISBN 2-7048-0765-5

IMPRIMÉ EN FRANCE

Pour le docteur Annie LECLERE-GIRY
et pour André LECLERE.
Avec mon amitié.

A.B.

PROLOGUE

La villa était située en rase campagne. A l'extrémité d'un faubourg nord-est de Londres, sur la route d'Ipswich. Entourée d'un parc planté de beaux ormes, enclose entre de hauts murs, elle répondait tout à fait aux normes d'isolement, donc de sécurité.

En ce début d'après-midi maussade du 3 avril 1945, David Bruce, chef des services de l'OSS [1] avait réuni dans ce cottage ses principaux collaborateurs pour leur faire part de l'étonnante nouvelle qui venait de lui être transmise par un agent opérant en Allemagne.

Etaient notamment rassemblés dans la salle de conférence le colonel Sam Redding, ancien analyste au ministère de la Défense, Walter Steinhardt, antinazi allemand exilé aux Etats-Unis après la prise du pouvoir par Hitler, Mike Potter, de retour d'une mission dans le nord de l'Italie et Jeremy Tenley, un futur diplomate entré à l'OSS par protection mais dont le patron appréciait l'intelligence et utilisait les relations à la Maison Blanche.

— Messieurs, attaqua David Bruce, je vous ai convoqués aujourd'hui pour vous communiquer une information que je viens de porter à la connaissance du président et du général Eisenhower. Comme vous pourrez le constater, cette information est tellement extraordinaire qu'elle demande des recoupements et des précisions. Chacun d'entre vous devra s'efforcer d'en obtenir confirmation par

1. OSS : Office of Strategic Services (Bureau des services stratégiques).

tous les moyens en raison de son incidence sur le cours de la guerre.

Avec son élégance coutumière, David Bruce, bien qu'il fût un chef coriace et exigeant, ne se départissait jamais de ses manières d'aristocrate de Virginie. Il alluma une cigarette avant de poursuivre :

— L'affaire dont je vais vous entretenir ne concerne pas directement les opérations militaires mais la vie privée d'Adolf Hitler. Vous comprendrez vite pourquoi cette histoire, si elle se révèle exacte, risque d'avoir des conséquences considérables sur la fin du Troisième Reich. Je vais d'abord vous résumer, dans un bref préambule, ce que nous savions, jusqu'à hier, du passé et de la personnalité du dictateur.

Le patron de l'OSS en Europe ouvrit un dossier se trouvant sur la table devant lui et reprit :

— Depuis 1933, beaucoup de spécialistes du renseignement, et en particulier nos amis de l'Intelligence Service, se sont penchés sur la biographie d'Adolf Hitler afin d'essayer de comprendre comment et pourquoi ce personnage que rien ne prédisposait à une aussi fulgurante carrière, avait pu devenir, en quelques années, le maître de l'Allemagne. Les Anglais ont d'abord cherché à percer le secret de sa naissance. Ils ont fait une première découverte étonnante qui laisse un doute concernant la pureté des origines aryennes de l'apôtre du racisme. Selon eux, Aloïs Hitler, le père de l'instigateur de l'antisémitisme, aurait été l'enfant naturel d'une servante nommée Maria-Anna Schiklgruber. Placée dans une famille juive de Graz en Autriche, les Frankenberger, elle aurait été mise enceinte par le fils [1] de la famille, alors âgé de dix-neuf ans. Congédiée par ses patrons, la grand-mère de Hitler n'en aurait pas moins reçu d'eux, pendant treize ans, une pension pour lui permettre d'élever son fils. Ce jalon n'était pas arbitraire mais mar-

1. Hans Franck, ex-ministre de la Justice du Troisième Reich, révèle dans ses *Mémoires* qu'un neveu de Hitler possédait un document prouvant que son oncle était bien le petit-fils d'un juif.

quait l'âge à partir duquel on célèbre, chez les juifs, comme vous le savez, la bar-mitsva, cérémonie marquant le passage de l'adolescence à l'âge adulte. Entre-temps, Maria-Anna était devenue l'épouse du meunier Johann Georg Hiedler, dit Hitler, qui ne reconnut pas immédiatement l'enfant de sa femme. Il n'aurait régularisé cette situation qu'en 1877 en faisant figurer, dans la case réservée au « père », restée jusque-là en blanc sur le registre d'état civil, le nom de Hitler.

— A-t-on des preuves de cette filiation ? interrogea le colonel Redding.

— Aucune. Ce ne sont que des hypothèses fondées sur une étude assez fouillée de la biographie de la grand-mère du dictateur. Dès sa prise de pouvoir, aussi bien à Berlin que plus tard à Vienne, celui-ci s'est empressé d'éliminer toutes les traces compromettantes de ce passé douteux. Un certain nombre de membres de sa famille et d'amis d'enfance ont été délibérément sacrifiés pour ne pas risquer de dévoiler des renseignements compromettants. Il fallait que le peuple allemand ne fût pas informé de faits risquant de dévaloriser l'image du Führer.

David Bruce s'interrompit un bref instant avant de reprendre le cours de son récit que ses collaborateurs suivaient avec une grande attention.

— Dès l'avènement du Troisième Reich, les gens de l'IS ont dépensé des fortunes et des trésors d'imagination pour tenter de percer le secret de l'intimité du nouveau maître de l'Allemagne. Selon le vieux principe qui veut que plus un homme est puissant, plus ses défauts et ses éventuelles déviances prennent de l'importance, les Anglais ont voulu tout savoir du caractère, des goûts, des manies d'Adolf Hitler. A partir des renseignements recueillis, ils ont cherché à tirer des déductions psychologiques de son comportement en matière politique et militaire.

— Qu'ont-ils découvert ? demanda Mike Potter.

— Peu de chose en définitive. Il fut très difficile d'obtenir des détails sur la vie privée du dictateur. Ses domestiques ont tous été choisis pour leur discrétion. Ses proches collaborateurs sont des nazis fanatiques...

Le chef de l'OSS marqua un nouveau temps d'arrêt. Il regarda par la fenêtre d'où l'on découvrait un paysage désespérément plat et monotone. Né dans une province du sud des Etats-Unis, il n'éprouvait aucune attirance pour cette fichue contrée de la vieille Angleterre vouée à la grisaille et au crachin. Il avait abandonné son bureau du 70 Grosvenor Street, au centre de Londres, pour s'installer dans cette villa car il y redoutait moins les bombardements des V1, des V2 et les surveillances discrètes que les rivaux, ennemis ou amis, exerçaient sur les allées et venues de ses équipes.

— Avec un peu de retard, reprit-il, nous nous sommes aussi intéressés à la question et nous avons cherché à en savoir plus sur Hitler. Selon les méthodes d'investigation chères à ces messieurs du Pentagone, Washington a mis sur l'affaire toute une escouade de psychanalystes. J'ai eu connaissance il y a quelques mois du rapport du docteur Langer chargé de la synthèse de ces enquêtes. Ce document rapportait les conclusions de plusieurs centaines d'interrogatoires d'Allemands internés aux Etats-Unis, d'opposants au régime nazi et aussi de diplomates et d'industriels ayant eu l'occasion d'approcher le moustachu au cours de leur carrière. L'étude de Langer portait non seulement sur le caractère de Hitler, mais également, comme il fallait s'y attendre, sur son comportement sexuel. Le diagnostic du rapporteur est de loin le plus saugrenu qu'il m'ait été donné de lire depuis que je m'occupe d'un service de renseignements. Selon Langer, Adolf serait atteint d'une perversion qui relèverait de la forme la plus extrême du masochisme, c'est-à-dire d'ondinisme, d'urolagnie et autres sadismes. Il n'obtiendrait son plaisir, en amour, que si sa partenaire le battait, l'humiliait, urinait et déféquait sur lui [1] !

Ces révélations eurent pour effet de déclencher un formidable éclat de rire parmi l'assistance.

---

1. Ce fameux rapport intitulé *La Psychologie d'Adolf Hitler* resta « top secret » jusqu'en 1972, date à laquelle sa parution fut autorisée par le gouvernement américain.

— Voilà, reprit David Bruce, le genre d'informations grâce auxquelles nous allons bientôt gagner la guerre ! Inutile de vous dire que je n'ai jamais porté aucun intérêt à ces foutaises. Même si certaines instances se délectent à leur lecture. Sur le plan physique, je crois que Hitler est tout à fait normal. Je n'attache donc pas non plus de crédit aux bobards qui circulent dans les couloirs du Congrès, prétendant qu'il ne possède qu'un seul testicule ou qu'il a un faible pour ses jeunes officiers d'ordonnance. On sait depuis longtemps qu'il n'est pas homosexuel et qu'il a eu plusieurs maîtresses au cours de sa vie...

— Lorsque j'étais encore en Allemagne, dit Walter Steinhardt, on parlait beaucoup de sa liaison avec Winifred Wagner, la belle-fille de Richard Wagner, le célèbre compositeur.

— Il en a eu d'autres ! dit le patron de l'OSS. J'ai ici sous les yeux une liste qui n'est pas exhaustive. Selon les informations de l'Intelligence Service, il aurait été notamment l'amant de sa propre nièce, Angela Raubal, qu'il appelait Geli. Elle se serait suicidée à cause de lui en 1931. Il a compté aussi, parmi ses relations intimes, Unity Mitford, jeune aristocrate anglaise un peu fofolle qu'il a traînée plusieurs mois dans son sillage avant la guerre. Elle aurait tenté de se suicider aussi, en 1940, parce qu'il lui avait préféré une chanteuse de cabaret.

Le Virginien marqua un nouveau temps d'arrêt avant de poursuivre :

— Une autre femme va retenir aujourd'hui notre attention. Vous comprendrez vite pourquoi ce secret d'alcôve revêt à présent une importance capitale si les renseignements qui la concernent sont exacts. Jusqu'à une date assez récente, on savait assez peu de chose sur cette personne. On connaissait son existence, mais on ignorait le rôle qu'elle jouait dans l'entourage de Hitler. Il est pourtant avéré depuis hier que cette jeune Munichoise a tenu et va tenir très prochainement une place primordiale auprès du dictateur.

— Vous avez bien dit une Munichoise ? interrogea Jeremy Tenley.

— Oui. Selon les renseignements figurant dans ce dossier, opina David Bruce en désignant les feuillets étalés devant lui, elle serait née dans cette ville en 1912.

— Ne porterait-elle pas, par hasard, le nom de... Braun ? d'Eva Braun ?

Une expression d'incrédulité se peignit à cet instant sur les traits du chef de l'OSS.

— Comment diable connaissez-vous le nom de cette femme ?

Le futur diplomate eut un sourire sibyllin. Comme s'il ne lui déplaisait pas de démontrer que la fréquentation des gens de la carrière n'était pas inutile. Agé de trente ans, il était entré au service de l'OSS avec une idée bien précise qu'il expliquait ainsi : « Les meilleurs ambassadeurs sont ceux qui disposent de bons renseignements. J'ai voulu connaître l'autre côté de la barrière. Les ficelles du métier d'espion ! » Ce dilettante s'était révélé un excellent agent. Il avait participé en France, peu avant le débarquement du 6 juin 1944, à une mission qui avait permis aux forces américaines de connaître avec précision les mouvements de plusieurs panzerdivisions sur le front de Normandie. Il n'en demeurait pas moins que parmi les membres de l'OSS, un certain nombre se gaussaient de son appartenance à l'aristocratie américaine. Ils étaient une bonne douzaine de fils à papa issus de la classe dirigeante du Sénat ou du Congrès, qu'on avait placés, par protection, dans les organismes du renseignement. De ces garçons, les autres agents disaient qu'on les voyait plus souvent dans les cocktails de la Maison Blanche ou du Pentagone que sur les théâtres d'opérations. Ça n'était pas le cas de Jeremy mais, bien qu'il eût été volontaire pour des missions dangereuses, on continuait à le classer péjorativement dans la catégorie des « espions de salon ».

— Mon père, expliqua Tenley, a été consul des Etats-Unis, à Munich, au début des années 30. C'était un amateur d'art et de photographie. A ce titre, il s'était lié avec un commerçant de la Schellingstrasse nommé Heinrich Hoffmann, propriétaire d'une agence et d'un magasin photographiques. Bien qu'il fût un nazi fanatique, il ne dédaignait pas de recevoir chez lui des hôtes étrangers. Lors d'une soirée organisée par ce commerçant, mon père eut l'occasion de rencontrer un homme encore peu connu du grand public mais dont l'étoile commençait à monter : un nommé Adolf Hitler. Hoffmann et celui-ci étaient très amis car ils partageaient les mêmes idées politiques. A cette époque, mon père, veuf depuis quelques années, aimait beaucoup les jolies filles. On lui en présenta une au cours de cette soirée. Elle s'appelait Eva Braun et travaillait en qualité de secrétaire-assistante chez le photographe. Mon père la trouva à son goût et lui fit discrètement la cour mais sans grand succès car elle n'eut d'yeux que pour Hitler dès qu'il parut dans la maison.

Cette fois, c'était au tour de David Bruce d'écouter avec attention le récit de Tenley. Les autres agents suivaient également ses propos avec un intérêt accru.

— Un jour, reprit Jeremy, Heinrich Hoffmann confia confidentiellement à mon père que la charmante Eva était devenue la maîtresse de Hitler. Il avait même ajouté : « C'est une futée cette petite garce-là. Avec ses manières de sainte-nitouche, vous verrez qu'elle arrivera à supplanter toutes les autres dans le cœur d'Adolf. Il est très épris d'elle. Qui sait si elle ne finira pas par se faire épouser ? »

— Vous savez ce qu'elle est devenue depuis cette époque, cette fameuse Eva Braun ? demanda David Bruce.

— Je n'en sais fichtre rien. Mon père non plus d'ailleurs. Il a quitté Munich en 1935 pour devenir ambassadeur à Stockholm. Il ne m'a reparlé de cette histoire que l'année dernière en m'en rapportant les détails que je viens de vous donner. J'avoue que si vous n'aviez pas évoqué tout à l'heure la vie sentimentale et sexuelle du chancelier Hitler, je ne me serais pas souvenu de cette anecdote.

— Eh bien, je vais vous apprendre la suite, reprit le chef de l'OSS. Depuis le début des années 30, date à laquelle votre père a fait sa connaissance, cette jeune personne n'a pratiquement jamais cessé de vivre auprès du dictateur. Comme celui-ci ne pouvait pas continuer à la rencontrer à la sauvette dans une garçonnière, il l'a installée dans l'une de ses propriétés. Au Berghof, sa résidence d'été à Berchtesgaden. En une quinzaine d'années, à l'insu du peuple allemand mais aussi des services de renseignements alliés, Mlle Eva Braun est devenue l'une des personnes qui comptent le plus dans la vie du Führer !

— S'il y est tant attaché, pourquoi n'a-t-il pas épousé cette fille ? demanda Redding.

— Hitler tenant à rester un personnage hors du commun, on peut penser qu'il n'a pas voulu se comporter comme un petit-bourgeois de Prusse ou de Rhénanie. Le père de la nation allemande ne pouvait pas se contenter d'un destin sentimental ordinaire. Sans doute n'a-t-il pas voulu commettre la même erreur que Napoléon, dont il est un fervent admirateur, en épousant sa Joséphine de Beauharnais. Il a tenu à rester libre de tous liens matrimoniaux afin de pouvoir conclure éventuellement par la suite une union gratifiante avec une fille de haute lignée susceptible de lui apporter des avantages politiques ou dynastiques.

— Alors, dans ce cas, puisque Hitler ne tient pas à révéler son existence au grand public, pourquoi cette Eva Braun aurait-elle pris tant d'ascendant sur lui ?

Avant de répondre à cette question de Redding, David Bruce observa un court silence et profita de ce répit pour rechercher un papier parmi les feuillets étalés devant lui.

— Je persiste à penser que cette femme a joué et jouera encore dans les jours qui vont suivre un rôle primordial dans la vie d'Adolf Hitler, confirma-t-il.

Walter Steinhardt n'avait pas, jusque-là, pris une part très active à la conversation. Les derniers propos de David Bruce le firent sortir de son mutisme.

— Je suppose, dit-il non sans une pointe d'ironie, que vous n'êtes pas devenu un adepte des théories du docteur Langer ? Que vous n'allez pas nous expliquer comment Hitler est devenu sexuellement l'esclave de cette femme ? A la suite de je ne sais quelle perversion ?

— Absolument pas ! J'ai au contraire la preuve qu'il est tout à fait normal !

— Quelle preuve ?

Le patron de la mission de l'OSS en Europe eût aimé ménager à cet instant ses effets avant de divulguer son étonnante nouvelle. Il se contenta de dire d'une voix calme :

— Dans le courant de l'année dernière, Adolf Hitler a eu un fils d'Eva Braun !

Un long silence succéda à cette révélation. On entendit ruisseler la pluie sur un toit voisin et les sifflements d'un train dans le lointain.

— J'ai ici, reprit David Bruce, l'agrandissement du microfilm de l'acte de naissance de Frédéric-Fritz Hitler, fils de Hitler Adolf et de Braun Eva, né au Berghof, à Berchtesgaden, le 6 mai 1944.

Le document passa successivement, toujours dans le plus grand silence, entre les mains de tous les participants de la réunion.

— Comment cette pièce vous est-elle parvenue ? demanda Jeremy Tenley. Avez-vous la certitude qu'elle est authentique ?

— Cet acte d'état civil m'a été transmis par l'un des meilleurs agents que nous ayons en Allemagne. Il a été mon condisciple à l'université et il est devenu depuis mon ami. Compte tenu des renseignements qu'il m'a fournis sur la manière dont il s'est procuré ce document, je n'ai aucun doute sur son authenticité.

Walter Steinhardt intervint à nouveau :

— Je ne comprends toujours pas pourquoi cette naissance pourrait avoir une influence sur le cours des événements que nous sommes en train de vivre ? dit-il.

— D'autant, renchérit Mike Potter, que si Hitler n'a pas donné de publicité à sa récente paternité, c'est sans doute la preuve qu'il ne lui attache pas beaucoup d'importance...

— Détrompez-vous, messieurs, rétorqua David Bruce. La naissance de cet enfant a été au contraire un événement considérable dans la vie du dictateur. Comme le fut la naissance de l'Aiglon pour Napoléon Ier. Il a choisi de le prénommer Frédéric. A la mémoire de Frédéric II dit Frédéric le Grand, le personnage de l'Histoire qu'il révère le plus. Le second prénom est celui du père d'Eva Braun : Fritz.

— S'il était si satisfait que cela, pourquoi n'a-t-il pas rendu publique cette nouvelle ?

— Jusqu'à la fin de l'année 1943, ainsi que je vous l'ai expliqué, Adolf Hitler a tenu à ce que sa liaison restât secrète. D'après les informations qui m'ont été communiquées, il aurait brusquement changé d'avis en apprenant que sa maîtresse était enceinte de ses œuvres. Il a été tellement heureux de cette paternité qu'il a eu aussitôt l'intention d'annoncer son mariage avec Eva Braun. Goebbels, son éminence grise, lui aurait suggéré d'attendre un redressement de la situation militaire et de faire coïncider la divulgation de cette nouvelle avec une victoire de la Wehrmacht. Malheureusement pour le Maître du Troisième Reich, ce ne sont pas des succès mais de cruelles défaites qui se sont accumulées pour son armée à partir de cette époque. Psychologiquement, l'annonce de son mariage et d'une prochaine naissance n'aurait pas été très judicieuse. Les combattants auraient eu beau jeu de penser que, tandis qu'ils se faisaient trouer la peau pour la patrie allemande, leur Führer menait une petite vie bien paisible auprès de sa dulcinée. Hitler a donc différé de mois en mois l'annonce de l'heureux événement en attendant des conditions plus propices.

Une fois encore, David Bruce regarda en direction du parc noyé de bruine et de brume. L'horizon se rétrécissait de plus en plus. C'est à peine si on distinguait la route menant à Londres, où circulaient, par intermittence, de rares véhicules militaires.

— Après l'attentat manqué contre lui, le 20 juillet dernier à Rastenburg, nos services ont complètement perdu la trace de Hitler, reprit le patron de l'OSS, imperturbable. Selon des informations transmises par les Russes, il se déplacerait sur le front de l'Est, au gré des pérégrinations de l'OKW [1] qui ne cesse de battre en retraite sous la poussée de l'Armée rouge.

— Et Eva Braun ? questionna Jeremy Tenley.

— Elle a quitté Berchtesgaden à la fin du mois de février. En

1. OKW : « Oberkommando der Wehrmacht » (Commandement des Forces Armées allemandes).

laissant son fils au Berghof sous la garde d'une nurse. Nul ne l'a revue depuis et on ignore où elle s'est rendue. On sait seulement qu'après son départ la garnison du Berghof a été renforcée.

— Qu'est-ce que c'est ce Berghof ? demanda Tenley.

La réponse vint de Reinhardt.

— Il y a très longtemps qu'on en parle en Allemagne, dit-il. C'est une résidence que Hitler aurait fait construire grâce au produit des droits d'auteur de son livre *Mein Kampf*. Au début, il s'agissait d'un simple chalet montagnard édifié sur le versant nord-est du Hoher Gell, au sud de Berchtesgaden. D'année en année, la maison s'est agrandie. Elle est devenue un véritable palais où le moustachu aimait recevoir ses visiteurs de marque avant la guerre. L'endroit a aussi été transformé en forteresse. C'est truffé de galeries souterraines, de blockhaus, de postes de garde. On a installé des batteries de DCA pour interdire tout survol aérien. Quant à l'accès terrestre du site, il se fait par une route escarpée. Le périmètre situé autour du Berghof, comprenant plusieurs milliers d'hectares de prairies et de forêts, a été décrété zone interdite. L'enclos, entouré de kilomètres et de kilomètres de barbelés est sillonné par des patrouilles de SS précédés de chiens. Les lieux sont quasiment inaccessibles pour quiconque ne possède pas un ausweis spécial. On dit que les gardes ont reçu la consigne de tirer d'abord sur ceux qui viendraient rôder dans les parages et de poser les questions ensuite.

— C'est la raison pour laquelle je pense, depuis hier, que Hitler et sa maîtresse ne tarderont pas à revenir dans cet endroit, dit David Bruce.

— Pourquoi ? demanda Tenley.

— D'après nos renseignements, l'état-major allemand songerait à constituer une sorte de réduit militaire qui se situerait dans les Alpes, à cheval sur la Bavière, l'Autriche et l'Italie du Nord. Ce pôle de résistance engloberait le Berghof, un site où, comme on vient de vous le dire, se trouve déjà une redoutable infrastructure défensive. Hitler regrouperait autour de ce nid d'aigle ses meilleures divisions formées de SS fanatiques. Grâce à un approvisionnement considérable en armes, en munitions et en vivres, celles-ci pourraient soutenir dans les montagnes un siège de plusieurs mois contre les Alliés. Selon les nazis, avant l'automne prochain, leurs troupes seraient en mesure de reprendre l'offensive et de retourner la situation en leur faveur grâce à de terrifiantes armes nouvelles en cours de fabrication dans des usines souterraines situées précisément au cœur de ce réduit alpin.

David Bruce marqua un nouveau temps d'arrêt, puis poursuivit son exposé :

— Vous comprendrez donc pourquoi l'information concernant la paternité d'Adolf Hitler a mis en émoi les services de la Maison Blanche et l'état-major de Ike. Ils ont pris en compte deux éventualités : soit cette nouvelle sensationnelle relève de l'affabulation et n'est qu'une des innombrables couleuvres que les Allemands ont cherché à nous faire avaler durant ce conflit, soit cette nouvelle est bien réelle, ce qui impliquera alors une fin beaucoup moins rapide de la guerre.

— Si j'ai bien compris, d'après vous, David, la seconde hypothèse serait la plus plausible ? dit le colonel Redding.

— Sans aucun doute, car je suis absolument sûr de mes sources. Eva Braun a bien donné un fils à Hitler le 6 mai 1944, à Berchtesgaden. Le document que je vous ai montré n'est pas un faux. Eisenhower est d'ailleurs lui aussi persuadé de son authenticité. Même si tous ses services ne partagent pas cet avis, il a donné des ordres pour que la nouvelle soit prise immédiatement en considération. Il ne tient pas à ce que se renouvelle la malheureuse bévue de la bataille des Ardennes avant laquelle Bradley n'avait pas tenu compte des renseignements de l'OSS concernant des mouvements anormaux de troupes allemandes par les nœuds ferroviaires de Cologne et de Coblence. A l'époque, son état-major n'avait pas voulu croire que Hitler était encore capable de monter une contre-attaque d'envergure. On connaît hélas ! la suite de cette négligence.

— Quelles sont les mesures envisagées par Ike ? demanda Tenley.

— Le général a immédiatement pris conscience du changement de comportement que nous devions avoir vis-à-vis d'Adolf Hitler. Jusqu'ici, l'état-major et l'OSS avaient imaginé qu'après l'effondrement du Reich, le dictateur aurait à choisir entre quatre solutions. La première issue pour lui serait la fuite en Espagne ou en Amérique latine. Nos services savent, depuis quelques temps, que Martin Bormann, l'un des proches conseillers du chancelier, a pris contact avec certains gouvernements neutres pour préparer l'exil de son maître. La seconde hypothèse serait la reddition pure et simple, Hitler se constituant prisonnier dans nos lignes. La troisième serait le suicide, lorsqu'il comprendrait que tout est perdu. La quatrième enfin, à laquelle personne n'attachait jusque-là une très grande crédibilité, consisterait en son repli à l'intérieur du réduit alpin et la poursuite d'une lutte à outrance durant un temps indéfini. Depuis qu'il sait que Hitler a un fils, Ike est persuadé qu'il adoptera cette dernière solution. Qu'il rejoindra l'enfant à Berchstesgaden et se battra pour lui jusqu'à la mort.

— Comment le général Eisenhower compte-t-il réagir ? interrogea Walter Steinhardt.

— Il a décidé de faire pivoter une partie de notre dispositif en direction des Alpes bavaroises et autrichiennes. Patch et sa VIIe armée tenteront de gagner Hitler de vitesse en s'emparant le plus tôt possible du « Réduit alpin ».

— Et nous, dans cette affaire ? demanda Potter.

— Vous, messieurs, votre tâche est ainsi définie : vous allez réactiver vos réseaux dans le sud de l'Allemagne et en Autriche. Ike veut obtenir rapidement le maximum de renseignements sur les forces ennemies stationnées dans cette région. Que le fils de Hitler existe réellement ou soit une légende ne changera rien à l'importance de votre mission. Il faut qu'avant un mois le drapeau américain flotte au-dessus du Berghof !

PREMIÈRE PARTIE

POUR QUE L'ENFANT REVIENNE

I

EVA BRAUN

La Mercedes emprunta le Tiergarten puis traversa le canal à hauteur du Zoo avant de déboucher sur le Kurfürstendamm.

En ce matin du 12 avril 1945, une intense circulation animait la grande avenue berlinoise. A tel point que le chauffeur fut obligé d'attendre deux minutes avant de pouvoir s'engager dans le flot serré des voitures.

Eva eut ainsi le temps de contempler l'étonnant défilé. Une succession ininterrompue de camions militaires auxquels se mêlaient les véhicules civils les plus hétéroclites. Les premiers transportaient des soldats exténués, sales, barbus, gris de poussière. Beaucoup d'entre eux étaient allongés sur des civières, d'autres avaient le bras en écharpe ou la tête couverte de bandages. Les plus valides, alignés dos à dos sur le banc central des automoteurs, le Mauser entre les bottes, restaient emmitouflés dans leur capote malgré la température clémente qui régnait ce jour-là. Ils somnolaient, ne devaient pas avoir dormi depuis longtemps.

Les voitures civiles offraient un spectacle encore plus affligeant. On remarquait des camionnettes commerciales, de vieilles automobiles d'avant la guerre 1914-1918, des tracteurs agricoles attelés de remorques et même un corbillard ! Par contre, aucune voiture hippomobile ne circulait sur le Kurfürstendamm.

Tous ces véhicules, la plupart poussifs et d'un autre âge, croulaient sous les passagers et les bagages. Des familles entières s'entassaient au-dessus des valises, des paquets, des literies. On voyait des bébés encore dans les bras de leur mère, des grappes de garçonnets et de fillettes serrés frileusement les uns contre les autres sous des couvertures. L'image de ces enfants était la plus poignante de toute cette débâcle. La face amaigrie par les privations, le visage bleui de froid, ils regardaient de leurs grands yeux graves, au milieu de la pathétique cavalcade à laquelle ils participaient malgré eux, le décor hallucinant à travers lequel ils défilaient.

Cette ville qu'ils traversaient, ce Berlin dont ils avaient entendu tant de fois vanter la beauté et la grandeur à la radio, admiré les monuments prestigieux dans les magazines ou sur les écrans de cinémas. Cette orgueilleuse capitale du Troisième Reich qui devait durer mille ans, n'offrait plus qu'une vision de cauchemar.

Le long Kurfürstendamm, les Champs-Elysées berlinois, autrefois siège des magasins de luxe, des couturiers, des bottiers, des parfumeurs, des coiffeurs réputés, ressemblait à présent à un immense champ de bataille. Des pâtés d'immeubles avaient entièrement disparu. D'autres paraissaient subsister mais ne présentaient en réalité que des façades derrière lesquelles s'ouvraient d'énormes cratères et des amoncellements de ruines.

Tout en haut de l'avenue célèbre dont les lumières et les vitrines symbolisaient avant la guerre la richesse, la puissance économique et artistique allemande, se dressait maintenant un grand squelette difforme en pierre. Il semblait tendre vers le ciel des bras implorant miséricorde pour la ville. Il s'agissait de l'église mémoriale Kaiser Wilhelm, élégante construction de style néo-roman édifiée à la fin du siècle précédent en souvenir de l'empereur Guillaume Ier.

Sur le cadran noirci de l'horloge, les aiguilles marquaient 7 h 30. C'était l'heure fatidique à laquelle, un soir de novembre 1943, les bombes de l'aviation alliée avaient rasé, en un seul raid, quatre kilomètres carrés de la magnifique capitale allemande.

Aujourd'hui, la grande artère n'était plus sillonnée, comme aux temps glorieux du national-socialisme, par un flot de luxueuses limousines de la nouvelle aristocratie, mais par une cohorte lamentable qui roulait dans une seule direction : vers l'Ouest !

Parfois, quelques rares véhicules militaires remontaient l'avenue à contre-courant. Ça paraissait anachronique aux fuyards. En les croisant, les feldgraus en retraite regardaient leurs camarades comme on regarde des condamnés promis au massacre.

Eva Braun avait bien sûr entendu parler, à la Chancellerie, de l'exode des populations allemandes des provinces de l'Est, en particulier de Prusse orientale. Jusque-là, elle n'avait guère eu l'occasion de voir de près toute cette misère. Le spectacle des femmes, des enfants, des vieillards pitoyables et terrorisés la bouleversa.

— D'où viennent donc tous ces gens, Erich ? Pourquoi s'enfuient-ils ? demanda-t-elle au chauffeur.

— Ils fuient devant les Russes, mademoiselle. Ils disent qu'ils arrivent. Qu'ils seront à Berlin dans quelques jours.

— Ils ne devraient pas partir ainsi. Ils encombrent les routes et gênent certainement les mouvements de notre armée.

— On ne peut pas les raisonner. Beaucoup d'entre eux ont vécu des instants terribles. Les barbares ont brûlé des milliers de civils au lance-flammes. Ils violent toutes les femmes. Même les gamines et les grands-mères. Un de leurs manifestes édités à l'intention de leurs soldats recommande de détruire complètement la race allemande [1] !

— C'est impossible ! Le Führer ne laissera jamais faire une chose pareille ! Nos troupes vont arrêter ces barbares ! Elles seront soutenues par tous les pays civilisés. La conscience internationale se révoltera face à de tels actes. Les Anglais, les Américains ne permettront jamais que le peuple allemand disparaisse. Ils comprendront vite que nous sommes le dernier rempart contre la bestialité bolchevique. S'ils ne prennent pas garde à temps à ce péril, ils en subiront eux-mêmes sous peu les cruelles conséquences !

---

1. Il s'agissait du manifeste que l'on prêta à la plume d'Ilya Ehrenbourg, mais que le célèbre écrivain soviétique renia dans ses *Mémoires* publiés en 1963. Le texte apocryphe disait : «Tue ! Tue ! vaillant soldat de l'Armée rouge. Prends les femmes allemandes comme ton butin légitime ! Tue ! La race allemande n'incarne que le mal ! »

Elle avait prononcé cette prédication d'une voix rauque, saccadée. Avec des intonations aisément reconnaissables : celles de l'homme qu'elle aimait. Avec lequel elle vivait depuis treize ans. Dont elle partageait non seulement la couche mais aussi les idées, les plus secrètes pensées.

Cet homme, c'était Adolf Hitler !

Elle l'avait rencontré au début des années 1930, dans la boutique d'un modeste photographe munichois. Elle l'avait séduit par son sourire, un jour qu'il venait rendre au propriétaire du magasin, Heinrich Hoffmann, une visite amicale.

Aujourd'hui, Eva Braun avait trente-trois ans. Ça n'était pas ce qu'on pouvait appeler une très jolie femme, mais elle avait cependant beaucoup de charme. Son visage rond, régulier, était souvent rieur et enjoué. Elle avait des cheveux naturellement blonds qu'un coiffeur à la mode rendait dorés. Son maquillage discret, très habile, mettait en relief l'expression à la fois grave et ardente de son regard. Son élégance n'était pas tapageuse, mais évidente et de bon goût. Elle s'habillait d'ailleurs dans les meilleures maisons. Ses chaussures venaient de chez Ferragamo, le bottier florentin, ses chemisiers de Rome, ses robes de Paris, ses ensembles de sport de Vienne, ses sacs et ses gants de chez Lederer, le plus célèbre maroquinier de Berlin.

Avant et même après leur rencontre, Adolf Hitler avait connu et possédé d'autres femmes beaucoup plus belles, plus intelligentes, plus piquantes. Aucune d'entre elles n'avait pris dans sa vie l'importance d'Eva Braun. Il s'était attaché à elle très profondément. Elle représentait à ses yeux le type de la femme allemande telle qu'il la souhaitait : douce, gracieuse, par-dessus tout patiente et soumise.

Ces qualités d'humilité, de résignation, la jeune Munichoise n'avait guère cessé de les mettre en pratique au cours des treize dernières années. Depuis l'été 1932, date à laquelle leur liaison avait pris un caractère d'intimité plus marqué.

Rien, ni par son rang, ni par sa naissance, ni par sa fortune, ne prédisposait Eva à devenir la première dame « officieuse » d'Allemagne. La compagne secrète mais aimée de l'homme le plus puissant du monde.

Elle était née d'un fonctionnaire modeste : Fritz Braun et de Fanny Kronburger, sa mère, issue elle-même d'un milieu très simple. Ce ménage de petits-bourgeois avait deux autres filles, Ilse, l'aînée et Gretl, un peu plus jeune.

Au début, avant que Hitler ne devînt chancelier du Reich, les relations d'Eva avec un homme d'âge mûr, vingt-trois ans plus âgé qu'elle, ne furent pas sans poser des problèmes familiaux. Très rigoristes en matière de morale, Herr Lehrer Fritz Braun et son épouse désapprouvèrent la conduite de leur fille. D'autant qu'ils ne tenaient pas son amant en grande considération [1].

Têtue, Eva résista à l'opposition des siens. Dès 1934, son père et sa mère durent se résigner à ce qu'elle fût la maîtresse d'Adolf Hitler. Leur liaison, durable et solide comme une union officielle, demeura néanmoins discrète. Elle ne fut longtemps connue que par un très petit nombre de personnes, uniquement par les familiers du Führer et ses proches collaborateurs.

Eva Braun vécut treize années dans l'ombre du Maître sans posséder aucune existence légale. A Berchtesgaden où elle séjourna le plus souvent en attendant les visites épisodiques de son amant, elle ne rencontra jamais les hôtes de marque qu'il y reçut avec éclat. Elle, qui avait été élevée dans une institution religieuse, sur les bords de l'Inn, retrouva des habitudes conventuelles. Elle se consigna dans ses appartements, exactement comme on enfermait, durant leur adolescence, les pensionnaires de son école lorsque des visiteurs de sexe masculin s'y présentaient.

Elle n'eut pas le plaisir de rencontrer notamment le président américain Hoover, ni le Premier ministre Chamberlain, ni le roi de Suède, ni l'Agha Khan, ni le cardinal Pacelli, le futur pape, lorsqu'ils furent accueillis en grande pompe au Berghof.

Même lorsqu'elle résida à Berlin, Eva Braun ne fut jamais invi-

1 Fritz Braun parlait, en 1932, de Hitler avec beaucoup de mépris : « C'est un " Jean-Foutre " qui se croit omniscient et qui veut réformer le monde ! » disait le professeur.

tée aux grands bals de la Chancellerie, aux galas de l'Opéra, pas plus qu'à aucune réception officielle.

D'un commun accord avec le Führer, ils étaient convenus que leur liaison resterait secrète aussi longtemps que la raison d'Etat l'imposerait. La jeune femme respectait cette consigne à la lettre. A Berlin, pour gagner son appartement de la Chancellerie qui se trouvait être, bizarre ironie, l'ancienne chambre à coucher du vieux maréchal Hindenburg, elle empruntait la porte réservée au personnel subalterne et non l'entrée principale. Son passeport, sa carte de transport, tous ses papiers d'identité la désignaient comme étant Mlle Eva Braun, « secrétaire ». Elle n'était, pour ceux qui la voyaient parfois sortir du palais, qu'une des innombrables et anonymes employées travaillant pour le gouvernement du Troisième Reich.

Un jour que Hitler avait proclamé dans un discours : « Je suis totalement dévoué à la nation et je n'aurai jamais de vie privée avant d'avoir achevé ma tâche... » elle avait eu ce mot désabusé : « Ich bin kein Privatleben » (je suis mademoiselle-sans-vie-privée). Ce fut la seule fois où, devant quelques proches, elle manifesta un certain dépit de ne pas pouvoir occuper officiellement la place qui lui revenait dans l'entourage du Führer.

Mais Eva Braun était patiente. Elle était persuadée que son heure viendrait. Un jour, on l'appellerait « Gnadige Frau Hitler » ! Une cartomancienne lui avait révélé, en 1934, quel serait son étonnant destin. Elle lui avait dit qu'après plusieurs années d'une liaison clandestine, son amant lui ferait un enfant. Qu'il régulariserait, peu après l'heureux événement, leur situation ambiguë en l'épousant.

La première partie de cette prédiction avait effectivement beaucoup tardé. Elle s'était pourtant révélée exacte. Eva savait qu'à présent le second volet de la prophétie ne tarderait pas à se réaliser.

En attendant, elle menait, financièrement, une vie aussi aisée que celle qu'elle aurait connue si elle avait été officiellement la « Première dame du Reich ». Ce rôle était pour l'instant tenu, avec beaucoup d'affectation, par Emma Goering, la femme du dauphin désigné du Führer. La maîtresse d'Adolf Hitler disposait quant à elle, pour ses dépenses personnelles, d'un budget quasi illimité, pris sur les fonds secrets de la Chancellerie.

Elle courait les boutiques de Munich ou de Berlin, achetait ce qu'il y avait de plus chic, de plus cher. Elle possédait même une Mercedes-Benz, un superbe cabriolet 3,31, cadeau du directeur général de la firme à Hitler. Celui-ci l'avait offert à la jeune femme en mettant aussi un chauffeur à sa disposition.

En ce maussade matin d'avril, mal éclairé par un soleil encore anémié, Eva se dirigeait à bord de cette voiture vers la boutique d'un grand couturier pour y essayer une nouvelle robe. Elle se rendait à cet essayage avec la même insouciance qu'autrefois. Comme aux temps glorieux de la splendeur du Troisième Reich. Comme si la situation n'avait pas tragiquement évolué. Comme si Berlin ne risquait pas de se trouver dans quelques jours aux premières lignes du front, sous le feu des canons russes.

Cette perspective avait bien effleuré l'esprit de la jeune femme, mais, comme beaucoup de proches du Führer, elle continuait de se bercer d'illusions et refusait de voir la réalité en face. La veille encore, Hitler avait affirmé devant elle que les rouges ne franchiraient jamais l'Oder. Il venait de donner l'ordre à son armée de contre-attaquer puissamment. Eva avait une confiance aveugle en son amant. Celui-ci avait évoqué l'emploi de nouvelles armes terrifiantes grâce auxquelles la Wehrmacht ne tarderait pas à reprendre le dessus. L'ennemi serait défait, repoussé hors des frontières allemandes. Elle savait même avec précision quand ce retournement de la situation se produirait. Ce serait le 20 avril 1945, le jour où le Führer fêterait son cinquante-sixième anniversaire. Ses troupes lui offriraient à cette occasion une victoire décisive, à la suite de quoi, peu après, il annoncerait leur mariage au peuple allemand.

Eva Braun avait tenu à ce que l'anniversaire de Hitler fût célébré à la Chancellerie avec le même faste, dans la même joyeuse ambiance que les années précédentes. Elle avait insisté auprès de Martin Bormann, le grand ordonnateur de toutes les manifestations du régime, pour que la cérémonie officielle fût aussi brillante que d'habitude. Quant à la soirée intime qui suivrait la réception des corps constitués, elle tenait à y paraître à son avantage. C'était la raison pour laquelle elle avait commandé une splendide robe de soirée à Otto Heise, le réputé couturier berlinois.

Bien qu'un grand nombre de ses immeubles eussent été détruits par les terribles bombardements de l'aviation alliée, le Kurfürstendamm restait le principal pôle d'attraction de la ville sur le plan commercial. Au prix de très grandes difficultés, de nombreux commerçants en renom y poursuivaient leur activité. Certains avaient rouvert leur magasin au rez-de-chaussée des bâtiments en ruine, souvent même dans les caves.

C'était le cas d'Otto Heise dont la boutique de mode rivalisait autrefois avec les grandes maisons parisiennes ou new-yorkaises. Pour l'heure, il s'était installé dans le sous-sol d'un immeuble dont une aile avait été épargnée.

Lorsqu'il vit la Mercedes s'arrêter devant chez lui, le couturier se précipita au-devant de sa cliente. Il ignorait bien sûr qui elle était. Il connaissait seulement son nom et devinait qu'elle devait exercer des fonctions très importantes à la Chancellerie. Malgré les temps difficiles que connaissait le Troisième Reich, il voyait encore régulièrement un certain nombre de dames de la haute société berlinoise. Surtout les épouses des hiérarques du régime. La blonde jeune femme qu'il accueillit ce matin-là était exigeante mais ne marchandait jamais. Quel que fût leur montant, les factures concernant ses achats étaient réglées sans discussion par le secrétariat particulier du Führer.

L'essayage se prolongea jusque vers onze heures. Mlle Eva Braun tint à ce que sa robe du soir fût impeccable. Le couturier avait dû remuer ciel et terre pour trouver un coupon de tissu qui convînt à sa cliente. Elle sembla satisfaite du résultat et quitta la boutique de mode raccompagnée jusqu'à sa voiture par le propriétaire des lieux.

Au moment où le chauffeur lui ouvrait la portière pour qu'elle reprît place à bord de la Mercedes, les sirènes d'alerte se mirent brusquement à mugir.

Aussitôt, un étonnant spectacle auquel les Berlinois s'étaient, hélas ! accoutumés depuis de nombreux mois commença à se dérouler sur toute l'étendue du Kurfürstendamm. Tous les véhicules circulant sur l'avenue s'immobilisèrent, la plupart au milieu de la chaussée. Leurs occupants les abandonnèrent précipitamment pour rejoindre les plus proches abris de la Défense passive. On vit des gens sortir aussi des immeubles voisins encore intacts, parfois même de dessous des maisons en partie effondrées. Femmes, enfants se mirent à courir en transportant à bout de bras de lourdes valises contenant sans doute leurs biens les plus précieux. Les vieillards et les infirmes suivirent en allongeant le pas autant qu'ils le pouvaient. Partout, mêlés aux pleurs des bébés, on entendait les fuyards crier : « Schnell ! Schnell ! » à l'adresse de ceux qui lambinaient sur les trottoirs ou trébuchaient grotesquement sur les gravats. Tous n'avaient qu'une seule obsession : pouvoir rejoindre une cave avant le début du déluge. Souvent, l'alerte ne précédait l'arrivée des bombardiers ennemis que de quelques minutes. Surtout depuis que les lignes soviétiques s'étaient rapprochées de Berlin.

Ah ! il était loin le temps où le maréchal Hermann Goering avait proféré sa rodomontade : « Je veux qu'on m'appelle Meyer si une seule bombe alliée tombe sur la capitale ! » Depuis lors, beaucoup d'eau sanglante avait coulé sour les ponts de la Sprée. Des milliers et des milliers d'avions anglais, américains et russes avaient sillonné le ciel berlinois, lâché des tonnes et des tonnes de bombes sur la ville, massacré ses habitants, réduit en cendres ses plus beaux quartiers. Le vœu imprudent formulé par le chef de la Luftwaffe était exaucé. On ne l'appelait plus, par triste dérision, que Meyer-Goering !

— Vous ne pouvez pas partir, mademoiselle Braun, dit Otto Heise en retenant sa cliente par le bras. Venez, je vais vous conduire jusqu'à notre abri.

Eva secoua la tête.

— Je vous remercie, dit-elle, mais il faut que je rentre à la Chancellerie.

Puis, pour couper court aux objections du couturier concernant l'interdiction qui était faite à tous les véhicules civils de circuler pendant les alertes, elle ordonna au chauffeur :

— Erich, voulez-vous déployer le fanion ?

— Oui, mademoiselle !

Le grand SS blond en uniforme fit ce qu'on lui commandait. Il sortit de sa gaine, sur l'aile avant de la voiture, le petit drapeau officiel des dignitaires du parti.

Sous le regard incrédule du couturier, la Mercedes exécuta ensuite un rapide demi-tour sur la chaussée puis se mit à remonter l'avenue en direction de la Lützow Platz.

Partout, le même spectacle affligeant s'offrit au regard de la jeune femme. La voie publique était encombrée de véhicules abandonnés, de carcasses de trams et de bus incendiés qu'on n'avait pas encore enlevées, de gravats de toutes sortes entre lesquels il fallait slalomer. De chaque côté de l'avenue, les immeubles étaient presque tous détruits. Seuls les pans de murs extérieurs restaient debout. Ici et là, quelques retardataires emmitouflés dans des couvertures grises, baissant déjà le dos comme sous l'averse, filaient telles des blattes en direction d'un trou protecteur.

Tandis qu'Eva se trouvait à l'intérieur de la boutique du couturier, le ciel gris et bas s'était un peu dégagé. Par une échancrure des nuages, on voyait filtrer un beau rayon de soleil. En d'autres temps il eût annoncé aux Berlinois l'arrivée prochaine du printemps. On ne tarderait pas à voir passer au-dessus des lacs et des étangs le vol triangulaire des oies sauvages remontant vers le nord. A voir éclater les bourgeons sur les arbres du Tiergarten et le parc de Treptow.

En cette matinée de la mi-avril 1945, c'étaient des oiseaux beaucoup moins pacifiques, des fleurs plus dangereuses qui allaient éclore dans le ciel de Berlin. Un roulement sourd qui irait en grandissant comme dans les symphonies wagnériennes ne préluderait pas au sacre du printemps mais au dernier acte d'une tragédie. Bientôt des grandes orgues se mettraient aussi à jouer. Les terrifiantes « katiouchkas » que les combattants surnommaient les

« orgues de Staline » commenceraient à cracher le feu et l'acier, précédant le déferlement des hordes bolcheviques.

Pour l'instant, c'étaient des essaims d'Iliouchines, de Lavotchkines, de Yakovlevs qui survolaient la ville. Ils le faisaient avec une impudence sans cesse croissante, allant jusqu'à raser les toits, à remonter les avenues en poursuivant les rares véhicules encore en circulation pour les mitrailler. Depuis quelques semaines, ils opéraient pratiquement sans contraintes. Aucun Messerschmitt ne prenait l'air pour les combattre. Un grand nombre de batteries de DCA avaient été réduites au silence. Celles qui tiraient encore devaient être servies par des apprentis car elles semblaient inefficaces.

Le chauffeur remonta sans trop de difficultés jusqu'à l'extrémité de la Budapesterstrasse et longea ensuite le Landwerkanal en direction du ministère de la Guerre. En voyant la Mercedes arriver à vive allure, en cahotant sur les fondrières et les gravats, un officier de la défense antiaérienne sortit d'un abri et se planta au milieu de la chaussée pour faire signe au conducteur de la voiture de s'arrêter. Un impératif coup de klaxon et la vue du fanion officiel firent vite comprendre au zélé personnage qu'il n'avait pas intérêt à retarder l'allure du véhicule. Il lui laissa aussitôt le passage, très étonné de constater que le passager important que l'on transportait ainsi à travers les rues désertes de Berlin était une femme.

Le bruit des premières bombes se fit entendre peu après. Il venait de la gauche. Ce matin-là, les avions soviétiques devaient pilonner le quartier de la gare de Stettin.

Bien que la Mercedes roulât à près de quatre-vingts kilomètres à l'heure, une performance étant donné l'état désastreux de la chaussée, Eva Braun demanda au chauffeur d'accélérer encore. Elle tenait à regagner la Chancellerie au plus tôt. Avant que le Führer ne se fût aperçu de son absence.

Hitler, qui vivait quant à lui confiné dans son bureau et leur appartement privé, n'aimait pas qu'elle sortît à travers la ville. Surtout depuis l'intensification des bombardements aériens. Il craignait qu'elle ne fût tuée ou bloquée au fond d'un abri suite à l'effondrement d'un immeuble. Eva s'éclipsait donc à son insu et ne s'absentait jamais plus d'une heure ou deux.

Pour les mêmes raisons de sécurité, le Führer avait longtemps refusé que sa maîtresse quittât Berchtesgaden. A Noël, il s'était accordé une brève permission pour venir embrasser son fils au Berghof. La jeune femme avait été bouleversée en voyant à quel point son amant avait changé depuis leur dernière rencontre. Ça n'était plus que l'ombre de lui-même. Il avait l'aspect d'un vieillard. Ses cheveux étaient devenus tout gris. Il avait terriblement maigri. Son corps semblait flotter dans un uniforme désormais trop large pour lui. Il se déplaçait à pas lents, le dos voûté. Des tics nerveux agitaient ses mains et sa face. Ses yeux autrefois si brillants paraissaient ternes.

Cette précoce sénilité était le résultat désastreux de l'attentat dont Adolf Hitler avait été victime le 20 juillet 1944. La bombe déposée à ses pieds par le colonel comte Claus Schenk von Stauffenberg ne l'avait pas tué mais fortement traumatisé. Il avait eu les tympans crevés, la colonne vertébrale contusionnée par la chute d'une poutre. Depuis lors, il ne pouvait presque plus se servir de son bras droit.

Eva Braun avait vite réalisé à quel point le Führer avait besoin d'elle. L'être qui faisait trembler le monde, qui avait déclenché la plus sanglante tuerie de toute l'histoire de l'humanité, était, dans l'intimité, un homme très ordinaire. La fatigue, la maladie le rendaient irritable mais aussi vulnérable au découragement. Dans ces périodes de surmenage et d'abattement, elle était la seule à pouvoir lui apporter un peu d'amour, de chaleur humaine, de réconfort. Elle lui parlait doucement, détournait ses pensées des graves préoccupations qui hantaient son esprit. Autrefois, cette tendre sollicitude s'était toujours révélée bénéfique. Il avait retrouvé le sommeil, un semblant d'équilibre. Ça lui avait permis d'affronter ses lourdes responsabilités avec plus de confiance et de lucidité.

La naissance de leur fils avait, dès le 6 mai 1944, redonné une nouvelle impulsion au Führer. Après les terribles échecs subis à Stalingrad et en Afrique du Nord, il y avait vu un signe du destin.

Désormais, c'est pour lui qu'il allait continuer la lutte. Beaucoup plus que pour celui de l'Allemagne dont les dirigeants militaires et politiques et même le peuple ne cessaient de le décevoir depuis plusieurs mois.

Frédéric Hitler !

Il avait conçu de grandes ambitions pour son fils. Un jour, il régnerait sur une Allemagne puissante dont l'idéologie rayonnerait sur tout l'univers. Il devait donc tenir les rênes jusqu'à sa majorité, sa maturité. Jusqu'à ce qu'il fût capable de lui succéder à la tête du Troisième Reich. Il voulait lui laisser un Etat pacifié et prospère dominant un monde dont les habitants n'auraient qu'un seul credo : le national-socialisme !

Arrivé en avion, Hitler n'était resté que quelques heures à Berchtesgaden. Il n'avait pas voulu que sa maîtresse l'accompagnât à Berlin avec l'enfant, arguant de la fréquence et de l'intensité des bombardements aériens sur la capitale. Il avait continué à téléphoner chaque jour à Eva pour prendre de leurs nouvelles. A plusieurs reprises, la jeune femme lui avait renouvelé sa proposition de le rejoindre à la Chancellerie. Il s'y était opposé. Un soir, vers la fin février, sans doute dans une période de lassitude et de dépression, il avait accepté qu'elle vînt passer une semaine auprès de lui, mais sans leur fils auquel il voulait épargner tout risque.

Un après-midi neigeux, Eva Braun était donc arrivée à Berlin. Elle avait été effrayée en constatant la décrépitude physique de son amant, de même que son infinie tristesse. Elle avait tout fait pour essayer de lui remonter le moral. Sans y parvenir totalement, elle avait conscience d'avoir contribué à soulager un peu sa détresse, à lui faire reprendre confiance en soi. Depuis quelque temps, il parlait à nouveau de l'utilisation d'armes nouvelles, d'un retournement de la situation qui bouleverseraient les données stratégiques et politiques de la guerre.

Tout en se félicitant que sa présence eût été bénéfique pour la santé et le moral du Führer, la jeune femme se languissait souvent de son fils. La séparation lui pesait chaque jour un peu plus. Certes, les nouvelles qui parvenaient du Berghof étaient excellentes. L'enfant se portait bien et sa nurse lui vouait une véritable adoration. Mais elle n'était quand même pas la mère de Frédéric. Eva se demandait parfois si son absence à ses côtés en cette période cruciale de la petite enfance ne serait pas préjudiciable au bébé ?

Alors qu'elle ne devait passer que quelques jours à Berlin, la maîtresse du Führer s'y trouvait à présent depuis sept semaines. Elle avait pris la décision d'y rester mais s'était mis en tête, depuis le début du mois d'avril, de faire venir leur fils auprès d'eux. Comme il l'avait fait pour elle-même quelques mois plus tôt, Hitler s'était farouchement opposé à cette idée. Il refusait que Frédéric fût amené dans la capitale tant qu'une menace pèserait sur la ville.

L'hostilité du Führer à ce projet avait aussi une autre raison. A Berchtesgaden, depuis dix mois, il avait été aisé de dissimuler à l'opinion publique la naissance de l'enfant. En dehors des proches et des familiers, personne ne savait ce qui se passait au Berghof. Or, à la Chancellerie, les murs étaient beaucoup plus transparents. En dépit des efforts des services de sécurité, il serait difficile d'empêcher des fuites.

La nouvelle selon laquelle le Führer avait un fils ne tarderait pas à circuler dans les bureaux et les casernes. Elle se répandrait vite en ville. Tout Berlin, toute l'Allemagne, sans doute bientôt toute la planète apprendrait ce secret d'Etat. Ça provoquerait un énorme scandale. A un moment bien loin d'être propice à une telle révélation.

Quelles calomnies les ennemis du national-socialisme ne colporteraient-ils pas sur son chef ? On se gausserait de lui dans toutes les chancelleries alliées, tous les états-majors. A l'intérieur du Reich, les opposants auraient beau jeu de prétendre que, tandis que la jeunesse allemande se faisait saigner à blanc sur tous les fronts, le chef suprême ne se gênait pas pour prendre du bon temps.

Goebbels, avec lequel il avait abordé cette épineuse question et qui possédait une profonde connaissance de la psychologie des foules, ne s'était pas montré favorable à la divulgation de la nouvelle, compte tenu de la tournure prise par les événements militaires. Il conseillait d'attendre une grande victoire de la Wehrmacht pour faire connaître au peuple à la fois son mariage avec Mlle Eva Braun et la naissance de Frédéric.

La jeune femme qui avait approuvé ce projet au début commençait à trouver le temps long. Elle était aussi fort inquiète sur le sort de son fils si la situation continuait à se dégrader comme ces dernières semaines. Paradoxalement, elle se faisait moins de soucis pour ce qui se passait à l'Est qu'elle ne s'en faisait pour l'Ouest. Face aux Russes, les troupes allemandes luttaient pied à pied, conscientes de défendre leur pays contre la barbarie. Face aux Américains, aux Anglais et aux Français, la Wehrmacht était beaucoup moins pugnace. Inexorablement, les Alliés poursuivaient leur avance. En consultant la carte, Eva avait constaté que les forces américaines progressaient en direction de Nuremberg. S'ils parvenaient à s'emparer de cette ville, la grande voie de communication avec la Bavière serait coupée. Or, c'était la plus directe pour se rendre à Berchtesgaden par la route. Dans quelques jours, elle risquait d'être totalement séparée de son fils, de ne plus pouvoir le rejoindre autrement qu'en avion !

La jeune femme avait, avec beaucoup de conviction, tenté de faire partager ses craintes à son amant, en lui montrant que la prudence recommandait de faire venir Frédéric le plus tôt possible à Berlin. D'autant qu'un bombardement massif sur le Berghof n'était pas exclu.

La veille, Hitler avait encore retardé sa décision. Il avait annoncé que le groupe d'armée B, commandé par le maréchal Model, s'apprêtait à déclencher une offensive qui repousserait les Américains de l'autre côté du Rhin.

Bien qu'elle eût toujours une confiance aveugle en ce que prédisait le Führer, elle commençait à se rendre compte que ses ordres étaient de moins en moins suivis d'effet. Malgré ses demandes impératives, les troupes du front de l'Est auxquelles il avait enjoint de demeurer coûte que coûte sur leurs positions s'étaient piteusement repliées. Elles avaient reculé jusqu'à Küstrin, aux portes de Berlin. A l'Ouest, la situation n'était guère meilleure. Les Anglo-

Américains venaient de s'enfoncer au cœur de la Ruhr et poursuivaient inexorablement leur progression.

A plusieurs reprises, le soir, dans l'intimité, Hitler s'était plaint de l'incurie de son haut état-major. Il se demandait même si le manque de combativité de la Wehrmacht ne cachait pas un nouveau complot contre lui et le régime. Si l'aristocratie allemande et les junkers n'avaient pas entamé des tractations secrètes avec l'ennemi en vue de déposer les armes. Malgré l'épuration sanglante qui avait suivi l'attentat du 20 juillet, les traîtres n'avaient certainement pas dit leur dernier mot.

Une secrète intuition avertissait Eva Braun que des événements très graves se préparaient. Elle devait absolument convaincre le Führer de laisser Frédéric venir à Berlin. Il y serait plus en sécurité qu'à Berchtesgaden, surtout après ce qu'elle savait depuis hier soir.

La veille, au cours d'un dîner qui réunissait quelques intimes à la Chancellerie, elle avait entendu Joseph Goebbels exposer le plan qu'il venait de concevoir pour tromper l'ennemi. Le ministre de la Propagande avait eu l'idée de répandre le bruit selon lequel l'Allemagne avait constitué dans une région des Alpes située entre le sud de la Bavière et l'Autriche ce qu'il appelait un « réduit national ». Une zone inexpugnable, une véritable tête de pont d'où la Wehrmacht pourrait, à tout instant, menacer le flanc droit des troupes américaines et françaises. D'après les fausses informations qu'il faisait circuler par l'intermédiaire d'agents doubles, les Alliés devaient s'attendre à trouver en face d'eux dans cette région montagneuse de formidables moyens de défense et d'importantes réserves offensives. Selon cette affabulation, le Führer en personne assurerait, depuis le Berghof, le commandement de la forteresse. Il pourrait y prolonger indéfiniment une guerre meurtrière. Goebbels pensait qu'à cause de cette menace l'ennemi allait certainement modifier ses plans et ralentir son avance.

Après avoir entendu les propos du ministre, Eva avait senti croître une nouvelle appréhension. Elle se demandait si les Alliés, prenant au sérieux ces fausses nouvelles, n'allaient pas concentrer leurs bombardements sur Berchtesgaden.

Certes, il existait bien des abris souterrains au Berghof, mais elle éprouvait des doutes quant à leur parfaite sécurité. On lui avait raconté ce qui s'était passé à Hambourg et plus récemment à Dresde lors du pilonnage aérien de ces deux villes. A cause des bombes incendiaires, des dizaines de milliers d'habitants avaient été brûlés vifs car les portes des caves n'avaient pu endiguer le fleuve de feu qui s'était écoulé à travers les rues de ces cités martyres.

A Berchtesgaden, un grand risque existait. Celui d'une attaque surprise de l'aviation ennemie. Dans ces vallées encaissées jalonnées de hautes montagnes, des escadrilles pouvaient très bien se faufiler sans être repérées et bombarder le Berghof à l'improviste. En cas de danger, les domestiques auraient-ils assez de sang-froid, de courage, pour sauver son fils au détriment de leur propre vie ?

Eva en doutait. Le matin même, elle avait pu se rendre compte à quel point, dans les moments difficiles, les gens devenaient lâches et égoïstes. Elle avait vu les Berlinois se bousculer, adopter la tactique du « chacun pour soi » afin de se mettre à l'abri pour sauver leur peau. Il n'y avait guère que les mères tenant un enfant par la main ou sur les bras qui songeaient, dans ces circonstances tragiques, à protéger une autre vie que la leur. Ce sacrifice-là, Eva ne pourrait pas l'accomplir si son fils était en danger. Elle avait le pressentiment qu'une terrible menace pesait sur lui, là-bas, au cœur de ce que Goebbels appelait le « réduit national ». Après les scènes auxquelles elle venait d'assister à travers les rues de Berlin, elle devait coûte que coûte convaincre le Führer qu'il fallait d'urgence faire venir leur enfant auprès d'eux !

Si elle n'y parvenait pas, elle était décidée cette fois à passer outre. Après tout, n'était-elle pas déjà venue dans la capitale un peu contre son gré au mois de février dernier ? Aujourd'hui, son amant était bien content de l'avoir à ses côtés en ces jours d'adversité.

Tandis que la jeune femme ressassait cet angoissant problème, la Mercedes arriva face à la Chancellerie. Elle en descendit rapidement et s'engouffra dans le bâtiment par une porte discrète ouvrant sur la Wilhelmstrasse. En la reconnaissant, les deux SS de garde à l'entrée la laissèrent passer sans mot dire.

C'était un privilège très rare, réservé à un petit nombre de familiers du Führer. Depuis l'attentat du 20 juillet 1944 les mesures de sécurité avaient été renforcées autour de lui d'une manière draconienne. Même les officiers supérieurs devaient déposer leurs armes et faire l'objet de fouilles à corps vexatoires avant d'être reçus.

Eva ne se dirigea pas vers son appartement mais vers l'aile du bâtiment où se trouvait le cabinet de travail de Hitler. Elle savait que, durant la journée, malgré les dangers encourus en raison des bombardements, il rechignait à descendre pendant les alertes dans l'abri-bunker de la Chancellerie. Aujourd'hui, il était encore probablement dans son bureau. Elle allait lui demander audience. Il n'aimait pas ça. A plusieurs reprises déjà il lui avait expliqué que leur vie privée ne devait par interférer avec ses activités officielles. En raison de la gravité de la situation, elle enfreindrait les pesantes règles du protocole. La sécurité de leur fils passait même à présent avant le respect de leur commune convention en ce qui concernait le secret de leur liaison et de sa paternité.

Pour parvenir jusqu'au cabinet de travail du Führer, on ne pouvait plus suivre le trajet habituel car la Chancellerie avait été fortement endommagée par les bombardements antérieurs. Le grand salon d'honneur était presque totalement détruit. Seule l'aile dans laquelle se trouvait le bureau de Hitler était indemne. Comme au temps de la splendeur du régime, les parquets des couloirs et des antichambres étaient toujours soigneusement cirés. Des tableaux de maîtres restaient accrochés aux murs. Des superbes tentures pendaient de chaque côté des fenêtres dont les vitres cassées étaient remplacées rapidement après chaque bombardement.

En arrivant dans le dernier vestibule, lui aussi gardé par deux SS farouches, casqués et armés de mitraillettes, Eva Braun croisa Christa Schroder, l'une des secrétaires de Hitler.

— Je voudrais voir le Führer, mademoiselle. Voulez-vous l'informer de ma visite ?

La demande parut étonner la blonde fonctionnaire de la Chancellerie. Jusqu'à ce jour, Eva ne lui avait jamais adressé la parole. Comme beaucoup de membres du personnel administratif, elle connaissait la liaison que le Maître du Troisième Reich entretenait discrètement avec la Munichoise. Mais il s'agissait d'un sujet tabou que tous les initiés évitaient d'aborder publiquement.

— Le Führer est actuellement en conférence, mademoiselle, dit la secrétaire.

— Depuis longtemps ?

— Non, elle vient de débuter.

— Je vous remercie, mademoiselle...

Eva n'insista pas. C'était inutile. Personne n'avait jamais osé interrompre une réunion du Führer. Pour pouvoir parler à son amant, elle devrait attendre, une fois de plus, que cette maudite conférence s'achevât. Or, il n'était pas rare que le haut état-major siégeât d'affilée pendant sept ou huit heures ! Elle devrait patienter jusqu'à la nuit prochaine. Jusqu'au moment où Hitler, fourbu, regagnerait sa chambre. Jusque-là, il lui faudrait ronger son frein, broyer du noir en songeant à leur fils. Alors que chaque minute accroissait les risques qu'il encourait.

Sans parvenir à masquer totalement sa déception, Eva Braun s'éloigna à travers l'immense couloir, sous le regard intrigué de la secrétaire et l'œil impassible des gardes SS.

II

L'IMPÉRATRICE EST MORTE !

La pièce était vaste, avec un sol entièrement revêtu de tapis de haute laine. De grandes fenêtres et une porte vitrée donnaient sur le jardin et laissaient passer la tendre lumière d'un soleil printanier.

Contrastant avec le faste du vestibule, le mobilier du cabinet de travail de Hitler était relativement sobre. Son bureau se trouvait dans un angle, de telle façon qu'il pût entrevoir de sa place les arbres et les massifs ornant le parc. Sur la table, il n'y avait qu'un sous-main noir, deux presse-papiers quelques stylos ainsi qu'un combiné téléphonique et une sonnette.

En face du Führer était accroché le portrait en pied du personnage historique auquel il avait voué toute sa vie la plus grande admiration. Qui lui avait depuis toujours servi de modèle et de référence : Frédéric II le Grand ! Le monarque vénéré qui avait su redonner à la Prusse, au XVIIIe siècle, toute sa puissance et son prestige en Europe.

Le reste de la pièce était garni de petites tables rondes, de fauteuils de cuir disposés en demi-cercle devant le bureau. Ce matin du 12 avril 1945, tous les sièges du cabinet de travail étaient occupés par les plus hauts personnages du Troisième Reich et par les chefs de l'OKW.

Outre Hitler, il y avait là Hermann Goering, numéro deux du régime. Un personnage bouffi de graisse, imbibé de drogue et d'alcool. Lui, autrefois si fanfaron dans ses uniformes d'apparat constellés de médailles, de décorations, avait troqué sa tenue de daim bleu et ses bottes en cuir de Russie contre un modeste treillis de rampant de la Luftwaffe. Il n'arborait que la croix de fer. Cette simplicité vestimentaire était due aux circonstances dramatiques de l'heure, aussi parce qu'on lui avait rapporté les propos cinglants du Führer, lequel avait fustigé son incapacité à commander l'aviation allemande, blâmé sa débauche, ses excessifs goûts de luxe.

A côté du dauphin Goering se tenait un homme qui pouvait se targuer d'être aussi l'un des plus puissants du Reich. Il s'agissait de Heinrich Himmler. Il avait la haute main sur la police et les SS. Devant cet être falot, au visage empâté, au menton fuyant, aux yeux de myope derrière ses lunettes aux verres épais, cet individu insignifiant qui se comportait comme un petit employé reçu chez son patron, nul n'aurait pu deviner qu'on était en présence du monstre le plus terrifiant de cette brochette d'assassins.

C'est lui qui avait organisé méticuleusement l'extermination des juifs, des bohémiens, des prisonniers de guerre russes, des résistants, des intellectuels, des opposants au national-socialisme. Il avait sur les mains plus de sang qu'aucun autre tyran n'en avait jamais eu au cours de l'histoire de l'humanité.

Sur un fauteuil voisin était assis le seul homme vraiment intelligent et cultivé de tous les hiérarques nazis : Joseph Goebbels. Hitler en avait fait son ministre de l'Information et de la Propagande. Plus récemment, en janvier 1945, il l'avait nommé « Défenseur de Berlin ». Celui sur les épaules duquel reposait la tâche écrasante de sauver la capitale du Troisième Reich avait pourtant beaucoup plus l'aspect d'un minus que d'un foudre de guerre. Il était ridiculement petit, affligé d'une claudication disgracieuse due à un pied-bot. Il prétendait qu'il s'agissait des conséquences d'une opération ratée subie à l'âge de sept ans. En réalité, son corps malingre, son faciès asymétrique portaient d'autres stigmates de la dégénérescence. Lorsqu'il souriait, sa bouche de batracien prenait une expression obscène. Seuls ses yeux intelligents, expressifs, tempéraient la répulsion qu'on éprouvait en l'abordant. Cet être disgracié était un autre paradoxe du nazisme. Depuis plus de douze ans, il tenait le monde en haleine par ses discours, vantait les mérites d'un régime qui ne reposait que sur le crime, sur le mensonge. Par son éloquence, il avait surpassé son maître dans l'art de méduser les foules. Hitler comptait à présent sur lui pour galvaniser les énergies défaillantes des combattants du Grand Berlin au moment où s'annonçait l'heure décisive du dernier combat.

Le quatrième personnage important de la réunion n'avait jamais occupé le devant de la scène, comme l'avaient fait les trois précédents. Le rôle qu'il avait joué n'en était pas moins considérable. Il s'agissait de Martin Bormann, secrétaire particulier et conseiller d'Adolf Hitler. Son aspect physique inspirait d'emblée la méfiance. Avec son corps trapu, massif, ses cheveux noirs cosmétiqués, ses yeux porcins et cruels, il avait l'air d'un tenancier de tripot, d'un gangster de Chicago. Tous, à l'exception du Führer qui ne jurait que par lui, le considéraient comme un être fourbe, combinard, qui avait su se hisser à son rang en exploitant les ragots, les intrigues, les rivalités des familiers du chancelier. Il était parvenu en haut de l'échelle en sapant le crédit des courtisans et des favoris dans l'esprit du Maître. Il avait dégonflé la grosse baudruche de Goering, encouragé hypocritement Hitler à nommer Himmler commandant du Groupe d'Armée de la Vistule. Il en était résulté un véritable désastre militaire dont le chef suprême de la SS portait à présent l'entière responsabilité. Sur ses suggestions, Joseph Goebbels venait d'être fait « Défenseur de Berlin », un poste où son incompétence en matière de stratégie ne tarderait pas à donner des résultats faciles à prévoir. Par ces tortueuses manigances, Bormann ne poursuivait qu'un seul but : éliminer tous les puissants du régime, rester le seul en cour dans l'entourage de Hitler. Le seul en la fidélité, en la capacité duquel il pût encore compter en ces temps difficiles. En définitive, il cherchait ainsi à devenir le successeur désigné du Maître du Troisième Reich au moment où celui-ci serait contraint d'abdiquer. Car il savait la guerre perdue. Sa religion était faite depuis longtemps sur ce sujet. Il prévoyait que la chute du régime n'était plus qu'une question de semaines, voire peut-être seulement de quelques jours.

A côté de ce sinistre quatuor étaient assis la plupart des chefs de l'OKW, Dönitz, Keitel, Jodl et le général Krebs, successeur de Guderian. Des officiers d'état-major de moindre importance occupaient les sièges placés au second rang. A eux reviendrait le redoutable honneur de dépeindre l'état exact de la situation militaire, d'extrapoler en tentant de deviner les intentions stratégiques de l'ennemi.

Pour l'instant, la parole était au colonel-général Gothard Heinrici. Il avait eu le pénible devoir de succéder à l'incapable Himmler sur le front de la Vistule. Cet homme effacé, aux cheveux gris, à la démarche modeste, fils et petit-fils de pasteur, était un tacticien remarquable. En Russie, où il avait conduit longtemps la IVe armée, il était devenu le spécialiste des batailles défensives. Par son habileté, il avait réussi à sortir ses troupes de guêpiers inextricables et éviter la rupture du front.

— Mon Führer, expliqua-t-il de sa voix calme, je redoute, pour ces dix prochains jours, le déclenchement d'une importante offensive soviétique en direction de Berlin.

— D'où tenez-vous ces informations singulières ? En contradiction avec celles dont je dispose ? demanda Hitler d'un ton irrité.

— Plusieurs de nos officiers bloqués dans les poches situées à l'est de l'Oder ont pu rejoindre nos lignes après avoir traversé celles de l'ennemi. Tous m'ont fait sur ce point des rapports concordants. Les rouges concentrent des forces nombreuses, en particulier de l'artillerie et des blindés, sur les fronts de Biélorussie et d'Ukraine.

— Je me demande comment vous pouvez attacher encore tant de crédit à des racontars d'officiers poltrons dont la plupart mériteraient le peloton d'exécution pour avoir abandonné leurs positions et souvent même leurs propres soldats ?

— Mon Führer, poursuivit posément Gothard Heinrici, toutes les patrouilles envoyées vers l'est, de même que les reconnaissances aériennes que j'ai fait faire m'ont confirmé ces informations. Les Russes sont en train de masser trois groupes d'armées en face de nous. Ils ne construisent pas moins de vingt-trois ponts pour franchir l'Oder.

— Du bluff tout cela ! Du bluff ! Les Bolcheviques sont totalement incapables de réunir des forces aussi importantes devant Berlin ! s'exclama Hitler en haussant le ton. Selon des sources plus crédibles que les vôtres, l'Armée rouge est à bout de souffle. Il lui faudra beaucoup plus de temps que vous ne le dites pour se réorganiser. Ce répit nous permettra de déclencher notre contre-offensive.

Il s'interrompit un instant, avant de reprendre avec véhémence :

— Nous n'avons que de la racaille en face de nous ! Staline a jeté ses dernières réserves dans la bataille de la Vistule. Des bagnards sortis des camps de Sibérie. Des jeunes sans aucune formation militaire qui n'avancent que sous le knout des commissaires politiques, après avoir été dopés à la vodka ! Ils ne disposent le plus souvent que de l'armement abandonné en s'enfuyant par les couards de la Wehrmacht. Si l'armée allemande était commandée par d'autres chefs que des généraux pourris de pessimisme et gangrenés de trahison contre le national-socialisme, le problème de défaire ces hordes venues du fond des steppes ne se poserait pas !

Après cette diatribe à laquelle la plupart des participants de la conférence étaient habitués, il y eut un long silence. Les sirènes annonçant la fin de l'alerte retentirent durant cet intermède.

Sans se laisser démonter par les accusations infamantes portées contre la Wehrmacht, avec le calme sang-froid qui le caractérisait, le chef des forces allemandes interposées entre les Russes et Berlin reprit tranquillement son exposé :

— Quelle que soit la médiocre qualité des soldats ennemis, il n'en demeure pas moins, mon Führer, qu'ils sont infiniment plus nombreux que ceux dont nous disposons. Nous aurons à affronter trois groupes d'armées soviétiques. Ce sont, du nord au sud, de la Baltique à la Neisse : les deux fronts de Russie blanche commandés respectivement par les maréchaux Rokossovski et Joukov, enfin le front d'Ukraine, commandé par Koniev. Je leur attribue une quinzaine d'armées d'infanterie et au moins quatre ou cinq armées de chars. Directement pointé sur Berlin, le seul Joukov dispose de cinquante et une divisions, d'une artillerie de vingt mille pièces, de quatre mille blindés, de plus de cinq mille avions...

D'un geste de son bras valide, Hitler parut balayer la terrible menace que les rouges faisaient peser sur la capitale du Reich.

— Des chiffres ! Des chiffres non vérifiés ! dit-il d'un ton excédé. C'est tout ce que vous êtes capable d'énoncer ! Ça ne m'intéresse pas ! La seule chose qui importe aujourd'hui, c'est que les chefs de l'armée allemande insufflent à leurs soldats la foi en la patrie qui les aidera à surmonter l'adversité. Si chacun de ces soldats décide de se faire tuer sur place plutôt que de reculer et de devenir l'esclave des bolcheviques, alors l'Allemagne sera sauvée !

— Mon Führer, en l'état actuel de la situation, le seul moyen de rendre la confiance à nos combattants serait de faire venir des renforts aux premières lignes.

— Des renforts ! Tous mes généraux n'ont que ce mot-là à la bouche ! Où voulez-vous que je les puise ces renforts ? Il me semble que nous faisons déjà le maximum pour enrôler tous ceux qui sont en état de porter les armes.

Sans se départir de son calme, avec une insistance qui frisait l'impudence pour les oreilles des courtisans du régime habitués à ne jamais contredire leur Maître, Heinrici reprit :

— Mon Führer, permettez-moi de vous suggérer qu'il serait peut-être temps de resserrer notre déploiement. Celui-ci s'étend encore de la Lombardie au cap Nord, alors que l'ennemi est aux portes de Berlin...

Comme Hitler gardait un silence ambigu, visiblement interloqué par la façon cavalière dont ce petit général s'avisait de lui donner une leçon de stratégie à l'échelon européen, l'amiral Dönitz se hasarda à son tour à soutenir la même thèse :

— Je partage l'avis du général Heinrici, approuva-t-il. Nous devrions rapatrier en premier lieu les troupes maintenues en Courlande. J'ai fait étudier un plan d'évacuation. En engageant à fond tous nos navires disponibles, en moins de quatre semaines, nous pourrions ramener ces cinq cent mille hommes. Ils seraient au fur et à mesure envoyés en renfort sur nos différents fronts.

— Et le matériel ? s'enquit Hitler.

— Evidemment... Il sera inévitable d'en abandonner une partie...

Un tic nerveux agita le coin des lèvres du Führer. Il posa sa main gauche à plat sur le bureau pour maîtriser l'inexorable tremblement qui le gagnait. Il fit aussi un effort pour redresser son dos voûté par la fatigue et s'exclama d'une voix sourde :

— J'ai déjà dit et répété que je ne voulais pas entendre parler d'une évacuation des troupes de Courlande ! Celles-ci constituent une menace sur les arrières de l'ennemi. Je ne tiens pas non plus à abandonner un matériel considérable qui nous sera utile lorsque nous reprendrons l'offensive. D'autre part, il me faut tenir compte de la Suède. Qui sait si ce pays ne sera pas tenté d'entrer en guerre contre nous lorsque ses côtes ne seront plus menacées ?

— Dans ces conditions, mon Führer, observa Heinrici résigné, il faut nous attendre à combattre à un contre dix !

— Ça n'est pas le nombre des combattants qui compte mais leur qualité ! Si le Reich avait attendu d'être le plus fort pour combattre l'injustice, alors nous subirions encore les conséquences néfastes du traité de Versailles !

— Le Führer a raison, approuva le gros Goering. Le redressement de l'Allemagne est dû à son intuition, à son intelligence, à son sens inné de l'Histoire !

— Il n'est pas d'exemple dans le passé, que des gens décidés à défendre leur capitale, à mourir sur place plutôt que de capituler n'aient pas réussi à repousser un envahisseur ! affirma Hitler avec emphase. D'ailleurs, je crois inébranlablement en mon destin qui s'identifie avec celui de notre chère patrie. Il est calqué sur celui de mon maître, le Grand Frédéric. J'ai toujours suivi son exemple, puisé en lui ma force et ma confiance !

De sa main valide, il désignait le portrait du monarque accroché devant ses yeux.

Avec sa faconde, son sens de l'évocation, Goebbels se chargea d'expliquer aux participants de la conférence la signification des propos imprécis de Hitler.

— Messieurs, il est en effet stupéfiant de constater combien les destinées de Frédéric II et de notre bien-aimé Führer ont eu jusqu'ici de points communs. Les astres eux-mêmes concordent quant au déroulement de leur existence. J'ai en effet pris récemment connaissance des horoscopes de ces deux grands chefs d'Etat. Celui d'Adolf Hitler, établi en 1918 par un génial astrologue, prédisait sa prise du pouvoir en 1933. Il évoquait ensuite l'entrée en guerre de l'Allemagne en 1939, nos victoires... Puis une suite de dures épreuves. Une période extrêmement difficile du début de janvier 1945 jusqu'à la mi-avril de la même année. A partir de cette date, le Führer doit renouer avec le succès des armes. Ensuite régnera une période de calme plat jusqu'en août, date à laquelle l'humanité entrera dans une ère de paix pour mille an à la suite du triomphe des idées d'Adolf Hitler !

— C'est surprenant, murmura l'un des officiers subalternes, assis au second rang.

— D'autant plus surprenant, poursuivit le nabot grimaçant, que ce destin exceptionnel s'apparente par mille détails avec celui du Grand Frédéric. Vous n'avez peut-être plus en mémoire la biographie de ce prestigieux monarque ? Je vais essayer de vous la rappeler brièvement...

Goebbels se leva et, à demi tourné vers le Führer et son auditoire militaire, il prit un ton de tribun pour raconter :

— En 1762, Frédéric II aussi succombait sous les assauts d'une accablante coalition. L'Autriche, la France, la Russie s'étaient liguées pour l'abattre. Les armées prussiennes allaient de défaite en défaite lorsque brusquement, le 12 février, un événement inattendu se produisit. Sa plus farouche ennemie, la tzarine Elisabeth, l'Impératrice de toutes les Russies, mourut. Son neveu, Pierre III, lui succéda. C'était depuis longtemps un ami et fervent admirateur du Grand Frédéric. Il ordonna sur-le-champ à ses troupes de cesser le combat. Berlin fut évacué. On assista alors à l'un des plus prodigieux retournements de l'Histoire. Ce miracle permit à Frédéric II de transformer une guerre que l'on croyait perdue en une éclatante victoire !

— Il s'agit en effet d'une coïncidence troublante, dit Gothard Heinrici en s'efforçant de masquer son ironie... Mais Excellence... A votre avis... Quelle Impératrice mourra cette fois-ci ?

Sans se départir du bel optimisme qu'il venait de faire partager par sa vibrante harangue à une majorité de l'auditoire, Goebbels répondit :

— Toutes les hypothèses sont permises. Ainsi qu'il vous l'a déclaré, le Führer sait que le sort tournera cette année 1945 en sa faveur. La véritable marque de son génie, c'est sa lucidité. Sa certitude du changement. N'oubliez jamais que c'est le Destin qui a envoyé cet homme sur la terre !

Durant ces prédictions passionnées, Adolf Hitler était demeuré silencieux, figé derrière son bureau, le regard perdu dans un songe inexprimable. Comme si les paroles prononcées par Goebbels venaient de le statufier pour l'éternité.

Quelques instants plus tôt, en entendant Gothard Heinrici évoquer les menaces terribles qui pesaient sur Berlin, la plupart des participants de la réunion avaient senti leur foi chanceler. Ils s'étaient crus au bord du désastre. Que pèserait l'armée allemande exsangue contre le déferlement des hordes bolcheviques ? L'héroïque Wehrmacht, saignée à blanc pendant la longue retraite qui l'avait conduite des portes de Moscou jusqu'aux bords de l'Oder, n'était plus que l'ombre d'elle-même. Elle ne tarderait pas à être emportée par la vague rouge.

Les propos tenus par Goebbels ravivèrent une nouvelle fois leurs chimères. Semblables à ces malades incurables qui, n'ayant plus rien à attendre de la médecine officielle, se jettent dans les bras de charlatans sans scrupules, les dignitaires nazis se raccrochèrent à nouveau aux paroles d'espoir que le nabot excité venait de proférer. Depuis dix ans il ne cessait d'enflammer ses auditoires par ses discours fallacieux, promettant sans vergogne au peuple et à l'armée allemande l'apothéose de la victoire. Après Stalingrad, après les désastres d'Afrique du Nord, le débarquement des Alliés en Normandie et en Provence, les faits n'avaient pas cessé de le démentir. Pourtant, son ascendant sur ses auditoires restait le même. On le croyait sans le croire tout à fait mais en espérant qu'il aurait raison en fin de compte.

La conférence se poursuivit ensuite dans une véritable ambiance d'asile d'aliénés. Tous ces ministres, ces généraux chevronnés sortis des meilleures écoles, des plus prestigieuses universités allemandes, furent ragaillardis par les prophéties absurdes de Goebbels. La plupart d'entre eux furent plus que jamais persuadés qu'Adolf Hitler était investi d'un mystérieux pouvoir. Quelque part, dans l'invisible, une puissance surnaturelle le guidait, l'inspirait, lui renouvellerait bientôt son aide afin que par son génie politique et militaire il pût sauver le Troisième Reich de la catastrophe.

Comme d'habitude, la réunion se prolongea fort avant dans la nuit. Durant des heures le Führer vaticina, soliloqua, extrapola face à un auditoire médusé qui ne fit qu'approuver servilement ses idées, à l'exception de Gothard Heinrici, observateur lucide et silencieux du délire collectif des hauts responsables de l'armée allemande.

De ce démentiel synode ressortit cependant un état très précis de la situation militaire en ce jeudi 12 avril 1945. Il apparut que ça n'était pas immédiatement à l'est que les événements devenaient préoccupants. Sur l'Oder, la Wehrmacht tenait pour l'instant à peu près ses positions face aux Russes. A l'ouest, par contre, les choses allaient de jour en jour en s'aggravant. Des unités avancées de l'armée américaine venaient de s'emparer d'une portion de l'autoroute Dessau-Berlin. Il avait fallu donner l'ordre de faire sauter deux importantes poudrières se trouvant dans les environs. Ces destructions affecteraient gravement le ravitaillement en munitions de nombreuses unités combattantes. Pour parer au plus pressé, Hitler ordonna qu'on coupât aussi tous les ponts sur l'Elbe afin d'éviter la désastreuse perspective d'une jonction entre les Alliés occidentaux et les Russes.

Pour ajouter encore au climat débilitant qui régnait à la Chancellerie en cette fin de journée, vers vingt-trois heures, une nouvelle alerte plongea les Berlinois dans l'angoisse d'un bombardement anglo-américain.

Le Führer quitta son bureau lorsque tous ses ministres et ses généraux furent partis. Il rejoignit alors sa maîtresse au fond du bunker où elle s'était réfugiée au début de l'alerte. Sur l'insistance de la jeune femme, il accepta de prendre en sa compagnie un repas frugal composé uniquement de mets végétariens.

Malgré les soucis dont elle déchiffra les traces sur le front de son amant, Eva n'hésita pas à lui confier une fois de plus ses propres appréhensions concernant le sort de leur fils. Elle demanda avec insistance à Hitler de le faire venir rapidement auprès d'eux à Berlin.

Fatigue, découragement, prémonition ? Le Führer fut touché ce soir-là par les arguments avancés par sa maîtresse. Il réalisa la gravité de la situation dans cette partie du Troisième Reich. On ne pouvait exclure un bombardement massif sur le Berghof après les « révélations » faussement répandues par Goebbels sur la constitution d'un « réduit national » dans les Alpes. Il comprit que l'enfant serait plus en sécurité à l'intérieur du formidable bunker de la Chancellerie que dans les abris déjà anciens de sa résidence d'été.

— C'est d'accord, dit-il. Dès demain, je donnerai des ordres pour qu'on ramène Frédéric à Berlin.

— Il faudra confier cette mission à quelqu'un de sûr, avança Eva. Le voyage risque d'être dangereux. J'ai pensé à Hermann...

— C'est une bonne idée. D'accord pour Fegelein ! Je lui signerai un ordre spécial. Il pourra prendre un avion pour aller plus vite !

A cet instant, on frappa à la porte de la petite salle à manger où le couple achevait son repas.

— Entrez, dit Hitler.

Un grand homme blond aux prunelles pâles, vêtu de la tenue de valet de chambre, fit son apparition. C'était Heinz Linge, un domestique, au service du Maître du Troisième Reich depuis dix ans.

— Mon Führer, Son Excellence le docteur Goebbels demande à être reçu. Pour une communication très importante.

Adolf Hitler fit la grimace. Comme un petit fonctionnaire, il n'aimait pas être dérangé après sa sortie du bureau. Il détestait qu'on vînt troubler les rares instants d'intimité qu'il accordait à sa maîtresse. Le ministre de la Propagande était trop au courant de ses habitudes pour l'importuner à cette heure avancée de la soirée au sujet d'une affaire futile. Il avait certainement quelque chose de grave à lui dire.

— Introduisez Son Excellence, dit-il.

Quelques instants après, l'horrible avorton du régime fit son entrée dans la pièce. Avec son uniforme trop grand pour lui, la visière de sa casquette à double fronton au ras des yeux, il avait l'air parfaitement ridicule.

— Heil Hitler ! prononça-t-il, selon le traditionnel rituel nazi, en tendant le bras et en claquant les talons.

Le chancelier, qui avait quitté la table, lui répondit du même signe en levant légèrement la main droite.

A cet instant précis, une pendule superbe posée sur le marbre d'un meuble marqueté se mit à égrener les douze coups de minuit. Cette coïncidence rendit Goebbels encore plus théâtralement grotesque. Il se mit à hurler d'une voix aiguë :

— Mon Führer, je vous félicite ! L'Impératrice est morte !

Comme Hitler et Eva Braun regardaient leur visiteur avec stupéfaction, en se demandant s'il n'était pas devenu subitement fou, le propagandiste du national-socialisme poursuivit, avec la même excitation grandiloquente :

— Je suis heureux et fier d'être le premier à vous apprendre l'extraordinaire nouvelle que mes services radio viennent de capter : le président des Etats-Unis Franklin Delano Roosevelt vient de mourir ! Il était écrit dans les astres que la seconde moitié du mois d'avril verrait le tournant de votre destin. Nous sommes le vendredi 13 avril. L'heure a sonné pour vous, mon Führer !

Depuis quelque temps, la maladie, la tension nerveuse avaient donné un teint grisâtre au Maître du Troisième Reich. La nouvelle sensationnelle que Goebbels venait de lui communiquer fit brusquement monter une bouffée de sang à son visage.

— Enfin ! Enfin ! s'exclama-t-il tout excité. La Providence est intervenue ! L'Allemagne est sauvée : le chef de la conjuration judéo-ploutocrate est mort. Le misérable qui entendait nous dicter une capitulation sans gloire est allé rejoindre les vers de terre. A présent, l'instant de notre résurrection va venir. Les forces antibolcheviques vont reprendre le dessus en Amérique. Nous aider dans notre combat contre les rouges. L'événement similaire à celui qui s'est produit dans la vie de Frédéric II est imminent : le renversement des alliances !

On assista alors à cette chose étonnante. On vit Goebbels se précipiter dans les bras d'Adolf Hitler et, comme il était plus petit que lui, se hausser sur la pointe des pieds, l'embrasser en pleurant des larmes de joie.

Eva Braun se leva à son tour et vint embrasser aussi son amant.

Celui-ci prononça alors des mots qu'on avait rarement entendus dans sa bouche, lui qui ne buvait que de l'eau minérale :

— Du champagne ! s'écria-t-il. Qu'on apporte du champagne ! Roosevelt est mort ! Nous allons fêter cet événement providentiel !

III

MARICKA

Maricka était étendue dans la baignoire, avec de l'eau jusqu'au menton. Lorsqu'elle venait retrouver son amant dans le petit appartement de la Bleibtreustrasse, son premier souci était de prendre un bain. A l'hôtel minable où elle résidait depuis l'arrestation de Jànos, il n'y avait qu'une douche collective pour tout l'établissement. Elle ne fonctionnait d'ailleurs que très épisodiquement en raison des restrictions de chauffage.

Dès qu'elle voyait pointer les premières lueurs du jour à travers les persiennes, la jeune femme se levait doucement et se faisait couler un bain chaud. Elle prenait soin d'éparpiller une poignée de sels parfumés dans son eau avant de s'y plonger tout entière.

Tandis que, dans la pièce voisine, Hermann continuait à ronfler, elle restait allongée de longues minutes dans la baignoire. Maricka fermait les yeux. Elle se remémorait les événements récents qui venaient de bouleverser sa vie.

Lorsqu'un matin d'octobre 1944, Jànos Jaszvareck avait été arrêté dans leur appartement proche de l'ambassade de Hongrie, un horrible cauchemar avait commencé pour elle. Pendant huit jours, elle avait remué ciel et terre pour essayer de faire libérer son mari, arguant de son immunité diplomatique en raison de ses fonctions d'attaché culturel. Toutes les portes s'étaient fermées devant elle. Les services de la nouvelle ambassade mis en place par les nazis après l'enlèvement du régent Horthy avaient refusé tout contact avec les familles de leurs prédécesseurs considérés comme des traîtres. Elle avait été personnellement soupçonnée de complicité par la Gestapo. On l'avait longuement interrogée sur les activités de Jànos, accusé d'avoir entretenu des relations avec un réseau de résistance hongrois et d'avoir favorisé l'évasion d'intellectuels juifs.

Comme son mari ne l'avait jamais mise au courant de ses menées subversives, la police s'était finalement rendu compte qu'elle ne savait rien. On l'avait relâchée mais aussitôt expulsée de leur bel appartement, en ne lui permettant d'emporter qu'une valise contenant quelques effets.

Elle avait dû prendre pension dans un hôtel infect situé dans les quartiers extérieurs, du côté de Karlshorst. Elle venait d'y passer un horrible hiver. Mourant de froid et de faim, pleurant de désespoir, affolée par les bombardements incessants, hantée à l'idée d'être à nouveau convoquée dans les sinistres locaux de la Gestapo. Malgré cela, elle n'avait jamais cessé ses démarches en vue de faire libérer son mari dont elle ignorait totalement le sort.

Un jour, après avoir tout tenté, elle s'était souvenue d'Hermann Fegelein, un général SS qui l'avait invitée à danser deux ans auparavant lors d'une réception du corps diplomatique à la nouvelle Chancellerie. Malgré la présence de Jànos, l'officier nazi lui avait fait outrageusement la cour. Il lui avait même dit qu'il était prêt à faire n'importe quoi pour elle. Comme il était éméché ce soir-là, elle avait pris la chose comme une boutade. La proposition n'avait pas eu de suite. Elle n'avait jamais revu cet homme.

En juin 1944, le bruit avait couru à Berlin que Fegelein s'était marié avec une jeune Munichoise nommée Gretl Braun, appartenant au proche entourage de Hitler. Comme le secret le plus absolu régnait sur ce qui concernait la vie privée du Führer, personne n'avait su, dans les milieux diplomatiques, quels liens de parenté exacts attachaient la femme de Fegelein au dictateur. On savait seulement que la cérémonie s'était déroulée à Berchtesgaden en présence de Hitler et des dignitaires du régime.

Toutes ses démarches en vue de faire libérer Jànos étant restées vaines jusque-là, Maricka s'était résolue à prendre contact avec le général SS. Elle avait attendu plusieurs semaines un rendez-vous avec celui-ci car il était pour un temps éloigné de la capitale.

La rencontre avait fini par avoir lieu dans un bureau de la Chancellerie. Fegelein avait été agréablement surpris de revoir la jeune Hongroise. Malgré des mois d'angoisse et de privations, Maricka n'avait rien perdu de son charme, de son attirance. Fegelein avait promis à la petite comtesse de s'occuper personnellement du sort de son mari. Sans s'embarrasser de scrupules, il l'avait invitée le soir même à dîner dans un des meilleurs restaurants berlinois.

Après des mois de misère, la jeune femme avait renoué brusquement avec la vie fastueuse des nantis. Lorsqu'en fin de soirée le SS l'avait conduite jusqu'à la Bleibtreustrasse où il possédait une discrète garçonnière elle avait accepté. Elle était devenue sa maîtresse. Elle s'était laissé faire par lassitude, par veulerie, aussi en espérant que grâce à cela elle parviendrait à sauver la vie de Jànos.

Depuis près de deux mois, toute honte bue, la petite comtesse venait retrouver Fegelein dans cet appartement. Comme l'aurait fait une fille entretenue. Il lui avait d'ailleurs donné de l'argent à plusieurs reprises et surtout procuré des cartes d'alimentation grâce auxquelles elle pouvait se nourrir et se vêtir décemment.

Contrairement à sa promesse, le général SS n'avait pas fait relâcher son mari. « Son cas est trop grave, avait-il prétendu. Le Führer a commué sa peine de mort en prison, mais il refuse pour l'instant qu'on le libère... » Fegelein avait appris à sa maîtresse qu'on venait de transférer Jànos à Auschwitz, un camp de détention paraît-il très bien où il pourrait attendre la fin de la guerre.

La liaison entre la jeune Hongroise et Hermann Fegelein s'était très vite transformée en une véritable passion pour ce dernier. Il était devenu fou de cette jolie fille blonde au corps gracile, à la peau douce, patiente et docile à tous ses caprices. Pour elle, il négligeait de plus en plus ses devoirs matrimoniaux. Bien que Gretl, sa femme, attendît un enfant, il n'allait presque jamais la voir, prétextant ses multiples obligations militaires. En ce qui concernait ces dernières, il s'efforçait aussi par tous les moyens d'y échapper. S'il lui arrivait d'assister, sur convocation, aux interminables conférences tenues par le Führer à la Chancellerie, il s'arrangeait toujours pour s'éclipser avant la fin. Il courait rejoindre Maricka dans sa garçonnière de la Bleibtreustrasse, près du Kurfürstendam. Ce « nid d'amour », comme il le baptisait, était connu seulement de son officier d'ordonnance qui avait ordre de ne pas venir le déranger à moins d'une extrême urgence.

C'est précisément à cet adjoint discret que le général songea lorsque ce matin du vendredi 13 avril 1945, on sonna à la porte du petit appartement où il venait de passer la nuit avec sa maîtresse. Il se leva et alla ouvrir. Depuis la salle de bains, Maricka l'entendit bavarder un instant avec son visiteur, dans l'antichambre. Puis le silence revint et la jeune femme en déduisit que l'intrus matinal était parti.

La blonde comtesse sortit de la baignoire, telle la naïade de Botticelli, juste au moment où son amant poussa la porte du cabinet de toilette. Elle remarqua immédiatement son front soucieux.

— Qu'y a-t-il, Hermann ? Tu as des ennuis ?

— Oui, des emmerdes... On vient de m'apporter un ordre écrit du Führer. Il me confie une mission. Il faut que je quitte Berlin sans tarder...

Ce matin, le bel officier n'avait rien d'un don Juan. Pas rasé, les yeux encore bouffis de sommeil, les cheveux en broussaille, le pyjama chiffonné sur son ventre replet, il était plus ridicule qu'attirant.

Comme son visage restait anxieux, Maricka s'enquit à nouveau :

— Ta mission ? C'est dangereux ?

Il esquissa un geste de dérision et répondit, avec un sourire forcé :

— Je dois me rendre à Berchtesgaden... Pour aller y chercher un enfant...

— Un enfant ?

— Oui. Un bébé de onze mois.

Il faisait si piètre figure en disant cela que la jeune Hongroise ne put s'empêcher de rire.

— Décidément, on aura tout vu au cours de cette guerre ! s'exclama-t-elle. Un général SS transformé en bonne d'enfant ! Hitler est devenu complètement fou, ma parole !

Proférée par quelqu'un d'autre, Felegein eût certainement pris fort mal cette plaisanterie. Mais il était tellement entiché de Maricka qu'il lui passait même les propos subversifs qu'elle prononçait parfois contre le Maître du Troisième Reich et le régime nazi. Il se contenta de grommeler :

— Le « beau-frère » (c'était toujours ainsi que, dans l'intimité, par persiflage, il appelait Hitler) aurait quand même pu choisir quelqu'un d'autre pour ramener son rejeton à Berlin !

La jeune Hongroise, occupée à s'essuyer le corps dans une serviette de bain, interrompit brusquement son geste et regarda son amant.

— Son rejeton ?... questionna-t-elle.

Fegelein comprit qu'il venait de commettre une grave indiscrétion. Il devint encore plus sombre. Il fut sur le point de mentir, de se rétracter, d'inventer une histoire pour éviter de révéler la vérité à sa maîtresse, puis il lâcha tout à trac en haussant les épaules :

— C'est encore un secret d'Etat, mais au train où vont les événements, ça ne tardera pas à devenir un secret de polichinelle ! Oui, Eva Braun, la sœur de ma femme, a eu un enfant de Hitler l'année dernière. Un garçon. Ils l'ont prénommé Frédéric. C'est lui que je suis chargé de ramener à Berlin.

Rendue muette par cette révélation, Maricka continua de regarder son amant avec étonnement. Celui-ci reprit, comme s'il se parlait à soi-même :

— Je me demande d'ailleurs pourquoi le beau-frère fait venir son gosse dans notre fournaise. Il faut croire qu'il est encore moins en sécurité à Berchtesgaden. On dit les Américains aux portes de la Bavière. C'est sans doute vrai !

Toujours en soliloquant, il ajouta :

— Ça doit être le commencement de la fin... La sainte famille hitlérienne songe sans doute à mettre les voiles pour des cieux plus cléments... Depuis quelque temps, des rumeurs circulent dans l'entourage d'Adolf. On dit que si les événements tournent mal, il s'envolera jusqu'à un port de la mer du Nord d'où il s'embarquera à bord d'un U-Boot à destination de l'Amérique du Sud...

Maricka restait silencieuse. De plus en plus étonnée par les propos de son amant. Celui-ci la regarda soudain d'un air étrange, puis traversé par une idée subite, il demanda :

— Veux-tu m'accompagner à Berchtesgaden ?

— Moi ?

— Oui. Pour te charger du gosse. J'aurai quand même l'air moins idiot si c'est toi qui le portes !

La jeune Hongroise s'attendait si peu à cette proposition qu'elle ne répondit pas immédiatement. Le SS prit son silence pour un acquiescement.

— Nous prendrons un avion à l'aérodrome de Tempelhof. J'ai un ordre signé du Führer qui met toutes les autorités civiles et militaires à ma disposition.

— Il ne serait peut-être pas content d'apprendre que tu emmènes ta maîtresse pour effectuer cette mission ? observa-t-elle.

Il balaya l'objection d'un geste.

— L'essentiel sera que nous lui ramenions son fils sain et sauf ! Pour la suite, on verra bien !

— Ma foi... Si tu penses que je pourrais t'être utile... dit Maricka sans grande conviction, en recommençant à se sécher.

Fegelein ne releva pas le ton ambigu de la réponse. Il s'approcha de la jeune femme, les reins irradiés par un brusque désir. Avec ses seins dressés, ses longs cheveux blonds dénoués, ses hanches rondes, les fines gouttelettes d'eau sur sa peau satinée, on eût vraiment dit qu'elle sortait de la mer.

— Tu sais bien que j'ai toujours besoin de toi, ma chérie... Que je ne peux pas me passer de toi... dit-il en promenant ses mains aux doigts boudinés sur le corps dénudé de Maricka.

D'habitude, elle n'avait jamais tellement envie de ce gros homme. Ce matin encore moins. Elle détourna la tête au moment où il tentait de l'embrasser, chercha à échapper à ses caresses, à son haleine qui lui donnait la nausée.

— Non, Hermann !... Pas ce matin... Je t'en prie... Pas ce matin...

Lui ne la lâchait pas. Au contraire, ses mains devenaient plus pressantes. Ses lèvres cherchaient avec avidité le contact de sa peau douce. Il finit par la coincer entre la baignoire et l'armoire de toilette. Il enleva lui-même son propre pyjama comme un serpent se débarrasse de sa vieille peau. Le corps raidit par le désir, il souleva la jeune femme, la porta jusqu'au lit et lui fit, contre son gré, l'amour avec la hâte et la brutalité d'un soudard.

DEUXIÈME PARTIE

« *BLUTROTE ROSEN ERZAHLEN...* »

« Roses rouge sombre... »

I

L'ENFANT PERDU

Après les terribles bombardements subis par Berlin en décembre 1944, Esther Weizmann avait élu domicile dans les ruines d'un quartier situé au sud-est de la Bulowstrasse. Elle s'était installée dans les vestiges d'un immeuble qui avait abrité autrefois les bureaux d'une importante compagnie d'assurances. Il n'en restait que quelques pièces intactes au sous-sol. Un îlot préservé sous une énorme taupinière de gravats, de planches, de poutres enchevêtrées. Pour accéder à ce réduit, il fallait emprunter un véritable labyrinthe à partir d'un soupirail situé dans une maison voisine qui avait moins souffert.

La vieille juive se sentait en parfaite sécurité dans ces lieux. Qui aurait imaginé qu'il existait encore sous ces décombres un local intact ayant servi autrefois de vestiaire au personnel de la société ? Qui songerait à venir la traquer en cet endroit ? Il fallait être d'ailleurs bien imprudent pour oser, comme elle le faisait chaque jour, s'aventurer parmi ces ruines. Se glisser entre des pans de murs chancelants que de nouveaux bombardements ébranlaient et qui s'écroulaient parfois avec un bruit effroyable. Chaque fois, Esther Weizmann risquait sa vie, se voyait menacée d'être emmurée au fond de son trou.

La pauvre femme habitait pourtant cette cave. Elle y passait toutes ses journées. Couchée sur un vieux matelas. Enveloppée dans des couvertures pour essayer de se préserver du froid glacial et de l'humidité ambiante. Elle ne pouvait pas allumer de feu pour assainir ce logement. D'une part parce qu'il ne disposait pas d'une cheminée, d'autre part pour raisons de sécurité. Elle ne tenait pas à signaler sa présence aux patrouilles de policiers qui circulaient souvent dans les quartiers sinistrés à la recherche de pillards, d'insoumis ou de déserteurs.

Depuis combien de temps avait-elle quitté Unter den Linden ? Avait-elle même réellement résidé autrefois dans ce quartier aristocratique ? Habité le grand immeuble de pierre grise dont la famille Weizmann était propriétaire depuis trois générations ? Qui pourrait la croire aujourd'hui si elle l'affirmait ?

Elle, à présent si vieille, si sale, si misérable, comment aurait-on pu imaginer qu'elle avait été, quelques années plus tôt, la femme d'un des plus riches banquiers berlinois ? Une épouse adulée, une mère, une grand-mère choyée, comblée par l'existence au sein d'un foyer uni dont l'austérité religieuse resserrait les liens familiaux, les relations amicales.

Etait-ce vraiment elle qui avait autrefois régné sur une maison de dix-huit pièces, servie par un personnel de cinq personnes ? Elle dont les réceptions étaient célèbres dans tout Berlin ?

Lorsqu'elle restait allongée sur son grabat immonde, tenue en éveil par le froid et la vermine, elle se demandait souvent si elle n'avait pas rêvé cette autre vie. Comme si, à l'instar des petites dactylos, des ouvrières qui fréquentaient le samedi soir les cinémas de quartier, elle ne phantasmait pas, à partir des trompeuses images de l'écran sur une existence d'aisance et de luxe.

La bague qu'elle portait au doigt, un magnifique anneau d'or ciselé, l'unique bijou sauvé de la catastrophe où la fortune des Weizmann avait sombré était là pour lui rappeler que ce passé fastueux avait bien réellement existé. Elle portait aussi contre son cœur, dans un petit sachet de velours accroché à son cou par un lacet, une autre preuve indubitable de son identité. Il s'agissait d'un court poème écrit par Isaac, son mari. Ce manuscrit s'achevait par ces mots :

« ... porte mon âme en pays d'Israël,
Elle y reposera en paix ! »

Dans ses moments d'incertitude, il lui suffisait de relire ces lignes. De porter sa bague à ses lèvres pour retrouver confiance. Pour qu'affluent à sa mémoire des souvenirs merveilleux qui l'aidaient à supporter sa déchéance présente.

Elle s'était appelée autrefois Esther Goldmann, fille unique d'un grand brasseur d'affaires possédant des intérêts dans plus de cent entreprises à travers le monde. A la tête d'une fortune colossale.

Elle avait passé son enfance dans une propriété située en bordure de la Berlinerstrasse. Fait ses premiers pas sous l'œil attentif d'une nurse anglaise à travers les allées verdoyantes du Tiergarten.

Plus tard, après sept années heureuses, bien que privée d'amour maternel car sa mère était morte en lui donnant le jour, elle était entrée dans une institution zurichoise des plus réputées parmi l'aristocratie allemande. A l'issue d'études réussies, elle était revenue à Berlin à l'âge de dix-sept ans. Elle y avait connu la vie insouciante des jeunes filles de la haute société jusqu'au jour où son père lui avait choisi un mari.

Le mariage s'était déroulé en 1894, cinquante années auparavant. Elle était devenue la femme d'Isaac Weizmann. De dix ans son aîné, celui-ci occupait déjà de hautes fonctions dans la hiérarchie de la banque paternelle.

Au début, leur union n'avait rien dû à l'amour, encore moins à la passion. On avait seulement uni, selon la coutume traditionnelle, les héritiers de deux grandes familles israélites. On avait du même coup décuplé la formidable puissance financière dont les descendants du jeune couple bénéficieraient plus tard.

En devenant Mme Isaac Weizmann, Esther ne s'était déplacée que de quelques kilomètres d'ouest en est, en franchissant la porte de Brandebourg pour gagner le quartier d'Unter den Linden.

Les Golmann et les Weizmann fréquentaient les mêmes milieux, les mêmes manifestations mondaines, avaient les mêmes relations.

Soirées de gala à l'Opéra, dîners dans les résidences prestigieuses, grands bals des ambassades, vernissages d'expositions, présentations de couturiers, séjours à Nice, en Italie, aux eaux de Baden-Baden... Comme elle avait été heureuse auprès d'Isaac ! Il s'était révélé un mari charmant, attentif. Un être intelligent, sensible, pour lequel elle avait éprouvé une grande tendresse, bientôt un amour profond.

Trois enfants leur étaient nés. Deux garçons Elie et Samuel, Sarah, une petite fille. La vie d'Esther en avait été transformée. Elle était devenue moins snob, moins attirée par les mondanités. Elle s'était entièrement consacrée à sa famille.

1914 avait marqué une douloureuse étape dans cette existence sans nuage. Officier de réserve, Isaac Weizmann était parti le premier jour de la mobilisation générale. Sa fortune, ses relations auraient pu lui permettre d'obtenir une place dans un état-major, dans un ministère. Il avait tenu à faire son devoir sur le front. Envoyé en premières lignes, il s'y était distingué dès le mois de septembre, en emportant de haute lutte à la baïonnette, à la tête de sa section, une position ennemie et en faisant plusieurs dizaines de prisonniers. Cet exploit lui avait valu la croix de fer et deux citations.

A Verdun, au cours de la plus sanglante boucherie guerrière de tous les temps, le sort avait brusquement tourné en défaveur du jeune banquier. Atteint par un obus français on l'avait amputé du bras gauche.

Rendu à la vie civile après sa convalescence, le mari d'Esther avait repris sa place à la banque où il succéda bientôt à son père, emporté par une embolie.

Après la capitulation de l'Allemagne en 1918, les affaires devinrent difficiles. Révolution, inflation, marasme économique, chômage se succédèrent. Comme il fallait bien trouver des responsables au désastre militaire et aux malheurs de toutes sortes qui accablaient le pays, les juifs servirent une fois encore de boucs émissaires.

Les Weizmann assistèrent, impuissants, à la lente montée de

l'antisémitisme. Ils virent défiler les longs cortèges des S A nazis sous les fenêtres de leur immeuble. Ils entendirent les cris hostiles de la populace. Ils regardèrent le terrifiant spectacle des hommes en chemise brune portant le brassard rouge orné de la svastika, brandissant des bannières et des torches en hurlant le slogan millénaire précurseur des pogroms : « Mort aux juifs ! »

Dès 1933, ce fut le sauve-qui-peut général chez les Israélites berlinois. Hommes d'affaires, savants, écrivains, artistes, médecins, universitaires, toute l'intelligentsia appartenant à cette confession plia bagage pour échapper à des événements prévisibles.

De Londres, de New York, de Paris, des amis écrivirent à Isaac Weizmann pour le presser de quitter à son tour l'Allemagne avant qu'il ne fût trop tard. Il refusa d'écouter ces conseils de prudence.

« Je ne partirai pas, répondit-il à ceux qui l'exhortaient à s'expatrier avec sa famille. Je me suis battu durement en 1914. J'ai donné un bras à l'Allemagne en 1916. Il me semble que j'ai largement payé le droit de rester dans ce pays où mes ancêtres sont nés depuis trois générations. Dans ce pays qui est le mien et que j'aime ! »

Pour prouver sa confiance en l'avenir, il maria même son fils aîné à Judith Avner, la fille d'un conseiller financier américain possédant d'importants intérêts à Berlin.

Pendant deux ans, en dépit de certaines tracasseries administratives, de vexations verbales dans le monde des affaires, il poursuivit vaille que vaille ses activités bancaires et se dévoua sans compter au redressement de l'économie allemande.

Un matin de septembre 1935, à l'heure du laitier, ce fut le réveil brutal. En quelques minutes, l'immeuble des Weizmann fut envahi par les hommes de la Gestapo. Ceux-ci fouillèrent les appartements, molestèrent le personnel. On emmena Isaac entre deux policiers, comme un vulgaire malfaiteur. Prison, interrogatoires, prison. Durant des mois, le mari d'Esther subit ce régime humiliant sans savoir exactement ce qu'on lui reprochait. A plusieurs reprises, ses fils Elie et Samuel furent convoqués dans les locaux de la Gestapo pour répondre à des accusations insensées. Un soir, ils ne rentrèrent pas eux non plus et furent embarqués avec leur père pour une destination inconnue.

Ensuite, les événements se précipitèrent. En moins d'une semaine, les Weizmann furent spoliés de tous leurs biens. On obligea l'épouse du banquier, sa fille Sarah, sa belle-fille Judith et ses deux petits à quitter la grande maison d'Unter den Linden. On les assigna à résidence dans un pavillon de banlieue avec l'obligation humiliante de porter l'étoile jaune. Les locaux de la banque, les appartements furent réquisitionnés au profit de fonctionnaires du régime.

Des années noires se succédèrent alors. De plus en plus dramatiques. Comme une descente inexorable vers le néant. Elles furent jalonnées de dates tragiques : 1937, annonce du décès de Samuel, le cadet des deux fils, emporté par la tuberculose au camp de concentration de Dachau. 1939, évasion ratée d'Elie, qu'on fusilla pour cet acte. 1940, mort d'Isaac Weizmann dans une mine de Silésie où, malgré son infirmité et son âge, on lui avait fait pousser des wagonnets dans une mine.

Cruel paradoxe, ce fut un simple ouvrier syndicaliste, compagnon de travail et de misère de l'ancien banquier, qui vint annoncer la triste nouvelle à Esther après avoir réussi à s'évader du bagne. Avant de tenter de rejoindre la Suisse, il avait tenu à accomplir une pieuse mission. Il était venu apporter à la veuve d'Isaac Weizmann un mince feuillet de papier contenant une sorte de testament spirituel. Un poème écrit par le mutilé au cours d'une pause au fond de la mine, à la lueur d'une lampe à carbure :

« ... Porte mon âme en pays d'Israël,
Elle y reposera en paix ! »

Si elle n'avait pas eu connaissance de cette prière déchirante. De cette bouleversante supplique, Esther, terrassée de chagrin par ces deuils successifs, n'aurait sans doute pas eu le courage de survivre. Dans les mots du poème, tracés d'une main malhabile, elle devina le sens d'une ultime adjuration. C'était l'âme d'Isaac qui palpitait entre ces lignes. A défaut de son corps voué à la fosse commune, il tenait à ce qu'elle emportât ce texte en Palestine. Qu'elle y conduisit aussi les derniers membres de la famille. Pour y vivre dans la paix du prophète.

A partir de ce jour-là, elle avait décidé de se battre pour survivre. Pour accomplir cette mission sacrée.

D'autres années s'étaient écoulées. Des jours et des jours, hantés par la peur, la misère, l'angoisse des lendemains. Sans appuis, sans travail, sans argent, sans cartes d'alimentation ! Il y avait pourtant cinq bouches à nourrir à la maison : sa fille Sarah, sa belle-fille Judith, ses deux petits-enfants Daniel, David et elle-même.

Tous les hommes étant morts, la famille décapitée n'ayant plus de chef, Esther Weizmann prit ses destinées en main. Le plus difficile, au début, fut l'obligation de porter l'étoile jaune. Elle fut bientôt la seule à sortir du pavillon où on les avait assignées à résidence. Son âge ne l'exempta pas des offenses et même parfois des horions de la part des suppôts du régime. Elle supporta stoïquement ces avatars.

Lorsqu'elle eut échangé tous ses bijoux contre de la nourriture, quand il ne lui resta plus que son anneau de mariage, elle décida qu'elle ne sacrifierait pas ce pieux souvenir en échange de quelques kilos de pommes de terre. Un matin, elle se leva avant le jour et se rendit sur un marché aux légumes, en ayant soin de découdre la sinistre rouelle qui signalait sa condition à ses interlocuteurs. Elle se mit à mendier, d'étal en étal, parvenant tant bien que mal à garnir son sac à provisions. Puis les temps devinrent de plus en plus difficiles. Les commerçants de moins en moins généreux. Elle ramassa alors les déchets, les produits gâtés. Comme elle n'était pas la seule, hélas, à récupérer ces résidus, elle rentra souvent bredouille à la maison, sans même rapporter des fanes de rutabagas pour en faire un insipide brouet.

Surmontant alors toute dignité et, au début, une indicible répugnance, Esther Weizmann se mit à visiter les poubelles. A rechercher, parmi les cendres, les papiers, les sanies, quelques reliefs d'aliments souvent avariés. Elle sut vite dans quels quartiers sa collecte se révélait la plus fructueuse. C'étaient ceux qu'elle avait fréquentés durant son existence dorée d'antan : ambassades, ministères, immeubles résidentiels, hôtels particuliers, ces lieux lui rappelaient souvent le souvenir de brillantes soirées, de dîners, de réunions mondaines dans des salons luxueux que fréquentaient des dames et des messieurs en habits de gala.

Depuis lors, on avait changé beaucoup de plaques contre les portails. Ministres, officiers supérieurs de la SS, hauts fonctionnaires du régime, habitaient les appartements autrefois occupés par les riches familles juives. On menait toujours aussi grand train dans ces demeures. On gaspillait autant qu'avant. Grâce aux rejets des nouveaux nantis, Esther arriva tant bien que mal à nourrir sa famille.

D'autres épreuves attendaient encore, hélas ! la veuve d'Isaac Weizmann. Comme s'il était écrit qu'elle serait la seule à pouvoir accoster un jour sur les rivages du royaume d'Israël.

Un matin du mois de décembre 1942, alors qu'elle regagnait le pavillon de banlieue où elle logeait avec sa famille, elle fut saisie de frayeur en voyant stationner devant la maison deux voitures de la Gestapo. Elle devina immédiatement qu'un nouveau danger menaçait les siens. Dans le quartier, un mouchard nazi avait sans doute remarqué une présence suspecte à l'intérieur de la villa. Il en avait informé la police. Celle-ci venait arrêter ses occupants.

Esther ne portait plus l'étoile jaune depuis qu'elle en était réduite à des pratiques de clocharde. Elle avait appris à se méfier. Elle décida donc de ne pas rentrer chez elle et s'accroupit derrière une palissade afin de voir ce qui allait se passer.

Elle vit sortir sa fille Sarah et sa belle-fille qui tenait ses enfants par la main. Les deux petits pleuraient d'une façon déchirante. Elle eut la tentation de se précipiter pour les arracher aux griffes des individus odieux qui, elle en avait le pressentiment, les emmenaient vers la mort. Elle n'eut pas le temps d'accomplir ce geste désespéré. Les hommes de la Gestapo enfournèrent leurs prisonniers dans l'une des voitures. Celle-ci démarra aussitôt tandis que deux autres policiers apposaient des scellés sur la porte du pavillon.

Après avoir assisté, impuissante, à cet enlèvement, Esther Weizmann s'effondra en larmes au pied de la palissade. Elle comprit que tout était fini. Elle ne reverrait jamais plus sa fille, sa belle-fille et ses petits-enfants. Comme elle n'avait jamais revu son mari et ses deux fils.

Dans son immense détresse, la malheureuse ne remarqua pas qu'un témoin l'observait depuis un instant. Elle sursauta en sentant une main se poser sur son épaule. Il ne s'agissait pas de la poigne brutale d'un gestapiste mais de la main charitable d'un prêtre.

Il s'agissait de l'abbé Bernhard Brueckner, curé du quartier où résidaient les Weizmann. Depuis la fenêtre d'une maison voisine, il avait assisté lui aussi à toute la scène. En pleurant, Esther lui raconta, par bribes, le drame de sa famille. Il en éprouva aussitôt une grande pitié et aida la pauvre femme à se relever. Il l'emmena ensuite avec lui jusqu'à son presbytère.

Après ce douloureux épisode, la vieille juive fut hébergée dans les dépendances de l'église de Reinichendorf, ce qui lui évita d'être arrêtée à son tour par les monstres nazis qui traquaient partout les derniers Israélites berlinois afin de les envoyer dans des camps de concentration.

Pendant cette période, le prêtre essaya d'obtenir des renseignements sur le sort réservé aux enfants et petits-enfants de sa protégée. Il finit par apprendre une partie de la vérité par un aumônier militaire issu du même séminaire que lui. Selon son ami, tous les déportés, hommes, femmes, enfants, vieillards, finissaient gazés dans les camps d'internement. Leurs corps étaient ensuite brûlés dans de gigantesques fours crématoires. Himmler appelait cette extermination systématique du peuple juif la « solution finale ».

Avec ménagement, l'abbé Bernhard Brueckner fit part de ces atroces révélations à Esther Weizmann. Il manifesta aussi sa réprobation pour ces crimes et exprima son pessimisme quant à l'avenir de l'Allemagne.

— Nous paierons très cher toutes ces atrocités nazies ! Les Allemands ne tarderont pas à connaître à leur tour un terrible châtiment. Dieu ne leur pardonnera pas sans qu'ils payent durement le prix de ces crimes !

La veuve accueillit ces tristes nouvelles avec une grande dignité. Depuis l'arrestation des quatre derniers membres de sa famille, elle savait qu'ils étaient condamnés à un sort funeste.

— Il y a des mois que je m'attendais à cette issue, soupira-t-elle. Je savais qu'ils me les tueraient. A présent que tous les miens sont morts, je suis la seule dépositaire de l'âme des Weizmann. Dieu, qui m'a protégée jusqu'ici, me permettra d'accomplir ma mission. Après la guerre, j'irai en Israël pour y mourir et, en même temps que mon corps, on ensevelira dans la terre rouge de Palestine le poème d'Isaac que je porte sur mon cœur.

A partir de ce jour, la pauvre femme s'enferma dans un profond mutisme. Elle n'en sortait seulement que pour parler d'une idée fixe : son voyage vers la patrie du judaïsme.

Mais il était dit que la malheureuse connaîtrait encore d'autres épreuves avant de prendre le chemin conduisant à Jérusalem. En janvier 1945, l'abbé Brueckner, pourtant âgé de cinquante-cinq ans et de santé fragile, fut rappelé sous les drapeaux. Avant son départ, il voulut confier sa protégée à un autre prêtre de banlieue qui cachait lui aussi des juifs. Esther Weizmann refusa d'aller dans ce nouvel asile. Elle reprit sa vie de mendigote, trouvant refuge dans les ruines du quartier de la Bulowstrasse. En ces lieux sinistres dévastés par les bombardements, elle n'eut pour voisin que les morts enfouis sous les décombres et les rats, seuls êtres vivants à pouvoir, comme elle, se faufiler parmi les enchevêtrements de poutres et de gravats.

La vieille juive ne sortit plus que la nuit de sa cachette. Elle se dirigea vers les quartiers épargnés où subsistaient encore un peu de vie et d'activité. Sa récolte quotidienne de nourriture devint de moins en moins fructueuse. A Berlin, les restrictions se firent de plus en plus draconiennes. Même pour les nantis du régime. Elle n'avait heureusement pas grand appétit. Un croûton de pain, quelques pommes de terre pourries, parfois un peu de charcuterie avariée suffisaient à calmer sa faim.

Sa quête de nourriture s'avérait souvent plus profitable pendant les bombardements. Elle ne craignait pas de se glisser au cœur des quartiers visés par le déluge de fer et de feu tombant du ciel. Elle entrait dans les magasins d'alimentation touchés par les bombes et, tandis que l'incendie ravageait les étages supérieurs, raflait sur les rayons les conserves et les victuailles qu'elle y trouvait.

Ces pratiques étaient terriblement dangereuses. Elle devait affronter non seulement les projectiles, les flammèches, les effondrements, mais aussi les balles des policiers. Ceux-ci tiraient à vue sans sommation sur les pillards.

Esther Weizmann s'était toujours sortie saine et sauve des pires embûches. Elle avait appris à estimer le nombre de minutes séparant l'embrasement de l'écroulement d'un immeuble. A échapper aux patrouilles des schupos. A faire parfois la morte pour éviter d'être interpellée.

A Berlin, ville terrorisée devenue capitale de l'angoisse, la vieille juive était l'une des rares habitantes à ne pas connaître la peur. Insensible à la faim, au désespoir, à la mort, elle se moquait de tous les risques. Elle se savait protégée par Dieu. Elle était sûre qu'il ne l'abandonnerait pas avant qu'elle n'eût accompli sa pieuse mission.

Vers vingt-trois heures, durant la nuit du 13 au 14 avril 1945, en entendant le mugissement sinistre des sirènes annonçant l'approche des vagues de bombardiers ennemis au-dessus de Berlin, Esther Weizmann n'éprouva pas la moindre apppréhension. Elle sortit de sa tanière et leva les yeux vers le ciel. Les feux de la défense antiaérienne y tissaient déjà leur toile d'araignée mouvante. En écoutant le grondement des premières bombes, elle détermina vite l'emplacement des lieux visés par les appareils alliés. Par bonheur pour ses vieilles jambes, la cible n'était pas très éloignée de son repaire. Cette nuit-là, le quartier menacé était situé à la périphérie de Tempelhof. Elle se dirigea aussitôt de ce côté.

La radio du Messerschmitt se mit soudain à grésiller. Une voix lointaine, haletante, à peine audible, se fit entendre :

— J'appelle appareil DK 325 !... DK 325 !... 325 !...

Le pilote s'empressa d'appuyer sur une touche à sa portée et répondit dans son micro :

— Ici DK 325 ! J'écoute !

— DK 325 ! Faites immédiatement demi-tour ! Vous ne pouvez pas atterrir à Berlin ! Bombardement ennemi en cours... Restez branché, nous vous indiquerons prochainement un autre terrain...

Le pilote regarda Fegelein assis à ses côtés dans le cockpit. Du menton, il lui désigna sur le tableau de bord le cadran indiquant le niveau du carburant. La jauge était dans le rouge, voisine du zéro.

Dans un réflexe naturel, le Gruppenführer passa sa main gantée sur la vitre pour tenter de regarder à l'extérieur. En vain, tout était uniformément noir. Une vraie nuit d'encre, encore accentuée par un plafond bas. Une nuit assassine. De celles qu'affectionnaient les bombardiers ennemis. Ils pouvaient se glisser impunément jusqu'au cœur de l'Allemagne sans redouter la DCA ni les chasseurs de la Luftwaffe.

Fegelein utilisa l'interphone :

— On ne va quand même pas se poser n'importe où ? s'inquiéta-t-il. Prévenez le central qu'on va manquer de jus ! Insistez pour qu'on nous laisse atterrir sur une piste de Berlin !

— Je vais essayer, dit l'autre.

Il connecta à nouveau sa radio sur la fréquence « ad hoc » et énonça :

— Ici DK 325 !... Impossible rebrousser chemin... Sommes à court de carburant... Demandons autorisation atterrir en priorité sur un aérodrome berlinois !

Un long silence succéda à ces paroles. Felegein en profita pour jeter un coup d'œil à l'arrière. Sa maîtresse était assise sur un fauteuil bas, à même le plancher de la carlingue. Sanglée dans les harnais de son parachute, elle dormait paisiblement, la tête penchée sur l'épaule droite. Comme elle n'avait pas coiffé le serre-tête de cuir, ses cheveux blonds masquaient en partie son visage. Ça la rendait attendrissante dans son abandon.

Quant au bébé, il dormait lui aussi, allongé dans son berceau à fond plat. On l'avait attaché pour prévenir l'effet des remous et des trous d'air. Alors qu'il n'avait presque pas cessé de pleurer pendant le transfert du Berghof à l'aérodrome, il s'était tu dès que les moteurs de l'avion s'étaient mis à ronfler. Il avait aussitôt sombré dans un profond sommeil.

Un grésillement emplit à nouveau les écouteurs.

— Consignes formelles de la défense aérienne, reprit une voix lointaine : interdiction pour tout avion de se poser à Berlin pendant le bombardement ! Essayez de crasher dans la périphérie...

Fegelein se démena sur son siège.

— Les salauds ! hurla-t-il. Comment veulent-ils que nous nous posions sans risques au milieu de cette crasse ? Autant dire qu'ils nous condamnent à mort ! Branchez-moi sur eux, je vais leur parler !

Le pilote tripota la radio. Un instant après, il fit signe à son passager qu'il était en communication avec le contrôle aérien.

— Ici Gruppenführer Fegelein à bord du DK 325 ! glapit-il. Je rentre d'une mission de la plus haute importance ! Une mission spéciale qui m'a été confiée par le Führer ! Je demande à atterrir immédiatement à Berlin !

Un long silence s'appesantit à nouveau sur les ondes. Pendant plusieurs minutes on n'entendit plus dans le cockpit que le ronflement régulier des moteurs, les vibrations de la carlingue.

Le SS sentit s'insinuer en lui une peur épouvantable. S'ils étaient obligés de se poser au hasard, au petit bonheur la chance, ils seraient inéluctablement condamnés. Il y avait certes des plaines aux alentours de Berlin, des terrains plats, mais ceux-ci étaient parsemés de forêts, de lacs, d'étangs... Au milieu de cettte nuit opaque, le pilote serait incapable de se repérer, d'éviter les obstacles. La vie, la mort se joueraient à pile ou face.

Dire que Hitler avait choisi l'avion pour l'accomplissement de cette mission ! Parce qu'il croyait ce moyen plus sûr que la route ! Depuis plusieurs semaines, tous les axes routiers, y compris les voies secondaires, étaient soumis à des mitraillages inopinés des appareils ennemis. D'autre part, en raison de l'avance foudroyante des Américains, l'accès direct à Berchtesgaden était désormais interdit. Il aurait dû emprunter un itinéraire compliqué demandant plusieurs jours. Au lieu de cela, en une seule journée, il s'était rendu au Berghof et regagnait Berlin avec l'enfant.

A l'aller, tout s'était passé sans incident. Ils avaient atterri sur un aérodrome civil où les attendaient un chauffeur et une Mercedes. Ils avaient aussitôt pris la route pour le Nid d'aigle. Prévenus par radio, les domestiques qui veillaient sur le bébé avaient préparé celui-ci pour le voyage. Fegelein et sa maîtresse n'étaient restés que deux heures dans la résidence d'été d'Adolf Hitler. Juste le temps d'avaler un frugal repas.

En redescendant vers la vallée de Berchtesgaden, les événements avaient commencé à se gâter. Sur l'aérodrome régional, un imprévu s'était produit. Le mécanicien au sol chargé de la révision du Messerschmitt avait détecté une fuite dans l'alimentation du moteur. Selon le technicien, la réparation de la panne aurait dû demander une journée complète. Il avait fallu que Fegelein usât de toute son autorité et des pouvoirs exceptionnels que lui conférait l'ordre de mission spécial signé de la main du Führer pour qu'on remît le jour même l'appareil en état de vol.

Au lieu de démonter complètement le moteur ou de le changer par un neuf, les mécanos s'étaient contentés de parer au plus pressé. Ils avaient fait au mieux en espérant que leurs palliatifs tiendraient le coup jusqu'à Berlin.

Au moment du décollage, un nouvel impondérable s'était présenté. La base de Salzbourg avait annoncé l'approche d'une patrouille de chasseurs ennemis. C'est finalement avec un retard de six heures sur leur programme qu'ils avaient pu s'envoler de Berchtesgaden.

Le voyage de retour n'avait pas été non plus une partie de plaisir. En raison de la progression des Alliés sur le territoire national tout le système logistique aérien de Troisième Reich avait subi de profonds bouleversements. Il était recommandé aux aviateurs allemands d'user le moins possible de leur radio. Voler en pleine nuit dans ces conditions devenait une entreprise des plus hasardeuses.

Heureusement, le pilote du Messerschmitt n'était pas un bleu hâtivement formé dans une école de la Luftwaffe. C'était un as venu de l'aviation civile, totalisant plusieurs milliers d'heures de vol. Sans secours extérieurs, en établissant soi-même son plan de route, avec une grande maîtrise, le capitaine Max Liptauer venait de conduire son appareil sans encombre de la Bavière jusqu'aux abords de Berlin. C'est donc sans appréhension que, quelques minutes plus tôt, il s'était conformé aux formalités d'approche habituelles.

En temps normal, l'ordre de rebrousser chemin n'eût pas posé de problème particulier à ce pilote chevronné. Seulement un contretemps. Cette nuit, c'était une catastrophe. Il savait que tous les terrains situés à une centaine de kilomètres à la ronde autour de la capitale du Troisième Reich étaient inutilisables. Depuis un mois, l'aviation alliée les soumettait à un pilonnage intensif. Les pistes n'avaient plus le temps d'être remises en état entre deux raids ennemis.

Seuls les aérodromes de la périphérie de Berlin, Tegel, Gastow et Tempelhof étaient maintenus ouverts au prix d'efforts surhumains. L'OKW tenait à les conserver en état afin de pouvoir garder un contact aérien avec l'extérieur. Grâce à cet effort, les officiers généraux pouvaient encore assister aux réunions quotidiennes de la Chancellerie. Les groupes d'armées de l'Est ou de l'Ouest pouvaient communiquer autrement que par radio avec le QG de Hitler.

Pour réussir ce tour de force, des moyens considérables en hommes et en matériels étaient mis en œuvre. A peine les vagues d'assaut des forteresses volantes américaines venaient-elles de lâcher leurs tapis de bombes au-dessus des terrains, que des équipes de sapeurs spécialisés se mettaient au travail pour combler les cratères. Souvent, moins d'une heure après le passage des avions ennemis, les appareils allemands pouvaient à nouveau se poser ou décoller sur les pistes.

Qu'en était-il en cette nuit sinistre du 13 au 14 avril 1945 ? Quel aérodrome les Alliés avaient-ils choisi pour cible ? S'agissait-il, comme souvent, d'une attaque simultanée sur tous les terrains de la capitale ?

Le pilote n'était pas le seul à se poser cette question. Elle hantait aussi l'esprit de Fegelein. A plusieurs reprises, il avait eu l'occasion de constater les ravages causés par ces bombardements. Il avait vu, sur les pistes, des trous énormes où on aurait pu mettre une maison. Quelquefois, des bombes à retardement jonchaient les terrains. Il fallait attendre le passage des démineurs avant de pouvoir à nouveau les utiliser.

Cette nuit, si les agents du contrôle aérien refusaient l'atterrissage, c'était sans doute parce qu'il n'y avait plus une seule piste praticable dans toute l'agglomération berlinoise. Passer outre à l'interdiction était la pire folie. Risquer le capotage, la volatilisation par explosion. Pas non plus question de faire demi-tour. La saloperie de réparation ne tenait plus le coup. Le carburant avait fui d'une manière insidieuse durant tout le voyage. A présent, il restait à peu près juste suffisamment d'essence pour procéder aux manœuvres d'approche et à l'atterrissage. D'un instant à l'autre, l'avion serait en panne sèche. Il chuterait comme une pierre dans le gouffre noir ouvert sous leurs pieds.

Pris de panique à cette idée, Hermann Fegelein s'apprêtait à lancer un nouvel SOS lorsque la radio se remit à émettre :

— Appareil DK 325... DK 325... Vous êtes autorisé à atterrir à Tempelhof... Sur la piste numéro 3... Par nord-est... Sans balisage... A vos risques et périls... Accusez réception SVP !

— Bien reçu, dit le capitaine Liptauer. Atterrirons dans moins de cinq minutes ! Terminé !

Fegelein poussa un soupir de soulagement. Il aimait mieux risquer la casse au sol sur un vrai terrain que la dégringolade au hasard lorsqu'il n'y aurait plus une seule goutte de carburant dans le réservoir.

Le pilote eut sans doute aussi la même pensée. Il lui fit un petit geste de connivence et d'espoir.

Tout à coup, une immense déchirure apparut dans le ciel noir. Comme si les nuages s'ouvraient devant l'avion sous l'effet d'une étrave. La nuit jusqu'ici opaque s'éclaira. Un spectacle extraordinaire, féerique, s'offrit au regard des deux hommes.

Un bouillonnement lumineux de couleurs rouge, rose, jaune et bleu embrasait l'horizon. On eût dit que tous les quartiers de Berlin, du centre aux faubourgs les plus éloignés, étaient illuminés par un gigantesque feu d'artifice. Comme si des milliers de pyrotechniciens animaient une colossale festivité nocturne.

Plus l'avion se rapprochait de la capitale, plus la lumière gagnait en intensité. A chaque instant, des grappes flamboyantes jaillissaient du sol, donnaient aussitôt naissance à des nuages boursouflés qui s'élevaient vers le ciel. Un pétillement dessinait sur tout le pourtour de la ville d'étranges figures géométriques. Il s'agissait des flammes de départ des pièces de DCA. Elles déchiraient les ténèbres de brusques coups de lances.

Au-dessus de ce rougeoiement de forge, de ce véritable cratère, se déroulait un ballet hallucinant. Les batteries de projecteurs agitaient leurs grands bras, convergeaient sur des espèces d'insectes à carapaces étincelantes qui semblaient soudain arrêtés en plein vol, piégés par ces filets lumineux. Aussitôt, autour des énormes B-17 démasqués par les faisceaux phosphorescents, on voyait éclore les arcs de flèche des obus traçants, les flocons drus des éclatements.

Quelquefois, les grands coléoptères métalliques parvenaient à se dégager des nasses immatérielles qui les emprisonnaient. D'autres fois, les projectiles de la flak faisaient mouche. Le ciel s'embrasait alors soudain comme la terre. Touchées de plein fouet, les forteresses volantes perdaient de lourdes flammes sulfureuses qui ondoyaient dans la nuit. Puis les appareils explosaient, éclataient comme des astres qui se désintègrent. D'autres flottaient un instant puis tournoyaient en descendant avant de mêler leurs torches vives aux brasiers rougeoyants de Berlin.

Les yeux démesurés, muet de saisissement, Hermann Fegelein regardait ce prodigieux spectacle. Celui-ci gagnait en intensité lumineuse, en variation de couleurs au fur et à mesure que le Messerschmitt se rapprochait du cœur de l'orage. Il fixait ce tableau dantesque avec une telle attention qu'il en éprouvait des tiraillements dans les orbites. La peur envahissait son esprit, serrait ses entrailles. Tout son être se révulsait d'horreur à l'idée qu'ils allaient se jeter délibérément dans cet enfer. Fasciné comme l'oiseau prisonnier de son destin contemple le serpent, il demeurait sans réactions, incapable de crier, d'exprimer sa réprobation contre cet acte suicidaire. Il savait bien qu'à présent sa protestation s'avérerait inutile. Ils n'avaient plus le choix. S'ils ne s'engageaient pas dans cette fournaise, ils étaient de toute façon condamnés à s'écraser quelque part en atterrissant à l'aveuglette.

Ce ne fut pas Fegelein qui exhala soudain son angoisse, sa révolte face au sort inexorable qui les guettait. Ce fut Maricka. La jeune femme venait de se réveiller. De voir, à travers la buée du cockpit, le volcan en éruption vers lequel l'avion se dirigeait.

— C'est pas possible ! Pas possible ! hurla-t-elle à l'adresse du pilote. Il faut faire demi-tour !

Elle commença à se débattre dans ses sangles, chercha à se lever. Hermann se retourna. Il vit qu'elle était pâle. Une frayeur intense dilatait ses pupilles. Elle cria à nouveau :

— Hermann ! Hermann ! Dis-lui de faire demi-tour ! Je t'en supplie !

Fegelein cessa de regarder sa maîtresse. Pour ne pas lui montrer sa propre épouvante. Il céda une nouvelle fois à l'attirance morbide du spectacle de Berlin embrasé.

Le pilote paraissait quant à lui totalement étranger à l'effroi de ses passagers. La crispation de ses mains sur les commandes, son regard fixe étaient les seuls indices de la tension extrême qui l'habitait.

— Voilà Tempelhof ! précisa-t-il dans l'interphone.

Maricka et son amant se penchèrent pour regarder dans la direction indiquée. Ils ne distinguèrent qu'une énorme boursouflure rougeâtre pointillée par les flammèches bleues de la DCA. Le capitaine Max Liptauer fut le seul à remarquer que, jusqu'ici, le terrain n'avait pas encore été frappé par les premières vagues des B-17.

Seuls les quartiers périphériques avaient pris cette nuit-là. Pour avoir utilisé les pistes de cet aérodrome à de nombreuses reprises, il connaissait parfaitement leur orientation. Avec un peu de chance et beaucoup d'habileté, il parviendrait peut-être à s'y poser sans trop de casse.

Mais il fallait faire vite. Opérer avant l'arrivée d'une seconde vague de bombardiers ennemis. Il décida de descendre le plus bas possible. D'effectuer un premier passage en rase-mottes afin de s'assurer que la piste était bien dégagée, puis de revenir sur place pour atterrir.

Liptauer amorça un virage en douceur au-dessus de terrain en réduisant sa vitesse. Juste à cet instant, la colonne oblique d'un projecteur croisa la trajectoire du Messerschmitt.

— Ils ne vont quand même pas nous canarder ces cons-là ! gueula Fegelein.

A peine venait-il de formuler cette hypothèse que les éclairs des salves de DCA se mirent à encadrer l'appareil. Celui-ci fut secoué par des remous brutaux tandis que des éclatements secs de projectiles faisaient sursauter les passagers.

Le moteur droit eut brusquement des ratés. Il se mit à cogner comme le chaudron d'une vieille locomotive. Comprenant qu'ils venaient d'être touchés, le pilote poussa sur le manche. L'avion piqua aussitôt du nez. La manœuvre les déroba à la vue des servants de la D C A .

Ils n'étaient pas tirés d'affaire pour autant. De courtes flammes commencèrent à s'échapper du moteur droit dont l'hélice se mit en drapeau. A présent, ils risquaient non seulement de capoter à l'atterrissage, mais aussi de griller dans la carlingue.

Un vertige s'empara de Fegelein. Des visions prémonitoires défilèrent devant ses yeux. Les souvenirs d'une catastrophe aérienne à laquelle il avait assisté quelques années auparavant. Il revit la carcasse calcinée de l'appareil, les corps carbonisés ou réduits en bouillie, les vestiges humains éparpillés dans un champ parmi les épaves, les valises éventrées...

Le capitaine Max Liptauer amorça sa prise de terrain en faisant uniquement appel à ses souvenirs car Tempelhof était plongé dans les ténèbres. On ne distinguait ni balise, ni piste, pas même les bâtiments. Il plongea carrément dans le noir en résistant à l'attirance trompeuse des foyers d'incendie voisins de l'aérodrome.

Sorti pendant la descente, le train d'atterrissage toucha une première fois le sol, mais en déséquilibre. Le Messerschmitt partit à la dérive sur sa gauche. Le pilote tenta de remettre la gomme en se cramponnant désespérément au manche. L'avion devenu incontrôlable tangua. Il fut renvoyé vers la droite en une suite de soubresauts qui faillirent le déglinguer. Il finit cependant par rouler sur la piste. Son train arrière arraché par les cahots épuisa peu à peu sa vitesse.

Lorsque l'appareil s'immobilisa enfin, moteur coupé, le capitaine Liptauer ne put s'empêcher d'éprouver une frayeur rétrospective. Il venait de stopper son zinc à moins de dix mètres des pans de murs d'un hangar détruit lors d'un précédent bombardement. A quelques secondes près, ils se seraient fracassés contre ces ruines !

Tout danger n'était pas encore écarté. Le moteur tribord continuait de brûler. Les flammes léchaient déjà la carlingue.

— Grouillez-vous de sortir ! cria le pilote. Tout va flamber !

Fegelein n'avait pas attendu ce conseil pour se libérer des sangles de son parachute. Il se précipita ensuite vers Maricka et l'aida fébrilement à se dégager. Elle tremblait de la tête aux pieds et ne cessait de répéter !

— Mon Dieu !... Mon Dieu !... Mon Dieu !...

Quant à Frédéric, il hurlait comme un égorgé.

Le Gruppenführer aida sa compagne à descendre puis vint ensuite chercher l'enfant qu'il tendit au capitaine Liptauer à travers une fumée dense, avant de prendre pied à son tour sur la piste.

Il était temps. L'avion s'embrasa brusquement. Avec une rapidité extraordinaire. Ils se sauvèrent tous en courant en direction des ruines du hangar, dans la crainte d'une explosion.

Des gens appartenant au personnel rampant de la base arrivèrent peu après en gesticulant. Un officier, qui ne savait manifestement pas à qui il avait affaire et devait ignorer l'échange radio ayant eu lieu quelques instants auparavant entre le Messerschmitt et le contrôle aérien, apostropha rudement les rescapés :

— Vous êtes complètement cinglés ! Qu'est-ce qui vous a pris d'atterrir à Tempelhof ? Vous ne pouviez pas aller crasher ailleurs ? A présent, les Ricains vont repérer le terrain. On va recevoir leurs bombes sur la gueule !

— C'est vous qui allez commencer par fermer votre grande gueule ! répliqua Fegelein d'un ton cinglant. Si nous sommes venus ici pour casser du bois, c'est parce que nous ne pouvions pas le faire ailleurs. Il ne nous restait plus une goutte de jus dans le réservoir !

L'autre aperçut soudain, à la lueur du brasier de l'avion, l'uniforme et les galons de son interlocuteur. Décontenancé par sa méprise, il rectifia la position, fit le salut hitlérien et se mit à bégayer :

— Exc... Excusez-moi, Gruppenführer... Je... Je ne pouvais pas savoir...

Fegelein se contenta de hausser les épaules.

— Procurez-moi une voiture le plus vite possible ! commanda-t-il.

Pour faire oublier son incorrection vis-à-vis du général SS, le petit lieutenant se mit à aboyer des ordres à l'adresse de ses propres subordonnés. Ceux-ci s'empressèrent de repartir en courant vers l'autre extrémité de la piste.

Au nord-ouest, du côté de Charlottenburg, une incandescence d'un rouge vif teintait l'horizon. On n'entendait plus le grondement des forteresses volantes, ni les explosions des bombes, ni les tirs saccadés de la flak mais une immense rumeur d'incendie. Tous les quartiers situés au-delà du Landwehr Kanal étaient en feu. La lumière hachée des flammes se réfléchissait très haut dans le ciel.

Quelques minutes s'écoulèrent puis une Kübelwagen arriva en trombe près du hangar en ruine. S'adressant d'un ton sans réplique au jeune lieutenant, Fegelein ordonna :

— Vous allez nous conduire immédiatement à la Chancellerie ! Nous y sommes attendus par le Führer !

— Mais...

— Quoi encore ?

— L'alerte n'est pas terminée, Gruppenführer... Une autre vague de bombardiers ennemis va sans doute revenir...

— Ne discutez pas ! C'est un ordre ! Obéissez !

Le petit officier ne se le fit pas répéter. Il prit aussitôt la place du chauffeur tandis que Fegelein installait Maricka à l'arrière du véhicule. Elle tenait l'enfant dans ses bras. Il continuait de pleurer.

— Vous venez avec nous, capitaine Liptauer ? demanda le SS.

— Non. Je vous remercie, Gruppenführer... Je dois aller rendre compte de ce qui vient de se passer au commandant de la base...

Le beau-frère d'Eva Braun ne fut pas dupe. L'autre préférait ne pas courir de nouveaux risques. Il allait sagement rejoindre l'abri le plus proche et y attendre la fin de l'alerte.

— Je vous comprends, dit-il. En tout cas, je vous félicite. Vous êtes un pilote formidable ! Il n'y en aurait sans doute pas eu un sur mille pour réussir l'exploit que vous venez d'accomplir !

— J'ai quand même cassé l'avion, dit l'autre.

— Ne soyez pas modeste, capitaine Liptauer. Je vous promets que le Führer sera informé de ce que vous venez de faire !

Fegelein sauta à son tour à l'avant de la Kübelwagen qui démarra aussitôt et, tous feux éteints, se dirigea vers la sortie de l'aérodrome de Tempelhof.

Quelques minutes après avoir quitté les limites de la base, ils pénétrèrent dans un autre enfer. Ce qu'ils avaient entrevu d'en haut depuis l'avion n'était qu'une vision idyllique comparé au spectacle terrifiant qui s'offrit à leur regard.

Toute la partie nord-ouest de la grande artère de Tempelhofer Damm ressemblait à une sorte de jetée lancée au milieu d'un océan de feu. Des dizaines et des dizaines d'immeubles flambaient de chaque côté du boulevard. A certains carrefours, des pompiers tentaient désespérément d'empêcher les incendies de sauter d'un quartier à l'autre. Mais le feu avait pris de telles proportions qu'il se riait de leurs efforts et les rendait ridicules. Les jets des lances des motopompes n'obtenaient pas plus d'effet que n'en aurait eu la pissette du Manneken-Pis. Les énormes brasiers rougeoyants soufflaient, bougeaient, se précipitaient d'un toit à l'autre comme des bêtes de proie. Ils embrasaient en quelques minutes des groupes de maisons intactes distants de plusieurs dizaines de mètres.

Des montagnes de débris ne cessaient de s'effondrer sur la chaussée. Dans un fracas d'avalanche. Parfois, au milieu d'un bruit de soufflerie infernal, on entendait hurler des gens bloqués dans les étages. Il s'agissait de grabataires, de vieillards impotents qui n'avaient pu rejoindre les caves en raison de leurs infirmités ou de leur âge.

La Kübelwagen fut soudain arrêtée à un carrefour par une accumulation de décombres de toutes sortes. Il n'y avait pas le moindre piquet de pompiers en cet endroit. Les immeubles flambaient sans que personne cherchât à enrayer les incendies. Une fois encore les événements révélaient une cruelle réalité : il n'y avait pas à Berlin assez de moyens en hommes et en matériels pour combattre les innombrables incendies causés par les raids ennemis. D'ailleurs, comme les sirènes n'avaient toujours pas sonné la fin de l'alerte, beaucoup de sauveteurs volontaires préféraient rester dans les abris plutôt que de s'exposer lors du possible retour d'une nouvelle vague de B-17.

Sans arrêter le moteur de la Kübelwagen, le lieutenant de la Luftwaffe sauta à bas du véhicule, bientôt suivi par Fegelein. Les deux hommes se dirigèrent en courant vers l'obstacle qui barrait la route. Ils constatèrent immédiatement que celui-ci n'était pas infranchissable. Il suffirait de dégager un certain nombre de poutres et de gravats pour pratiquer un passage. Ils se mirent sans tarder au travail en rejetant les déblais gênants sur les côtés.

En ces lieux, l'atmosphère était épouvantable. Une bombe avait partagé en deux une haute maison voisine. Sur sa façade alvéolaire chaque ouverture vomissait des gerbes ardentes à tous les étages. Le feu composait en coupe une sorte d'immense cathédrale d'or vif, flamboyante. La chaleur dégagée par le brasier était intense. Une épaisse fumée, dont l'odeur désagréable tenait à la fois de la suie et du goudron se rabattait sur la chaussée, mêlée parfois à des relents écœurants de chair carbonisée.

Tandis que Fegelein et le jeune officier s'activaient au milieu de ce nuage nauséeux, le grondement d'une nouvelle vague aérienne se fit entendre dans le lointain. Instantanément, les batteries de D C A reprirent aussi leur tintamarre.

Le bombardement recommença. D'abord vers le haut de Tempelhofer Damm. Il se rapprocha avec la vitesse de la foudre. Une pluie drue de projectiles se mit à tomber du ciel. Par pulsations régulières, de deux cents mètres en deux cents mètres environ, des lueurs fulgurantes marquèrent les points d'impacts.

Restée assise dans la Kübelwagen, Maricka vit venir le danger.

— Hermann ! Hermann ! hurla-t-elle en sautant hors de la voiture avec l'enfant dans les bras.

Occupés par leur travail de déblaiement, les deux hommes n'entendirent pas cet appel. Ils ne surent pas non plus qu'ils étaient en péril.

La jeune femme se mit à courir vers eux, en trébuchant parmi les gravats.

Il y eut soudain un sifflement prolongé. Un long déchirement d'acier. La toiture d'un immeuble voisin se souleva comme un chapeau et des flammes montèrent aussitôt vers le ciel. Le sol trembla, puis le bruit s'éloigna comme celui d'une vague brisée tandis qu'un souffle brûlant balayait la rue.

Maricka fut projetée rudement sur la chaussée. Elle lâcha l'enfant en tombant. Pendant une vingtaine de secondes, des projectiles de toutes sortes, pierres, tuiles, flammèches incandescentes s'éparpillèrent autour d'elle au milieu d'une fumée dense.

Quand la pluie meurtrière eut cessé, elle fut tout étonnée de se retrouver encore en vie. Elle se redressa. D'abord sur un coude. A cinquante mètres d'elle, l'immeuble atteint de plein fouet venait de s'embraser à son tour. Des flammes ondulaient déjà au rez-de-chaussée et au premier étage, éclairant le carrefour comme au plein jour d'été.

La petite Hongroise se releva péniblement. Ses genoux tremblaient. Elle claquait des dents. Elle songea soudain à l'enfant qu'elle avait lâché dans sa chute. Elle regarda autour d'elle mais ne vit nulle part le lange rose qui enveloppait le bébé. Le fils de Hitler semblait s'être volatilisé !

— Maricka ! Maricka !...

Fegelein arrivait en courant. Lui aussi paraissait indemne. Son visage grimaçant était noir de suie. Les lueurs dansantes des brasiers donnaient un aspect fantomatique à sa silhouette.

— Tu n'es pas blessée ? interrogea-t-il.

— Non... Je n'ai rien... balbutia-t-elle.

— On a eu de la chance... Le petit lieutenant est mort... Ecrasé par un bloc de béton...

— C'était horrible, poursuivit-elle. J'ai bien cru que j'allais finir aussi comme ça...

Le général SS s'avisa soudain qu'elle ne portait plus l'enfant dans ses bras.

— Et Frédéric ? s'enquit-il en regardant autour de lui.

A moins de cent mètres, la Kübelwagen retournée par le souffle d'une bombe flambait comme une torche au milieu de la chaussée.

La jeune femme désemparée eut un geste évasif. Des mots grelottèrent entre ses lèvres blanchies par la peur.

— Je l'ai sorti de la voiture, expliqua-t-elle. Je l'ai emmené avec moi... Je l'ai lâché en tombant... Depuis, je ne sais plus ce qu'il est devenu... Je ne le vois plus...

Fegelein balaya à son tour les environs du regard. Il ne vit nulle part trace de l'enfant. Son burnous rose était pourtant reconnaissable de loin. Il y avait tellement de débris de toutes sortes qu'il était peut-être enfoui sous des gravats. A moins que le déplacement de l'air ne l'eût transporté dans un recoin ombreux ?

Le « beau-frère » du Führer réalisa immédiatement tous les ennuis futurs que cette disparition allait générer. Si son fils était mort, Hitler ne lui pardonnerait pas de l'avoir abandonné, ne fusse qu'une minute, et d'être lui-même encore en vie.

Cependant, malgré l'urgence des recherches à entreprendre,

Fegelein n'hésita pas à choisir entre la sécurité de sa maîtresse et une prospection plus approfondie parmi les décombres.

— Viens, dit-il en l'enlaçant. Il y a un abri tout près d'ici. Je vais t'y conduire. Je reviendrai ensuite pour chercher Frédéric.

Ils se dirigèrent aussitôt vers un immeuble voisin en partie épargné par les bombes et les incendies. Un panneau signalait l'entrée d'une cave. Le Gruppenführer tapa du poing contre la porte close. Celle-ci tarda à s'ouvrir. Ils comprirent pourquoi un peu plus tard. Il y avait des gens pressés en grappe compacte jusqu'au sommet de l'escalier. L'officier SS dut les repousser durement pour permettre à Maricka d'entrer à l'intérieur du refuge.

Il ne s'attarda pas en ces lieux où leur arrivée déclencha une bordée de protestations. Il y régnait une chaleur épouvantable. La jeune femme essaya de le retenir en s'accrochant à lui :

— Ne retourne pas là-bas, Hermann !... Je t'en supplie ! C'est dangereux... Les avions vont revenir... Attends la fin de l'alerte !

Il resta sourd à cette recommandation qui partait d'un attachement sincère auquel il fut sensible. A présent que sa maîtresse était à l'abri, sa mission primait tout. Même sa propre sécurité. Il devait coûte que coûte retrouver le fils de Hitler. Mort ou vif ! Dans le cas contraire, il serait pour lui inutile de rejoindre la Chancellerie. Le Führer n'admettrait jamais la disparition de Frédéric. Il le ferait fusiller. Pour éviter cette déchéance, Fegelein préférerait se tirer une balle dans la tête.

L'officier nazi se dégagea de la tendre étreinte de Maricka et sortit de l'abri.

Dehors, le bombardement avait repris. Le quartier de Tempelhofer Damm était à nouveau la cible d'une vague de forteresses volantes. Des bombes éclataient alentour dans un bruit d'enfer.

En courant, en cherchant à éviter la grêle des débris qui continuaient de tomber des toits voisins, le Gruppenführer revint sur les lieux où il avait retrouvé la jeune Hongroise saine et sauve. La Kübelwagen brûlait toujours. Pendant plusieurs minutes, il se pencha sur les amas de gravats, souleva des planches, des morceaux de bois incandescents, tenta désespérément de découvrir le petit corps de Frédéric.

En vain. L'enfant semblait s'être envolé sans laisser aucune trace.

De plus en plus désemparé Hermann Fegelein se redressa pour souffler et se frotter les yeux que la fumée dense faisait pleurer. Il vit émerger à cet instant, sur le fond rouge ardent d'un luxuriant décor de flammes, une silhouette vêtue de noir qui sortait d'un immeuble voisin où elle avait dû trouver un refuge provisoire avant qu'il ne s'embrasât à son tour.

Il s'agissait d'une femme âgée, maigre et voûtée. Elle tenait un paquet rose dans ses bras. Il reconnut aussitôt les vêtements enveloppant le petit corps de Frédéric.

Le Gruppenführer poussa un soupir de soulagement et se dirigea au-devant de l'inconnue. Lorsqu'ils ne furent plus qu'à une dizaine de pas l'un de l'autre, la vieille, qui ne savait pas jusque-là à qui elle avait affaire, s'arrêta brusquement en reconnaissant son uniforme d'officier SS. Il lut à cet instant l'étonnement mais aussi la frayeur dans son regard.

La femme en noir se retourna d'un bloc. Elle rebroussa chemin en direction d'une petite rue proche de l'immeuble qu'elle venait de quitter. Elle ne lâcha pas Frédéric qui continuait de pleurer, attestant ainsi qu'il était encore vivant.

— Madame !... Madame !... Arrêtez !... cria Fegelein.

L'autre accéléra au contraire son allure, faisant flotter des pans du petit burnous rose dans sa course. Comprenant que la vieille le fuyait, l'officier se lança à sa poursuite. Mais l'inconnue avait profité de son hésitation pour prendre une marge d'avance.

— Arrêtez-vous ! Cet enfant est à moi ! hurla-t-il.

L'éclatement tout proche d'une bombe empêcha la femme d'entendre ce qu'il venait de dire. Elle poursuivit sa course et pénétra dans l'ombre de la petite rue située entre les immeubles voisins.

En proie à une profonde colère, furieux de ne pas être obéi, le SS dégaina maladroitement son pistolet automatique tout en courant. Il tira un coup de feu de semonce, le canon pointé en direction du ciel pour ne pas risquer d'atteindre accidentellement Frédéric.

Cette menace n'eut pas plus d'effet que ses cris. Il arriva à son tour dans la rue étroite où la fugitive s'était engouffrée. Après l'éblouissante clarté qui régnait au carrefour, il fut étonné de voir ce quartier encore en partie enténébré. Ses yeux larmoyants à cause de la fumée eurent du mal à s'habituer à cette zone d'ombre. Lorsqu'il se fut réaccoutumé à l'obscurité, il constata que la venelle était déserte. La femme et l'enfant avaient disparu.

II

JUSTE AVANT L'APOCALYPSE

— Monsieur Bormann, il faut croire que votre police est bien mal organisée si trois personnes peuvent disparaître ainsi à Berlin sans laisser la moindre trace !

Les traits vulgaires du conseiller privé du Führer se durcirent sous le reproche. Il n'avait jamais aimé les remontrances. Il n'en avait guère reçu jusqu'ici de la part de son maître Adolf Hitler au service duquel il se dévouait depuis plus de dix ans. Il s'était toujours arrangé pour faire retomber sur d'autres la responsabilité des erreurs qu'il avait pu commettre.

Le grief formulé par Eva Braun le piquait d'autant plus qu'il ne le concernait vraiment pas directement. En outre, il émanait d'une femme. D'une femelle prétentieuse qu'il détestait parce qu'il n'avait jamais pu lui nuire pour l'écarter de l'entourage du Führer.

— Mademoiselle Braun, répliqua-t-il sèchement, je mets vos paroles sur le compte de votre inquiétude. Sachez que je ne suis pas chargé de diriger la police de Berlin. Si cette tâche faisait partie de mes attributions, l'enquête serait menée avec plus d'efficacité !

Dans sa détresse, la jeune femme comprit qu'elle n'avait pas intérêt à s'aliéner la sympathie de cet homme. Il était pour l'heure le seul à pouvoir intervenir afin d'éclaircir le mystère qui la tourmentait. Elle connaissait sa puissance occulte. Elle savait, par son amant, qu'il avait noyauté, avec des agents à sa dévotion, tous les rouages de la police d'Etat. Même la Gestapo de Himmler. Si les recherches concernant la disparition de Fegelein et de Frédéric n'avaient pas encore abouti c'est qu'elles achoppaient sans doute sur un problème imprévu.

— L'inquiétude m'égare, reconnut-elle. Je vous prie de m'excuser... Je ne voulais pas vous offenser...

Voyant qu'elle composait, Bormann eut un sourire satisfait.

— Vous savez, observa-t-il d'une voix pateline, il y a toujours eu à Berlin des gens qui disparaissaient un temps puis qui réapparaissaient un peu plus tard. Ces escapades ne se terminent pas toujours tragiquement...

A son regard ambigu, Eva devina qu'il en savait certainement beaucoup plus qu'il n'en disait.

— Hermann était votre ami, rappela-t-elle. Il vous faisait sans doute ses confidences. Comment se fait-il qu'il ne vous ait jamais parlé de la femme blonde qui l'accompagnait à Berchtesgaden ?

Le secrétaire particulier d'Adolf Hitler secoua la tête.

— C'est pourtant la vérité, mademoiselle Braun. Avant de recevoir ce rapport, je n'avais jamais entendu parler de cette inconnue.

Tout en s'expliquant, il désignait les feuillets dactylographiés étalés sur son bureau. Sa réponse paraissait sincère, pourtant elle ne convainquait pas Eva. Elle n'arrivait pas à se fier aux paroles de cet être pétri de fourberie, dont les yeux sournois et cruels plongeaient toujours ses interlocuteurs dans un certain malaise.

— Je ne comprends vraiment pas pourquoi Hermann a emmené cette femme avec lui ! s'étonna-t-elle.

— Sans doute le Gruppenführer a-t-il estimé que la mission qui lui avait été confiée incombait plus à une nurse qu'à un officier de la Waffen SS ? remarqua Bormann avec un sourire frisant l'insolence.

Eva Braun se sentit directement visée par cette perfide allusion. Elle crut bon de se justifier :

— Je sais, c'est moi qui aurais dû accompagner Hermann au Berghof, dit-elle en soupirant. Hélas ! le Führer a refusé...

Elle ajouta, cette fois avec une sorte de sanglot dans la voix :

— Il ne voulait pas que je fasse venir Frédéric à Berlin... Il n'a accepté que sur mon insistance... C'est lui qui avait raison. Notre enfant était plus en sécurité là-bas...

— Je vous aurais déconseillé moi-même ce voyage, si vous m'aviez demandé mon avis, renchérit le Reichsleiter. C'était une expédition très dangereuse. Surtout par voie aérienne.

Le faux jeton omettait de dire que c'est lui qui avait recommandé l'avion plutôt que la route lorsque Hitler lui avait parlé de la mission confiée à Fegelein.

— Ils sont quand même arrivés sains et saufs à Berlin, constata Eva.

— Oui... Mais après avoir frôlé la catastrophe à l'atterrissage !

— Comment ça ?

— Ils se sont posés en plein bombardement sur le terrain de Tempelhof. Après avoir subi le tir de notre propre D C A. C'est un miracle qu'ils s'en soient tirés sans dommages !

— Je ne comprends pas pourquoi Hermann a risqué sa vie et celle de mon fils en commettant une telle imprudence ? Il aurait dû demander au pilote d'atterrir sur un autre aérodrome !

Quand il s'agissait de charger un rival, Martin Bormann était à son affaire. Il n'hésita pas à ajouter :

— Le Gruppenführer a commis également une autre faute grave de conséquences. Il a refusé de descendre dans un abri. Il a quitté Tempelhof alors que le bombardement était encore en cours.

— Mon Dieu !... Mais alors ?... Ils ont peut-être été tous tués en regagnant la Chancellerie ?

Le secrétaire particulier de Hitler secoua la tête.

— Non, rassurez-vous, mademoiselle Braun. Ils étaient encore en vie après le bombardement. Tous les témoignages en notre possession concordent sur ce point.

Il feuilleta à nouveau distraitement les feuillets dactylographiés.

— Selon le récit du capitaine Liptauer qui pilotait le Messerschmitt, voici comment les choses se sont passées : Aussitôt après l'atterrissage de l'avion, le Gruppenführer, la femme blonde et votre fils ont pris place à bord d'une Kübelwagen conduite par un lieutenant de la Luftwaffe. Quelques minutes après, en arrivant sur Tempelhofer Damm, la voiture a été obligée de s'arrêter devant un amas de décombres obstruant la chaussée. Les deux hommes sont descendus pour dégager le passage. Un agent de la Défense passive a assisté à cette scène. C'est alors que le bombardement américain a repris. Le lieutenant a été tué. La femme blonde s'est mise à crier. Fegelein l'a entraînée vers un abri voisin...

— Et Frédéric ?

— Sur ce point, tous les témoignages concordent. Lorsque le couple s'est présenté à la porte de la cave, il n'était pas accompagné d'un enfant.

Eva Braun regarda son interlocuteur d'un air horrifié.

— Vous croyez que Hermann aurait pu abandonner mon fils ? Le sacrifier pour épargner cette... cette femme ?

Bormann eut un geste évasif.

— Je n'en sais rien... Cette attitude m'étonnerait quand même de la part d'un officier supérieur de la SS...

— Ensuite, que s'est-il passé ?

— Après l'alerte, le couple est reparti à pied car la Kübelwagen avait été incendiée.

— Et Frédéric ?

— Aucun témoin ne l'a vu.

Pâle comme une morte, Eva Braun porta ses deux mains à ses joues.

— C'est affreux, gémit-elle. Ces misérables ont laissé mon fils périr dans l'incendie de la voiture... Ils ont préféré disparaître plutôt que d'avoir à rendre compte de leur lâcheté...

Martin Bormann ne reprit pas immédiatement la parole. Comme s'il éprouvait un plaisir malsain à voir la douleur de son interlocutrice, à assister à cette scène de désespoir. Au chagrin de cette femme qui lui tenait en général la dragée haute. Qui avait affecté plusieurs fois à son égard une indifférence frisant le mépris.

Mais, comme dans la vie de cet homme rien n'était jamais gratuit, comme il savait toujours ce qu'il faisait, où il voulait aller, il jugea que, compte tenu du parti qu'il espérait tirer de la situation, il était préférable de rassurer Eva.

— Votre fils n'est pas mort, mademoiselle Braun, reprit-il après un long silence. J'en ai la conviction !

La jeune femme était trop bouleversée pour entendre raison. Elle crut qu'il disait ça pour apaiser sa détresse. Ses larmes redoublèrent.

— Non, votre fils n'est certainement pas mort, insista-t-il. Autrement, on aurait retrouvé son cadavre sur Tempelhofer Damm. J'ai fait identifier toutes les victimes du dernier raid dans ce quartier. Fouiller toutes les ruines. Nulle part on n'a retrouvé les restes d'un enfant répondant au signalement de votre fils...

Eva cessa de sangloter. Elle sécha ses larmes avec son mouchoir.

— Mais alors, s'il n'est pas mort, qu'est-il devenu ?

Bormann eut une moue dubitative.

— Si mes présomptions sont exactes, dit-il, nous ne devrions pas tarder à le savoir.

— Expliquez-moi plus clairement, je vous en prie ! Je ne comprends pas ce que vous voulez dire.

A nouveau, le désarroi de la jeune femme sembla ravir le Reichsleiter. Plus le mystère s'épaississait, plus son rôle devenait important.

— Mademoiselle Braun, déclara-t-il, vous le savez aussi bien que moi, le Führer est depuis quelque temps entouré d'une camarilla de traîtres. Beaucoup d'entre eux sont prêts à toutes les bassesses, à tous les reniements pour se ménager les bonnes grâces de ceux qu'ils considèrent, à tort, comme les futurs vainqueurs de cette guerre.

— Cela voudrait dire que mon fils a été enlevé ?

— C'est une hypothèse plausible. Je n'en ai pour l'instant aucune preuve. Mais tout est possible en ces temps troublés. Dites-vous bien que le fils d'Adolf Hitler serait au jour d'aujourd'hui une valeur d'échange exceptionnelle pour celui qui chercherait à monnayer son impunité vis-à-vis des judéos-marxistes.

— Je connais Hermann, rétorqua Eva. Je le crois incapable

d'une telle turpitude. Il a toujours servi le Führer avec loyauté. D'ailleurs, Frédéric est son neveu. Ma sœur Gretl attend elle-même un enfant...

— Les vrais dévots ne sont pas fatalement ceux qu'on voit tous les jours à la messe ! coupa Bormann d'un ton sentencieux. Pour beaucoup d'opportunistes, l'Allemagne serait un bateau en perdition. Certains vont chercher à quitter le navire avant qu'il ne coule. En emportant des gages !

— Si Hermann s'est enfui avec Frédéric, comment le saurons-nous ?

L'autre hocha la tête d'un air entendu.

— Soyez sans crainte, nous ne tarderons pas à être fixés à ce sujet. Mes services mènent actuellement une enquête qui devrait aboutir prochainement... Mais il est possible que je me sois trompé sur les raisons de la disparition du Gruppenführer Fegelein. Il est peut-être lui-même dans l'impossibilité de nous faire connaître la vérité. De toute façon, je vous tiendrai informée des résultats de nos recherches.

Il s'interrompit à nouveau un instant puis demanda :

— Avez-vous fait part de cette affaire au Führer, mademoiselle Braun ?

— Non, je vous l'ai dit ce matin. Il ne sait pas encore que son fils est revenu cette nuit à Berlin. J'ai préféré ne pas l'alarmer inutilement en attendant la fin de votre enquête. Comme vous me l'aviez recommandé. Il a tant d'autres soucis actuellement...

— Vous avez bien fait. Il convient de patienter encore un peu. Nous ne tarderons pas à être bientôt fixés...

— Merci, monsieur le Reichsleiter, dit Eva en séchant une dernière larme. Je vous fais entière confiance pour retrouver mon fils. Je vous en saurai gré éternellement.

Cet étrange entretien venait de se dérouler en plein cœur de Berlin, à seize mètres sous terre, au milieu du jardin de la nouvelle Chancellerie. Hitler s'y était fait construire quelques mois auparavant un énorme bunker personnel après avoir jugé que son abri principal situé dans la Vosstrasse n'était pas assez sûr.

On pouvait accéder au souterrain soit par un étroit escalier proche du grand hall revêtu de marbre rouge, en suivant, à partir du second sous-sol, un couloir conduisant sous le bâtiment faisant face à la Wilhelmstrasse, soit par l'extérieur à partir d'une tourelle en béton. Celle-ci était défendue par deux sentinelles SS appartenant à la Leibstandarte, la garde du corps personnelle du Führer. Les visiteurs devaient d'abord présenter un sauf-conduit à ces gardiens avant d'être autorisés à franchir la lourde porte d'acier du bunker.

Depuis le jardin, après avoir subi ce premier contrôle, on descendait dans les profondeurs de la terre par un escalier en colimaçon de trente-sept marches pour arriver dans une grande salle. D'autres SS armés fouillaient systématiquement les nouveaux venus afin de s'assurer qu'ils ne portaient ni armes ni explosifs.

Les visiteurs transitaient ensuite dans une salle d'attente confortable au sol recouvert de tapis d'Orient, meublée de fauteuils de style. Cette antichambre était contiguë à la salle de réunions où Hitler tenait chaque jour ses interminables conférences.

Au-dessus de ce premier niveau on avait coulé une chape en béton armé de dix mètres d'épaisseur. Elle mettait les occupants de l'abri hors d'atteinte des bombardements terrestres ou aériens intensifs.

Encore plus profond et plus vaste, le second niveau était surnommé le « Führerbunker ». Il comportait dix-huit pièces. Hitler en occupait un tiers. Le reste se composait d'une salle de garde, d'un standard téléphonique, d'une centrale électrique, d'une infirmerie et de chambres-bureaux réservées à ses familiers et proches collaborateurs.

Le Maître du Troisième Reich avait fait équiper ce véritable cuirassé sous-terrain de considérables réserves d'eau et de nourriture. Comme s'il voulait y soutenir un siège de plusieurs mois. Mais c'était surtout pour se garantir des raids meurtriers de l'aviation ennemie et pour pouvoir diriger les opérations militaires depuis ce nouveau Q G qu'il avait conçu ce bunker inexpugnable.

Ce repli de l'OKW à Berlin n'était pas encore connu de la population civile. Par contre, la plupart des hommes politiques et des généraux regrettaient cette décision. Ils craignaient que Hitler ne fût bientôt totalement isolé dans sa forteresse, incapable de faire face à ses obligations stratégiques.

Eva Braun était descendue la nuit précédente dans le Führerbunker, pendant le terrible bombardement aérien des B-17 américains, cela à la demande de son amant. Dans la perspective de la prochaine arrivée de Frédéric, elle avait installé au milieu de sa chambre un berceau en bois semblable à ceux qu'on trouvait dans les fermes bavaroises. Elle avait hâte de revoir son fils dont elle ne s'était séparée que pour venir apporter un peu de réconfort à l'homme qu'elle aimait.

Très tôt ce matin, Bormann, qui disposait d'une pièce au second niveau du bunker, lui avait fait savoir qu'il désirait lui parler. Lors d'un premier entretien, il lui avait appris, sans ménagement, ce qui s'était passé la veille et la nuit précédente : à savoir que le Gruppenführer Hermann Fegelein et une mystérieuse femme blonde s'étaient bien rendus au Berghof où ils avaient récupéré Frédéric. Qu'ils avaient ensuite repris, par avion, la route de Berlin, mais, qu'après y avoir atterri en plein bombardement, on avait totalement perdu leur trace.

Bien qu'elle eût été bouleversée par cette nouvelle, Eva avait suivi les conseils de Bormann. Elle n'avait pas parlé de l'affaire à Hitler. Ce dernier ne semblait pas inquiet du retard de son envoyé à Berchtesgaden. Selon lui, la mission confiée à Fegelein pouvait prendre au moins deux jours.

A l'issue du second entretien qu'elle venait d'avoir à ce sujet avec le Reichsleiter, vers la fin de la matinée du 14 avril, la jeune femme dont l'angoisse n'avait fait que croître d'heure en heure se demanda si, cette fois, il ne convenait quand même pas d'avertir le Führer de ce qui s'était passé. Elle se donna jusqu'à la fin de l'après-midi. Si, d'ici là, Martin Bormann n'était pas parvenu à retrouver son fils, elle révélerait la vérité à son amant.

Fegelein regardait la rue par l'entrebâillement des volets de la pièce où il se trouvait. Jamais il n'avait connu dans sa vie une telle humiliation. Etre contraint de se cacher comme un malfaiteur ! Redouter d'être reconnu, interpellé par la Gestapo, même par les schupos de la police berlinoise ! Etre considéré, poursuivi comme un maniaque voleur d'enfant ! Lui, un Gruppenführer de la SS !

Depuis la veille, il avait rejoint l'appartement de la Bleibtreustrasse avec Maricka et s'y était enfermé. Le calvaire des proscrits, des antinazis, des juifs traqués par les sbires du régime hitlérien avait commencé pour le jeune couple. Fegelein se demandait en particulier si leur cachette serait suffisamment sûre pour échapper aux recherches qu'on avait dû déclencher sur l'ensemble du territoire du Troisième Reich afin de retrouver leur trace. Combien de temps y seraient-ils en sécurité ?

Si le beau-frère d'Eva Braun avait su que cette mission, au départ déjà si ridicule, se terminerait de cette façon, il eût tout fait pour en être dispensé. Il aurait prétexté une maladie. Mieux, il aurait accepté, mais au lieu de se rendre à Berchtesgaden, il se serait fait conduire en Suisse à bord du Messerschmitt.

Dire qu'au lieu d'avoir pris cette sage décision, il avait risqué sa vie et celle de Maricka pour sauver le rejeton de Hitler ! Même s'il avait réussi, jamais ce dernier ne lui aurait suffisamment su gré d'avoir bravé tous ces dangers.

A présent, par contre, le Maître du Troisième Reich allait lui en vouloir à mort. Il ne lui pardonnerait jamais d'avoir échoué ! Il devait s'attendre à subir un châtiment exemplaire.

Au début, Fegelein s'était quand même demandé s'il ne devait pas aller à Canossa. Tenter de s'expliquer. De se justifier. Après tout, il avait ramené Frédéric sain et sauf jusqu'à Berlin ! Ça n'était pas sa faute si une vieille folle l'avait ensuite kidnappé !

Le Gruppenführer avait vite renoncé à ce projet. Même si le bébé avait été déchiqueté par une bombe, il aurait pu encore se présenter à la Chancellerie en rapportant sa dépouille. Mais y revenir les mains vides... Avouer qu'il avait abandonné le fils de Satan, ne fût-ce qu'une seule minute ! Dire la vérité ! C'était se condamner à l'enfer. Il ne s'était pas senti capable de tenir ce discours :

« Mon Führer, une inconnue a enlevé votre fils... J'ai couru derrière elle à travers les ruines de Tempelhofer Damm... Je n'ai pas pu la rejoindre... Je ne sais pas ce que Frédéric est devenu... »

A l'issue de ces explications, il imaginait déjà les réactions de Hitler. Il se mettrait à vociférer. Il le ferait arrêter sur-le-champ. Torturer pour savoir s'il disait bien la vérité. L'enlèvement de Frédéric était si incroyable qu'il soupçonnerait aussitôt un complot. Jamais il ne voudrait admettre la version des faits, pourtant bien réelle.

Le Gruppenführer se trouverait immédiatement en but aux terribles méthodes de la Gestapo. Il serait cuisiné par des équipes spécialisées. Avec des arguments, des moyens qu'il connaissait pour y avoir fait soumettre lui-même un certain nombre de gens dont les têtes ne lui revenaient pas. Les policiers apprendraient vite qu'il avait voyagé en compagnie d'une femme. Dieu sait ce qu'ils imagineraient à son sujet ? Elle serait accusée à coup sûr avec lui du rapt de l'enfant.

Après avoir supputé ces événements, s'être représenté tout ce que la répression hitlérienne lui ferait subir, de même qu'à sa maîtresse, il avait renoncé à retourner à la Chancellerie pour y affronter la colère de Hitler.

En ce brumeux après-midi du 14 avril 1945, Hermann Fegelein ne se faisait déjà plus beaucoup d'illusions sur sa nouvelle condition. En quelques heures, il était passé du statut d'officier supérieur, de hiérarque puissant et redouté, à celui d'homme traqué. La machinerie policière qu'il avait utilisée à maintes reprises pour assouvir de mesquines vengeances personnelles s'était déjà certainement mise en branle contre lui. Son retard inexplicable, sa disparition et celle du fils de Hitler étaient devenues une affaire d'Etat. A travers toute l'Allemagne, un message était en cours de diffusion : « Avis à toutes les polices — A toutes les autorités militaires et civiles — Stop — Recherchons le Gruppenführer Hermann Fegelein — Stop — L'intéressé est accompagné d'une femme blonde et d'un enfant de un an — Stop — En cas de découverte, le Gruppenführer et les personnes qui l'accompagnent seront retenus — Des instructions seront aussitôt demandées à la Chancellerie du Führer — Stop. »

Ce communiqué allait mettre en mouvement un gigantesque dispositif, mobiliser des milliers d'hommes. Beaucoup d'entre eux se demanderaient pourquoi, alors que tant de menaces conjuguées pesaient sur l'Allemagne, Adolf Hitler attachait une telle importance à cette affaire.

La question ne détournerait personne de son devoir. Depuis juillet 1944, le fait d'être ministre, officier supérieur, diplomate ou haut fonctionnaire ne mettait aucun Allemand à l'abri d'un contrôle, voire d'une arrestation. Où qu'ils fussent, le Gruppenführer Fegelein, sa compagne et l'enfant seraient interpellés, gardés à vue jusqu'à l'arrivée de nouvelles directives.

Pour l'instant, le général SS était surtout préoccupé par la fiabilité de leur sécurité présente. Il se demandait avec une anxiété croissante si le petit appartement où ils se trouvaient préserverait longtemps encore leur immunité. La Gestapo, qui fourrait son nez partout, n'était-elle pas au courant de sa liaison avec Maricka ? Connaissant les règles implacables de ce service, où l'on ne faisait confiance à personne, où tout le monde espionnait tout le monde, il avait toujours pris le maximum de précautions lorsqu'il venait retrouver sa maîtresse. A plusieurs reprises dans le passé, il avait eu l'impression d'être filé. Il s'était arrangé pour semer ses suiveurs. Il n'était quand même pas très sûr que ceux-ci n'avaient pas fini, à la longue, par découvrir sa liaison et l'adresse de sa garçonnière.

Et puis il y avait Otto Zeissler, son aide de camp. Si on l'interrogeait sur les habitudes de son chef, serait-il assez fidèle, assez discret pour garder le secret sur le petit appartement de la Bleibtreustrasse ? En apprenant que son patron était recherché par la Gestapo, ne dévoilerait-il pas le pot aux roses ? Dans ce cas, les sbires de Himmler seraient sur place dans l'heure qui suivrait les révélations du jeune officier.

Malgré cette menace, Fegelein et sa compagne se sentaient quand même moins exposés dans leur refuge qu'à courir les routes d'Allemagne où leurs signalements devaient être diffusés dans tous les postes de police. La question que se posait le Gruppenführer était de savoir combien de temps ils pourraient rester dans cet appartement.

Il y avait d'abord le danger permanent que les bombardements faisaient peser sur eux. Jusque-là, l'immeuble où ils se trouvaient avait été miraculeusement épargné. Ils étaient néanmoins à la merci d'un prochain raid. Quant à la situation militaire, qu'elle évoluât d'une manière ou d'une autre, ils n'en seraient pas plus préservés pour autant. Si Hitler parvenait à repousser les envahisseurs, leur sort serait le même. Si par contre l'ennemi l'emportait, la qualité d'officier supérieur de la SS d'Hermann le condamnerait à la captivité, peut-être au peloton d'exécution.

Un autre problème préoccupait aussi Fegelein : l'argent. En prévision d'événements malchanceux, il avait entrepris depuis quelques mois de se constituer un petit trésor de guerre. Il avait notamment fait main basse sur des bijoux, des espèces récupérés chez des juifs ou même des citoyens allemands ayant été impliqués dans le complot contre Hitler en juillet 1944. Il avait participé à la répression, arrêté de nombreuses personnes, perquisitionné dans plusieurs résidences. En particulier dans des châteaux appartenant à des conjurés de l'aristocratie. Il avait réparti le produit de ces spoliations dans différentes cachettes. A la fois à son domicile conjugal ainsi que dans sa garçonnière. Ici, il disposait par exemple d'un certain nombre d'objets d'art, de plusieurs montres de prix, de pièces d'or et d'environ trois mille francs suisses.

Cet avoir leur permettrait de vivre durant quelque temps à l'abri du besoin. Il ne représentait cependant que le dizième de ce qu'il avait mis de côté dans la maison où résidait son épouse.

Il avait beau se torturer les méninges, il ne parvenait pas à trouver une solution pour récupérer son magot dans sa totalité et le soustraire aux perquisitions que la Gestapo mènerait certainement chez lui. Il enrageait de son impuissance, tournait dans l'appartement comme un fauve en cage.

L'immeuble de la Bleibtreustrasse était une maison tranquille habitée par des couples âgés, des bourgeois sans histoires qui ne s'occupaient pas de la vie privée de leurs voisins. Dès le début, Fegelein n'était venu qu'en civil dans sa garçonnière. Il avait pris soin de prendre une fausse identité et de soudoyer la concierge. Il se faisait appeler Herr Otto Steger, attaché à la Chancellerie du Reich. Ces fonctions ayant fortement impressionné la gardienne, elle avait toujours fait preuve de beaucoup de déférence et de discrétion vis-à-vis de ce locataire sans doute haut placé dans la hiérarchie du gouvernement. Lorsqu'il passait la nuit en galante compagnie dans l'appartement, elle n'exigeait pas, lors des alertes, que le couple descendît dans les caves. Fegelein n'ignorait pas qu'en restant dans les étages avec sa maîtresse ils risquaient constamment la mort pendant les bombardements. Mais il était devenu fataliste comme beaucoup de Berlinois et avait fini par mépriser le danger.

Dans la pénible épreuve qu'il traversait depuis la veille, le beau-frère d'Eva Braun pouvait compter sur la tendre sollicitude de Maricka. La jeune femme ne l'avait pas quitté. Elle se sentait au contraire plus proche de lui que par le passé. Elle s'efforçait de l'aider à surmonter ses difficultés. Comme son amant revenait s'asseoir dans un fauteuil et se prenait pensivement la tête entre les mains, elle conseilla :

— Pourquoi n'irais-tu pas raconter la vérité à ta belle-sœur, Hermann ? Elle comprendrait peut-être ce qui nous est arrivé. Que tu n'es pour rien dans la disparition de son fils.

Fegelein haussa les épaules.

— C'est une démarche vouée à l'échec. Je connais Eva. Elle ne vit que pour et par Hitler. Elle ne fait rien sans lui demander son avis. Si je vais la voir, elle ne me laissera plus repartir. Elle exigera que je raconte toute l'histoire au Führer. Autant dire que je signerai mon arrêt de mort en retournant à la Chancellerie.

— Pourquoi laisserait-elle faire cela ? Tu es le mari de sa sœur... Presque le beau-frère de Hitler, comme tu le dis souvent en plaisantant...

— Je suis aussi ton amant.

— Personne ne le sait.

— C'est moins sûr. Tu penses bien que l'enquête sur la disparition de Frédéric a déjà commencé. La Gestapo est certainement au courant que je ne me suis pas rendu seul à Berchtesgaden. On doit parler d'une mystérieuse femme blonde. Eva est encore plus jalouse que Gretl. Elle ne me pardonnera pas d'avoir trompé sa sœur.

Le couple demeura un long instant silencieux, accablé par la fatalité. Dehors, le ciel était gris, brumeux et froid. En bas, dans la rue, un convoi de camions militaires passa, faisant vibrer les vitres disjointes de la fenêtre. Du moins celles qui restaient intactes car une bonne moitié des carreaux cassés lors des bombardements étaient remplacés par des morceaux de carton.

— Si seulement nous savions où habite la vieille femme qui a enlevé Frédéric... soupira Maricka.

Fegelein serra ses gros poings sur les accoudoirs du fauteuil.

— Toute ma vie, je reverrai son regard ! dit-il d'une voix rauque. Ses yeux de rapace, de sorcière... Elle a fait demi-tour dès qu'elle m'a aperçu... Elle m'a fait songer à ces voleuses d'enfants. A ces bohémiennes qui enlevaient autrefois les gamins dans les villages. Pour les former à la mendicité et à la rapine.

— C'est peut-être une folle ?

— C'est possible... Elle a dû sortir d'une maison bombardée au moment où tu as abandonné la Kübelwagen... Elle a entendu hurler Frédéric quand tu es tombée. Elle a sans doute pensé que tu étais morte...

— C'est ma faute, s'accusa Maricka. C'est ma faute. Je n'aurais pas dû le lâcher. Mais le souffle de la bombe a été si fort qu'il m'a jetée à terre sans que je puisse me retenir... L'enfant a été emporté, sans doute sur plusieurs dizaines de mètres par cet ouragan...

Ce fut au tour de Fegelein de rassurer sa maîtresse. Il l'attira tendrement contre lui sur le fauteuil et murmura, en l'embrassant sur la joue :

— Inutile de te culpabiliser, ma chérie. Tu n'y es pour rien. Absolument pour rien. Ce qui nous arrive était écrit. C'est la fatalité.

La jeune Hongroise se laissa consoler. Elle en avait grand besoin car depuis la veille elle était elle aussi rongée par l'inquiétude. En devenant la maîtresse d'un général SS, elle avait cru échapper à bien des ennuis. Or, voilà qu'elle était à nouveau redevenue aussi, sinon encore plus vulnérable qu'au moment de l'arrestation de son mari.

Jusqu'ici, elle n'avait jamais éprouvé le moindre penchant amoureux vis-à-vis d'Hermann. Elle avait toujours subi stoïquement ses exigences sexuelles. Considéré que c'était la contrepartie de l'existence moins difficile qu'elle menait grâce à ses libéralités. Curieusement, aujourd'hui, alors qu'il était à son tour devenu une victime du système, elle se sentait plus proche de lui. Elle éprouvait même une sorte de tendresse diffuse pour ce bellâtre qui n'avait pas cessé de lui vouer une folle passion.

Une autre idée traversa soudain l'esprit de Maricka :

— Et si tu retournais à Tempelhofer Damm ? proposa-t-elle. En interrogeant les gens du quartier, tu retrouverais peut-être la trace de la vieille femme ?

Fegelein secoua négativement la tête.

— Ce serait trop dangereux. La police a sans doute envoyé sur place des enquêteurs, car c'est le dernier endroit où nous avons été vus. Ils doivent passer les lieux au peigne fin. Poser des questions à tous les habitants.

— Nous nous faisons peut-être du souci pour rien, hasarda-t-elle. La vieille a peut-être remis l'enfant trouvé à la police ?

— J'en doute fort. Elle m'aurait redonné Frédéric hier soir quand je lui ai demandé. Au lieu de cela, elle s'est enfuie comme une voleuse. Comme si elle avait peur de moi.

— Pour quelle raison garderait-elle le petit ?

— Je n'en sais fichtrement rien. Il y a toujours eu des femmes détraquées en mal de maternité. Celle-ci a peut-être perdu l'un des siens durant cette sale guerre. Elle aura pris Frédéric pour le remplacer...

— Dans ce cas, à moins d'un miracle, personne ne retrouvera l'enfant, estima Maricka.

Fegelein crispa de nouveau ses grosses mains sur les accoudoirs du fauteuil.

— Tu te rends compte de ce que j'ai fait ? Dans quelle merde nous sommes ? J'ai perdu le fils d'Adolf Hitler ! C'est pire que si j'avais perdu une bataille ! Je sais ce qu'il advient des généraux qui le déçoivent. L'exemple de Rommel n'est pas si vieux. Jamais il ne me pardonnera l'échec de cette mission !

— Alors, qu'allons-nous devenir ? Que faut-il faire ?

— Je n'en sais encore rien. Mais il ne faudra pas moisir à Berlin. Nous partirons dès que possible.

— Pour aller où ?

— En Suisse... Je connais un endroit, dans la région d'Hindelang, où on peut facilement traverser la frontière...

Il improvisait, au fur et à mesure qu'il parlait. Comme s'il cherchait à se convaincre lui-même qu'il existait une solution à leur problème.

— La Suisse, répéta-t-elle. C'est loin la Suisse... Comment ferons-nous pour y aller ? Avec tous ces policiers qui doivent nous rechercher ? Et puis il y a les Russes, les Américains... Ils risquent de nous couper la route.

— Nous verrons bien, poursuivit Fegelein. J'ai des faux papiers. Nous voyagerons par le train, séparément. En ce qui concerne les Alliés, toi, tu ne risques rien. Tu es hongroise. Moi, je me ferai passer pour un travailleur étranger. Ça n'est pas ce qui me préoccupe...

— Qu'est-ce que c'est ?

— L'argent. J'en ai un peu ici, mais pas suffisamment. Il faudrait que je puisse récupérer une partie de l'or et des devises que je détiens chez moi. Nous en aurons besoin pour vivre en Suisse.

D'autant que je ne pourrai pas bénéficier des fonds prévus à cet effet par le plan « Odessa ».

— Le plan « Odessa » ?

— Ce serait trop long à t'expliquer... Il s'agit d'une opération mise au point par le parti en prévision d'événements graves. En cas d'effondrement, le nazisme ne doit pas disparaître. Ceux qui auront survécu à la défaite devront continuer clandestinement la lutte à travers le monde. Des fonds très importants ont été transférés depuis plusieurs mois dans des banques étrangères. Des lieux de rendez-vous, des filières sont prêts. Tout a été prévu. Chacun sait ce qu'il doit faire. En ce qui me concerne, je ne pourrai malheureusement pas profiter de cette organisation. Je serai devenu suspect aux yeux de ses responsables.

— Et Hitler ? Que deviendra-t-il si l'Allemagne perd la guerre ?

Fegelein eut une moue dubitative.

— Personne n'en sait rien... Le plan « Odessa » a été mis au point sans lui. Jusqu'à hier, il ne voulait absolument pas entendre parler de reddition. Selon lui, chaque combattant, chaque militant du national-socialisme doit se faire tuer plutôt que de capituler. Dans son entourage, tout le monde ne partage pas cet avis. J'ai par exemple déjà eu l'occasion d'aborder ce sujet avec ma belle-sœur. Elle m'a dit : « Le Führer n'acceptera jamais de se laisser faire prisonnier. Il sait que s'il tombait vivant entre les mains des Russes, ceux-ci le mettraient en cage et l'exposeraient au zoo de Moscou. Nous partirons avant qu'ils n'arrivent. Nous irons en Amérique du Sud. En Argentine, Martin Bormann a tout prévu. Un sous-marin nous attend à Hambourg... »

— Et ta femme ?

— Elle suivra probablement sa sœur. Je ne me fais pas de souci à son sujet. Elle bénéficiera pleinement du plan « Odessa ».

— A présent que son fils a disparu, tu crois que Hitler se laissera convaincre de quitter Berlin ?

— S'il pense que Frédéric est encore en vie, il fera tout pour le retrouver... Tout au moins pour savoir la vérité sur sa disparition...

Fegelein s'interrompit un instant puis regarda, songeur, à travers la fenêtre où filtrait un jour grisâtre.

— Je suis persuadé, reprit-il lentement, qu'il donnerait aujourd'hui une fortune pour l'apprendre, cette vérité... Cette vérité que nous sommes les seuls à connaître...

Maricka ne prêta pas attention à ces propos lourds d'un sens dont elle ne pouvait pas encore apprécier les conséquences. Elle consulta sa montre-bracelet.

— Il va bientôt être dix-huit heures, constata-t-elle. Les gens vont sortir des bureaux, des ateliers. Je vais essayer de trouver un peu à manger. Je commence à avoir très faim. Il doit bien y avoir un magasin d'alimentation encore ouvert dans le quartier ? Il me reste des tickets... Qu'est-ce que tu en dis ? Tu penses que c'est trop risqué ?

— Non, je ne crois pas. Seule, tu ne risques rien pour le moment. La police a certainement ton signalement. Elle sait que tu as un léger accent. Mais il y a des milliers d'étrangères blondes à Berlin. Ils ne pourront pas contrôler toutes les femmes.

— Je vais quand même changer de robe et de manteau. Je ferai très attention. Si je ne suis pas rentrée dans deux heures, c'est qu'on m'aura arrêtée. Dans ce cas, il faudra que tu quittes l'appartement. S'ils me questionnent, je risque de parler... Je ne sais pas mentir...

— N'aie pas peur, la rassura-t-il. La police n'est plus aussi efficace qu'autrefois. Depuis que le front s'est rapproché de Berlin, avec l'afflux des réfugiés de l'Est, elle est débordée. L'essentiel, c'est que nous tenions le coup quelques jours. Après, les recherches se tasseront.

— Tu crois ?

— Oui. Je viens d'ailleurs d'avoir une idée qui nous aidera à nous en sortir.

Comme elle le regardait, un peu perplexe, en espérant qu'il en dirait plus, il lui fit un petit signe de la main et reprit :

— Va faire les courses, ma chérie... Va... Nous reparlerons de cette idée tout à l'heure... Je vais y réfléchir.

Maricka n'insista pas. Elle gagna la salle de bains d'où elle ressortit quelques instants plus tard entièrement métamorphosée avec un manteau beaucoup plus modeste que celui qu'elle avait porté lors de leur voyage à Berchtesgaden. Elle avait aussi noué un foulard autour de sa tête pour dissimuler son abondante chevelure blonde. Avec le cabas qu'elle tenait à la main, elle ressemblait à ces milliers de ménagères berlinoises qui profitaient des quelques heures de répit précédant généralement le déluge de feu qui s'abattait chaque nuit sur la capitale du Troisième Reich.

Rassurée par les paroles de son amant, confiante en son anonymat, la jeune femme ne remarqua pas, en quittant l'immeuble, qu'un homme vêtu d'un imperméable gris, coiffé d'un feutre sombre, attendait, dans une encoignure voisine. Dès qu'il la vit sortir, l'inconnu lui emboîta aussitôt le pas. Elle ne s'aperçut pas qu'elle était suivie.

Dans l'appartement qu'elle venait de quitter, Hermann Fegelein, absorbé dans ses pensées, ne songea pas à regarder partir sa maîtresse. S'il avait vu l'homme qui s'engageait dans le sillage de la jeune Hongroise. S'il avait détecté la présence d'un second individu lui aussi embusqué sous un porche tout proche, il eût été sans doute moins optimiste quant à la suite des événements...

III

NA BERLIN !

Le lieutenant-colonel Erich Weydlitz s'allongea à la lisière du petit bois où ses batteries étaient dissimulées. Il tenta de percer, à la jumelle, le mur opaque des ténèbres qui masquaient le paysage. Il eût bien aimé pouvoir découvrir ce qui se passait au-delà des premières lignes qu'il venait d'abandonner quelque part au loin dans les faubourgs de Küstrin.

Il fut étonné par le calme qui régnait cette nuit-là sur toute l'étendue du front. Pas d'explosions, pas la moindre rafale de mitrailleuse. A peine, de temps en temps, le bruit d'un moteur. Quelquefois aussi un petit point lumineux, une lumière fugitive. Sans doute celle d'une porte mal camouflée dans un cantonnement ou la lampe d'une torche d'un soldat égaré cherchant à retrouver son unité.

Qui aurait pu imaginer que dans l'obscurité, la quiétude de cette nuit printanière un peu brumeuse, deux armées monstrueuses, composées de plusieurs centaines de milliers d'hommes, étaient prêtes à s'affronter dans un sanglant et décisif combat ? Comment aurait-on deviné qu'à l'est, sur le pourtour de la ville de Küstrin, dans les vergers, dans les rues, entre les maisons, parfois jusque sur les toits, des canons de tous calibres étaient alignés, déjà débarrassés de leurs filets de camouflage. Partout des tas impressionnants d'obus, de roquettes étaient empilés. Des centaines d'énormes projecteurs étaient braqués face à l'ouest. Des files de chars, de voitures blindées, de véhicules amphibies stationnaient en pleins champs, s'allongeaient en files interminables sur les routes, les chemins de la région.

Tel est l'étonnant spectacle que le lieutenant-colonel Erich Weydlitz aurait découvert si ses jumelles avaient pu percer les ténèbres de cette nuit du dimanche 15 au lundi 16 avril 1945.

Côté allemand, les préparatifs guerriers n'étaient pas moins impressionnants. Le général d'armée Gothard Heinrici commandant le front de l'Oder avait demandé à Hitler cent mille hommes de renfort pour pouvoir tenir face au Ier groupe d'armée de Biélorussie du maréchal Joukov. Il n'en avait obtenu que trente mille. Le Führer ne croyait pas à une offensive dans le secteur de Küstrin. Il avait préféré transférer de nombreuses unités au groupe d'armée sud placé sous les ordres du maréchal Schorner pour endiguer une attaque russe en direction de Prague.

En dépit de son infériorité numérique avoisinant un contre dix, la force de la IXe armée allemande demeurait redoutable. Elle disposait encore de plusieurs centaines de chars, la plupart flambant neufs. En particulier le fameux Jagtiger, pourvu de canons de 122 mm et d'un système de visée infrarouge. Elle possédait aussi une excellente artillerie, certes moins nombreuse que celle des Russes, mais servie par des canonniers expérimentés.

Si l'infanterie n'avait plus le mordant des troupes d'assaut ayant participé autrefois à la conquête de presque toute l'Europe, les éléments qui la composaient étaient animés d'un courage décuplé par le désespoir. Beaucoup de soldats étaient prêts à se faire tuer sur place plutôt que de laisser les Yvans franchir les soixante derniers kilomètres séparant Küstrin de Berlin. Tous avaient été fortement impressionnés par le récent ordre du jour de Hitler :

« Pour la dernière fois, l'ennemi mortel judéo-bolchevique va entamer une attaque massive. Il essaiera de réduire l'Allemagne en un amas de ruines et d'exterminer notre peuple. Soldats du front de l'Est ! Vous êtes déjà parfaitement conscients du sort qui attend les femmes et les enfants allemands. Tandis que les hommes, les enfants, les vieillards seront assassinés, les femmes et les jeunes filles seront réduites au rôle de putains de caserne. Le reste sera expédié en Sibérie ! »

Cette prose de caporal avait fait plus qu'une envolée lyrique pour galvaniser le courage des troupes. Pour beaucoup de combattants allemands, Stalingrad était devenu paradoxalement un modèle. Tous se souvenaient que là-bas aussi les Russes avaient été acculés à la défensive dans une cité chère à leur cœur. L'armée de von Paulus l'avait presque entièrement investie. Plus de dix fois, les communiqués délirants de Hitler avaient annoncé la chute de la métropole communiste. Pourtant, le drapeau à croix gammée n'avait jamais pu être hissé définitivement en signe de victoire sur les ruines de la ville. C'est finalement l'envahisseur qui avait renoncé !

Pour les deux armées colossales qui se faisaient face sans se voir dans les ténèbres masquant les rives de l'Oder, en cette nuit du 15 au 16 avril, l'ultime enjeu de la bataille était aussi une cité prestigieuse. Cette fois, il s'agissait de Berlin. La Mecque du nazisme, comme Stalingrad avait été celle du bolchevisme.

De Berlin, dans les deux camps, ils en avaient tous rêvé durant des mois et des mois. Du simple soldat au maréchal d'armée. Les Allemands s'y étaient vus défilant au pas de l'oie, fanfare en tête, sur l'immense chaussée de Charlottenburg, le jour de la victoire du Reich. Quant aux Russes, surgis du fond des steppes pour repousser l'envahisseur, ils avaient songé souvent à la capitale abhorrée de l'Allemagne. Avec l'idée de la réduire en cendres. D'en massacrer les habitants pour venger leurs cités martyres, leurs villages incendiés, leurs millions de civils innocents pendus, brûlés vifs, déportés...

A l'Ouest, pour se convaincre que leur sacrifice ne serait pas vain, les soldats de la Wehrmacht s'encourageaient mutuellement en hurlant le slogan inventé par Goebbels :

BERLIN BLEIBT DEUTSCH ! *(Berlin restera allemand !)*

A l'Est, les tankistes soviétiques avaient tracé à la craie sur les tourelles de leurs chars cette inscription :

NA BERLIN ! *(A Berlin !)*

Pour tous, l'enjeu était simple : on allait s'étriper à mort pour ou contre la capitale du Troisième Reich !

En sa qualité d'officier supérieur, Erich Weydlitz connaissait bien les données des problèmes stratégiques que posait la défense de Berlin. De même que l'état des forces en présence. Il était de plus en plus inquiet pour la suite des événements.

Son anxiété avait commencé la veille aux alentours de vingt heures. Il avait reçu de l'état-major de la IXe armée, l'ordre impératif de décrocher de ses positions en première ligne pour aller s'installer quelques kilomètres en arrière.

Avant de mettre à exécution cette manœuvre insensée qui risquait, en pleine nuit, d'avoir des conséquences catastrophiques, il s'était précipité au téléphone afin d'obtenir des explications.

— Est-ce que vous vous rendez compte de ce que vous me demandez ? Ça fait deux semaines que nous tenons ce secteur. Nous avons choisi les meilleurs emplacements. Nos batteries sont protégées par un formidable réseau de fortifications que les hommes ont édifiées jour après jour au prix d'énormes sacrifices. A présent, vous voudriez nous faire abandonner tout ça sans combat ?

— Ne discutez pas ! C'est un ordre ! avait répliqué son interlocuteur de l'état-major.

— C'est de la folie ! En dégarnissant le front, nous risquons d'attirer l'attention des Russes. S'ils nous tombent dessus pendant la manœuvre, nous serons dans de beaux draps ! Vous semblez oublier que nous ne sommes plus qu'à soixante kilomètres de Berlin. Chaque pouce de terrain perdu est une trahison !

— Je vous le répète, colonel Weydlitz : vous devez vous conformer à l'ordre reçu et replier votre unité sur les Hauts de Seelow !

— De qui émane cette idiotie ?

— D'Unser Giftzwerg [1] !

1. Unser Giftzwerg signifie littéralement : Notre nain poison. En réalité, dans l'esprit des soldats allemands, ce surnom n'avait pas forcément un sens péjoratif. Il voulait dire : « Cette petite peau de vache ! »

En entendant ce surnom familier aux oreilles de tous les combattants de la Wehrmacht, Weydlitz avait observé un bref silence. Il connaissait bien celui qui le portait, le général Gothard Heinrici. Il avait été sous ses ordres devant Moscou en janvier 1942, puis lors des combats de Smolensk en 1943. Tout le monde redoutait son mauvais caractère mais en ces temps de tuerie et de désastre on lui reconnaissait deux qualités inestimables : en premier lieu son génie stratégique, en second son humanité. Aucun général allemand n'était aussi économe de la vie des soldats.

« Unser Giftzwerg » s'était souvent illustré par une tactique qui avait évité des pertes sanglantes à la Wehrmacht. Lorsqu'il pressentait l'imminence du déclenchement d'une offensive russe dans un secteur donné, il retirait ses troupes au cours de la nuit précédant l'attaque. Il leur faisait occuper de nouvelles positions situées à deux ou trois kilomètres en arrière du front. Ainsi, les artilleurs soviétiques s'en prenaient à des lignes désertes. Ils gaspillaient des tonnes de munitions pour rien. Lorsque les Yvans montaient à l'assaut, ils se faisaient décimer par un adversaire indemne à l'abri de ses nouveaux retranchements. Profitant aussitôt de l'effet de surprise, Heinrici lançait alors une vigoureuse contre-attaque et récupérait souvent le terrain abandonné.

Le lieutenant-colonel Erich Weydlitz, comme beaucoup d'autres officiers, avait vécu avec la hantise d'une intervention soviétique pendant le décrochage hasardeux auquel on les avait contraints durant la nuit. Redoutant le pire, un général avait même refusé catégoriquement de bouger. Gothard Heinrici s'était déplacé en personne pour le convaincre :

— Avez-vous songé à la puissance de feu des rouges ? avait-il demandé à son interlocuteur. D'après les renseignements en ma possession, ils ont disposé face à nous un canon tous les cinq mètres ! Demain matin, lorsqu'ils déclencheront leur tir, il ne restera rien de vos fortifications. Pas une seule casemate intacte, pas une seule tranchée non éboulée. Vos hommes seront tous ensevelis sous les ruines de leurs ouvrages. Quand vous êtes dans une aciérie, vous ne mettez pas votre tête sour le marteau-pilon, n'est-ce pas ?

Vous la retirez à temps. Eh bien, aujourd'hui, c'est précisément ce que je vous conseille de faire !

Après ces explications réalistes, le général récalcitrant avait obtempéré aux ordres de repli.Comme tous les autres responsables des unités stationnées sur les rives de l'Oder.

Le groupe d'artillerie commandé par le lieutenant-colonel Weydlitz avait donc abandonné ses excellentes positions à l'ouest de Küstrin pour grimper jusque sur un plateau sablonneux variant entre trente et soixante mètres au-dessus du fleuve. L'endroit s'appelait les Hauts de Seelow. Cette éminence en forme de fer à cheval dominait un vallon marécageux connu sous le nom d'Oder Bruch à cause des nombreux ruisseaux qui le parsemaient.

Au prix d'efforts surhumains, en les poussant le plus souvent à bras d'hommes à travers champs, les soldats de Weydlitz avaient hissé les canons et les caissons de munitions jusqu'au sommet de la crête. Les batteries avaient été réinstallées les unes après les autres face au vallon que les Russes seraient obligés de traverser pour développer leur offensive.

Malgré les précautions prises pour effectuer en silence cette gigantesque manœuvre de repli, l'opération avait suscité dans la nuit une rumeur confuse. Weydlitz avait pensé à plusieurs reprises qu'il était impossible que les Russes n'entendissent point ce bruit depuis leurs propres lignes. Comme ils ne réagissaient pas, ne tiraient aucune salve d'artillerie, il en avait déduit que les renseignements obtenus par Gothard Heinrici devaient être justes. L'ennemi était en train de se livrer lui-même de son côté à d'ultimes concentrations de troupes. C'est la raison pour laquelle il ne se souciait pas du remue-ménage dans le camp adverse.

Le lieutenant-colonel consulta le cadran de sa montre. Il allait être bientôt quatre heures. Si l'ennemi opérait selon ses vieilles habitudes, le bombardement ne commencerait pas avant six heures du matin. Les canonniers russes tiraient avec plus de précision au lever du jour. En voyant leur objectif au bout de leur ligne de mire. Leurs supports balistiques laissaient souvent à désirer.

Weydlitz jugea qu'il avait le temps d'aller faire un petit somme sous sa tente avant le déclenchement de l'attaque ennemie. A pas lents, il gagna la lisière d'un bois voisin où il avait installé ses batteries. Sa blessure à la jambe lui faisait de plus en plus mal. Un mauvais souvenir de l'hiver 1943. Il avait reçu les éclats d'un obus russe au cours de la bataille de Rostov. D'ordinaire, il souffrait surtout lorsque le temps allait changer. Or, cette nuit, le ciel était dégagé. Le vent soufflait du nord. Ça présageait une belle journée printanière.

L'élancement qu'il ressentait au mollet venait de sa fatigue. Il était debout depuis trente-six heures. Il se demanda si à ce rythme il pourrait tenir encore longtemps le coup. Le chirurgien militaire qui l'avait opéré ne lui avait pas caché qu'il risquait des complications s'il abusait trop de ses forces.

« Ménage-toi, mon chéri... » Tel était le leitmotiv qui revenait dans toutes les lettres d'Erna, sa femme. Conseil plus facile à écrire qu'à mettre en pratique. En premières lignes, les officiers ne pouvaient se permettre plus de commodités qu'ils n'en accordaient à leurs hommes. Tout le monde était logé à la même enseigne. Aujourd'hui, après la nuit harassante qu'ils avaient connue, ses gars étaient crevés. Il décida de leur donner la permission de se reposer un peu par roulement. L'efficacité des servants s'en ressentirait. Lorsqu'ils étaient fatigués, ils tiraient moins bien.

Il arrivait à hauteur de la première batterie dont il voyait se profiler les affûts à la lueur des étoiles, lorsque tout à coup, son attention fut attirée par l'éclosion de trois fusées rouges dans le ciel, au-dessus de l'Oder.

Surpris, Weydlitz s'arrêta net. Au même instant, sur toute l'étendue du front de Küstrin, des centaines de milliers d'hommes dans les deux camps regardèrent les trois points lumineux qui redescendaient paresseusement vers la terre.

Le silence le plus parfait continuait de régner sur la campagne. Tout semblait figé dans une étrange torpeur. Grâce à la lueur pourpre des fusées on découvrit mieux le paysage, par endroits, on vit flotter de minces écharpes de brume au-dessus du fleuve, mais rien d'inquiétant ne bougea sur ses rives.

Lorsque les trois leurres eurent touché le sol et furent éteints environ dix secondes s'écoulèrent encore, dans un calme total. Puis, brusquement, un spectacle extraordinaire débuta. Des milliers et des milliers de lumières s'allumèrent toutes ensemble. On eût dit qu'un machiniste venait d'abaisser les manettes illuminant la rampe d'une scène immense. Un flot de clarté jaillit de la rive droite de l'Oder, se répandit sur celle de gauche en repoussant au loin les limites des ténèbres. On vit aussi clair qu'en plein midi un jour d'été. Les faisceaux de plusieurs dizaines de projecteurs, les phares de centaines de chars d'assaut, de camions, convergèrent sur les lignes allemandes.

Pour les avoir affrontés en retraitant devant eux pied à pied depuis les faubourgs de Moscou, les combattants de la Wehrmacht croyaient connaître toutes les ruses de guerre des généraux ennemis. Or, ils n'avaient jamais rien vu de semblable à ce qu'ils découvraient cette nuit-là. Très impressionnés, beaucoup de feldgraus se demandèrent si les Russes n'expérimentaient pas une arme nouvelle.

Leur incrédulité fut de courte durée. Dix secondes seulement après l'apparition de ce raz de marée lumineux se déclencha le plus formidable orage de feu, d'acier et de poussière de toute la guerre. Vomissant de vingt-deux mille canons, une pluie d'obus, de roquettes, de grenades, commença à s'abattre sur les positions abandonnées quelques heures plus tôt sur les ordres de Gothard Heinrici.

L'horizon s'enflamma brusquement. Une incandescence d'un rouge vif succéda à la lumière blanche des projecteurs. Des milliers d'explosions ininterrompues ébranlèrent l'atmosphère. Le sol se mit à trémuler sous les semelles des combattants des deux camps, comme s'il s'agissait des prémices d'un séisme.

Bien éclairés par les innombrables faisceaux lumineux braqués sur leurs objectifs, les canonniers soviétiques tirèrent à vue avec une grande précision. Sur la rive opposée de l'Oder, côté allemand, on vit jaillir des gerbes de terre, de pierres, de poutrelles, de fragments de béton. Mêlés aux éclats des projectiles, ces débris retombèrent en pluie drue dans le fleuve. Tous les ouvrages de défenses construits par la Wehrmacht au cours des semaines précédentes se désintégrèrent ainsi les uns après les autres dans des gerbes de flammes vives.

Un vent violent, semblable à celui qui soufflait sur les steppes sibériennes, apporta jusque sur les Hauts de Seelow le bruit terrifiant de la canonnade. Une douleur aiguë perça les tympans des combattants, les rendit sourds.

Au sud de Küstrin, une vaste forêt s'embrasa d'un coup. Comme l'un de ces incendies fulgurants qui se déclenchent parfois inopinément en plein été sous l'effet d'un soleil brûlant et de la sécheresse. On vit se tordre les arbres, brasiller la résille des taillis sur un fond palpitant de lueurs jaunes et pourpres.

Alimentés sans cesse par de nouvelles explosions, les foyers ne tardèrent pas à se combiner entre eux pour générer un fantastique phénomène atmosphérique. La chaleur se transforma en ouragan, s'éleva le long des falaises, gagna le plateau en balayant tout de son souffle brûlant. Au milieu d'un tourbillon de fumée et de poussière, des servants de batteries allemandes furent projetés à terre. Des bâches, des filets de camouflage se soulevèrent dans les airs.

Le vent d'épouvante s'accompagna aussi du bruit de la bataille. Aucun combattant n'avait jamais entendu jusqu'à ce jour un tel vacarme. C'était comme si mille trains dévalaient ensemble d'une montagne. Ce grondement pénétrait dans le corps des hommes, faisait grelotter leur cœur telle une pendule déréglée.

Le bruit le plus terrifiant était celui des « katiouchkas », des lance-roquettes soviétiques que les Allemands appelaient « les orgues de Staline ». On aurait cru entendre, répétés cent fois par minute, les hurlements déchirants qui montent durant les nuits d'hiver, du cœur des lacs gelés de Sibérie.

Sans même attendre la fin de la préparation d'artillerie, au risque de se faire hacher par leurs propres obus, les vagues d'assaut russes s'élancèrent soudain d'un seul mouvement à l'attaque des lignes ennemies. Elles partirent à la fois de l'étroite tête de pont de Küstrin, mais aussi des rives orientales de l'Oder.

A la lumière des projecteurs adverses et des incendies, les Allemands retranchés sur les Hauts de Seelow assistèrent au début d'un fantastique ballet.

Des milliers et des milliers d'Yvans se jetèrent à l'eau. Ils se mirent à nager dans les flots que les explosions faisaient rougeoyer et ressembler à un fleuve sanglant. Certains barbotaient d'un seul bras, portant de l'autre leur arme au-dessus de leur tête. Les moins hardis s'agrippèrent à des tonneaux, à des caisses, à des radeaux grossiers. Chacun se débrouillait comme il pouvait pour traverser l'Oder. Les bateaux, les barges de débarquement étaient réservés en priorité aux commandos ainsi qu'aux chars et véhicules d'accompagnement.

Dès qu'ils prirent pied sur la berge opposée, sans souci de se reformer en unités cohérentes, les hordes rouges se ruèrent à l'assaut des positions allemandes dont ils investirent les ruines fumantes.

Il y avait des soldats de toutes les républiques soviétiques dans les rangs des assaillants. Des Russes européens, des Mongols au poil noir, des Asiates aux yeux bridés. Tous étaient redoutablement armés. Ils portaient des mitraillettes perfectionnées à chargeurs de soixante-dix cartouches et des sacs bourrés de grenades.

Les chars moyens T34 n'avaient aucune difficulté pour aborder la rive gauche. Ils bondissaient des barges comme mus par des ressorts, surgissaient de derrière les talus, se mettaient aussitôt à tirer. Les lourds JS 152 par contre avaient plus de mal à entrer en action. Leurs chenilles s'embourbaient et il leur fallait un certain temps pour devenir opérationnels. L'artillerie allemande aurait pu, à cet instant, détruire un grand nombre de ces mastodontes. Malheureusement pour les servants des batteries du lieutenant-colonel Weydlitz, ils devaient se conformer aux consignes de « Unser Giftzwerg » qui recommandaient de ne pas tirer avant qu'il n'en eût donné l'ordre.

Peu à peu, le grondement de la canonnade décrut. Il avait duré très exactement trente minutes. A présent que ses troupes avaient pris pied sur la rive adverse, Joukov ne voulait pas risquer d'atteindre ses propres soldats.

Pendant la préparation d'artillerie le bruit avait été si intense que durant un long instant les combattants des deux camps crurent qu'ils avaient perdu l'usage de l'ouïe. Celui-ci leur revint peu à peu. Une autre rumeur, presque aussi terrifiante que le fracas des obus, se fit entendre en provenance des lignes russes. Les hurlements sauvages poussés par les Yvans. Ils répétaient frénétiquement : « Na Berlin ! Na Berlin ! » Comme si ces cris incantatoires allaient leur permettre de progresser à pas de géants. De faire s'écrouler l'ultime ligne de défense qui les séparait encore de la capitale du Troisième Reich.

En voyant s'avancer la multitude des bolcheviques dans le vallon de l'Oder Bruch, le lieutenant-colonel Weydlitz ne songea pas à la boucherie sanglante qui allait suivre. Ses batteries judicieusement disposées, braquées sur les voies d'accès du plateau de Seelow hacheraient sans pitié les assaillants. Il ne se posa qu'une seule question : combien de temps ses hommes pourraient-ils tenir face à ces hordes déferlantes ? Les assauts russes allaient se succéder vague après vague sans que le commandement adverse se souciât des pertes. Or, les unités de la IXe armée allemande ne disposaient que de quelques heures de réserves de munitions. Personne, pas même Gothard Heinrici, ne savait s'il serait possible d'être ravitaillé. Un processus identique se reproduisait lors de chaque offensive soviétique. La Wehrmacht se battait avec un acharnement, une efficacité, un héroïsme prodigieux. Finalement, face à la marée rouge sans cesse rejetée sur ses bases de départ et sans cesse renouvelée, le front cédait brusquement comme une digue longtemps battue par la tempête. Les troupes allemandes décrochaient en bon ordre ou en débandade, se repliaient sur des dizaines, voire des centaines de kilomètres avant de pouvoir se regrouper et reformer une nouvelle ligne de défense cohérente.

Aujourd'hui, le lieutenant-colonel Weydlitz savait que ses hommes ne disposaient plus d'aucune marge de repli. Si la position clé des Hauts de Seelow tombait, la route de Berlin serait ouverte.

Dans un dramatique souci d'économiser les munitions, Gothard Heinrici attendit l'extrême limite avant de donner aux batteries d'artillerie l'ordre d'ouvrir le feu. Les canonniers allemands longtemps frustrés commencèrent à tirer à vue sur les masses de chars et de fantassins montant à l'assaut du plateau.

Tandis que ce décisif affrontement commençait sur les rives de l'Oder, à soixante kilomètres en arrière du front, dans son bunker enfoui sous les ruines de la Chancellerie, l'homme qui tenait toujours entre ses mains le destin de plusieurs dizaines de millions d'êtres humains, dormait d'un sommeil profond sous l'effet des drogues hypnotiques qu'il avalait en quantité incroyable afin de s'abstraire durant quelques heures à ses écrasantes responsabilités.

Comme le jour du débarquement allié sur les plages de Normandie le 6 juin 1944, personne parmi son entourage n'osait réveiller Adolf Hitler. Celui-ci était intransigeant sur le respect de son intimité. Lorsqu'il se retirait dans ses appartements privés, que ce fût à Berlin ou à Berchtesgaden, il détestait qu'on le dérangeât. Il estimait qu'il donnait assez de temps à sa charge pour jouir en paix des trois ou quatre heures de repos qu'il s'accordait en fin de nuit.

En juin 1944, le sommeil réparateur du Führer avait coûté cher à la Wehrmacht. Pour ne pas avoir pris à temps la décision de lancer les divisions de Panzers dans la bataille ce retard avait permis aux Anglo-Saxons d'établir solidement une tête de pont sur les rivages de la Manche.

Cette fois encore, la tardiveté à faire monter des réserves de troupes fraîches et des munitions sur le front de l'Oder pouvait avoir des conséquences très graves sur le déroulement de l'offensive ennemie.

Une seule personne à l'intérieur du bunker aurait pu prendre le risque de mécontenter Hitler en le réveillant inopinément. C'était Eva Braun. Or, elle dormait elle-même, terrassée aussi par l'absorption de somnifères. Elle en avait pris la veille une forte dose pour échapper à l'angoisse qui la tourmentait depuis la disparition de son fils.

Dans l'abri souterrain de la Chancellerie, les deux amants faisaient chambre à part. Il leur arrivait de prendre leurs repas en commun mais n'avaient plus, depuis longtemps, aucun rapport sexuel.

Adolf Hitler menait depuis des mois une vie totalement déréglée. Hors du temps. Il avait pris au cours du printemps 1944 les habitudes d'un animal nocturne dans son Q G de laWolfsshanze [1], sa tanière nichée au cœur des impénétrables forêts de Prusse orientale. Il y avait vécu comme une taupe jusqu'à son retour à Berlin.

Il était debout dix-huit, parfois vingt heures sur vingt-quatre, tenant d'interminables conférences, s'occupant de politique, d'économie, de diplomatie, de stratégie. Il prononçait chaque jour des discours intarissables devant ses généraux, dictait inlassablement des ordres non seulement destinés à des groupes d'armées mais également à de petites unités qu'il sortait un temps de l'anonymat pour les féliciter ou les tancer vertement selon les résultats de leurs actions.

Pour mener de pair tant d'activités harassantes, le Führer était contraint d'utiliser les drogues que le docteur Théodor Morell, son médecin personnel, lui préparait dans un laboratoire de la Chancellerie. Il administrait chaque jour à son illustre patient des quantités effrayantes de cachets, de gouttes et même de piqûres intraveineuses à base de strychnine et de belladone. Ces excitants, s'ils donnaient à Hitler une vitalité surhumaine, exacerbaient ses nerfs, lui causaient des maux de tête et d'estomac. Pour dormir, il avait recours à des antidotes et faisait un usage immodéré de barbituriques.

Le Maître du Troisième Reich suivait également un régime alimentaire ascétique. Il ne mangeait jamais de viande ni de poisson, se nourrissait exclusivement de légumes cuits ou crus, d'aliments à base de farine comme les pâtes. Ne pouvant digérer ni le pain ni le

1. La vallée des loups.

beurre, il ne consommait que des biscottes, du miel et des yoghourts. Jamais de café ni de lait. Lorsque à sa table les autres se repaissaient de viandes grillées ou bouillies, il les traitait de « mangeurs de cadavres ». Il ne buvait jamais d'alcool et, n'étant pas fumeur, n'admettait pas qu'on pût allumer une cigarette en sa présence.

Ce mode de vie extravagant n'était pas sans poser des problèmes à son entourage. Beaucoup de ses collaborateurs, qui feignaient devant lui de se délecter de ses brouets, s'empressaient, en quittant la Chancellerie, d'aller se sustenter plus copieusement dans les brasseries encore ouvertes. Eva Braun elle-même s'enfermait dans sa chambre comme une collégienne pour pouvoir fumer tranquillement une cigarette.

Les proches du Führer étaient surtout abasourdis par ses horaires de travail. Ses conférences commençaient souvent à quinze heures et ne s'achevaient qu'à l'aube le lendemain. Certains généraux, tenus d'y assister, parcouraient des centaines de kilomètres à l'aller et au retour entre le front et le Q G. On avait même vu cette scène étonnante quelques jours plus tôt à l'intérieur du bunker : le gros Goering, fatigué d'entendre discourir Hitler, s'était endormi, la tête entre les mains, les coudes sur la table.

Eva Braun se lassait aussi très souvent d'attendre son amant durant des heures et des heures. Elle allait se coucher. En regagnant sa chambre au milieu de la nuit, le Führer se retrouvait seul, avec pour unique compagnie son chien Biondi, un superbe berger d'Alsace auquel il avait fait installer un panier dans l'appartement.

Le 15 avril, la maîtresse du dictateur s'était couchée très tard. Non pas parce qu'elle eût souhaité voir Hitler à l'issue de sa réunion, mais pour une raison beaucoup plus grave.

Eva était dévorée d'anxiété. Malgré toutes les recherches entreprises par les agents de Martin Bormann, Fegelein, la mystérieuse femme blonde et Frédéric restaient introuvables. Le conseiller privé du Führer lui avait confié que ses hommes venaient d'explorer toutes les pistes possibles. Ils avaient visité les morgues, compulsé les listes d'admission dans les hôpitaux, celles des crèches, les fiches de signalement de tous les enfants abandonnés recueillis par l'assistance publique. En vain. Ils n'avaient retrouvé nulle part trace du couple et du bébé.

Après avoir espéré longtemps que ces recherches donneraient des résultats, leur échec avait plongé la jeune femme dans un profond désespoir. Elle commençait à penser qu'elle ne reverrait plus jamais son fils. Elle s'était mise à échafauder toutes sortes d'hypothèses angoissantes pour expliquer la disparition de son beau-frère, de l'inconnue et de l'enfant. Peut-être étaient-ils ensevelis tous les trois sous un amas de ruines ? A moins qu'ils n'aient été victimes d'un enlèvement ? Des traîtres ou des agents au service de l'ennemi avaient très bien pu kidnapper Frédéric. Soit pour obtenir une rançon, soit pour empêcher le départ du Führer ou faire pression sur lui afin qu'il capitule.

Trois jours plus tôt, lorsqu'il lui avait enfin permis de faire venir leur fils à Berlin, Hitler lui avait dit :

— Tu sais, Tschapperl [1], si les choses se gâtent trop, j'ai pris des dispositions pour que Frédéric et toi ne tombiez pas entre les mains des bolcheviques. Un sous-marin se tient prêt, à Hambourg, pour vous emmener en Argentine. On vous attend là-bas. Le colonel Perón, ministre du gouvernement argentin, l'un de nos amis politiques, vous hébergera.

— Et toi ? Que deviendras-tu ?

— A l'heure du suprême péril, si l'occasion s'en présentait, je me sacrifierais pour mon peuple. On ne comprendrait pas, plus tard, que l'homme providentiel qui a tant fait pour l'Allemagne en ce siècle, se soit enfui comme un lâche alors que tant de braves sont tombés pour sa cause. D'ailleurs, cette fin me grandira. Mon œuvre ne s'éteindra pas avec moi. Au contraire, elle se perpétuera de siècle en siècle.

— Tu me fais peur, chéri... Pourquoi parles-tu ainsi ? Les événements sont donc si graves que cela ?

1. Un des mots tendres que Hitler employait pour Eva. Ce diminutif viennois signifie « Petite chose ».

— Ils sont graves, certes. Mais pas désespérés. Nous avons encore des forces puissantes à opposer à l'ennemi. Des armes redoutables sont prêtes à sortir de nos usines. Nous allons tout faire pour repousser les rouges. Je vais prochainement m'allier contre eux avec les Américains.

— Les Américains ? Mais je croyais...

— Oui, je sais, jusqu'à présent, ils étaient considérés comme nos ennemis... Mais, en politique, les choses évoluent sans cesse. Je ne serai pas le premier, dans l'histoire de l'humanité, à avoir suscité un renversement d'alliances.

— Tu crois que les Américains seront d'accord ?

— J'en suis persuadé. A présent que Roosevelt est mort, un accord avec eux est tout à fait envisageable... Mais cela ne se fera pas du jour au lendemain. Ils devront composer avec leur opinion publique et contrarier les groupes de pression isréalites. En attendant, nous aurons encore à traverser des moments difficiles. L'essentiel sera de tenir face aux hordes de l'Est. J'ai donné l'ordre à nos troupes de ne plus céder un seul pouce de terrain. Pour discuter avec les Occidentaux, je tiens à être en situation de force !

Hitler ayant prononcé ce plaidoyer avec une grande conviction, Eva s'était sentie une nouvelle fois rassurée, d'autant que son amant lui avait révélé, pour la première fois, quelles dispositions il avait prises pour que son fils et elle échappassent en cas de danger aux griffes des bolcheviques.

Elle s'était souvenue de ces propos durant la pénible journée qu'elle venait de vivre, ce 15 avril. Un doute avait traversé son esprit en apprenant la disparition de Frédéric. Elle s'était demandé si, malgré toutes les précautions prises pour que la naissance de l'enfant demeurât secrète, la vérité n'avait pas fini par filtrer en dehors du cercle restreint des familiers du Führer. Des opposants au Maître du Troisième Reich n'avaient-ils pas choisi de s'attaquer à sa fibre paternelle pour l'amener à abandonner le pouvoir ? La mystérieuse femme blonde qui accompagnait Hermann à Berchtesgaden n'était-elle pas de mèche avec les auteurs de la machination ?

Que se passerait-il à présent ? L'enfant ne servirait-il pas d'enjeu dans un odieux chantage ? Elle s'était mise à redouter que cette opération ne fût organisée par les bolcheviques. Comment le père de Frédéric réagirait-il en apprenant que Staline détenait celui-ci en otage ?

Durant toute la journée, Eva Braun avait retardé d'heure en heure l'instant où elle aurait dû révéler la vérité à son amant. Malgré ses soucis écrasants, le Führer s'était enquis, la veille, du déroulement de la mission confiée à Fegelein. Bormann avait répondu que le Gruppenführer était bien arrivé à Berchtesgaden. Il s'était gardé de préciser qu'il en était reparti le jour même. Que depuis son atterrissage à Berlin, on avait complètement perdu sa trace.

La jeune femme avait vite réalisé que cette situation ne pouvait pas se prolonger indéfiniment. Elle s'était accordé un ultime sursis jusqu'au lendemain matin. Si d'ici là les recherches demeuraient sans résultat, elle parlerait à Hitler.

D'avance, Eva savait ce qui l'attendait. Son amant entrerait dans une de ces terribles colères qui impressionnaient tant son entourage. Il lui reprocherait véhémentement de lui avoir forcé la main. D'avoir demandé que leur fils fût ramené à Berlin. Il la rendrait responsable de sa dispartion, peut-être de sa mort.

Pour pouvoir affronter cette épreuve avec une plus grande lucidité, elle avait avalé trois comprimés de somnifère et s'était endormie la veille comme une masse. Ce matin du 16 avril, à l'heure où venait de débuter l'une des plus formidables et décisives batailles de la guerre, la jeune femme était encore plongée dans un sommeil profond.

Vers neuf heures, sur l'insistance de l'O K W qui demandait à cor et à cri des directives pour la suite des opérations, Martin Bormann décida Heinz Linge, le valet de chambre de Hitler, à réveiller son maître.

Lorsque le Führer fut levé, après avoir fait sa toilette, il accepta de voir son secrétaire. Il avait toujours refusé de recevoir ses proches collaborateurs en tenue négligée.

Bormann le trouva encore plus fatigué que la veille. Avec un teint grisâtre, des poches sous les yeux, la main constamment agitée par un tremblement.

Le conseiller particulier de Hitler suivait d'un œil froid l'inexorable déchéance physique de son patron. Il connaissait depuis de nombreux mois le secret de cette décrépitude. Un autre médecin que le docteur Morell, le charlatan qui tuait son illustre patient à petit feu avec ses drogues, lui avait révélé que le Führer était atteint de la maladie de Parkinson. Le praticien avait établi son diagnostic d'après certains signes extérieurs relevés sur les traits et le comportement de Hitler : faciès myopathique, paralysie progressive du bras gauche...

Au rythme avec lequel le chancelier du Reich usait ses forces, il n'en avait plus pour très longtemps. Le médecin indépendant avait dit à Bormann : « S'il ne prend pas un repos complet, il mourra avant un an. Peut-être même plus tôt ».

Le Reichsleiter en avait déduit que s'il voulait jouer placé parmi les partants à la succession du Führer, il devait faire du forcing pour évincer les autres concurrents.

La disparition du fils de Hitler arrivait à point pour lui offrir de nouvelles armes. Il avait compris immédiatement quel parti il allait pouvoir tirer de l'événement. Hermann Fegelein était l'officier de liaison de Himmler. S'il avait acquis une certaine autorité depuis son mariage avec Gretl Braun, il n'en demeurait pas moins un subordonné direct du Reichsführer. A ce titre, toutes ses actions, bonnes ou mauvaises, seraient portées à l'actif ou au passif de son chef.

Lorsque Eva était venue lui confier ses appréhensions concernant le retard inexplicable de son beau-frère, Bormann avait conçu sur l'heure un plan d'action. En premier lieu, il convenait de garder l'événement secret et de ne pas en informer Hitler avant que l'affaire ne fût éclaircie. En second lieu, il allait tout mettre en œuvre pour retrouver la trace de Fegelein et de l'enfant, fussent-ils morts ou vifs. Il ne parlerait au Führer que lorsqu'il serait en possession d'informations plus détaillées.

Depuis plusieurs années, en vue d'obtenir des renseignements sur ce qui se passait dans les services de Heinrich Himmler, Martin Bormann s'était lié d'amitié avec le beau-frère d'Eva Braun. Il était devenu l'un de ses compagnons de débauche. Souvent, après boire, il le faisait parler, non seulement sur la marche de l'état-major de la SS, mais aussi sur sa propre vie. Fegelein lui avait révélé par exemple la liaison qu'il entretenait avec une jeune Hongroise, la femme d'un ex-diplomate interné dans un camp de concentration. Il avait su qu'il était fou de cette femme. Il la recevait dans un appartement de la Bleibtreustrasse et négligeait souvent pour elle les obligations de sa fonction et celles de sa famille.

Localiser le Gruppenführer après sa disparition n'avait été qu'un jeu d'enfant pour Bormann. Il avait mis ses meilleurs agents sur l'affaire et, sur ses indications, ceux-ci avaient rapidement acquis la conviction qu'il se trouvait dans sa garçonnière. Sa maîtresse, la nommée Jaszvareck Maricka était sortie de l'appartement la veille en fin d'après-midi pour faire quelques courses puis était revenue dans leur repaire une heure plus tard.

Le Reichsleiter s'était bien gardé de révéler à Eva Braun qu'il savait en quel endroit se terraient les amants. Il n'était pas mécontent de mettre l'arrogante amie du Führer dans l'embarras. Elle ne le tenait pas en haute estime. Si elle s'était confiée à lui c'est parce qu'elle était mortellement inquiète et était au courant qu'il disposait d'une police privée efficace. Le service qu'il allait lui rendre ne serait pas gratuit. Il escomptait bien qu'elle renverrait l'ascenseur. Qu'elle le soutiendrait, le moment venu, lorsque Hitler aurait à trancher entre les différents candidats à sa succession.

Bien qu'il eût, en très peu de temps, marqué des points importants dans le déroulement de son enquête, Martin Bormann ne s'en perdait pas moins en conjectures sur le sort de Frédéric. Ses agents ne lui avaient fourni aucune preuve tangible de la présence de l'enfant à l'intérieur de l'appartement de la Bleibtreustrasse. Un autre fait le troublait : lorsque la maîtresse de Fegelein s'était rendue dans un magasin d'alimentation pour y acheter quelques provisions, elle n'avait pas cherché à se procurer du lait ou d'autres aliments pour bébé...

Beaucoup d'inconnues subsistaient donc encore dans cette affaire. Le Reichsleiter ne désespérait pas de les éclaircir rapidement. Il connaissait bien Fegelein. Ce n'était pas quelqu'un de très malin. Il était persuadé qu'il ne tarderait pas à commettre une imprudence. A présent que ses agents l'avaient « logé », il ne pouvait plus échapper aux mailles du filet. Il suffirait d'attendre le moment opportun pour l'arrêter. Sa chute ne manquerait pas d'éclabousser Himmler.

Ce matin, Bormann avait décidé de passer à l'exécution de la première phase de son plan. Il allait informer Hitler de la disparition de son fils. S'il avait, la veille, conseillé à Eva Braun de retarder sa douloureuse confession, c'est parce qu'il voulait être le premier à annoncer la nouvelle au Führer. Il tenait à lui présenter l'événement de telle sorte qu'il apparût comme le seul homme efficace capable de retrouver Frédéric. Il ferait en sorte de se voir confier les recherches et les pouvoirs étendus qui lui permettraient de réaliser point par point la machination grâce à laquelle il allait évincer Himmler, son principal rival.

Martin Bormann se présenta dans ces dispositions d'esprit auprès d'Adolf Hitler.

— Mon Führer, attaqua-t-il aussitôt d'une voix grave après avoir serré la main molle tendue par son maître, si je me suis permis d'abréger votre sommeil, c'est parce que je tenais à vous faire part sans tarder d'une nouvelle très inquiétante...

Le chancelier du Troisième Reich avait tellement l'habitude, depuis la défaite de Stalingrad, d'apprendre des événements désagréables, qu'il ne réagissait le plus souvent qu'en gardant le silence. Il leva sur son interlocuteur des yeux hallucinés semblables à ceux d'un animal aux abois.

— Nous avons perdu la trace du Gruppenführer Fegelein, poursuivit Bormann.

Hitler ne sembla pas réaliser immédiatement l'importance de cette information. Il s'attendait plutôt à l'annonce d'un désastre militaire.

— La trace du Gruppenführer et celle de votre fils, précisa le Reischsleiter.

Le père de Frédéric comprit soudain à quel point la nouvelle le concernait directement.

— Ils... Ils ne sont plus à Berchtesgaden ? s'enquit-il.

— Non, mon Führer. Ils ont quitté cette ville avant-hier à bord d'un avion pour revenir à Berlin...

Le Maître de l'Allemagne devint encore plus hagard, plus pâle. Sa bouche fut déformée par une sorte de rictus. Il remua les lèvres mais aucun son n'en sortit. Il s'exprima finalement d'une voix presque inintelligible :

— Ils ont... Ils ont disparu en cours de route ? Leur avion a été attaqué ?

Bormann secoua la tête.

— Non, mon Führer. L'appareil à bord duquel se trouvaient le Gruppenführer Fegelein et votre fils a bien atterri sur l'aérodrome de Tempelhof, dans la nuit du 13 au 14.

Hitler parut plus décontenancé que rassuré par cette précision.

— Je ne comprends pas, dit-il. Ils ont disparu à Berlin ?

— A Berlin, c'est exact, mon Führer. On a perdu leur trace entre l'aérodrome et la Chancellerie.

— C'est insensé !

Sans se départir de son calme mais avec une grande autorité, le Reichsleiter poursuivit :

— D'après l'enquête que j'ai provoquée la nuit dernière, le Gruppenführer et l'enfant ainsi qu'une autre personne auraient quitté Tempelhof à bord d'une Kübelwagen au cours d'un bombardement. Plusieurs témoins ont affirmé qu'ils étaient encore vivants après l'alerte. Ils se seraient réfugiés dans un abri situé au centre de Tempelhofer Damm. Depuis lors, on ignore totalement ce qu'ils sont devenus...

— Il faut les faire rechercher immédiatement ! Mobiliser toute la police disponible !

Hitler était de plus en plus nerveux. Le tic déformant son visage s'accentuait de minute en minute, de même que le tremblement de ses mains. Martin Bormann jugea le moment venu de placer le premier jalon de son plan diabolique.

— Dès que j'ai été informé du retard du Gruppenführer, exposa-t-il, j'ai aussitôt ordonné une enquête. Celle-ci fait apparaître des faits troublants, inexplicables à l'heure qu'il est ...

— Lesquels ?

— Durant son voyage à Berchtesgaden, le Gruppenführer Fegelein était accompagné d'une femme blonde.

— De son épouse ? De Gretl ?

— Non, mon Führer, d'une inconnue !

De son poing droit, Hitler frappa violemment sur son bureau.

— Qu'est-ce que c'est que cette histoire ? s'emporta-t-il. Fegelein aurait eu l'audace d'emmener une de ses poules avec lui ! Il ne faut pas chercher l'explication de son retard. Ce porc est quelque part en train de forniquer avec cette putain ! Pendant ce temps, moi, j'attends qu'il me ramène mon fils !

Il faillit s'étrangler de rage et poursuivit en hurlant :

— Retrouvez-moi immédiatement ce salaud ! Je le dégraderai de mes propres mains ! Il sera aussitôt envoyé sur le front ! Comme simple soldat !

Comme Bormann ne semblait pas réagir assez vite à son gré à sa diatribe, Hitler ajouta :

— Vous avez la haute main sur cette opération. Je vais vous signer un ordre de mission spécial vous donnant pleins pouvoirs pour faire appréhender cet ignoble personnage et la femme qui l'accompagne en quelque lieu où ils se trouvent !

Le Reichsleiter se garda une fois encore de dire qu'il avait depuis longtemps outrepassé ses pouvoirs en transmettant cette injonction à toutes les autorités militaires et civiles du Reich. Devant son silence persistant, Hitler comprit qu'il avait encore quelque chose à lui dire.

— Ce n'est pas tout ? demanda-t-il.

— Non, mon Führer... Mais je ne sais si je dois vous faire part du doute que j'éprouve...

— De quoi s'agit-il ?

— Je n'ai encore aucune preuve... Seulement des présomptions...

— Eh bien, parlez ! lança le chancelier d'un ton agacé.

L'autre jugea qu'il avait assez préparé le terrain pour lancer sa bombe. Il soupira, d'un air faussement navré :

— Je redoute que vous ne fussiez victime d'une nouvelle trahison, mon Führer. En ces jours difficiles, beaucoup de ceux qui vous semblent dévoués commencent à jouer un triste jeu. J'ai peur qu'un nouveau complot n'ait été fomenté contre vous. Cette fois, à défaut de s'en prendre directement à votre personne, des misérables cherchent peut-être à attenter à la sécurité de votre fils...

Tout cela fut dit avec beaucoup d'habileté, en utilisant des arguments feutrés, avec une compassion appuyée.

En entendant cet étrange discours, Hitler demeura un instant abasourdi. Il devint de plus en plus pâle. En proie à son tour à un horrible soupçon, il reprit :

— Vous rendez-vous compte, Bormann, de l'accusation que vous venez de formuler ? Fegelein est le mari de Gretl, le beau-frère de Mlle Braun. Il deviendra un jour le mien... Si ce que vous dites est vrai. Si Hermann me trahit, en qui pourrais-je avoir confiance désormais ?

— Je souhaite me tromper, mon Führer. Bien que cela fût un manquement grave aux règles de la discipline militaire, j'aimerais cent fois mieux que l'officier de liaison du Reichsführer Himmler fût actuellement en train de s'amuser avec cette femme blonde... Plutôt que d'être entré dans un complot dirigé contre vous...

A dessein, Bormann avait désigné Fegelein par ses fonctions. Il avait associé son nom à celui que l'on considérait comme le futur dauphin de Hitler depuis que le gros Feldmarschall Goering s'était déconsidéré par ses excentricités. Le fait d'appartenir à l'état-major de Himmler pouvait fort bien signifier qu'il considérait que celui-ci avait une part de responsabilité dans la nouvelle conjuration.

Sur le moment, le Führer ne sembla pas encore prendre conscience des sous-entendus machiavéliques distillés par son interlocuteur. Ses soupçons restèrent focalisés uniquement sur son futur beau-frère.

— L'attitude de Fegelein est une chose inimaginable ! renchérit-il. Je n'arrive pas à croire qu'un homme qui a su montrer tant de rigueur contre les traîtres du 20 juillet [1], ait pu à son tour passer dans le camp de mes ennemis !

— Je partage votre consternation, mon Führer. Le Gruppenführer a été longtemps mon ami. Je pense que s'il a commis cet acte, c'est parce qu'il a été entraîné dans cette sale histoire. Parce que certains ont abusé de sa faiblesse. Il est incapable, tel que je le connais, d'avoir monté tout seul cette machination criminelle. Il faut, à mon avis, en rechercher plus haut les responsables !

Un peu plus appuyée, l'argumentation allusive porta cette fois tous ses fruits. Hitler entra brusquement dans une de ses violentes colères qui ressemblaient à un délire hystérique.

— Il faut démasquer ces traîtres, Bormann ! Les retrouver ! Je vous donne l'ordre de les faire arrêter ! explosa-t-il.

D'une voix étranglée, suffocante, il ajouta, toujours avec la même véhémence :

— S'ils touchent un seul cheveu de mon fils... S'ils lui font le moindre mal, je leur arracherai moi-même la langue et les yeux ! Je vous donne tous les pouvoirs pour les arrêter ! Vous entendez, Bormann ? Vous avez tous pouvoirs pour retrouver et arrêter ces misérables ! A quelque rang qu'ils appartiennent !

L'autre comprit qu'il venait de gagner la première manche d'une rude partie. Une lueur passa dans son regard. Sa physionomie, qui trahissait la ruse et l'absence de scrupules, se figea sur une expression sadique.

— Soyez sans crainte, mon Führer. Vous pouvez compter sur moi. Toute la vérité sera faite sur cette affaire. Je retrouverai les

1. Dès son retour de la lune de miel avec son épouse Gretl Braun, Fegelein avait été chargé par Hitler de la répression contre les conjurés du 20 juillet 1944. Tous les auteurs du complot furent pendus à l'aide de cordes à piano ou suspendus par la nuque à des crochets de boucherie.

ravisseurs de votre fils. Vous n'aurez pas à vous salir les mains. Je leur ferai subir moi-même le sort qu'ils méritent !

Le chef de la Chancellerie esquissa un mouvement de repli en direction de la sortie, puis parut se raviser.

— J'avais également une autre nouvelle à vous communiquer, mon Führer...

Après sa fureur démente, Hitler venait de retomber dans une sorte de douloureuse prostration. Il releva la tête, s'attendant à nouveau au pire.

— Ce matin à l'aube, annonça Bormann, les Russes ont déclenché une nouvelle offensive sur l'Oder...

A l'énoncé de ces propos, le visage défait du Maître du Troisième Reich n'exprima qu'une lasse indifférence.

— Après une intense préparation d'artillerie, poursuivit le Reichsleiter, ils ont lancé des forces importantes dans la bataille.

Hitler haussa les épaules. Sa lèvre inférieure esquissa une moue méprisante.

— Ce n'est qu'une manœuvre de diversion, ricana-t-il. Staline cherche à me tromper. D'après mes prévisions, je l'attends ailleurs que sur l'Oder. Il n'est pas sans savoir que nous y sommes formidablement retranchés. Il n'a aucune chance de percer nos lignes à cet endroit. De toute façon, quel que soit son plan, nous le battrons !

D'un geste, il fit signe à son secrétaire qu'il pouvait partir. Comme s'il venait de résoudre, par cette affirmation péremptoire, le problème posé par l'offensive soviétique. A présent, une question beaucoup plus grave le préoccupait : la disparition de Frédéric ! Il allait devoir en informer Eva. Cette démarche lui semblait autrement plus préoccupante.

IV

LE PRINTEMPS ROUGE

Les jours s'allongèrent brusquement. Le soleil s'épanouit dans le ciel comme une fleur éclatante au milieu d'un bouquet de nuages. L'haleine tiède du printemps se mit à souffler sur Berlin. La saison nouvelle commença à sourdre avec sa douceur secrète. A faire éclater les bourgeons, pointer le nez des violettes guetteuses à travers les boqueteaux, les massifs du Tiergarten. Dans la sève des plantes, le sang des hommes, une force confuse triomphait enfin de l'hiver et de la nuit.

Hélas ! En ces jours ensoleillés, ça n'était pas comme autrefois les accents de l'Orchestre Philharmonique que les Berlinois entendaient pour célébrer le sacre du printemps. C'était le grondement continu des canons russes, le hullulement sinistre des « orgues de Staline ». Pour tous les nazis, cette terrifiante musique avait les accents du *Götterdämmerung*.

En moins d'une semaine, le formidable étau soviétique resserra ses mâchoires d'acier autour de la capitale du Troisième Reich. Trois groupes d'armées participèrent à cette manœuvre d'encerclement. En premier lieu celui du maréchal Joukov qui attaqua à partir de l'Oder. Le groupe d'armées d'Ukraine, sous les ordres de Koniev, s'élança plus au sud, des bords de la Neisse. Quant au troisième, commandé par le maréchal Rokossovsky, il démarra son offensive au nord.

Tous les postulats formulés par Hitler concernant la tactique que les Russes emploieraient pour livrer la bataille de Berlin se révélèrent inexacts. Le brillant stratège des années 40 se trompa sur toute la ligne et massa ses maigres réserves en des endroits où l'ennemi n'intervint pas. C'est alors qu'apparut au grand jour la véritable personnalité du chef du Troisième Reich. Il n'avait été au fond qu'un chef de bande qui avait berné à la fois ses adversaires mais aussi son propre état-major par des coups de poker incessants et au début réussis. A présent, il cherchait à colmater les brèches sanglantes ouvertes dans les lignes allemandes par des méthodes empiriques dont la stupidité glaçait d'effroi ses généraux.

Les rouges attaquèrent là où le Führer ne les attendait pas. Avec des moyens en hommes et en matériel qu'il les jugeait incapables de rassembler. Il les croyait usés, à bout de souffle. Ils alignèrent des troupes innombrables, dotées d'un armement supérieur à ce qu'il avait été durant toute la guerre. L'armée soviétique apparut dans cette bataille sous son vrai visage. Une juxtaposition de divisions d'élite, disciplinées, aguerries, accompagnées de hordes issues des steppes, qui constituaient de formidables et inépuisables réserves. L'ensemble de ces forces se révéla d'une redoutable efficacité.

La Wehrmacht était devenue par contre une armée squelettique, exténuée, sans moral, manquant cruellement de renforts. Hitler avait dû tirer en hâte de nouvelles troupes de la substance appauvrie de l'Allemagne. Dans les divisions pitoyables de la Volksturm, des gamins de quinze ans et seize ans côtoyaient des territoriaux de soixante ans et parfois plus. Des officiers inexpérimentés allaient conduire ces malheureux au-devant des chars russes pour essayer d'endiguer leur inexorable progression. On se dépêchait d'édifier autour de la capitale des fortifications diverses telles que des tranchées, des barricades, des fossés antichars. Une plaisanterie sinistre commençait à courir à propos de ces défenses improvisées baptisées « ligne Goebbels ». Un général de la Wehrmacht qui ne manquait pas d'esprit ni d'intuition avait dit : « Il faudra aux Russes au moins deux heures un quart pour franchir ces barrages... C'est-à-dire deux heures pour calmer leur fou rire et un quart d'heure pour les démolir ! »

Si Hitler continuait à prendre ses désirs pour des réalités depuis le fond de son bunker, les observateurs objectifs du haut commandement avaient compris depuis longtemps que la guerre était perdue. Même en se battant comme les habitants de Stalingrad l'avaient fait deux ans plus tôt, les Berlinois ne parviendraient pas à sauver leur cité. Il y avait une énorme différence entre la situation des deux villes assiégées. A Stalingrad, les ouvriers d'Octobre rouge avaient combattu avec derrière eux l'énorme potentiel militaire et économique de la Russie. A Berlin, les défenseurs n'avaient aucun secours extérieur à espérer. L'Allemagne était en passe d'être entièrement occupée par les Alliés. Les poches de résistance subsistant encore ici et là ne menaient plus qu'un baroud d'honneur. Il n'y avait plus nulle part aucune grande unité de réserve susceptible de venir à la rescousse des Berlinois.

Pendant quelques jours, un grand nombre d'Allemands ne se battirent contre les Russes qu'avec une seule idée : retarder le plus possible l'avance des Yvans, afin de permettre aux soldats de l'oncle Sam d'être les premiers à entrer dans Berlin. Ils espéraient que les Américains prendraient la capitale. Qu'ils échapperaient ainsi à l'occupation rouge. On assista à un revirement étonnant dans l'opinion de la population. Beaucoup de gens souhaitèrent l'arrivée des troupes américaines, comme s'il s'agissait de libérateurs.

Cet espoir en une prochaine venue de l'armée américaine fut vite déçu. Au sud-ouest et à l'ouest de Berlin, des événements incompréhensibles se déroulèrent. Les Yankees, qui avaient foncé jusque-là sur des centaines de kilomètres, se mirent brusquement à faire du surplace. Même l'état-major de l'armée du général Wenck, qui s'opposait à eux, fut incapable de comprendre pourquoi les forces US ne progressaient plus. Pourquoi ils ne cherchaient pas à franchir l'Elbe, dernier obstacle naturel avant la capitale.

La vérité ne tarda pas à se faire jour dans l'esprit des Allemands.

Les Américains n'avançaient plus parce qu'ils avaient décidé de laisser aux bolcheviques le terrifiant honneur de s'emparer de Berlin !

Un profond découragement s'abattit alors sur les habitants de la capitale du Troisième Reich. Certains combattants furent pris d'une véritable psychose suicidaire. Puisqu'ils étaient condamnés à subir l'humiliation d'une défaite infligée par les Russes, leurs plus mortels ennemis, ils n'avaient plus qu'à se tirer une balle dans la tête ou à mourir en héros sur les barricades.

L'ultime ordre du jour du Führer fut distribué, dans ce climat de désespoir et de haine, aux commandants d'unités. Ceux-ci devaient le porter à la connaissance de leurs troupes en le faisant distribuer jusqu'aux premières lignes. Par contre, la presse et la radio ne furent pas autorisées à diffuser ce texte d'un nihilisme forcené.

L'ordre du jour disait :

« Soldats allemands du front de l'Est, pour la dernière fois l'ennemi judéo-bolcheviste est passé à l'attaque avec ses hordes. Il cherche à anéantir l'Allemagne et à exterminer notre peuple. Soldats du front de l'Est, vous connaissez le sort qui menace les femmes, les jeunes filles et les enfants allemands. Les vieillards et les enfants seront massacrés ; les femmes et les jeunes filles seront réduites à la prostitution dans les camps militaires. Le reste sera envoyé en Sibérie.

« Quiconque ne fait pas son devoir à cet instant est un traître à notre peuple. Chaque régiment, chaque division qui abandonne ses positions commet un acte monstrueux et en portera la honte face aux femmes et aux enfants qui subissent dans nos villes la terreur des bombardements.

« Quiconque vous ordonnera de vous replier devra être immédiatement arrêté et exécuté sur-le-champ quel que soit son grade. Si chaque soldat du front fait son devoir dans les jours et les semaines à venir, la ruée ultime des hordes asiatiques sera brisée, de même que la pénétration ennemie à l'Ouest échouera en dépit de tout ! »

L'armée avait un grand besoin de cette exhortation. Déjà, à

l'Ouest, des unités s'étaient rendues sans combat aux Américains et à l'Est, face au déferlement soviétique, des régiments se débandaient chaque jour. Malgré l'héroïsme de la IXe armée du général Busse, le verrou des Hauts de Seelow avait cédé. Il avait fallu reconstituer en hâte un nouveau front dans les faubourgs mêmes de Berlin. Au sud, la pression des forces de Koniev avait repoussé les lignes de la Wehrmacht en direction de Zossen. Le manque de renforts devenait de jour en jour plus dramatique. Nul ne comprenait pourquoi Hitler s'obstinait à laisser encercler ici et là ses meilleures unités dans des poches de résistance situées derrière les troupes d'assaut russes, plutôt que de leur permettre de décrocher pour se regrouper et faire front. De la même façon, à l'Ouest, il maintenait le gros de l'armée Wenck intacte face aux Américains alors qu'il était à présent évident que ceux-ci ne déclencheraient aucune offensive pour s'emparer de Berlin.

Ces graves fautes tactiques à l'échelon suprême se répercutaient dans toute la hiérarchie. Des différends dramatiques opposaient les généraux issus des cadres traditionnels de la Wehrmacht à ceux de la SS. Des ordres donnés par les uns ou par les autres n'étaient pas suivis d'effet. Il s'ensuivait une confusion, une désorganisation catastrophiques dont pâtissaient l'ensemble des unités combattantes.

A l'intérieur de la capitale encerclée, l'angoisse de la population croissait de jour en jour. En dépit des slogans placardés sur les murs : « Quiconque croit à Hitler croit à la victoire ! » ou « Le bolchevisme est au bord de sa plus écrasante défaite ! » personne n'espérait plus en un retournement providentiel de la situation.

A présent, nuit et jour, on entendait gronder le canon. Les bombardements aériens meurtriers reprenaient dès les premières lueurs de l'aube. Depuis qu'il n'y avait plus en l'air un seul appareil de la Luftwaffe, que les batteries de D C A avaient presque toutes été réduites au silence, les avions russes volaient au ras des toits. Ils tiraient, à vue, sur tout ce qui bougeait dans les rues.

Des centaines de milliers de personnes terrorisées ne sortaient plus des caves ou des couloirs du métro. La vie berlinoise était devenue nocturne et souterraine. Des milliers de réfugiés en provenance des villes de l'est se mêlaient aux habitants de la capitale. Ces gens racontaient des histoires terrifiantes. Ils disaient que les Russes se comportaient comme des sauvages. Ils violaient les femmes, égorgeaient les enfants. Personne ne devait s'attendre de leur part à la moindre pitié.

Bien qu'ils n'eussent pas pris connaissance du dernier ordre du jour de Hitler, lequel disait la même chose, les Berlinois étaient gagnés par la panique. Ces rumeurs atroces secouaient parfois la masse amorphe des larves humaines réfugiées sous les ruines. Les gens voulaient s'enfuir à tout prix. Chaque nuit, malgré l'interdiction de circuler sans laissez-passer spécial, des cohortes de civils se formaient. Elles profitaient de l'obscurité relative striée par la lueur des incendies pour s'élancer sur les boulevards en direction de l'ouest. Toutes les grandes artères de la ville s'emplissaient d'une cohue de femmes, d'enfants, de vieillards, auxquels se mêlaient des déserteurs transformés en faux infirmes. Ces gens n'avaient tous qu'un seul et unique objectif : sortir de Berlin, franchir l'écran protecteur des lignes américaines qui les mettrait à l'abri des exactions bolcheviques.

Tandis que son peuple terrorisé vivait les heures les plus sombres de son histoire. Pendant que ses soldats offraient leur vie en holocauste au national-socialisme, Adolf Hitler s'apprêtait comme chaque année à fêter son anniversaire.

Ce 20 avril 1945, le Maître du Troisième Reich venait d'atteindre sa cinquante-sixième année. Il n'y avait que douze ans qu'il était au pouvoir. Durant son règne, il avait eu le temps de fanatiser les Allemands. De leur faire perdre la raison. De les entraîner dans une épopée étourdissante. Une chevauchée d'acier et de sang à travers l'Europe et l'Afrique, jusqu'aux limites du Caucase et aux portes d'Alexandrie. Puis, à partir de 1942, le flux nazi s'était arrêté. Peu à peu, l'immense hydre noire répandue sur le monde avait commencé à rétrécir. Jusqu'à n'être plus aujourd'hui qu'un point minuscule sur les cartes d'état-major des belligérants : Berlin !

A présent la démoniaque aventure s'achevait. Comme dans les

drames shakespeariens, les innocents seraient vengés et les méchants punis. Cependant, en attendant de connaître leur châtiment, les protagonistes de la pièce macabre qui venait d'ensanglanter l'univers allaient, au milieu des ruines, dans un décor d'apocalypse, se livrer encore à une ultime mascarade.

Bien qu'il fût de plus en plus inquiet sur le sort de son fils, Hitler ne voulut pas qu'on changeât une tradition vieille de douze ans. Il tint à célébrer publiquement son cinquante-sixième anniversaire. Il lui semblait que pour conjurer un sort néfaste, il devait conserver son sang-froid et garder une parfaite impassibilité face aux événements dramatiques vécus par l'Allemagne. Il devait montrer au monde qu'il n'avait aucune inquiétude concernant l'avenir de son régime. La nouvelle de la réception traditionnelle dans les sous-sols de la Chancellerie serait connue dans toutes les ambassades neutres. On en parlerait chez les Alliés. Ça ne manquerait pas d'impressionner l'ennemi. Il en conclurait que le Troisième Reich n'était pas encore au bord de la défaite si ses dirigeants se permettaient, durant quelques heures, de participer à une fête en l'honneur de leur Führer.

Eva fut plus difficile à convaincre de la nécessité d'assister à cette réunion extravagante. Depuis plusieurs jours, elle vivait dans un univers totalement décalé par rapport à la réalité. Elle ne songeait qu'à une seule chose : le sort de son fils. Rien d'autre ne lui importait. Ni l'évolution des événements militaires, ni les dangers que l'avance russe faisaient peser sur sa sécurité et celle de son amant.

Elle vivait littéralement pendue aux basques de Martin Bormann. Elle le harcelait de coups de téléphone, le dérangeait vingt fois par jour dans son bureau. Le Reichsleiter tenait Hitler au courant presque heure par heure des résultats des recherches entreprises pour retrouver Frédéric. Il avait mobilisé plusieurs centaines de policiers auxquels il faisait ratisser systématiquement le Grand Berlin. Tous les immeubles encore debout étaient fouillés. On visitait aussi les abris et les caves. On contrôlait les gares et les routes. Dans une ville soumise en permanence aux bombardements, à la périphérie de laquelle on commençait à se battre au corps à corps, ces investigations policières avaient quelque chose de surréaliste. Parmi ceux qui se livraient aux recherches, nombreux étaient les agents civils ou militaires, qui se demandaient quel secret d'Etat pouvait bien détenir le Gruppenführer Fegelein, sa compagne d'origine hongroise et l'enfant de celle-ci.

En lançant tous azimuts sa gigantesque chasse à l'homme, Bormann avait exclu le quartier de la Bleibtreustrasse. L'endroit où se terraient précisément deux des personnages clés de l'histoire. Il avait simplement fait doubler la surveillance de l'immeuble où ils se cachaient. Il voulait être sûr que le couple ne lui échapperait pas. Il les tenait en réserve, à sa discrétion. Comme les gardiens d'un zoo gardent les cobayes dont les boas se repaîtront.

Pour calmer l'impatience de Hitler, le Reichsleiter avait lâché un peu de lest, quelques bribes de vérité. Il lui avait révélé l'identité de la mystérieuse femme blonde qui avait accompagné Hermann Fegelein à Berchtesgaden. Il s'agissait d'une nommée Maricka Jaszvareck, épouse d'un ex-diplomate hongrois emprisonné pour ses opinions hostiles au national-socialisme. Tout laissait supposer, selon Bormann, que cette très jolie femme était devenue la maîtresse du Gruppenführer. S'agissait-il d'une espionne au service de l'ennemi ? D'une opposante politique désireuse de se venger ? De marchander la liberté de son mari contre la restitution de l'enfant ? Cette affaire était-elle au contraire purement interne au régime ? Bormann penchait plutôt pour cette seconde hypothèse. Il avait fait remarquer à Hitler qu'il était peu probable que les deux ravisseurs fussent revenus volontairement à Berlin. S'ils avaient agi sur ordre d'un service ennemi, ils eussent au contraire emmené leur petit otage en direction des lignes russes ou américaines. Avec son machiavélisme habituel, le Reichsleiter avait évoqué à nouveau la possibilité d'un complot politique auquel pouvait être mêlée la hiérarchie appartenant à l'entourage du Reichsführer Heinrich Himmler. Il n'avait bien sûr pas encore mis ce dernier directement en cause mais avait distillé savamment un doute dans l'esprit de Hitler.

Bien qu'il ne partageât pas complètement l'avis de son secrétaire en ce qui concernait la complicité des hauts responsables de la SS dans l'affaire, le Führer l'invita à approfondir son enquête dans cette direction.

Quant à Eva, Hitler s'efforça de la rassurer. Malgré la haine qu'il éprouvait désormais à l'encontre de Fegelein, il considéra que celui-ci n'oserait pas s'attaquer à Frédéric. Ceux qui le manipulaient l'inciteraient sans doute prochainement à prendre contact avec la Chancellerie pour manifester ses intentions.

Le Führer eut des difficultés à convaincre sa maîtresse d'assister à la cérémonie d'anniversaire. Il lui fit comprendre que, compte tenu de la situation nouvelle créée par l'enlèvement de leur fils, elle devait plus que jamais paraître naturelle et ne pas sembler affectée par sa disparition.

La jeune femme accepta finalement d'entrer dans le jeu de son amant. Dans l'après-midi du 20 avril 1945, elle fit son apparition dans le salon du bunker. Elle avait revêtu la superbe robe en étoffe brochée de soie bleu et argent livrée le matin même par Otto Heise, le couturier du Kurfürstendamm.

Tous les hiérarques du régime étaient présents à la réception. Comme aux temps de la splendeur du national-socialisme, les lourdes limousines officielles s'étaient succédé devant la Chancellerie. Elles avaient amené tout le gotha du gouvernement et de l'état-major : Goebbels, Goering, Himmler, Ribbentrop, Keitel, Jodl, Krebs...

Hitler reçut l'hommage habituel de ses vassaux sans se départir de son self-control. Il s'efforça d'être souriant et détendu, en allant d'un groupe à l'autre pour bavarder. Aucun de ses familiers ne fut dupe de cette attitude. Tous constatèrent au contraire combien leur idole avait changé en quelques jours.

A voir ce vieillard au dos voûté, aux rides profondes, à la peau flasque et rancie, aux mains agitées d'incessants tremblements, nul témoin non averti n'eût pu penser qu'il n'avait que cinquante-six ans. S'il pouvait encore faire illusion lors des conférences militaires quotidiennes, assis derrière son bureau ou penché sur des cartes, dans cette réunion mondaine, il n'apparaissait plus que comme un homme très diminué, rongé physiquement et moralement par un mal implacable.

Vers la fin de l'après-midi, un aide de camp vint annoncer que les troupes étaient prêtes pour la revue traditionnelle. Sur les recommandations d'Eva qui craignait qu'il ne prît froid, Hitler revêtit une vieille capote grise par-dessus son éternel pantalon noir, sa tunique croisée sans galons ni décorations, sa chemise d'une blancheur immaculée et sa cravate sombre.

Suivi de tous les dignitaires du Troisième Reich, il gravit lentement les trente-sept marches du bunker et déboucha dans le jardin de la Chancellerie.

En hâte, une équipe de sapeurs avait nivelé le terrain ravagé par les bombes pour permettre à une unité de la division SS Frundsberg, récemment évacuée de Courlande, de rendre les honneurs au Führer.

En arrivant à l'air libre, Hitler marqua un temps d'arrêt. Il porta la main à sa casquette à haut fronton afin de la rabattre sur ses yeux. Depuis des semaines, il vivait retranché sous terre, en des lieux uniquement éclairés par des lampes électriques. La lumière du jour l'éblouissait.

Avec stupeur, les combattants rapatriés du front balte virent passer devant eux un petit homme voûté, flottant dans des vêtements trop amples, au col relevé frileusement, qui se traînait avec peine comme un infirme ou un convalescent. Beaucoup d'entre eux se demandèrent même si cet être souffreteux n'était pas une des doublures qu'on prêtait souvent au Führer.

Le Maître du Troisième Reich ne s'attarda pas près des SS. Un autre groupe attira son attention. Il s'agissait d'une compagnie de la Jeunesse hitlérienne. Elle s'était distinguée les heures précédentes sur le front tout proche. Ces gamins, dont les plus jeunes avaient une douzaine d'années, les plus âgés seize ans, faisaient partie de la « Volksturm », l'armée populaire levée par Goebbels pour défendre Berlin. Ils côtoyaient dans leurs unités des réservistes de soixante-dix ans, des ménagères, des infirmes et même des fous sortis d'asiles psychiatriques.

Tous ces « volontaires » portaient un brassard imité de ceux des résistants des anciens pays occupés. Un signe distinctif de combattant que les Allemands avaient refusé de reconnaître aux maquisards qu'ils avaient déportés ou fusillés depuis cinq ans en les qualifiant de terroristes.

Ces unités n'avaient pu être équipées que d'uniformes disparates et armées de vieux fusils datant de la Première Guerre mondiale. Par contre, on les avait dotées d'un engin redoutable : le panzerfaust. Un projectile à charge creuse capable de percer le blindage le plus épais des chars russes. En hâte, on avait entraîné les combattants de cette armée hétérogène au maniement de l'instrument de mort qui avait déjà causé des pertes importantes aux assaillants.

Un grand nombre de jeunes soldats de cette unité s'étaient récemment illustrés contre les rouges. Le Führer s'arrêta devant chacun de ceux qu'on lui désigna et épingla la croix de fer sur leur poitrine.

Les adolescents fanatisés regardaient avec curiosité le vieil homme aux yeux hagards qui s'efforçait de retrouver les accents d'antan pour les exhorter à de nouveaux sacrifices. Fait extraordinaire, le miracle qui s'était si souvent produit au cours des années précédentes se renouvelait une fois encore.

— Oui, mon Führer ! Je jure de me battre jusqu'à la mort pour empêcher l'ennemi de prendre Berlin !

Le même serment revenait sur toutes les lèvres. La gratitude, jointe à une farouche résolution, brillait dans les regards des jeunes décorés. Hitler leur tapotait familièrement la joue, comme s'il avait affaire aux petits pensionnaires d'une colonie de vacances.

Hélas ! ça n'était pas vers un camp de loisirs que ces malheureux allaient bientôt retourner. Le grondement incessant de l'artillerie russe pilonnant sans trêve les faubourgs de la capitale rappelait à tous que la prochaine remontée vers le front ne serait pas une partie de plaisir.

La revue se prolongea plus longtemps que prévu car, avec un souci du détail qui tournait à l'obsession maniaque, le Führer tenait à insuffler sa foi en la victoire à chaque combattant. Comme si le destin de l'Allemagne et bien sûr le sien reposaient à présent sur le sacrifice de ces pauvres gosses.

Au moment où Hitler passait dans les derniers rangs pour y distribuer ses sinistres hochets et y prodiguer ses encouragements grandiloquents, on entendit soudain grandir dans le ciel un ronflement que tout le monde connaissait. Celui des moteurs d'une vague de bombardiers soviétiques. Les sirènes n'avaient même pas annoncé son approche. Depuis quelques jours, l'alerte était devenue permanente. Les avions ennemis se succédaient au-dessus de la ville, volant à basse altitude, lâchant leurs tonnes de bombes, mitraillant les rues, obligeant les Berlinois à se terrer comme des rats dans les caves.

Aujourd'hui, bien que la nuit ne fût pas encore tombée, la capitale du Troisième Reich allait connaître une nouvelle fois les affres d'un bombardement massif. Les Russes tenaient à célébrer aussi à leur façon l'anniversaire d'Adolf Hitler.

En quelques dizaines de secondes, la petite esplanade aménagée pour la revue militaire se vida de ses occupants. Les membres de la suite du Führer furent les premiers à se précipiter vers l'entrée du bunker. Le gros Reichsmarschall Hermann Goering n'avait sans doute pas couru aussi vite depuis longtemps. Il lui fallut ensuite plusieurs minutes pour reprendre son souffle.

Hitler fut le seul à ne pas sentir réellement le danger encouru. Il vivait depuis des mois sous le béton des abris, voyant rarement la lumière du jour. Pour raisons de sécurité, aussi pour ne pas lui déplaire en le mettant au contact d'une réalité cruelle qu'il niait dans son délire mégalomane, ses proches l'éloignaient toujours des lieux où il aurait pu voir le véritable état dans lequel se trouvait son malheureux pays. Il ne visitait jamais les champs de bataille, encore moins les villes en ruine, les centres d'accueil des réfugiés, les hôpitaux. Il n'avait donc pas, comme des millions d'Allemands, la pratique quotidienne et instinctive de l'autoprotection.

A petits pas, toujours accompagné du fidèle Bormann, le Führer rejoignit le bunker. A peine en eurent-ils franchi le seuil que les bombes ennemies se mirent à pleuvoir une nouvelle fois sur ce qu'il restait de la Chancellerie.

A l'intérieur du souterrain, les festivités interrompues par la revue militaire reprirent aussitôt. Le raid des avions soviétiques sur Berlin ne sembla pas avoir entamé le raisonnement de Hitler en matière stratégique. Quelques instants plus tard, il s'approcha de von Ribbentrop, son ministre des Affaires étrangères, et l'apostropha en ces termes :

— J'ai ouï dire, mon cher, que depuis quelque temps vous éprouviez des doutes en ce qui concerne notre victoire finale dans la guerre que nous menons contre le judéo-bolchevisme ?

Bien qu'embarrassé par cette attaque brutale à laquelle il ne s'attendait pas, Ribbentrop ne s'esquiva pas.

— Mon Führer, déclara-t-il d'une voix sourde, pour ne pas être entendu par d'autres oreilles, lorsqu'on est un homme politique responsable, il est normal qu'en certaines circonstances on commence à se poser des questions.

— De quelles circonstances voulez-vous parler ?

— De l'arrivée des Russes aux portes de Berlin. Il me semble que cet événement est suffisamment grave pour susciter réflexion.

Hitler haussa les épaules et dit, d'un ton sarcastique :

— Je vous croyais mieux informé de la situation, monsieur Ribbentrop. Lorsque des jours meilleurs seront revenus, il faudra songer à faire étoffer votre cabinet par des attachés militaires plus compétents. Vos contacts avec l'O K W méritent d'être améliorés.

— J'entretiens des rapports étroits et excellents avec notre état-major, mon Führer...

— Ils sont manifestement insuffisants. Il n'est pas normal que notre ministre des Affaires étrangères ne soit pas en mesure de formuler une opinion plus éclairée sur le déroulement des opérations menées par notre vaillante armée sur les différents fronts !

Ribbentrop ne releva pas la remarque désobligeante. Il se contenta de demander, avec une ironie tempérée par un flegme très british qui lui était coutumier :

— Eh bien, mon Führer, je serais très heureux si vous pouviez m'apporter vous-même des précisions sur notre situation militaire car celles dont je dispose sont pour l'instant fragmentaires et, je dois le dire, tout à fait alarmantes !

Hitler ignora pour sa part le côté un peu provocateur des propos de son ministre pour se lancer aussitôt dans un discours rassurant :

— La situation est en passe de se stabiliser. Certes, c'est encore très dur à l'Est, mais nos troupes ne reculent plus. A l'Ouest, le courant est en train de s'inverser. Les Américains ne se battent presque plus. Ils restent l'arme au pied face à Busse. Truman, le nouveau président des Etats-Unis, n'a pas mis longtemps à comprendre où se situait le véritable danger. C'est un homme politique réaliste. Il ne tient pas à ce que l'Europe bascule sous la tutelle communiste. Les Yankees sont avant tout des commerçants. Une mainmise russe sur l'Europe centrale et orientale serait pour eux une véritable catastrophe économique. Un Etat capitaliste ne commerce pas avec un Etat bolchevique. Ce sont deux mondes trop différents ! J'ai prévu ce qui va se passer à présent. Un affrontement entre nos deux ennemis lorsque leurs armées se rencontreront. Ce sera à nous de tirer parti de cette nouvelle donnée stratégique !

Ribbentrop se contenta de hocher silencieusement la tête. Comme si ces billevesées le convainquaient à nouveau du génie politique de celui qui venait de les formuler. En réalité, il réfléchissait au moyen d'avancer une suggestion à son interlocuteur. De développer un plan susceptible de modifier le cours inexorable des événements et de préserver peut-être l'avenir du régime.

De sa voix calme, après s'être assuré à nouveau que nul autre interlocuteur ne pouvait l'entendre, il exposa :

— Ne croyez-vous pas, mon Führer, qu'il serait peut-être habile pour vous et le gouvernement de quitter Berlin pour Berchtesgaden ? Vous pourriez commencer, à partir de ces montagnes inexpugnables, la reconquête de notre territoire. Tout en refoulant les envahisseurs de l'Est, nous pourrions entreprendre aussi simultanément, en situation de force, des négociations avec les Occidentaux ?

Le chef de la diplomatie allemande tenait pour la première fois de sa carrière de tels propos. Il savait pourtant que les Américains n'accepteraient jamais d'entamer des pourparlers directs avec Hitler. Mais à partir du moment où celui-ci se trouverait hors de la capitale, il y aurait peut-être moyen de lui faire admettre de gré ou de force une démission de ses fonctions dans l'intérêt supérieur de l'Allemagne. Une démission susceptible de favoriser précisément ce retournement des alliances auquel le Maître du Troisième Reich attachait de plus en plus d'importance.

Déjà, par l'entremise de quelques diplomates neutres, Ribbentrop avait fait sonder plusieurs personnalités américaines sur les possibilités d'une négociation. D'autres renseignements étaient parvenus à la Wilhelmstrasse révélant que, de leur côté, Goering et même Himmler cherchaient à prendre séparément contact avec les alliés occidentaux pour conclure une paix honorable. Compte tenu de ce climat délétère, le ministre des Affaires étrangères pensait que si Hitler acceptait de quitter Berlin, ce serait un premier pas vers son effacement de la scène politique. Lui, Ribbentrop, pourrait alors envisager de mener son propre jeu dans cette partie délicate. Il se considérait comme un interlocuteur beaucoup plus habile et surtout respectable que les deux autres dauphins du Führer.

Le dictateur parut un instant décontenancé par les propos sulfureux de son ministre. C'était en effet la première fois qu'un hiérarque du régime osait lui parler face à face d'un possible arrangement du conflit par la négociation. Quelques semaines plus tôt, ces propos sacrilèges eussent valu à son interlocuteur un emprisonnement immédiat et sans doute le sort réservé aux traîtres. Tandis qu'il digérait difficilement ce nouveau menu, le Maître de l'Allemagne nazie resta un long instant silencieux, les yeux baissés. Comme s'il contemplait les dessins compliqués du tapis de haute laine recouvrant le sol du salon. Derrière lui, les autres invités de la réception continuaient de bavarder par petits groupes. On percevait la voix pointue de Goebbels, le rire faussement rassurant de Himmler, le timbre tonitruant du gros Goering. Malgré les climatiseurs, l'air brassé par la soufflerie était moite. Une odeur désagréable flottait en permanence. Celle du ciment frais combinée à des relents de fosses septiques. Le bunker avait été construit si vite que les dalles n'avaient pas encore eu le temps de sécher complètement. Par ailleurs, le système d'évacuation des eaux usées fonctionnait très mal.

Durant deux longues minutes, tandis que le Führer réfléchissait aux propositions qu'on venait de lui faire, von Ribbentrop crut qu'il avait gagné. Il allait convaincre son interlocuteur de quitter la capitale bientôt encerclée, pour rejoindre le fameux « réduit alpin » dont un certain nombre de responsables de l'état-major parlaient depuis quelque temps. Cette fuite sauverait sans doute ce qui restait de la métropole allemande. Leur grand chef parti, les partisans de la guerre à outrance ne tarderaient pas à cesser le combat.

Bien qu'il fût renseigné sur ce qui se passait dans l'entourage de Hitler, quoi qu'en pensât ce dernier, le ministre des Affaires étrangères du Reich ignorait un détail essentiel pour la concrétisation de son plan. Le Maître de l'Allemagne ne pouvait plus quitter la capitale. Pas en raison de circonstances militaires ou politiques, mais pour une cause familiale. Pas plus que les autres responsables du régime, Ribbentrop n'avait été tenu au courant de la disparition du fils du Führer. Il ne savait pas que Hitler avait décidé de rester sur place tant qu'on n'aurait pas retrouvé la trace de Frédéric.

Pour expliquer sa détermination, le dictateur se lança, au grand étonnement de son interlocuteur, dans l'un de ses discours teintés d'un mysticisme de mauvais aloi dont il abreuvait fréquemment ses proches.

— Mon cher Ribbentrop, je vais vous dire pourquoi je ne partage pas votre idée. Jusqu'ici, j'ai toujours suivi mon destin avec la précision et la sécurité d'un somnambule. Quelque chose de supérieur me dit que je ne dois pas quitter Berlin. Si je le faisais, je serais comme un lama tibétain qui fait tourner à vide son moulin à prière. Ça n'est pas la première fois que cette force m'impose sa volonté. Pendant la guerre 14-18, j'étais en train de manger mon dîner dans une tranchée, avec plusieurs camarades. Tout à coup, une voix sembla me dire : « Lève-toi et va là-bas ! » Elle était tellement claire et insistante que j'ai obéi immédiatement. Comme s'il s'agissait d'un ordre donné par un officier. Je me levai aussitôt et marchai vingt mètres le long de la tranchée. En emmenant avec moi la gamelle contenant mon dîner. Je m'assis et recommençai à manger, mon esprit redevenu calme. A peine avais-je avalé la première bouchée qu'il y eut un éclair et une détonation étourdissante en provenance des lieux que je venais de quitter. Un obus était tombé au milieu du groupe de mes camarades. Tous avaient été tués.

Ribbentrop avait déjà entendu à plusieurs reprises cette anecdote dans la bouche du Führer. Il se contenta de remarquer :

— Cette prémonition est en effet significative de ce qui se passe quelquefois dans notre subconscient...

Il pensait en réalité que Hitler devait être bien diminué mentalement pour se raccrocher à de semblables sornettes.

Imperturbable, comme s'il se livrait à une démonstration stratégique devant son état-major, le dictateur poursuivit :

— Cette vision n'est pas la seule qui me soit venue au cours de ma vie. Durant la dernière guerre, à l'hôpital de Pasevalk, alors que je souffrais d'une totale cécité, tandis que j'étais confiné dans mon lit, j'eus la révélation qu'un jour je dirigerais l'Allemagne et que je lui donnerais un rayonnement mondial. Que je parviendrais à ce résultat final envers et contre tout !

Une telle mythomanie eût été risible en d'autres circonstances. Si la gravité des événements n'avait pas demandé à la fois de la maîtrise mais aussi une grande clarté d'esprit et de décision. Toujours avec son humour froid, Ribbentrop demanda d'un ton un peu ironique :

— Si je comprends bien, mon Führer, vous auriez donc été éclairé récemment par cette voix mystérieuse ?

Hitler ne comprit pas ou feignit de ne pas comprendre que l'autre tournait ses propos en dérision. Il poursuivit ses vaticinations :

— Durant la guerre de Sept Ans, Frédéric II le Grand, que j'ai toujours pris pour modèle, faillit lui aussi être défait à la bataille de Kunersdorf. Or, il fut sauvé par le changement survenu en Russie. La Providence m'aidera de la même manière à surmonter les difficultés présentes. Je sais que c'est à Berlin que je gagnerai cette guerre ! J'en ai la certitude absolue !

Pour éviter d'autres questions sinon narquoises, du moins embarrassantes de son ministre, le chancelier tourna les talons et se rapprocha de Jodl qui venait d'arriver du central téléphonique porteur d'une poignée de dépêches.

Le chef du bureau des Opérations de la Wehrmacht n'avait pas l'air particulièrement réjoui.

— Mon Führer, je viens de recevoir un rapport de Heinrici. Il demande l'autorisation de replier la IXe armée sur de nouvelles positions !

— Pas question ! Busse ne doit plus céder un seul pouce de terrain ! Mon ordre du jour est valable pour lui comme pour toutes les autres unités !

De plus en plus angoissé par l'état catastrophique de la situation, Jodl crut bon d'insister :

— Mon Führer, Heinrici prétend qu'une opération de resserrement de notre système de défense s'impose. A défaut, il dit que le front s'effondrera... Que les Russes s'avanceront jusqu'au cœur de Berlin...

Hitler ne voulut rien entendre. Il s'enferma une fois encore dans sa logique absurde.

— Si chaque homme reste à son poste de combat avec la volonté farouche de ne pas reculer, les bolcheviques ne passeront pas !

Ces affirmations gratuites n'impressionnèrent pas Jodl qui savait à présent à quoi s'en tenir concernant ces prophéties grandiloquentes. Il employa aussitôt une autre argumentation :

— Mon Führer, dans ces conditions, le général Heinrici demande à être relevé de son commandement. Il sollicite l'autorisation d'être immédiatement reversé comme simple soldat dans une unité de la Volksturm !

— Refusé ! Refusé ! s'emporta Hitler. Vous direz à Heinrici que j'en ai assez de ses caprices ! Jusqu'à présent, c'est encore moi qui commande ! Je ne laisserai à personne le droit de me dicter la stratégie à employer pour battre les Russes ! D'ailleurs, je ne comprends pas comment il ferait pour reculer ? Nos forces sont maintenant adossées à Berlin ! Un pas en arrière serait fatal à l'ensemble de notre système de défense ! Nous serions menacés d'un encerclement total !

Le Maître du Troisième Reich semblait avoir retrouvé un semblant d'énergie. Il s'était redressé instinctivement pour affirmer son autorité. Jodl, qui ne s'en laissait plus accroire, prit argument des derniers propos de Hitler pour aborder à son tour le sujet qui tracassait depuis quelques jours tous les grands du régime.

— Mon Führer, observa-t-il, je me demande si vous ne devriez pas prendre en considération cette menace d'encerclement ? Si les Américains et les rouges font leur jonction sur l'Elbe, vous risquez de ne plus pouvoir communiquer avec les états-majors de nos différents fronts...

— Alors que proposez-vous ?

— De transporter votre quartier général hors de la capitale, mon Führer. Afin de conserver toute votre liberté de commandement et d'action.

Le visage du dictateur se crispa. Il esquissa une grimace.

— Décidément, c'est une conspiration ! Tout le monde me presse de quitter Berlin pour l'Obersalzberg !

— Ce sage avis est en effet partagé par tous ceux qui vous sont fidèles, mon Führer...

— Eh bien, vous vous trompez tous ! Je ne partirai pas ! Je ne quitterai jamais cette ville ! Je forcerai la décision sur place ou je périrai ! Si le sort des armes m'est contraire, je me tuerai !

Jodl éprouva un véritable choc en entendant ces paroles. Il regarda Hitler avec étonnement. C'était la première fois que celui-ci envisageait non seulement la possibilité d'une défaite, mais qu'il parlait aussi de mettre fin à ses jours. A partir de cet instant, le chef du bureau des Opérations de la Wehrmacht fut sûr que la guerre était définitivement perdue. Tous les sacrifices qui seraient dès lors demandés au peuple allemand ne feraient que retarder de quelques jours l'inéluctable échéance.

Le Führer le planta là et s'éloigna en direction d'un autre groupe parmi lequel se trouvaient le maréchal Keitel et le général Krebs. Jodl, très ébranlé par ce qu'il venait d'entendre, se rapprocha de Ribbentrop en conversation avec l'amiral Dönitz :

— Il refuse obstinément de partir, dit le dernier interlocuteur de Hitler, d'un ton accablé.

— Je sais, acquiesça le ministre des Affaires étrangères d'un air sombre. Je me demande ce qui le retient ici. Pas plus que les vôtres, mes arguments ne sont parvenus à le convaincre.

— Il n'y a sans doute qu'une seule personne qui pourrait le faire changer d'avis, avança Dönitz.

— Qui ?

Du menton le chef de la Kriegsmarine désigna la silhouette élégante d'Eva Braun. Elle discutait, une verre de champagne à la main, en compagnie d'Albert Speer, le ministre de l'Industrie du Reich.

— Vous avez raison, amiral ! C'est notre dernière chance...

Le chef de la diplomatie allemande, qui avait plaidé tant de causes difficiles depuis douze ans, tenta aussitôt une ultime démarche auprès de la jeune femme. Jusque-là, comme beaucoup de familiers du Führer, il avait sous-estimé son rôle dans la vie du Maître de l'Allemagne. Après s'être approché d'elle, il l'entraîna discrètement par le bras dans un coin de la pièce.

— Nous sommes tous désespérés, Eva, dit-il d'une voix basse. Nous ne parvenons pas à convaincre le Führer qu'il doit quitter Berlin au plus vite avant que la ville ne soit complètement encerclée.

Ribbentrop fut étonné de ne susciter aucune marque d'inquiétude sur le visage de son interlocutrice. Elle semblait seulement un peu plus triste que d'habitude, comme absente. Elle demanda, avec un petit sourire un peu contraint :

— Les Russes seraient-ils aux portes de la Chancellerie ? Vous semblez tracassé comme s'ils allaient surgir ici d'un instant à l'autre ? Adolf n'est pas du tout de votre avis. Il est persuadé de les écraser comme de la vermine au cours de la grande bataille qui se prépare !

Ribbentrop eut un geste de dérision. Il constata :

— La situation est désespérée, Eva ! Le Führer ne la maîtrise plus. Avant deux jours, les Russes et les Américains feront leur jonction. Berlin sera pris dans un gigantesque filet. Il faut absolument que nous quittions tous cette ville avant qu'il ne soit trop tard !

Comme elle restait silencieuse et lointaine, il crut qu'elle n'avait pas compris ce qu'il attendait d'elle. Il insista :

— Vous seule avez encore de l'influence sur le Führer, Eva, vous le savez bien. Si vous lui dites de partir, il partira ! Parlez-lui aussi de votre fils. De Frédéric. Que deviendrait-il, seul, isolé dans le réduit de l'Obersalzberg ?

La jeune femme poussa un profond soupir. Pendant un instant, Ribbentrop eut l'impression qu'elle allait se mettre à pleurer. Elle parvint à se dominer et dit, d'une voix très triste :

— Je suis désolée... Désolée... Mais le Führer et moi ne pouvons pas encore partir... Pour des raisons personnelles... Des raisons que je ne peux pas vous expliquer à présent... Non, vraiment, nous ne pouvons pas quitter Berlin...

Sans laisser au ministre étonné le temps de poser une autre question, Eva Braun le quitta pour rejoindre Martin Bormann qui, de loin, n'avait pas cessé de les observer.

A cet instant, sur l'ordre de Hitler, qui tenait absolument à ce que rien ne fût changé dans le déroulement de la cérémonie tel qu'il se pratiquait les années précédentes, Heinz Linge, son valet de chambre, apporta un gramophone. Pour détendre l'atmosphère déprimante qui régnait à l'intérieur du bunker, il commença à diffuser un air à la mode :

« Blutrote Rosen erzählen
Dir von Glück... [1] »

1. « Roses rouge sombre, elles te parlent de bonheur... »

Personne apparemment ne remarqua ce qu'il y avait de saugrenu dans les paroles de cette chanson. Elles vantaient le charme des roses rouges, à l'heure où des centaines de milliers de soldats se réclamant d'un idéal de même couleur s'apprêtaient à déferler à travers les rues de Berlin !

Troisième Partie

LES DERNIÈRES ILLUSIONS

I

LA DEMANDE DE RANÇON

Maricka descendit l'escalier à tâtons. Dans le noir absolu. Depuis deux jours, l'électricité était coupée dans le quartier à la suite de la destruction de la centrale qui alimentait cette partie de la ville. Tous les habitants des immeubles encore intacts de la Bleibtreustrasse s'éclairaient avec des bougies. Quelques rares privilégiés disposaient de lampes à pétrole ou à carbure.

La jeune Hongroise n'eut pas à se cacher pour passer devant la loge du concierge. Celle-ci était déserte. Elle sortit sans encombre.

Dehors, il faisait moins sombre. Surtout à cause de la bataille d'artillerie engagée aux abords immédiats de Berlin. Du côté de l'Est, un bouillonnement rougeâtre animait l'horizon. On entendait les grondements incessants des pièces lourdes, les sifflements sinistres des « orgues de Staline ». Partout, dans les quartiers du centre, des immeubles continuaient de flamber. Certains brûlaient depuis des jours. Des foyers, que l'on croyait éteints, se rallumaient brusquement au moindre souffle de vent.

Maricka se mit à marcher sur le trottoir jonché de toutes sortes de débris. Il faisait froid. Une bise aigre balayait la rue, apportant une odeur de fumée et de roussi. Elle avait rendossé les vieux vêtements, remis les chaussures éculées qu'elle portait avant de devenir la maîtresse de Fegelein. Ainsi, elle passerait inaperçue. Elle se ferait moins remarquer qu'avec son manteau de fourrure. Elle ressemblait à une petite employée regagnant son domicile à la sortie du bureau.

Elle venait de quitter l'immeuble à vingt heures juste. Hermann avait calculé qu'il lui faudrait environ trente minutes pour se rendre à pied, à la gare du Zoo où elle devait accomplir sa mission.

Dans les rues, elle constata qu'il y avait beaucoup plus de monde que durant la journée. Craignant de se faire mitrailler à vue par les chasseurs russes, les gens sortaient dès la tombée du jour pour se rendre dans les quartiers où ils avaient affaire. Après des mois et des mois de black-out total, les Berlinois avaient acquis un nouveau sens. Ils étaient capables de se diriger parfaitement dans le noir absolu, comme des aveugles.

De part et d'autre de la rue, ça n'était qu'un amoncellement fantastique de ruines. Si le bas des immeubles était plongé dans l'obscurité, le haut des façades se découpait sur les lumières de la bataille. Les moignons dressés, les chicots de murailles offraient un aspect sinistre. Souvent, en passant à proximité des maisons écroulées, on sentait une odeur atroce : celle des cadavres en décomposition ensevelis sous les monceaux de gravats. Nul ne pourrait dégager les corps des victimes avant la fin des combats. On ne parviendrait sans doute jamais à identifier tous ces malheureux.

Face aux vestiges d'un monde disparu, il était à présent difficile d'imaginer que ces rues avaient été autrefois animées par une intense activité, sillonnées par des centaines de voitures, bordées de magasins prospères.

Maintenant, il n'y circulait plus que de rares véhicules. Surtout des camions militaires roulant prudemment, tous feux éteints, sur la chaussée défoncée.

Le pitoyable défilé des jours précédents avait cessé. Le fleuve des réfugiés en provenance des provinces de l'Est s'était tari. Pour plusieurs raisons. D'abord parce que la plus grosse masse des fuyards était passée. Ensuite parce que la police militaire avait établi des barrages à l'entrée de la capitale, pour en interdire l'accès.

Beaucoup de pauvres gens venus de Prusse orientale étaient arrivés à Berlin dans un extrême état d'épuisement. Ils avaient progressé à pied durant des jours et des jours dans la neige, par un froid glacial. Poussés en avant par une indicible terreur, ils avaient propagé leur propre peur tout au long de leur route par ces trois mots : « Der Yvan Kommt ! » (les Russes arrivent !) Cette formule avait suffi à entraîner dans leur sillage d'autres populations tout aussi effrayées, en direction de la capitale du Troisième Reich. Car pour tous ces gens, Berlin représentait une sorte de sanctuaire. L'endroit inviolable où ils seraient à l'abri. Le Führer ne permettrait jamais que les Russes s'en emparent. Au début, des dizaines de milliers de fugitifs s'y étaient arrêtés. Ils s'étaient entassés partout, dans les couloirs du métro, dans les caves, les rez-de-chaussée encore habitables des maisons en ruine. Tous y avaient attendu la suite des événements, partagés entre l'angoisse et l'espoir. Mais cet afflux de population n'avait pas tardé à poser des problèmes insolubles en matière sanitaire et alimentaire, c'est pourquoi, depuis quelques jours, ces malheureux exilés n'étaient plus autorisés à pénétrer à l'intérieur de la ville.

Pour accéder à l'enceinte de la gare du Zoo, Maricka dut suivre un chemin malaisé. Le quartier avait énormément souffert des bombardements ennemis. Elle zigzagua avec précaution entre les cratères de bombes souvent remplis d'eau à la suite des ruptures de canalisations. Elle franchit de monstrueux tas de gravats, escalada des rues interdites sur de fragiles passerelles.

Elle parvint finalement à pénétrer dans l'une des salles d'attente. De l'extérieur, on ne pouvait rien distinguer en raison d'un camouflage efficace. Un soldat complaisant la guida jusqu'à l'entrée.

Lorsqu'ils avaient discuté de leur plan d'action, quelques heures plus tôt, Hermann lui avait dit :

« Il faudra téléphoner depuis une gare. En général, les cabines publiques y sont réparées en priorité... »

Le hall semblait avoir moins souffert que les abords. Certes, la verrière était depuis longtemps réduite en miettes, mais on avait remplacé toutes les vitres par du papier goudronné.

Maricka fut impressionnée par le nombre de gens entassés dans la salle d'attente. Plusieurs centaines de personnes, femmes, enfants, vieillards, étaient allongés le long des murs, à même le béton. Tous serraient contre eux des valises, des sacs contenant leurs biens les plus précieux. On leur recommandait de se méfier car depuis quelque temps, des bandes de pillards, de voleurs à la tire, sévissaient à travers la ville. Ils n'hésitaient pas à dépouiller les réfugiés.

Qu'espéraient donc ces malheureux aux visages émaciés, aux yeux hagards ? Quel train problématique attendaient-ils en vain depuis des heures ? Vers quelle destination cherchaient-ils à s'enfuir ? Alors qu'il était à la fois interdit d'entrer dans Berlin, mais aussi de quitter cette ville maudite ? Ils restaient là, prostrés, agglutinés comme des larves, indifférents au fait que l'endroit était dangereux car les gares servaient de cibles privilégiées aux bombardiers ennemis.

La jeune Hongroise repéra immédiatement la cabine téléphonique dans le fond du hall. Par la porte vitrée, elle distingua une silhouette à l'intérieur. Une demi-douzaine de personnes attendaient devant, sur une file.

Pour la première fois depuis qu'elle avait quitté l'appartement de la Bleibtreustrasse, Maricka se demanda si elle n'allait pas commettre une dangereuse imprudence. Les gens faisant la queue devant la cabine n'allaient-ils pas entendre ce qu'elle dirait au téléphone ? Qui sait si parmi eux ne se trouvait pas un policier ? Un indicateur ?

« Je suis folle, complètement folle, pensa-t-elle. Je ferais mieux d'abandonner. De m'enfuir n'importe où. Loin de Berlin. Loin d'Hermann. Il n'a plus sa raison pour imaginer un plan pareil ! C'est déjà grave d'avoir perdu le fils de Hitler. Même si nous n'y sommes absolument pour rien. Ça peut nous valoir les pires ennuis. Mais essayer par surcroît de tirer profit de la situation, c'est comme si nous tentions directement le diable. Le plus sage serait de nous tenir tranquilles. De nous faire oublier. D'attendre l'arrivée des Russes. Ensuite, nous verrons bien... »

Ce raisonnement la fit s'arrêter au milieu du hall. Elle demeura un instant indécise. Autour d'elle, les gens parlaient fort, entretenaient un brouhaha permanent. Une odeur écœurante flottait dans l'air confiné de la salle d'attente. Un remugle exhalé par plusieurs centaines de gens qui ne s'étaient sans doute pas lavés depuis des jours, voire des semaines.

Cette misère, cette malpropreté, cette promiscuité répugnèrent la petite comtesse. Elle avait toujours eu horreur d'être en contact avec le peuple. Elle n'aimait pas la foule, les ouvriers, les paysans. Elle n'était à l'aise que dans l'univers feutré des ambassades, des ministères, dans les salons aristocratiques, parmi les gens de son monde, de sa classe.

Elle se remémora ce que Hermann lui avait dit quelques heures plus tôt pour surmonter ses réticences :

« Il nous faut absolument cet argent. C'est notre dernière chance. Autrement, quand les Russes arriveront, nous serons faits comme des rats. Ça ne sera pas drôle. Ils nous déporteront en Sibérie. Ils nous feront travailler à en crever. Tu t'imagines en train de manier la pelle ou la pioche par moins trente degrés ? Crois-moi, il faut jouer à fond le plan que je t'ai exposé. Soutirer le maximum d'argent à Hitler par l'intermédiaire de ma belle-sœur et filer ensuite à l'anglaise. Je sais par où passer pour quitter Berlin sans encombre. Le laissez-passer " absolu " dont je dispose nous facilitera la tâche. Une fois en Suisse, nous n'aurons plus rien à craindre. Nous achèterons un chalet, quelque part dans les montagnes de l'Oberland ou du Valais. Nous y coulerons des jours heureux... »

Immobile au milieu de la foule bruyante et malodorante, Maricka eut la vision d'un monde différent de celui qu'elle avait sous les yeux. Son imagination évoqua un paysage helvétique encapuchonné de neige immaculée. L'image d'une grande maison en bois perdue parmi les sapins...

Ce rêve pouvait devenir réalité. Si le plan conçu par Hermann Fegelein réussissait tout serait possible. En quelques jours, elle ne connaîtrait plus la hantise de la guerre. Elle ne redouterait plus le pire. L'arrivée des Russes, les violences, les massacres. Ce ne serait pas la Sibérie qui l'attendrait, ni la vie médiocre des peuples vaincus. Elle échapperait définitivement à la misère. Au voisinage répugnant des réfugiés dont la déchéance physique et morale était contagieuse. En Suisse, elle pourrait aller et venir librement. Fréquenter à nouveau les palaces de Berne, de Genève. Elle avait eu autrefois un appartement dans cette ville au temps où son mari était délégué à la Société des Nations.

Jànos... Chaque fois qu'elle évoquait son souvenir, elle éprouvait un pincement au cœur. Elle savait à présent qu'elle ne devait plus conserver d'espoir à son sujet. Deux jours auparavant, Hermann lui avait avoué que le malheureux était mort en prison. Il était au courant de son décès depuis deux mois mais n'avait pas osé lui en parler. De peur qu'elle ne se séparât de lui en apprenant la vérité.

Fegelein lui avait fait des confidences terrifiantes. Peut-être parce qu'il commençait à éprouver des remords ? Ou simplement parce qu'il ne craignait plus de révéler certains secrets dont les dignitaires nazis étaient dépositaires. Il lui avait parlé des camps de concentration. Des bagnes où des millions de juifs et d'opposants étaient parqués. Pour les opinions allemandes et internationales, on laissait supposer qu'il s'agissait de centres de rééducation par le travail. En réalité, ça n'était que des antichambres de la mort. Personne ne devait en sortir vivant. Himmler et Eichmann avaient mis au point un gigantesque plan de liquidation des détenus. Ceux-ci étaient systématiquement exterminés dans des chambres à gaz et leurs corps ensuite incinérés dans des fours crématoires en activité vingt-quatre heures sur vingt-quatre. C'est ce que les monstres appelaient la « solution finale ».

Jànos Jaszvareck avait dû périr de cette horrible façon. Comme beaucoup d'intellectuels hongrois qui avaient eu l'audace de prendre le parti des victimes contre celui des bourreaux.

En apprenant le décès de son mari, Maricka avait cependant éprouvé moins de chagrin qu'elle ne l'aurait cru auparavant. Elle avait certes un peu pleuré, mais c'était beaucoup plus sur elle-même que sur Jànos. Depuis quelques mois, elle s'était habituée à vivre sans lui. Elle n'avait rien de l'attitude d'une veuve inconsolable. D'autant qu'elle l'avait remplacé par un autre homme.

Après les pénibles épreuves traversées et celles qu'elle subissait encore, la jeune femme avait perdu beaucoup d'illusions. Elle savait que la guerre était toujours plus cruelle pour ceux qui baissaient les bras. Pour les faibles qui se laissaient accabler par la fatalité. Chaque jour, des gens mouraient de faim parce qu'ils refusaient, en vertu des principes moraux, de se livrer au marché noir. D'autres rechignaient, pour les mêmes raisons, à bénéficier de passe-droits. Elle avait eu cette attitude quelques mois plus tôt lorsqu'elle s'était terrée dans un hôtel minable de Karlshorst.

Aujourd'hui, Maricka ne voulait pas renouer avec cette existence misérable. Pour elle, désormais, une seule chose importait : survivre ! Survivre aux bombardements, survivre aux restrictions alimentaires. Traverser cette période difficile sans dommages physiques. En conservant sa beauté intacte. C'était à présent son seul capital. Celui qui lui valait la passion de Fegelein. Demain, s'il le fallait, elle séduirait d'autres hommes riches ou influents. Elle ferait tout pour échapper à la pauvreté.

Pour atteindre cet objectif, peu lui importaient les moyens. A présent que son amant était devenu un homme traqué, elle n'hésiterait pas à s'en séparer. Elle ne resterait avec lui que jusqu'au moment où ils pourraient quitter Berlin sans se faire remarquer. Ensuite, elle se débrouillerait par ses propres moyens s'il le fallait.

Seul l'appât de l'argent avait poussé la petite comtesse à se lancer dans l'aventure imaginée par le Gruppenführer. Après avoir hésité un instant, elle avait accepté de jouer le jeu. Elle s'était dit que si le plan d'Hermann réussissait, ils deviendraient très riches. Il était prévu que, pour des raisons de sécurité, ils partageraient le magot en deux parts égales. Une fois la frontière suisse franchie, rien ne l'empêcherait, si elle le désirait, de reprendre sa liberté et d'abandonner Fegelein à son destin de nazi traqué.

Les perspectives d'une vie nouvelle, sans contraintes matérielles ou morales, eurent une fois encore raison des ultimes craintes de la jeune femme. Elle se remit en marche après quelques instants d'hésitation, s'avança délibérément en direction de la cabine et prit place dans la file d'attente.

Maricka occupa le septième rang. Derrière quatre femmes et

deux hommes très âgés. L'un d'eux, d'une maigreur tendineuse, ne cessait de rabâcher :

— Il faut que je téléphone à ma fille... Elle habite Lubeck... Son mari est sous-marinier... Il faut absolument que je lui téléphone pour lui dire que je ne peux pas quitter Berlin... Elle doit se faire du souci pour moi...

Deux des femmes, d'une trentaine d'années, parlaient à voix basse. La plus petite avait un visage d'une extrême pâleur. De grands cernes sous ses yeux bleus attestaient sa fatigue. Maricka prêta l'oreille à ses propos. Elle l'entendit raconter :

— Les premiers qui sont arrivés à Landsberg étaient corrects. Ils sont descendus à la cave pour voir si aucun de nos soldats ne s'y cachait, puis sont ressortis sans rien dire... Les autres sont arrivés une heure après... Des Mongols... Ils se sont mis à tirer des rafales de mitraillette au-dessus de nos têtes... Pas pour nous tuer, mais pour nous effrayer... Les enfants hurlaient, les femmes criaient de terreur...

— Ils étaient nombreux ?

— Au moins une vingtaine... Ils nous ont poussées dans le fond de la cave, à coups de crosse... Puis ils se sont mis à deux ou trois pour arracher nos vêtements... Nous dénuder complètement... Il y avait des mères qui se cramponnaient à leurs enfants... Ils les ont assommées pour en venir à leurs fins... Moi, ils m'ont renversée sur un tas de charbon... Ils m'ont tenue écartelée, à trois ou quatre... J'ai mordu le premier jusqu'au sang... Et puis après... Après...

La jeune femme se mit à trembler comme une feuille, à sangloter. L'autre lui toucha le bras et dit, doucement :

— Je comprends... Je comprends... Ça a dû être horrible... Mais vous avez pu vous échapper... Vous êtes à Berlin à présent...

La malheureuse secoua obstinément la tête.

— Vous ne pouvez pas comprendre ce que j'ai vécu... J'aurais mieux aimé qu'ils me tuent... J'ai dû en subir huit ou dix... Je ne sais plus combien. C'était horrible... Il en arrivait sans arrêt dans la cave. Ils ressemblaient à des bêtes... Et tout se passait devant les enfants. Ils ont même violé une fillette de dix ans... Après avoir violé sa mère et sa grand-mère...

— C'est monstrueux.

— Non, vous ne pouvez pas imaginer cette bestialité... Vous ne pouvez pas...

— Comment avez-vous réussi à vous enfuir de là-bas ?

— Vers le soir, nos troupes ont contre-attaqué. Elles ont repris Landsberg. J'ai quitté la ville comme une folle. J'ai marché, marché sans arrêt dans la neige. Pendant des jours et des jours. A Herzfelde, je suis entrée chez un médecin. Je lui ai demandé de me faire une piqûre abortive... Car je ne veux pas avoir un enfant d'un de ces monstres... Je préférerais l'étrangler puis me donner la mort...

— Je vous comprends, dit l'autre femme. Si pareille chose m'arrivait, je me suiciderais.

— Certaines l'ont fait, reprit la première. A Küstrin, j'ai vu une mère et ses deux enfants se jeter dans l'Oder. Moi, mes petits sont à la campagne, chez mes beaux-parents, près de Meyenburg. Je vais encore tenter de leur téléphoner. Ça fait deux jours que j'essaie en vain de les atteindre. On me répond toujours qu'il n'y a pas de circuit disponible.

Une résolution farouche brilla dans les yeux bleus de la femme violée.

— Ce sera ma dernière tentative, observa-t-elle. Si je ne parviens pas à obtenir la ligne, je partirai ! A pied ! J'ai l'habitude. je suis venue ainsi depuis Landsberg. Personne ne m'empêchera d'aller revoir mes enfants. Si les gendarmes m'arrêtent à un barrage, je leur cracherai au visage. Je leur raconterai ce que j'ai subi. Je leur ferai honte d'exercer leur sale métier. De contraindre les réfugiés à rester à Berlin alors que les Russes arrivent !

— Vous avez raison, acquiesça l'autre. Si nous en sommes là, c'est parce qu'il y a toujours eu trop de planqués dans cette foutue guerre. Moi aussi, je peux leur dire ça en face. Depuis 1940, mon mari n'a pas cessé de se battre : en Belgique, en France, en Yougoslavie, en Russie, à présent en Italie ! Ceux de la Feldgendarmerie n'ont jamais quitté l'Allemagne. Aujourd'hui, ils continuent à faire du zèle. Comme si nous n'étions pas au bord du gouffre !

La seconde femme avait proféré cette tirade à voix haute, d'un ton volontairement provocant. Autour d'elle, personne ne réagit, n'essaya de la faire taire. La plupart des gens se contentèrent de baisser la tête.

A l'attitude résignée des témoins, Maricka comprit que les événements avaient sans doute considérablement empiré depuis quelques jours. Une semaine plus tôt, personne ne se serait permis de tenir, en public, de tels propos défaitistes. Ils eussent conduit celle qui venait de les prononcer en prison.

Une autre scène attira à cet instant l'attention de la jeune Hongroise. Le vieillard ressortait de la cabine. Il geignait, d'un ton pitoyable :

— Toujours impossible d'avoir Lubeck... Ils répètent tout le temps : « ligne prioritaire pour l'armée, veuillez rappeler plus tard ». Mais ça fait déjà au moins vingt fois que j'appelle ! C'est toujours le même refrain... Il faut pourtant que je parle à ma fille... Son mari est dans les sous-marins... Ça fait aussi des mois qu'elle est sans nouvelles de lui...

Il reprenait inlassablement son antienne. Comme il restait planté devant la cabine, la rescapée de Landsberg fut obligée de le bousculer pour entrer. Elle y resta un long instant, pour composer et recomposer le numéro d'appel du standard extérieur. Elle finit par se lasser et sortit à son tour.

— C'est pas la peine de perdre votre temps ! lança-t-elle aux gens qui attendaient. Vous n'obtiendrez pas votre communication ! Il n'y en a plus que pour ces messieurs de la Gestapo et pour leurs poules ! Les salauds ! Ils font bien d'en profiter ! Car ils ne tarderont pas à être suspendus à un autre fil. Cette fois, ça ne sera pas celui du téléphone ! Mais la corde que les Russes passeront à leur cou !

Sur ces paroles vengeresses, la femme violée quitta la salle d'attente. Sans se presser. Avec l'air d'ostentation de quelqu'un qui n'a plus rien à perdre. Dans un coin du hall, deux policiers en uniforme montaient la garde près de la sortie donnant sur les quais. Ils n'avaient pas été sans entendre sa virulente diatribe. Ils demeurèrent indifférents à son discours provocateur et la laissèrent passer.

Quelques minutes plus tard, Maricka pénétra à son tour à l'intérieur de la cabine. Comme la porte joignait mal, elle la tira violemment sur elle pour être sûre que personne ne l'entendrait de l'extérieur. Elle avait pu constater qu'en raison du brouhaha il était difficile de percevoir le bruit des conversations téléphoniques.

Elle était néanmoins tellement fébrile qu'elle se trompa en composant le numéro que Fegelein avait inscrit sur un morceau de papier. Elle le refit plus posément et cette fois, une voix féminine se fit entendre à l'autre bout de la ligne :

— Ici Führerbunker ! J'écoute ?...

— Je voudrais parler à Mlle Braun.

— De la part de qui ?

— De sa sœur. C'est urgent !

Maricka suivait point par point les conseils d'Hermann. Avant de quitter l'appartement de la Bleibtreustrasse, il lui avait fait répéter plusieurs fois les paroles qu'elle devrait prononcer.

Il y eut ensuite une assez longue attente. La jeune Hongroise jeta un coup d'œil à l'extérieur de la cabine. La file des candidats au téléphone s'allongeait de minute en minute. Des gens aux visages hâves, aux vêtements fripés, sales, souvent en loques.

— Allô ! C'est toi, Gretl ?

Une nouvelle voix féminine venait de succéder à celle de la standardiste. Maricka se hâta de répondre :

— Non, mademoiselle Braun, ce n'est pas Gretl...

— Qui êtes-vous ?

— Mon nom importe peu. Je suis une amie d'Hermann,votre beau-frère.

— Hermann ?... Où est-il ?

— Je ne suis pas autorisée à vous le dire...

— Et Frédéric ? Où est Frédéric ?

Brusquement, le ton de l'interlocutrice de Maricka était devenu angoissé.

— Ne vous tourmentez pas, mademoiselle Braun... Votre fils va bien... Il est en bonne santé...

— Pourquoi Hermann ne l'a-t-il pas ramené à la Chancellerie ? Le Fürher est furieux !

— Si le Fürher et vous-même désirez revoir votre fils, il faudra faire ce que je vais vous demander...

La jeune Hongroise baissa la voix et mit sa main en coquille devant sa bouche, tout en continuant de surveiller les gens en attente devant la cabine.

— Mademoiselle Braun, reprit Maricka, trouvez-vous demain soir à 20 heures sur le trottoir en face du café Wien sur le Kurfürstendamm. Apportez dans une valise une somme de sept cent mille francs en devises suisses. Surtout, venez seule. Sans être accompagnée par la police. La sécurité de votre fils en dépend !

— Allô ? Allô Madame ?...

Eva voulait sans doute encore dire quelque chose, obtenir d'autres précisions. La Hongroise ne lui en laissa pas le loisir. Elle raccrocha brutalement. Elle sortit ensuite de la cabine. Tel un automate. Tout son corps s'était mis à trembler. Comme si elle venait d'affronter un terrible danger. De flirter avec le diable. Avec la mort.

II

EN ATTENDANT LA NUIT

Adolf Hitler promena sa grosse loupe sur les lignes tracées à la hâte par l'agent préposé aux écoutes téléphoniques. La papier rapportait la conversation d'Eva avec sa mystérieuse correspondante. Aucun détail de la communication n'avait échappé à ce filtrage rigoureux.

La scène se déroulait dans le bureau du Führer. A l'intérieur du bunker. En présence de deux seuls témoins : Eva Braun et Martin Bormann. En raison de l'importance de la nouvelle dont il avait été informé sur-le-champ, le Maître du Troisième Reich avait interrompu la conférence militaire qu'il tenait comme chaque jour avec les membres de son état-major.

La jeune femme et le Reichsleiter purent suivre instantanément sur son visage les sentiments éprouvés par le dictateur à la lecture du document. Une haine féroce plaqua un masque sur ses traits, accentua le rictus habituel de sa bouche et déclencha dans tout son corps un tremblement préludant la crise d'épilepsie. L'émotion parut le suffoquer. Ses lèvres articulèrent des invectives qu'il ne parvint pas à exprimer.

Cependant cet être surprenant savait toujours, lorsqu'il le fallait, retrouver sa maîtrise. En certaines circonstances, il était capable de passer de la colère la plus virulente à une sérénité déroutante.

Est-ce la présence de sa maîtresse qui lui fit recouvrer son calme ce jour-là ? Le visage angoissé de la jeune femme lui dicta-t-il un comportement modéré alors qu'il écumait de rage ?

Il baissa la tête durant un long instant. La main droite crispée sur le rebord de son bureau, il se concentra avant d'observer d'un ton mesuré :

— Vous aviez raison, Bormann. Fegelein cherche à me faire chanter. Il agit pour de l'argent. Comme un vulgaire gangster...

Poursuivant sa réflexion, il ajouta :

— En un certain sens, je préfère que cette affaire ait un caractère crapuleux plutôt qu'il ne s'agisse d'un enlèvement politique réalisé pour le compte de nos ennemis intérieurs ou extérieurs...

Comme son secrétaire particulier auquel il venait de s'adresser restait silencieux, Hitler questionna :

— Vous semblez préoccupé, Bormann ?

— Oui, mon Führer. Depuis deux jours, je ne cesse de m'interroger. Je n'arrive pas à comprendre pourquoi, en dépit de tous les moyens mis en œuvre, notre police n'est pas encore parvenue à retrouver le Gruppenführer, la femme qui l'accompagne et votre fils.

— Et vous en déduisez ?

— Que Fegelein bénéficie à Berlin d'importantes complicités...

De sa main valide, le dictateur pianota nerveusement sur son bureau. Il reprit :

— De toute façon, nous ne tarderons pas à connaître la vérité. L'affaire se dénouera demain soir au moment de la remise de la rançon. Vous allez mettre en place un dispositif de surveillance renforcé sur le Kurfürstendamm ! Mobiliser tous les hommes dont vous aurez besoin pour boucler le quartier. La femme ne nous échappera pas. Grâce à elle, nous remonterons facilement jusqu'à ce porc de Fegelein et à ses complices, s'il en a !

— Non, je ne veux pas !

Hitler sursauta en entendant le refus proféré d'une voix énergique par Eva Braun. Il regarda avec étonnement mais aussi une certaine gêne le visage défait de sa maîtresse. Elle avait les yeux rougis par les larmes, par les nuits de veille. Une expression hagarde au fond du regard.

— Non, je ne veux pas que la police se mêle de cette histoire ! insista-t-elle

— Pourquoi, Effie ? C'est pourtant la solution la plus sage ?

— Non ! Non, je ne veux pas ! Ça se retournerait contre Frédéric ! Ils lui feraient du mal !

La jeune femme venait d'exprimer son angoisse. Elle avait eu la réaction naturelle de toutes les mères face au danger menaçant leur enfant. Pour sauver son fils, elle était prête à céder au chantage, aux exigences des ravisseurs.

Hitler saisit la main d'Eva avec douceur. Il la caressa et dit d'un ton qui se voulait rassurant :

— Voyons, Effie, il ne faut pas dramatiser comme ça... J'ai la ferme conviction qu'ils ne toucheront pas un seul cheveu de Frédéric. Ce serait trop risqué pour eux. Ma colère serait terrible...

Des larmes jaillirent des yeux tristes de la jeune femme. Elle secoua obstinément la tête.

— La police ne doit pas s'en mêler, répéta-t-elle... Ça pourrait mal se terminer... Ces misérables sont capables de tout... J'en suis sûre... D'ailleurs, ils savent bien qu'ils risquent déjà le châtiment suprême pour ce qu'ils ont fait !

Cette dernière remarque désarma les deux hommes. La constatation était évidente. Les ravisseurs savaient qu'ils n'avaient aucune clémence à attendre de la part du Führer s'ils étaient arrêtés. Ils seraient pendus aussitôt pris. Pour crime de lèse-majesté. Dans ces conditions, si on cherchait à leur tendre un piège, ils étaient tout à fait capables de se venger en tuant leur petit otage.

— Demain, précisa Eva d'une voix qu'elle tentait d'affermir, j'irai seule à la rencontre de cette femme. Je lui apporterai la rançon demandée. Elle me rendra l'enfant, j'en suis sûre. Elle n'aura plus aucune raison de ne pas me le rendre...

Elle ajouta, s'adressant cette fois à Bormann :

— Il faudra réunir la somme qu'elle demande, monsieur le Reichsleiter... Et la laisser partir...

Hitler paru désemparé en entendant ces propos. Pour la première fois depuis de longues années, un problème personnel le mettait dans un tragique embarras. Jusqu'ici, tout ce qui touchait à sa vie privée lui apparaissait comme secondaire. Il avait façonné son proche entourage à sa façon d'exister. On ne l'importunait jamais pour des questions domestiques. Il tenait à avoir l'esprit entièrement libre pour se consacrer aux charges écrasantes de l'Etat.

Depuis vingt ans, chaque fois qu'il s'était intéressé à un être humain, c'était dans un but bien précis. Il n'avait jamais eu de véritables amis. Que des courtisans, des serviteurs, des laudateurs. Des esclaves dévoués qu'il pliait à sa volonté. Ils n'avaient que l'importance qu'il voulait bien leur laisser croire.

Avec les femmes, il avait toujours agi de la même façon. Celles qui étaient entrées un temps dans sa vie avaient dû se plier à ses exigences ou disparaître.

La première d'entre elles avait été sa nièce, Geli Raubal. Il avait espéré durant quelque temps qu'elle deviendrait sinon officiellement sa femme, du moins qu'elle jouerait le rôle de compagne effacée, toujours prête à l'accueillir dans une atmosphère familiale où il aimait se retremper à l'issue de ses obligations officielles.

Mais Geli lui avait causé une grande déception. Occasionné une profonde blessure d'amour-propre. Cette petite sotte qu'il adorait et aurait peut-être épousée par la suite, s'était entichée d'Emil Maurice, son propre chauffeur. Se voir préférer un domestique ! Lui, le futur Maître de l'Allemagne ! Il avait eu une explication orageuse avec sa nièce. Il ne lui avait laissé aucun espoir de liberté et avait éloigné d'elle son minable soupirant. Face à cette autorité implacable, Geli s'était suicidée. Il en avait été très affecté.

Deux autres femmes avaient aussi traversé la vie sentimentale du Führer. Elles n'avaient été que deux pions sur son échiquier.

Avec Winifred Wagner, la belle-fille du grand compositeur, l'univers mystérieux de la musique, de la création artistique était venu à lui. Cette femme plantureuse, très cultivée, lui avait ouvert les jardins secrets du festival de Bayreuth auxquels seuls les initiés avaient accès.

Quant à Unity Mitford, il s'était commis avec cette jeune Anglaise exaltée uniquement parce que, grâce à elle, il avait pu connaître les secrets et les travers de l'aristocratie britannique. Il jalousait et haïssait cette caste, mais ne pouvait s'empêcher d'admirer la permanence de ses traditions, de son humour, de son style.

Toutes les autres femmes n'avaient été pour lui que des passantes. Chanteuses, danseuses, artistes de théâtre, de cinéma, ces faciles conquêtes d'un soir que lui rabattait Martin Bormann, n'avaient joué aucun rôle dans sa vie. Elles avaient toutes reçu la même invitation à venir dîner en la compagnie du grand homme. Soit à la Chancellerie, soit plus souvent dans un pavillon discret aux environ de Berlin. A l'issue d'une nuit qui n'avait rien de particulièrement délirant car les étreintes du Führer s'apparentaient plus à celle d'un petit-bourgeois qu'aux pratiques d'un grand séducteur, les belles étaient reparties au petit matin. Le plus souvant déçues, sans même avoir reçu le moindre cadeau pour prix de leur complaisance. Hitler pensait qu'elles devaient s'estimer suffisamment comblées par la seule marque d'intérêt qu'il leur avait prodiguée en leur permettant de connaître, pendant quelques heures, l'intimité de son auguste personne. Cette désinvolture, cette pingrerie étaient l'un des traits de son caractère. Il ne se montrait généreux avec personne.

Eva Braun elle-même avait dû se plier à cet égocentrisme. Dès le début de leur liaison, il lui avait fait tenir le rôle que sa nièce Geli Raubal aurait assumé si elle s'était montrée plus compréhensive et surtout plus docile envers celui qu'elle appelait familièrement « oncle Adi ». La petite Munichoise, employée de l'agence photographique Hoffmann, était donc devenue la vestale du faux foyer d'Adolf Hitler. La compagne discrète et soumise auprès de laquelle il retrouvait la quiétude, la tendresse du milieu familial à l'issue de ses lourdes obligations de chef d'Etat.

En 1934, lorsqu'il avait voulu installer la jeune fille et sa sœur Gretl dans un appartement où il pût leur rendre visite chaque fois qu'il le désirait, il s'était heurté à l'hostilité du père d'Eva qui lui avait adressé cette lettre :

« Monsieur le Chancelier du Reich,

« Il m'est désagréable de vous importuner avec un problème de nature privée et de vous exprimer ma peine en temps que père de famille. Vous, le Führer de la nation allemande, devez affronter bien d'autres soucis plus importants. Mais puisque la famille est la plus petite mais la plus sûre des cellules sociales qui permet à un Etat honnête et bien organisé de se développer, je crois que ma démarche est justifiée et je vous demance de m'aider.

« Ma famille est actuellement divisée, car mes deux filles, Eva et Gretl, se sont installées dans un appartement que vous avez mis à leur dispositions, et moi, le chef de famille, j'ai été mis devant le fait accompli. Evidemment, j'ai souvent fait bien des reproches à Eva quand elle rentrait à la maison après les heures normales de la fermeture des bureaux. Je crois en effet qu'une jeune personne qui travaille pendant huit heures de la journée a besoin, le soir, de prendre du repos au sein de sa famille afin de rester en bonne santé. Certes, je défends là un point de vue qui, hélas ! semble démodé. La surveillance des parents sur les enfants de rester dans le foyer paternel tant qu'ils ne sont pas mariés reste néanmoins un principe inviolable. C'est là mon code d'honneur. A part cela, mes filles me manquent énormément.

« Je vous serais reconnaissant, Monsieur le Chancelier, si vous m'accordiez votre compréhension et votre aide. Ma fille Eva est certes majeure. Je termine cette lettre en vous priant de ne pas encourager sa soif de liberté. Avec ma très haute considération.

Fritz Braun. »

Bien entendu, le Führer du Grand Reich, accaparé par les soucis de ses fonctions, n'avait jamais répondu à la lettre du professeur. Par la suite, il n'avait eu de cesse que celui-ci avalisât la situation ambiguë créée par sa liaison avec la jeune fille.

Finalement, après avoir longtemps boudé leur pseudo-gendre, Fritz Braun et son épouse se firent à l'idée de voir leurs filles graviter dans l'entourage d'Adolf Hitler. Ils se mirent même, par la suite, à fréquenter le Berghof dont Eva devint, dès la fin des années 30, la reine incontestée.

Le Führer n'avait été, dans sa vie privée, dérouté qu'une seule fois par des circonstances imprévisibles. Ce fut le jour où sa maîtresse lui apprit qu'elle était enceinte de ses œuvres. Jusque-là, il lui avait toujours recommandé la plus grande prudence dans leurs relations sexuelles et imposé des méthodes contraceptives. Il ne désirait pas avoir d'enfant. Il avait l'habitude d'affirmer : « Les descendants des génies sont en général des nullités ». Il disait aussi : « Imaginons que j'engendre une fille... Mademoiselle Hitler, vous vous rendez compte ? Ce serait ridicule ! »

Il tenait son pouvoir en partie des femmes, dont certaines l'avaient soutenu financièrement, comme par exemple Winifred Wagner, et d'autres dames de la haute bourgeoisie. Elles avaient milité pour lui lors de sa difficile ascension vers le pouvoir. A ces femmes, la plupart déjà d'un certain âge, il procurait une sorte d'extase pseudo-religieuse. Ces adeptes féminines occupaient le premier rang des places dans les réunions où il prenait la parole. Elles levaient vers lui des yeux humides d'émotion en le regardant comme un dieu. Goering les surnommait : « l'escadron des bas à varices ». Ces femmes avaient voté en masse pour lui à travers toute l'Allemagne, il ne tenait pas à les décevoir par un mariage, un engendrement banals. Il voulait demeurer à leurs yeux un mythe, un être asexué voué au seul destin du national-socialisme. Un personnage idéalisé comme dans les légendes rhénanes, qui entrerait dans l'Histoire avec une auréole de mystère. Pour cela, il ne devait pas s'embarrasser d'une épouse officielle et encore moins d'un enfant.

Or, cette ligne de conduite définie au début de sa carrière politique se trouva mise en échec par l'annonce de la prochaine maternité de sa maîtresse. Il la soupçonna d'avoir provoqué volontairement cet événement.

Il entra aussitôt dans une violente colère. Pendant plusieurs jours, Eva vécut avec la menace d'une répudiation. Finalement, afin de regagner la confiance, sinon l'amour de son amant, elle envisagea de se faire avorter.

Mis au courant de ce projet, le Führer s'emporta de plus belle. Entre-temps, il avait réalisé ce que la naissance d'un enfant pourrait avoir pour lui, plus tard, de bénéfique. L'idée de créer une dynastie hitlérienne avait fait son chemin. Certes, le temps des empires était passé. Il ne ferait pas empereurs ses descendants. Par contre, il pourrait en faire des ducs. « Duc du Grand Reich allemand ! » Ça sonnerait bien.

Pragmatique, comme toujours, il décida du plan à adopter pour que l'événement fût exploité au mieux de ses intérêts politiques. Durant quelque temps, la nouvelle serait tenue secrète. L'isolement du Berghof faciliterait les choses. Une ou deux semaines après l'accouchement, son mariage avec Eva Braun serait proclamé. Neuf mois plus tard, on annoncerait au peuple allemand la naissance de l'enfant. L'événement aurait une portée considérable. Tous les partisans du national-socialisme acquéreraient à cette occasion la certitude que l'œuvre grandiose de leur Führer ne disparaîtrait pas avec lui. Sa descendance lui succéderait pendant des générations à la tête d'un Troisième Reich maître du monde.

Placée sous ces prometteurs auspices dynastiques, l'arrivée de Frédéric Hitler fut accueillie dans une joie orgueilleuse par son père. Une seule ombre vint ternir cet édifiant tableau familial nazi : la conjoncture militaire. Celle-ci ne permit pas, le moment venu, d'officialiser la liaison que Hitler entretenait avec Eva.

Au train où allaient les choses, il était probable que l'enfant marcherait tout seul lorsqu'on pourrait enfin proclamer sa venue au monde !

Hormis cet « accident » familial, pour l'instant réglé au mieux de son image de marque, Adolf Hitler n'avait jamais connu, depuis une quinzaine d'années, de problèmes notables sur le plan strictement personnel. Le rapt de Frédéric le plongeait dans la plus extrême perplexité. C'était une situation d'autant plus grave qu'elle se produisait à un moment où les événements militaires échappaient de plus en plus à son contrôle.

Comme il n'avait guère l'habitude de le faire auparavant, lui qui prenait toujours seul ses décisions sans la moindre hésitation, qu'elles fussent bonnes ou mauvaises, le Führer se tourna du côté de Martin Bormann pour tenter d'obtenir une réponse aux angoissantes questions qui le hantaient.

Le secrétaire du dictateur n'avait pas été pris de court par la communication téléphonique reçue par Eva Braun. Depuis la disparition de Frédéric, il s'attendait à une démarche de ce genre. Alors qu'il aurait pu, à n'importe quel moment, faire arrêter Fegelein et sa maîtresse hongroise, il avait préféré laisser les ravisseurs s'enferrer, pousser leur plan plus avant.

A travers les turpitudes de son officier de liaison, c'est Himmler lui-même qu'il voulait atteindre et disqualifier. Pour cela, il devait encore patienter. Même si elle n'existait que dans son imagination, la collusion entre le chef de la SS et le Gruppenführer devait être démontrée d'une manière plus probante. Il fallait que Hitler y vît l'amorce d'un nouveau complot.

Bormann connaissait son maître mieux que tout autre. Sa phobie de la persécution. Celle-ci s'était encore accrue depuis l'attentat du 20 juillet 1944 fomenté par l'aristocratie de la Wehrmacht. Il se croyait sans cesse victime de trahison, se méfiait de tout le monde, même de ses confidents les plus proches. Il en était arrivé à faire tester ses médicaments habituels par sa chienne Biondi, tellement il redoutait qu'on ne l'empoisonnât.

Le Reichsleiter était passé maître depuis longtemps en matière d'intrigues, de coups tordus. Il décida d'entrer dans le jeu d'Eva. Il prit un air parfaitement convaincu pour approuver:

— Mon Führer, je suis de l'avis de Mlle Braun. Il vaudrait mieux ne pas brusquer les choses tant que ces misérables détiendront votre fils en otage.

En recevant cet appui inattendu de Martin Bormann alors qu'elle était persuadée qu'il abonderait dans le sens de la répression plutôt que dans celui de la conciliation, la jeune femme lui lança un regard reconnaissant.

— Adi, laisse-moi aller seule au rendez-vous du café Wien,

demanda-t-elle d'un ton suppliant. Je suis sûre d'arriver à convaincre Hermann de nous rendre l'enfant !...

Hitler continuait de garder le silence. Il hésitait. Cette dérobade devant une difficulté, cette démission face au chantage n'était pas dans sa nature. D'ordinaire, c'était lui qui faisait céder les autres par ses exigences exorbitantes. Il songeait aussi à l'énormité de la rançon. Sept cent mille francs suisses ! Avec un tel pactole les ravisseurs seraient pous longtemps à l'abri du besoin. Ils pourraient acheter bien des consciences et s'enfuir loin de l'Allemagne. Même pour une motivation aussi cruciale que l'enlèvement de son fils, il rechignait à se prêter à cette coûteuse combinaison. A faire appel aux ressources de l'Etat. Il avait toujours été d'une scrupuleuse honnêteté avec les fonds publics. Toutes ses dépenses privées provenaient de ses émoluments de chancelier et du produit des droits d'auteur que lui procuraient les éditions de *Mein Kampf*.

Bormann devina la nature du cas de conscience qui le préoccupait. Il s'empressa d'affirmer :

— Soyez sans crainte, mon Führer ! Ces ordures ne l'emporteront pas au paradis ! Quelles que soient les complicités dont ils disposent, je vous jure qu'ils seront démasqués ! Ils n'iront pas loin. Ils ne profiteront pas longtemps du produit de la rançon. Nous la récupérerons jusqu'au dernier pfennig !

Hitler n'attendait manifestement que cette précision pour se laisser convaincre.

— C'est bon, acquiesça-t-il, à l'adresse du Reichsleiter, vous pourrez réunir la somme qu'ils demandent. Quant à toi, Eva, tu iras seule, demain soir, au rendez-vous du café Wien...

En raison des bris de vitres consécutifs aux bombardements, une seule fenêtre demeurait ouverte sur la rue, dans le petit appartement de la Bleibtreustrasse. Les autres étaient claquemurées en permanence. Comme on avait renforcé les carreaux de cette unique ouverture à l'aide de papier adhésif, la pièce était plongée le jour dans une semi-obscurité et on voyait mal ce qui se passait à l'extérieur.

Jusque-là, l'immeuble avait peu souffert. A l'exception de quelques tuiles cassées par les éclats de la flak, de quelques points d'impact de balles perdues contre la façade.

Ici et là, ce genre de miracle se renouvelait à travers l'immense champ de ruines berlinois. Dans certains quartiers, à la suite d'on ne sait quelle étrange loi du hasard, une ou deux maisons étaient sauvegardées. D'autres lieux étaient par contre complètement laminés, après avoir subi jusqu'à dix bombardements successifs.

Dans les îlots rescapés du désastre, la survie des habitants restait précaire au milieu d'un océan de décombres. Chaque jour, de nouveaux raids de bombardiers ennemis démolissaient d'autres immeubles épargnés. Depuis quelques heures, les ravages de l'artillerie soviétique s'ajoutaient encore à ceux de l'aviation. Les canons lourds et les lance-roquettes à affûts multiples, capables de tirer seize projectiles en même temps, s'étaient mis, depuis le 21 avril, à pilonner le centre de Berlin. Une pluie drue d'acier et de feu parachevait l'œuvre destructrice des essaims d'Iliouchines et celle des forteresses volantes américaines.

A l'exception de Fegelein et de sa maîtresse, tous les habitants de l'immeuble de la Bleibtreustrasse vivaient en permanence dans les caves. Une panique incommensurable s'était emparée des Berlinois. Si beaucoup d'entre eux avaient fini par s'habituer aux raids aériens, à prévoir d'une manière approximative les points de chute des bombes, le matraquage des obus, les hurlements des « orgues de Staline » les terrorisaient. Certains étaient décidés à ne plus quitter les abris ou les couloirs du métro avant la fin de la bataille.

Les deux amants restaient quant à eux confinés dans leur nid d'amour. Avec l'impression que d'un instant à l'autre la mort risquait de frapper à leur porte. Soit sous la forme d'un projectile russe, soit sous les traits des agents de la Gestapo lancés à leurs trousses.

Depuis la veille, Hermann Fegelein redoutait de plus en plus la seconde menace. La partie de bras de fer engagée avec Hitler devait avoir révolutionné toute la Chancellerie. Sachant les ravisseurs de son fils à Berlin, le Führer avait dû entrer dans une folle colère. Il avait dû mobiliser tous les policiers disponibles afin de débusquer ceux qui osaient le faire chanter. Le Gruppenführer commençait à trouver bizarre que l'immeuble où ils habitaient n'eût pas encore reçu la visite des sbires chargés de les rechercher. Il est vrai que Berlin couvrait un territoire immense. Il était plus facile de s'y cacher que dans un bourg provincial. D'autre part, en raison de la gravité de la situation militaire, nombre de policiers avaient été incorporés à la « Volksturm ». Ça devait réduire d'autant le nombre d'agents spécialisés dans ce genre d'enquête urbaine.

Une inquiétude latente, jointe à la nécessité de demeurer enfermé maintenait Fegelein dans un extrême état de surexcitation. Il avait toujours eu horreur de garder la chambre lors de ses rares maladies. Il avait toujours vécu au grand air. Fils d'un propriétaire de manège munichois, en homme de cheval, il adorait galoper en pleine nature, à travers les prairies, les forêts.

Aujourd'hui, sa claustration forcée lui imposait aussi un pénible retour sur soi. Il réalisait la faillite de sa vie. Par ambition, il s'était marié à Margareta Franziska Braun, la moins jolie mais surtout la moins intelligente des filles du professeur. Avant de l'épouser et alors qu'elle le pousuivait de ses assiduités, il disait à tout le monde que c'était « une oie stupide ». Le fait de devenir son mari ne l'avait pas fait changer d'avis, bien au contraire. Après leur union, il avait continué sa vie dissolue avec ses nombreuses maîtresses et ses compagnons de brasseries.

Son mariage avec Gretl n'avait été bénéfique que sur un point. Il était devenu l'un des familiers du Führer. Son beau-frère en puissance. A ce titre, il pouvait espérer monter encore plus haut dans la hiérarchie du Troisième Reich. Devenir un jour Feldmarschall, peut-être ministre ? Les derniers temps, il faisait jeu égal avec les grands pontes du régime. Les subalternes le craignaient, le jalousaient sans doute secrètement, ce qui était un signe de son ascension.

Or, à la suite de circonstances indépendantes de sa volonté, de l'inexplicable disparition du fils de Hitler, ces belles perspectives d'avenir se trouvaient réduites à néant. De toute manière, elles l'auraient été aussi certainement par l'effondrement du régime. Il n'avait plus à ce sujet aucune illusion. La guerre était perdue. Une autre idéologie, le communisme, allait remplacer le national-socialisme en Europe.

Pour refaire surface au milieu de ce désastre, sa seule planche de salut résidait dans la réussite de son plan. Il devait coûte que coûte arracher la rançon à son futur beau-frère. Il ne songeait plus qu'à cela depuis des heures. Il avait mis l'opération au point avec un soin infini, imaginé son déroulement dans ses moindres détails.

Ce soir, à vingt heures, il téléphonerait à Max, l'un des garçons du café Wien qu'il connaissait depuis longtemps. Il lui demanderait d'aller prévenir la dame se trouvant à cet instant en face de l'établissement, sur le trottoir du Kurfürstendamm, qu'il désirait lui parler. Il fixerait un autre rendez-vous à Eva Braun. Près d'une station de métro. Depuis là, par un itinéraire détourné qu'il avait aussi étudié soigneusement, ils rejoindraient l'immeuble de la Bleibtreustrasse. Sa belle-sœur le suivrait sans réticence car il lui raconterait une fable. A savoir que l'enfant était retenu à l'extérieur de Berlin par une mystérieuse organisation dont il n'était qu'un exécutant. Après avoir embarqué Maricka à bord de la petite voiture qu'il avait garée dans un box du quartier, ils fileraient tous les trois par la Charlottenburg jusqu'à l'aérodrome de Gastow.

C'est alors que le « laissez-passer total » dont disposait Eva Braun serait nécessaire. Elle le portait toujours sur elle. Signé de la main du Führer, ce document donnait des pouvoirs illimités à sa détentrice. Il ordonnait à toutes personnes civiles ou militaires, à toutes autorités d'obéir aux ordres de la jeune femme. Grâce à ce sauf-conduit, toujours en faisant croire à celle-ci qu'ils allaient rejoindre Frédéric, Fegelein pourrait se procurer un avion et partir en direction de la Bavière. En cours de route, il obligerait, sous la menace, le pilote à se diriger vers la Suisse.

Tel était le plan audacieux conçu par le Gruppenführer. En d'autres temps, il ne lui eût pas donné beaucoup de chances de succès. Aujourd'hui, au milieu du gigantesque brassage de populations qui agitait Berlin, en raison de l'imminente arrivée des Russes, de la pagaille régnant au gouvernement et dans tous les rouages de l'Etat, il pouvait réussir.

Fegelein n'était cependant pas d'un optimisme immodéré. Il demeurait soucieux en songeant que sa belle-sœur pouvait faire l'objet d'une filature discrète de la police. Il serait peut-être obligé de la menacer physiquement si on cherchait à les arrêter. D'en arriver à cette extrémité le mettait mal à l'aise car il n'avait aucune animosité contre Eva.

Pour calmer son impatience, ses incertitudes, l'officier SS ne cessait d'ingurgiter des verres de cognac.

Maricka finit par s'apercevoir de cette intempérance.

— Tu devrais moins boire, Hermann, conseilla-t-elle. Ce soir, tu auras besoin de tous tes moyens pour réussir.

— Tu as raison. Je suis tellement nerveux que je ne sais plus très bien ce que je fais...

— Tu es inquiet ?

— Oui et non...

— Qu'est-ce qui te tracasse ?

— Le fait que notre supercherie pourrait être éventée à notre insu...

— Comment ça ?

— Si la police retrouvait le fils de Hitler...

— Tu penses que la vieille pourrait rendre l'enfant ?

— C'est une éventualité.

— Encore faudrait-il qu'on puisse l'identifier ? Chaque jour, à Berlin, il doit y avoir des dizaines de gosses égarés lors des bombardements, ou dont les parents se font tuer...

— Justement, Frédéric pourrait être facilement reconnu.

— Je me demande comment ? Je n'ai pas remarqué qu'il portait un signe particulier. Il ressemble à tous les autres bébés...

Fegelein hocha la tête.

— Il en a un, expliqua-t-il. A sa naissance, Hitler lui à fait tatouer sous l'aisselle droite les indications de son groupe sanguin, ses initiales et un numéro... Un tatouage semblable à celui que nous portons tous dans la SS.

Il y eut un silence prolongé entre les amants. Dehors, on entendait toujours le sourd martèlement de l'artillerie russe. Des explosions ininterrompues, tantôt lointaines, tantôt plus rapprochées.

— Si Hitler retrouve son fils avant ce soir, ce sera grave pour nous, observa le Gruppenführer d'une voix sourde. Tant qu'ils croiront l'enfant en notre possession, ils ne tenteront rien qui puisse le mettre en danger. Mais s'ils connaissent la vérité, alors tout sera fichu. Ils s'empresseront de mettre la main sur nous par tous les moyens.

Une nouvelle fois, Fegelein paraissait inquiet, plus du tout sûr de lui. Depuis quelques jours, Maricka était témoin de ses sautes d'humeur incessantes. Il passait d'un optimisme délirant à un état quasi dépressif. Etait-ce parce qu'elle avait connu bien avant lui l'adversité, les affres de la peur ? Elle tenait mieux le coup. Elle s'était mise à croire fermement à la réussite du plan conçu par son amant. Elle comprit qu'elle devait absolument lui remonter le moral afin qu'il ne flanchât pas au dernier moment.

— Tu te fais du souci pour rien, Hermann, le rassura-t-elle. Si la femme s'est enfuie l'autre soir en voyant ton uniforme, ça n'était certainement pas dans l'intention de rendre par la suite à la police l'enfant qu'elle venait d'enlever.

Cette remarque était d'une bonne logique. Après réflexion, le Gruppenführer pensa qu'il avait tort de dramatiser les choses.

— Tu as raison, constata-t-il. Je ne suis qu'un imbécile. Etant donné la pagaille qui règne actuellement à Berlin, il n'y a pas une chance sur cent mille que Hitler puisse retrouver son rejeton.

Comme pour conforter cette idée, il se versa un nouveau verre de cognac qu'il but d'un trait. Maricka le laissa faire puis vint s'asseoir à côté de lui, sur l'accoudoir du fauteuil.

— Je suis sûre que tu réussiras, mon gros chat, susurra-t-elle en lui caressant les cheveux et la joue.

Cette manifestation de tendresse modifia le cours des pensées de

Fegelein. Il attira la jeune Hongroise contre lui. Sa passion pour elle, la soif inépuisable qu'il avait de ses lèvres, de son corps, abolirent comme par enchantement ses dernières craintes.

Pendant ce temps, au-dessus de Berlin, l'artillerie russe continuait de gronder, de semer aveuglément la mort et la désolation. Ce que les amants de la Bleibtreustrasse ignoraient, c'est que leur étreinte n'était pas la seule, ce jour-là, à être rythmée par les accents sourds des canons soviétiques. Au même instant, au milieu des ruines de la capitale, dans les immeubles épargnés, dans les caves, sous de précaires abris de fortune, parmi les décombres, d'autres couples se livraient, comme eux, aux ébats du plus vieux divertissement du monde. Des milliers d'hommes, de femmes de tous âges, de toutes conditions sociales, dont beaucoup ne se connaissaient même pas, faisaient et refaisaient l'amour avec un acharnement sauvage et désespéré.

Pour ces gens qui vivaient depuis des semaines dans la peur, dont la plupart avaient tout perdu, le déclenchement de l'offensive russe venait de sonner le glas de leurs pitoyables destinées. Désormais, ils n'avaient plus rien à espérer. Sinon la honte et l'asservissement. Si ce climat de catastrophes plongeait certains dans un profond désespoir et les conduisait au suicide, pour d'autres par contre il avait des vertus aphrodisiaques. On eût dit qu'à l'heure de l'inéluctable désastre, les futures victimes de la folie nazie s'efforçaient d'exorciser leur sort en recherchant le contact d'autres êtres vivants pour éloigner le spectre de la mort.

Au début de la bataille de Berlin, Esther Weizmann ne réalisa pas très bien ce qui se passait. Ayant l'habitude de subir les bombardements aériens des Alliés, comme tous les habitants de la capitale, elle ne fit pas de différence entre les projectiles lâchés du haut du ciel par les avions et ceux que tirait, à distance, l'artillerie soviétique. Les dégâts occasionnés par ces engins maudits se ressemblaient hélas ! Ils provoquaient tous la mort, l'incendie, la destruction. En ce qui la concernait, elle ne craignait pas plus les bombes que les obus. Elle était protégée par Dieu. Rien de fâcheux ne pourrait lui arriver. Son seul souci était l'enfant.

Le petit être découvert quelques jours auparavant sur la chaussée de Tempelhofer Damm avait complètement transformé la vie de la vieille juive. Elle avait retrouvé les gestes oubliés de la maternité. Les paroles apaisantes. Aussi les angoisses maternelles. Pendant les premières heures après l'enlèvement, le bébé n'avait pas cessé de pleurer. Redoutant qu'il ne fût malade, elle s'était empressée de rechercher un autre asile que le sous-sol humide où elle avait élu domicile. Elle avait fini par dénicher un nouveau refuge dans le quartier de la Potsdamerstrasse. Entre la gare et les ministères. Au milieu des vestiges d'un ancien immeuble cossu de plusieurs étages dont le rez-de-chaussée était en partie épargné. Sous des tonnes et des tonnes de gravats, elle s'était réinstallée dans une pièce qui avait dû être autrefois un petit salon. Dans un coin subsistait encore un grand poêle en faïence intact relié par un tuyau à une cheminée émergeant des ruines. Le combustible ne manquant pas grâce aux débris de planches et de poutres des décombres, elle y faisait du feu jour et nuit.

Bien au chaud dans une corbeille en osier, sous d'épaisses couvertures de laine, l'enfant pleureur s'était calmé. Il semblait s'être habitué aux sourds grondements des bombardements. Ceux-ci se rapprochaient chaque jour un peu plus.

Pour nourrir le petit, Esther Weizmann avait repris ses activités de clocharde. A présent, elle opérait même en plein jour. Depuis le début de la bataille de Berlin, les SS et les gens de la Gestapo avaient d'autres chiens à fouetter que de traquer une vieille femme comme elle, dont rien ne laissait supposer qu'elle était juive. Avec son habituel mépris du danger, elle se déplaçait d'un quartier à l'autre. Sous les obus, les tirs de roquettes. Elle s'en allait glaner de la nourriture pour l'enfant et pour elle-même. Elle avait ainsi pu récupérer plusieurs boîtes d'aliment en poudre pour bébé à l'intérieur d'une pharmacie sinistrée. Cependant, elle ne restait jamais absente très longtemps de son nouveau refuge. Elle redoutait toujours qu'une bombe ne fît s'effondrer la voûte du précaire abri. Elle passait donc de longues heures auprès du petit. A écouter son babillage. A lui parler tendrement. A lui chantonner de vieilles berceuses.

Dans sa déraison, la vieille avait, dès le premier soir, redonné un prénom à l'enfant. Elle l'avait appelé David. C'était le prénom de son second petit-fils. Lorsqu'elle s'était précipitée parmi les décombres incandescents, sur la chaussée de Tempelhofer Damm, pour arracher le petit à la mort, elle n'avait éprouvé aucun doute. Le bébé ne pouvait être que David. Celui qu'elle avait vu s'éloigner à bord de la voiture de la Gestapo, avec sa bru et sa fille Sarah !

Après son départ de chez l'abbé Brueckner, elle avait vécu parmi les ruines. Comme un animal traqué. Privée de tout contact humain. Dans un décor d'apocalypse. Sans autre vision que les immeubles incendiés, effondrés, que les morts et les blessés. Elle s'était enfoncée dans une sorte de douce démence. Elle ne survivait plus que par instinct. Elle se parlait à elle-même, conversait avec des ombres.

Pour la pauvre folle, l'enfant abandonné durant le bombardement de Tempelhofer Damm ne pouvait être que son petit-fils. Lorsque l'homme revêtu de l'uniforme maudit de la SS avait cherché à lui reprendre le bébé, tout son être s'était révolté. Elle avait retrouvé une énergie farouche pour le reprendre.

— Cet enfant est à moi ! avait crié le soudard.

David à lui ? Le monstre ! Tous les autres petits innocents qu'il avait déjà pris ne lui suffisaient donc pas ? Il lui fallait aussi celui-ci ? Ça non ! Elle s'était enfuie de toute la force de ses vieilles jambes. Elle avait couru à en perdre le souffle. Même si le barbare l'avait rejointe dans le dédale des ruelles de la ville en ruine, elle n'aurait pas lâché le petit. Il aurait fallu la tuer pour pouvoir le lui arracher.

Le SS ne l'avait pas rattrapée. Elle avait disparu comme par enchantement derrière le rideau mouvant des flammes de Berlin incendié. A présent qu'elle l'avait retrouvé, nul ne pourrait jamais lui reprendre David, son petit-fils !

A l'intérieur du Führerbunker, l'atmosphère s'alourdissait d'heure en heure. Au fur et à mesure que les dépêches en provenance du front arrivaient.

La situation était devenue à ce point mouvante que le Quartier général était incapable de retrouver sur une carte d'état-major le tracé exact des lignes allemandes. Les documents dont les officiers avaient besoin étaient souvent hors de portée. Des positions que l'on croyait encore solidement tenues étaient déja tombées. D'autres résistaient toujours derrière les lignes russes.

On savait que la IXe armée, commandée par le général Busse, livrait des combats acharnés à l'est de Berlin. Wenck venait de recevoir enfin l'ordre de dégarnir le front occidental où les Américains avaient curieusement stoppé leur progression, pour voler au secours de la capitale. Hitler avait ordonné la même manœuvre au corps d'armée commandé par le général SS Steiner, au nord de la ville. Celui-ci devait déclencher une puissante offensive contre les forces de Joukov. Afin de les rejeter au-delà de l'Oder. Toutes les troupes disponibles en réserve devaient y participer. Au général Koller, chef d'état-major de la Luftwaffe, on avait recommandé de rassembler les rares avions encore en état de vol pour appuyer l'opération. Hitler, conscient des difficultés de cette ultime gageure, avait tenu à rédiger lui-même l'ordre du jour. Celui-ci précisait : « *Tout officier qui retiendra ses hommes à l'arrière le paiera de sa vie dans les cinq heures qui suivront !* »

Lors de sa conférence quotidienne, le Maître du Troisième Reich s'était à nouveau emporté contre l'incapacité de la plupart des généraux de la Wehrmacht. Il avait déclaré : « Ce sont des sentimentaux qui veulent épargner leurs soldats. Comme si ce n'était pas en forçant les enjeux qu'on obtient toujours les plus grands succès ! Si j'avais de quoi les remplacer, je ferais fusiller les trois quarts des officiers supérieurs de cette caste à cause de laquelle nous avons déjà perdu la Première Guerre mondiale. Après notre victoire, je ne leur donnerai pas les terres qu'ils escomptent tous recevoir à l'Est. Ils n'auront droit, selon les cas, qu'à l'exil ou à la mort ! »

En dépit de l'optimisme affiché par le Führer quant à l'issue de la prochaine bataille, le nombre de ceux qui commençaient à douter ne cessait chaque jour de s'accroître dans son proche entourage. Un à un, comme des rats abandonnant un navire en perdition, les dauphins d'Adolf Hitler quittaient Berlin pour rejoindre des lieux moins exposés.

Le premier à avoir réalisé que l'air du Führerbunker était devenu malsain avait été Hermann Goering. Le Reichsmarschall s'était préparé de longue date à toute éventualité. Après avoir envoyé sa femme et sa fille à l'Obersalzberg dès le 30 janvier, il avait fait déménager son domaine du Karinhall. Il s'agissait d'une magnifique propriété située à quelques kilomètres de Birkenheim. Elle comprenait un immense parc avec des bois, des jardins à l'anglaise et même un zoo peuplé d'animaux exotiques. Dans le château opulent sur lequel une garde prétorienne veillait jour et nuit, le gros Hermann avait entassé un formidable trésor de guerre. Tableaux de maîtres, objets d'art, meubles de prix, bijoux, fourrures, manuscrits rares, tout ce que la rapacité nazie avait raflé depuis cinq ans à travers l'Europe se trouvait stocké dans cette somptueuse demeure.

Goering avait baptisé ce domaine Karinhall en souvenir de sa première épouse. Celle-ci avait été le grand amour de sa vie. Carin Von Rosen, fille d'un aristocrate suédois, était tombée follement amoureuse du bel Hermann, authentique héros de la guerre 1914-1918, titulaire de la rarissime décoration « Pour le Mérite ». Devenue son épouse en 1922, elle était morte de la tuberculose en 1931. Goering, qui avait beaucoup aimé cette femme, avait tenu à perpétuer sa mémoire en lui faisant construire un magnifique tombeau et en donnant son nom à son palais pharaonique. Hitler avait lui-même toujours respecté Carin dont l'influence s'était révélée déterminante pour que son mari se ralliât à sa cause dès l'automne 1922. Il avait moins de sympathie pour Emmy, la seconde épouse de son dauphin. Il la jugeait prétentieuse. « J'aurais préféré qu'il n'épousât pas cette femme, disait-il. Elle le distrait de ses fonctions officielles, de ses devoirs envers l'Etat. Quand un chef politique n'a plus la flamme de ses idées, il faut le renvoyer chez lui et s'arranger pour qu'il meure dans son lit. »

Le gros Hermann n'osait plus guère se prévaloir devant Hitler du titre de successeur qu'il lui avait conféré à l'apogée du national-socialisme. Il s'était déconsidéré aux yeux du Führer dès l'été 1940 en perdant la bataille d'Angleterre. Ce désaveu s'était amplifié lorsque les avions de la RAF avaient bombardé l'Allemagne et même le sanctuaire berlinois. La carence de la Luftwaffe pendant le siège de Stalingrad avait définitivement sonné le glas des sentiments d'amitié que Hitler portait encore à son vieux camarade de parti.

Goering avait encore manqué une belle occasion de se taire lors de la soirée du 20 avril dernier. Après que tous les hiérarques eurent demandé en vain au Maître du Troisième Reich de quitter Berlin pour rejoindre le « réduit alpin », il avait cru bon d'insister :

— Il faut partir, mon Führer ! Vous ne pouvez pas risquer de tomber entre les mains des Russes ! A Berchtesgaden, vous serez plus en sécurité. Vous pourrez sonder les Américains sur leurs véritables intentions vis-à-vis du péril rouge. Je dispose de quelques bonnes relations aux Etats-Unis que nous pourrions mettre à profit...

Lassé d'être l'objet de ces conseils dans lesquels il sentait le fumet de futures trahisons, Hitler s'était emporté. Il avait fait cette réponse cinglante au Reichsmarschall :

— Vous parlez de ma sécurité ? En réalité, c'est votre propre peau que vous cherchez à sauver ! Mais si nous perdons la dernière bataille, vous serez cuit, Goering ! Les Américains, pas plus que les Russes n'accepteront de traiter avec vous car vous ne représenterez plus rien ! Ils vous passeront la corde au cou ! Voilà le sort qui vous attend ! Dans ces conditions, vous pouvez partir. Je ne vous retiens pas !

De peur que Hitler ne se ravisât, comme ça lui arrivait souvent, et ne le fît arrêter pour ses propos défaitistes, le Reichsmarschall s'était empressé de quitter la Chancellerie. Ne partageant pas l'avis du Führer quant à ses chances de s'en tirer, il était bien décidé à abattre ses propres cartes dans la difficile partie diplomatique déjà entamée avec les alliés occidentaux.

Goering avait immédiatement rejoint Karinhall pour superviser les ultimes travaux de déménagement de son palais. Depuis plusieurs jours, une compagnie de la Luftwaffe s'affairait à entasser sur vingt-quatre camions son formidable trésor de guerre. Sur son ordre, le convoi prit aussitôt la route du sud, en direction du château de Veldenstein équipé depuis 1942 d'un bunker de douze mètres de profondeur où il comptait se réfugier.

Avant de partir, le gros Hermann avait fait miner entièrement Karinhall, à l'exception du tombeau de sa première épouse. Il tint à presser lui-même la manette qui fit voler son magnifique palais en éclats. Il eut ce mot amer, avant de s'éloigner des ruines :

— Ce qu'il faut faire, c'est bien triste, quand on est prince héritier...

Un autre personnage important du régime s'était empressé de suivre l'exemple de Goering et de participer à l'exode des caciques. Cette fuite vers la province, les Berlinois qui conservaient leur sens de l'humour l'avait surnommée ironiquement « l'envol des faisans dorés ». Ce personnage, c'était Heinrich Himmler. Depuis qu'il avait conduit au désastre le groupe d'armée de la Vistule, il était lui aussi fortement déprécié dans l'esprit du Führer. Il se sentait mal à l'aise en sa compagnie. Il avait d'autre part entamé secrètement, par l'entremise du comte Folke Bernadotte, président de la Croix-Rouge suédoise, des pourparler avec les Occidentaux en vue de conclure un armistice séparé. Craignant qu'une indiscrétion ne révélât cette duplicité à Hitler, il avait lui aussi hâtivement quitté Berlin avant que la capitale ne fût investie.

Si nombre d'autres dirigeants de moindre importance avaient suivi le mouvement qui les entraînait vers l'ouest, plusieurs personnages éminents étaient restés auprès du Führer. Outre Martin

Bormann qui continuait de tisser patiemment sa toile dans l'ombre du bunker, un autre fidèle était venu réconforter Hitler de sa présence amicale : Joseph Goebbels. Le nabot hystérique avait même amené avec lui toute sa famille. C'est-à-dire sa femme Magda et leurs six enfants. Informé de leur arrivée, le Maître du Troisième Reich insista pour que Mme Goebbels et ses petits quittent Berlin par voie aérienne et rejoignent le Berghof. Elle répondit avec fermeté : « Notre décision est prise, mon Führer. Nous restons ici avec vous ! »

Parmi tous les personnages officiels de l'entourage d'Adolf Hitler, le couple Goebbels était certainement l'un des plus fidèles. Le plus fanatiquement attaché au national-socialisme. A défaut d'une réelle amitié, qu'il ne portait à vrai dire à personne, le Führer avait un penchant pour cette famille au sein de laquelle il venait se retremper de temps en temps. Il aimait y retrouver l'atmosphère, la chaleur d'un foyer qu'il lui était interdit de fonder en raison de ses obligations politiques.

Cet attachement durait depuis 1931, date à laquelle Joseph Goebbels était devenu le porte-parole du futur dictateur. Celui qui inventait jour après jour de nouvelles méhodes, des formules, des informations mensongères pour destabiliser le régime en place. « La propagande n'a rien à voir avec la vérité, disait-il. Elle ne doit servir qu'à l'exacerbation des instincts les plus primitifs de la masse ! » Sans ce maître ès délations, ce manipulateur d'opinion, Hitler ne serait peut-être jamais parvenu au pouvoir. En tout cas, pas d'une manière légale par la voie des élections. L'entente entre les deux théoriciens du national-socialisme n'avait connu qu'une brève éclipse lors des démêlés matrimoniaux du ministre.

Si Martin Bormann en avait eu la possibilité, il n'aurait sans doute pas hésité à faire venir lui aussi toute sa petite famille à Berlin. Afin de manifester avec éclat sa fidélité à son maître. Il n'avait pas été long à constater quelle fantastique impression l'emménagement des Goebbels à l'intérieur du bunker venait de produire sur Hitler. Alors que tant de prosélytes du nazisme sentaient leur foi vaciller. Que tant de paniquards s'enfuyaient plus ou moins discrètement, le ministre de la Propagande du régime affirmait au contraire aux yeux de tous qu'il croyait toujours en une issue favorable des événements. Le Führer vit dans la décision de Goebbels un nouveau signe opportun du destin. Comment un père de famille aurait-il pu, en un instant si grave, engager la sécurité, l'avenir des siens, s'il n'était pas intimement convaincu d'un prochain retournement spectaculaire de la situation ?

Bormann comprit qu'il avait manqué là une extraordinaire occasion de se faire valoir. Au moment où il désignerait son successeur, le dictateur n'oublierait pas la belle preuve d'attachement que Goebbels venait de lui manifester. Le Reichsleiter aurait eu quant à lui plus de mal à imiter son concurrent. Sa famille se trouvait à présent dans sa propriété de l'Obersalzberg, à proximité du Berghof.

Si Hitler accueillit l'arrivée des Goebbels comme un présage d'événements favorables, Eva Braun les reçut avec des larmes. Elle adorait leurs enfants. Plus spécialement le petit Helmut. A sa vue, elle ne put s'empêcher de penser à son fils. A l'heure où tant d'incertitudes, tant de dangers planaient sur leur avenir, elle eût aimé avoir Frédéric à ses côtés. Pour le protéger, se sacrifier au besoin pour lui.

Entre Magda Goebbels et Eva, les rapports n'avaient pas toujours été très amicaux. Magda aimait Hitler. Pas seulement par fanatisme politique. Elle lui vouait une véritable passion sentimentale. Un moment, après lui avoir révélé les turpitudes de son volage mari, elle avait rêvé, espéré follement devenir la maîtresse du Führer. La présence d'une autre femme dans la vie de son idole lui avait fait connaître plus d'une fois les affres de la jalousie. Elle avait fait espionner sa rivale, souhaité qu'elle commît un écart de conduite qui l'eût déconsidérée aux yeux de Hitler.

Hélas ! La jeune Munichoise était restée obstinément fidèle à son amant. En dépit de l'isolement dans lequel il la confinait. La naissance de Frédéric avait définitivement sonné le glas des espérances un peu folles de Magda. Depuis lors, les deux femmes étaient devenues amies.

Mise au courant de l'enlèvement de Frédéric et de l'odieux chantage que Fegelein exerçait sur ses parents, la femme du ministre de la Propagande fut bouleversée par cette nouvelle. Elle s'employa à réconforter Eva. Elle lui proposa aussi spontanément de l'accompagner sur le lieu du rendez-vous fixé par les ravisseurs.

Dans son immense désarroi, la maîtresse du Führer accepta cette offre généreuse. Elle se sentait de plus en plus inquiète au fur et à mesure que l'heure de la rencontre du café Wien approchait. Bien qu'elle ne le tînt pas en très haute estime, elle était persuadée que Fegelein ne lui ferait aucun mal. Pas plus qu'il n'en ferait à Frédéric. Elle se demandait néanmoins si Hermann n'était pas lui-même victime ou manipulé par une organisation malveillante. Elle était tellement angoissée sur le sort de son fils que, face à des événements imprévisibles, elle risquait de manquer de lucidité. De se laisser entraîner dans un autre piège. La présence à ses côtés de Magda Goebbels, qui avait toujours été une femme de tête, l'empêcherait de commettre une imprudence.

Hitler se montra très satisfait de la proposition de l'épouse de son ministre. Sa compagnie rassurante auprès d'Eva ne pourrait qu'être bénéfique. Il décida malgré tout de faire assurer, à leur insu, la sécurité des deux femmes. Il fit cette recommandation à Martin Bormann :

— Faites-les suivre discrètement par des hommes sûrs, et tenez-moi au courant minute par minute du déroulement de l'opération. Fegelein et sa maîtresse devront être arrêtés dès qu'ils chercheront à entrer en possession de la rançon. Vous les amènerez aussitôt ici. Je m'occuperai personnellement de leur interrogatoire !

— Soyez sans crainte, mon Führer, assura Bormann. Mlle Braun et Frau Goebbels seront suivies pas à pas à leur insu par nos meilleurs agents dès qu'elles quitteront la Chancellerie. En cas de besoin, ils interviendront pour les défendre. Quant aux ravisseurs, ils n'ont aucune chance de nous échapper !

Le Reichsleiter était d'autant plus sûr de ce qu'il avançait qu'il connaissait parfaitement l'endroit où Fegelein et la Hongroise se cachaient.

Quelques instants après avoir quitté le bureau de Hitler, Bormann convoqua à son tour le chef des policiers en surveillance devant l'immeuble de la Bleibtreustrasse.

— Il me faut l'homme et la femme vivants, recommanda-t-il. Vous ne les arrêterez pas avant d'avoir reçu mon ordre ! De moi seul !

— Entendu, monsieur le Reichsleiter !

Pour le policier, ce genre de filature faisait partie de la routine. Comme il ignorait tout des raisons pour lesquelles on faisait surveiller le couple, il ne posa pas de question.

III

LES PENDUS DU KURFURSTENDAMM

Hermann Fegelein fut stupéfié par le terrifiant spectacle que Berlin offrait sous le déluge de feu et d'acier de l'artillerie soviétique. Bien qu'il eût assisté déjà à plusieurs batailles sur le front russe, il n'avait jamais rien vu de semblable.

Il faisait d'abord aussi clair qu'en plein jour. La nuit était en permanence giflée, griffée de lueurs rouge, rose, jaune, qui se réverbéraient sur un énorme nuage stagnant au-dessus de la ville. Cette chape était sans cesse striée, pointillée par les éclairs bleus des obus traçants. La fumée s'épaississait continuellement par suite de l'éclosion de nouveaux foyers.

Le bruit était épouvantable. Un grondement continu ébranlait le sol, faisait grelotter les gens comme s'ils avaient la fièvre. Ce fond sonore lancinant était haché de brusques ferraillements. Il s'agissait des explosions de projectiles tombant au petit bonheur à travers les rues ou les pâtés de maisons.

Le nuage de fumée posé comme un couvercle au-dessus de la bouillonnante chaudière berlinoise y maintenait une odeur insupportable. La ville tout entière sentait le bois carbonisé, le goudron. Aussi un abominable relent de chair grillée dont on identifiait facilement l'origine. A cette atroce odeur s'ajoutait le désagrément de la poussière. Un air suffocant, chargé de cendres volatiles, de plâtres et de tuiles pilées prenait à la gorge et piquait les yeux.

Le danger venait de partout. Les obus tombaient du ciel sans crier gare ! Leurs sifflements bizarres rendaient difficile la détermination des points d'impacts. Ça n'avait rien d'une bataille d'artillerie traditionnelle. Cette furie, ce déchaînement aveugle n'étaient pas le fruit de calculs balistiques, mais de la plus formidable concentration de canons de toute la guerre. Les pièces de 122 mm, les obusiers automoteurs, les Katiouchkas étaient au touche à touche à la périphérie de la ville sur laquelle ils déversaient au hasard des tonnes et des tonnes de projectiles. Certains habitants parvenaient à traverser la capitale sans dommages. D'autres se faisaient déchiqueter à l'instant même où ils mettaient pour la première fois le nez dehors après être restés durant des jours au fond d'un abri. La vie de chaque Berlinois était vraiment entre les mains de Satan. Lui seul savait à l'avance qui serait mort ou épargné après l'apocalypse.

Malgré les risques encourus, beaucoup de gens se hasardaient dans les rues. Des silhouettes progressaient partout furtivement entre les ruines. Sur l'écran mouvant des incendies défilait une fantasmagorie de personnages grotesques, misérablement vêtus, surchargés de valises, de sacs, de paquets. Tous étaient à la recherche d'un quartier moins exposé où ils auraient pu se sentir en sécurité. Mais il n'existait nulle part de havre sûr à Berlin. La mort rôdait partout en permanence et ces pauvres hères finissaient par tourner en rond dans la ville pour revenir à leur point de départ.

Hermann Fegelein avait quitté l'immeuble de la Bleibtreustrasse peu après dix-neuf heures. Il s'était mis en civil et avait coiffé un feutre à large bord rabattu sur son front. Après avoir porté pendant des années de seyants uniformes SS, il se sentait mal à l'aise dans ce costume bourgeois. Son long pardessus noir battait ses talons, entravant sa marche.

Il ne tarda pas à adopter la tactique employée par tous ceux qui se déplaçaient ce soir-là dans les rues berlinoises. Il se mit à raser les murs. A progresser par bonds successifs. A sauter d'un porche à un autre porche. D'une encoignure d'immeuble à une autre encoignure.

Parfois, le sifflement d'un obus le clouait sur place. Comme tous les Berlinois, il courbait le dos, rentrait la tête entre les épaules. Un frisson désagréable courait sur son échine. Ce coup était-il pour lui ? Allait-il être pulvérisé ? Son corps déchiqueté, projeté en lambeaux aux quatre vents ?

Le suspense durait quelques interminables secondes, puis il réalisait que ça n'était pas encore pour cette fois. L'obus russe explosait un peu plus loin. Soit au milieu de la chaussée, soit à l'intérieur d'une maison.

Aussitôt après le fracas de l'explosion, on entendait parfois des imprécations, des appels au secours, des galopades. Des flammes jaillissaient par les fenêtres des étages, les lucarnes des greniers. Un nouvel incendie venait de naître. Il s'en rallumait même au milieu des ruines. A chaque instant, de grandes ondulations pourpres se remettaient à danser sur les façades des immeubles dévastés.

Une pensée tourmentait Fegelein : à cause de ce déluge meurtrier, Hitler allait-il autoriser Eva Braun à sortir du bunker ? Oserait-elle elle-même se hasarder sous ce bombardement ?

Tout en se posant cette question, il continua sa progression en direction du Kurfürstendamm. En piquant des sprints sur cinquante ou soixante mètres, entre deux explosions.

Une autre inquiétude le tenaillait. Et si par malheur le café Wien avait été détruit depuis la veille par la canonnade ? Et si les lignes téléphoniques étaient coupées ? Comment pourrait-il joindre sa correspondante ? Même en admettant que tout fût encore en état, Max, le serveur qu'il connaissait, accepterait-il de lui rendre le service demandé ? Il lui faudrait quitter momentanément son bar, sortir de l'établissement. Il aurait sans doute du mal à identifier Eva, car celle-ci n'attendrait certainement pas son appel au milieu de la rue. Elle se mettrait à l'abri du bombardement. Max devrait la rechercher parmi d'autres Berlinois apeurés, serrés les uns contre les autres sous les portails d'immeubles ou derrière un pan de mur. Ça risquait d'être compliqué. De prendre du temps. Lorsqu'il avait mis son plan au point la veille, la bataille de Berlin n'avait pas encore atteint un tel paroxysme. Aujourd'hui, tout risquait d'échouer en raison de l'aggravation de la situation.

Après avoir médité sur ces aléas du projet, en continuant d'avancer, le Gruppenführer décida brusquement de changer de tactique. Il allait tenter le tout pour le tout. Se rendre lui-même sur place. Sans essayer de fixer un autre lieu de rendez-vous à Eva Braun ! Tant pis s'il risquait de tomber dans une souricière. Tant pis si Hitler avait posté des policiers aux alentours du café Wien !

Le spectacle qu'il découvrit en débouchant sur le Kurfürstendamm l'impressionna encore plus que celui qu'il venait de voir à travers les différents quartiers. On eût dit qu'un artificier démoniaque était en train d'animer une monstrueuse pyrotechnie. A droite et à gauche de l'immense artère, des dizaines et des dizaines d'immeubles flambaient. Des flammes mobiles remplies de fantaisies ondulaient, s'entrelaçaient en d'innombrables pulsations d'un rouge sinistre.

Pendant plusieurs minutes, Hermann Fegelein hésita à se lancer au milieu de cet enfer. Outre les obus russes, il risquait à chaque instant d'être écrasé par la dégringolade d'un pan de mur, carbonisé par les bouffées incandescentes. Il réfléchit au moyen d'emprunter un autre itinéraire. Il ne tarda pas à réaliser que ce serait pire. Les rues parallèles étaient plus étroites. Elles étaient devenues de véritables couloirs de la mort. La chaleur dégagée par les incendies y occasionnait des ouragans de feu, les balayait comme le souffle d'un gigantesque chalumeau.

Le Gruppenführer décida donc de rester sur le Kurfürstendamm. Il y reprit sa progression. Cette fois par bonds plus courts. En profitant d'un répit entre deux explosions. En se fiant à son instinct pour échapper à la pluie de débris de toutes sortes qui dégringolaient dans la rue. En faisant confiance aux lois du hasard des combats qui prétendaient que les projectiles ne tombaient pas deux fois de suite au même endroit.

Comme pour démentir cette croyance simpliste, au moment où

il courait entre les tas de gravats, peu après l'explosion d'une roquette, un nouveau sifflement caractéristique se fit entendre au-dessus des lieux où le précédent engin venait de se désintégrer. La prescience du danger le fit plonger aussitôt dans le caniveau.

Il eut de la chance. L'engin explosa avec fracas à trois mètres de lui. Un souffle brûlant passa sur sa tête, emporta son chapeau, tandis que des éclats grêlaient alentour. Un fragment le frappa durement dans le dos. Il demeura un instant sans remuer. En se demandant s'il ne venait pas d'être blessé à hauteur de l'omoplate gauche. Il se tâta précautionneusement, remua le bras. Il ne ressentit qu'une talure. Rien de grave. Le morceau de métal avait simplement déchiré son manteau.

Pour récupérer ses esprits après le fracas de l'explosion qui venait d'ébranler son cerveau et de le rendre à moitié sourd, il resta dans la position inconfortable qu'il occupait. Allongé dans un magma fangeux d'eaux résiduelles qui commençaient à s'imprégner dans le tissu de son pardessus.

D'autres n'eurent pas la même patience que lui. Pas très loin de l'endroit où il était couché, il vit deux silhouettes se redresser. Celles d'une femme âgée tenant une fillette d'une douzaine d'années par la main. La gamine criait de frayeur. Elle était tirée littéralement de force par la vieille.

Ces deux êtres pitoyables s'élancèrent sur la chaussée pour tenter de rejoindre le trottoir opposé. Fegelein les vit courir, chancelantes au milieu des gravats. Elles se trouvaient à mi-parcours lorsque soudain un éclair intense les environna. La femme en noir fut projetée par un tourbillon de feu à dix mètres du point d'impact. Quant à la fillette, elle fut littéralement pulvérisée. Un lambeau de son petit manteau bleu vint tomber tout près du Gruppenführer.

Hermann ferma les yeux un instant pour échapper à l'horrible vision. Lorsqu'il les rouvrit quelques secondes plus tard, il ne vit plus trace de l'enfant. Sinon, tout près de lui, le lambeau d'étoffe bleu maculé de sang. La vieille gisait au milieu de la rue, recroquevillée, comme un paquet de linge sale.

Une brusque nausée souleva le cœur de Fegelein. Il vomit, tandis qu'un tremblement incontrôlé le secouait.

— C'est pas possible, murmura-t-il. Pas possible... Il faut que ça s'arrête... Autrement, on va tous y passer !

Mais au même instant, son projet lui revint à l'esprit. Il réalisa que le meilleur moyen de sortir de l'enfer de Berlin, c'était de réussir son plan. De soutirer de l'argent à Hitler, le responsable de ces massacres, pour échapper au châtiment suprême qui s'abattrait sur l'Allemagne nazie après la défaite.

Cette idée lui donna la force de reprendre sa progression. De se soustraire à la morne torpeur qui s'emparait de lui. Il se releva, les jambes encore flageolantes, la tête vide, les yeux embués de larmes. Il se remit à courir en diagonale à travers la rue. Toujours empêtré par les pans de son grand manteau. Son objectif instinctif était d'atteindre la carcasse démantelée d'un tramway. Pour se mettre pendant un instant à l'abri derrière cette masse de ferrailles noircies.

Aucun projectile n'étant venu contrarier la première partie de ce parcours, il décida de pousser un peu plus loin, en direction d'un carrefour. Toujours sur sa lancée, il fit encore environ une trentaine de mètres et se rapprocha d'un groupe d'immeubles qui, de loin, paraissaient presque intacts.

L'ordre retentit au moment précis où il prenait pied sur le trottoir.

— Halte !

Il crut d'abord que ce cri sorti de l'ombre ne le concernait pas. Il continua de courir. Une rafale de pistolet-mitrailleur crépita. Des balles miaulèrent à ses oreilles. Il s'arrêta net et tourna la tête.

Des soldats se précipitérent dans sa direction. Avant qu'il n'ait pu dire un seul mot, il fut entouré par des militaires menaçants, entraîné sans ménagement, plaqué le nez contre un mur, fouillé de la tête aux pieds par des mains brutales. A la lueur des incendies, il eut le temps de reconnaître des uniformes SS. Il s'agissait de très jeunes hommes. Vingt ans à peine.

— Tes papiers !

Le ton autoritaire déplut à Fegelein. Depuis plus de dix ans, personne ne s'était plus adressé à lui aussi brutalement. Il faillit se rebiffer, prendre les autres de haut. Clamer qu'il était Gruppenführer, adjoint du Reichsführer Heinrich Himmler, par surcroît proche collaborateur de Hitler. Bref, un personnage important dans la hiérarchie du régime. Il réalisa à temps que s'il dévoilait son identité, il serait immédiatement en danger. Les soldats de la patrouille qui venaient de l'arrêter avaient peut-être pour mission de le rechercher. Il valait donc mieux garder l'anonymat. Tenter de se sortir, par d'autres moyens, du guêpier dans lequel il venait de tomber. Il se mit machinalement à fouiller ses poches. Un brusque sentiment de panique le gagna lorsqu'il réalisa qu'il ne portait aucun papier sur lui. Même pas un faux sauf-conduit. Il se rappela avec effroi ce qui s'était dit quelques jours plus tôt lors d'une conférence d'état-major. Hitler avait donné l'ordre à un certain nombre d'unités SS de doubler la police berlinoise pour faire la chasse aux déserteurs de la Wehrmacht. Tout suspect ne pouvant pas justifier, par un document officiel, sa présence à l'arrière du front, devait être immédiatement abattu sans jugement !

Tout en réfléchissant, Fegelein tenta de gagner du temps en passant successivement toutes ses poches en revue. Les autres finirent par s'impatienter.

— Ça vient ?...

— Je... Je ne sais pas ce que j'ai fait de mes papiers... bredouilla-t-il. J'ai dû les perdre...

Le chef du détachement, un Rottenführer (caporal-chef), devint aussitôt grossier.

— Fumier de trouillard ! On connaît la musique ! T'es un salaud de déserteur !

— Je...Je vous assure... J'ai perdu mes papiers... Dans le bombardement...

— Ton régiment ?

— Vous faites erreur...

— Le numéro de ton unité, ordure ?

Cette fois, la question fut ponctuée d'un violent coup de crosse qui atteignit Fegelein au creux des reins. Il chancela, se retint contre le mur pour ne pas tomber. D'une voix de plus en plus embarrassée, il tenta désespérément de plaider une cause déjà entendue :

— Vous vous trompez... Je ne suis pas un soldat... Je suis un fonctionnaire civil...

Ce n'était pas précisément une bonne chose à dire à des soudards. Le Rottenführer se déchaîna :

— Alors, tu n'es qu'un sale planqué ! Un gros tas de merde qui se la coule douce pendant que les autres se font crever les tripes par les Yvans ! Tu vas voir comment on les traite, nous, les salauds de ton espèce !

Un nouveau coup de crosse frappa le Gruppenführer. Cette fois, au milieu du dos. Sous les menaces et les horions, il fut poussé en direction d'une impasse bordée d'immeubles encore en partie debout. Les SS ne se souciaient pas des obus russes qui continuaient de pleuvoir au hasard. Ils le firent parcourir environ deux cents mètres sur les trottoirs de ce quartier, sans marquer le moindre temps d'arrêt.

Quelques instants plus tard, Fegelein se retrouva mêlé à une vingtaine d'hommes qui attendaient, les mains sur la tête, gardés par d'autres SS. Il y avait une majorité de civils parmi ces prisonniers, mais également trois soldats en uniforme. Certains captifs étaient fort jeunes. Quinze ans à peine. D'autres au contraire très âgés. Presque des vieillards. A la lueur des incendies qui éclairaient violemment cette scène, on pouvait voir qu'ils avaient tous l'air anxieux, hagard.

— Qu'est-ce qu'ils vont faire de nous ? demanda l'un des hommes à voix basse.

Sans se retourner, l'un des soldats de la Wehrmacht répondit en parlant entre ses dents :

— Ils vont nous pendre aux lampadaires du Kurfürstendamm. Il y a déjà plusieurs dizaines de pauvres types qui s'y balancent au bout d'une corde, avec un écriteau sur la poitrine...

Hermann Fegelein ne put s'empêcher de frissonner. Il se sentit pris à son propre piège. Victime d'une décision qu'il avait pourtant approuvée quelques jours plus tôt. Lui, un général SS du plus haut rang, allait être pendu comme un vulgaire déserteur !

Eva Braun regarda une nouvelle fois sa montre. Il était vingt et une heures. Magda Goebbels répéta ce qu'elle conseillait déjà depuis un bon moment à sa compagne :

— Il faut rentrer à la Chancellerie. Votre beau-frère ne viendra pas ce soir !

— Pourquoi n'est-il pas venu ?

— Je n'en sais rien ! Peut-être a-t-il eu peur des bombardements ? Il a pu être tué ou blessé ? A moins qu'il n'ait craint de tomber dans un piège ?

— Mon Dieu, mais alors, que va devenir Frédéric ?

— Ne vous inquiétez pas. Il est certainement à l'abri quelque part. Vous pensez bien que ses ravisseurs n'ont pas intérêt à lui faire du mal.

Les deux femmes attendaient côte à côte sous un porche. Face au célèbre café Wien dont l'immeuble avait beaucoup souffert et à l'intérieur duquel on ne distinguait pas le moindre signe d'activité. Elles portaient chacune un superbe manteau de fourrure dont l'élégance détonnait étant donné les circonstances et les lieux. La maîtresse de Hitler tenait une valise à la main. Elle contenait la rançon exigée : sept cent mille francs suisses en grosses coupures.

— Je crois que nous devrions attendre encore un peu, insista Eva. Il a peut-être été retardé ?

— Non. Ce n'est pas sage. On dirait que le bombardement s'intensifie. Il vaut mieux rentrer au bunker. Le Führer va s'inquiéter...

— Je vous en supplie, Magda ! Restons encore un instant...

— Mais non, Eva, c'est inutile ! Allons, venez !

Calmement, mais avec fermeté, l'épouse de Goebbels entraîna sa compagne. Longtemps contenue, l'angoisse d'Eva Braun s'exprima dans un sanglot :

— Mon petit ! Frédéric ! Frédéric !... C'est fini... Je ne le reverrai plus...

— Ne dites pas de sottises. Vous savez bien que Fegelein ne fera aucun mal à votre fils. Il vous le rendra sain et sauf. J'en suis sûre !

— Non... Non... C'est fini... Je le sens... Je ne le reverrai plus jamais... répéta la maîtresse de Hitler en pleurant.

Tout en soutenant la marche chancelante de sa compagne, Magda garda cette fois le silence. Elle ne savait plus quoi dire. Elle ne trouvait plus les mots apaisants qui convenaient à la situation. Au fond d'elle-même, elle n'était plus tellement rassurée quant au sort du fils du Führer. Si la femme blonde et Fegelein n'étaient pas venus au rendez-vous fixé la veille, c'est qu'un événement imprévu les en avait empêchés. Avec le déluge de feu et d'acier qui s'abattait sur Berlin, personne n'était plus nulle part en sécurité. On pouvait tout supposer. Tout craindre.

Tandis qu'elles progressaient par bonds successifs entre les pâtés de maisons en ruine, à travers le Kurfürstendamm rougeoyant d'incendies, le chagrin d'Eva finit par s'estomper un peu. L'effroyable spectacle qu'elle découvrait à chaque pas avait d'ailleurs de quoi lui faire oublier l'objet de son angoisse.

Déjà aux trois quarts détruite, l'immense avenue était illuminée par des dizaines de brasiers. Ils se rejoignaient parfois pour former un mur ou une voûte de flammes. La large chaussée était jonchée d'épaves. Tramways, camions, automobiles, chars d'assaut dressaient leurs carcasses calcinées. Par endroits, la rue était complètement obstruée par des monceaux de gravats, éventrée par d'énormes cratères. Sous l'impact des obus ou des roquettes, des débris de poutres, de mobilier, des platras volaient en l'air. Une fumée noire et âcre rendait l'atmosphère irrespirable.

Le ronflement des innombrables foyers d'incendie qui ravageaient la ville était couvert en permanence par les tirs d'artillerie qui n'en finissaient pas de tracer dans le ciel leurs meurtrières arabesques.

Des êtres humains continuaient pourtant à se déplacer dans ce décor d'apocalypse. Des ombres furtives s'enfuyaient comme des bestioles folles vers on ne sait quel trou afin de se soustraire au déluge.

Tandis qu'elles avançaient enlacées, sur le trottoir, les deux femmes se trouvèrent soudain en face d'un autre horrible spectacle.

De chaque côté du Kurfürstendamm, sur plus de cent mètres, tous les lampadaires de l'éclairage public étaient ornés de sinistres trophées : des dizaines de pendus se balançaient au souffle des explosions !

Jeunes ou vieux, civils ou militaires, chacun d'entre eux portait un écriteau épinglé sur la poitrine. Le texte de ces placards était laconique mais éloquent. Il disait : « Je suis ici parce que je suis un lâche ». Dans la nuit rougeoyante, les corps disloqués des malheureux flottaient mollement, tels les drapeaux en berne d'un tragique deuil national.

Les deux femmes horrifiées se hâtèrent de franchir ce nouveau Golgotha. Elles y croisèrent cependant un étrange cortège. Une demi-douzaine de SS mitraillettes au poing, encadrant un troupeau d'une vingtaine de pauvres diables, mains sur la nuque, couraient sur le trottoir. Le groupe s'arrêta devant une lignée de lampadaires encore démunis de pendus. Il ne faisait aucun doute que la série des exécutions allait se poursuivre.

Eva Braun sentit un long frisson courir sur son échine. C'était la première fois qu'elle avait sous les yeux l'image cruelle de la répression nazie. Certes, elle savait depuis longtemps que le régime n'était pas tendre avec ses opposants. Surtout depuis l'attentat du 20 juillet dernier contre Hitler. Elle avait entendu parler d'exécutions sommaires, aussi de camps de redressement par le travail. Jamais jusqu'à ce jour elle n'avait assisté personnellement à ce genre d'opération punitive. Elle ne put s'empêcher de se demander si toute cette violence, cette cruauté ne finiraient pas par se retourner contre les partisans du Führer. Qu'adviendrait-il aux vaillants combattants du Troisième Reich s'ils succombaient sous la poussée des hordes asiatiques venues de l'Est ? Que se passerait-il si les traîtres, amis des judéo-Américains, l'emportaient sur les purs aryens ? Les fidèles du national-socialisme n'auraient aucune pitié à attendre des rouges et des renégats. Les règlements de comptes seraient terribles. Il n'y aurait certainement pas assez de lampadaires à Berlin pour supporter les corps de tous ceux que l'on pendrait par représailles.

Tandis qu'Eva et sa compagne patientaient, un peu plus haut sur le Kurfürstendamm, à l'abri d'un pan de mur, avant de s'élancer pour une nouvelle progression à travers la cité en feu, le bombardement se poursuivait avec une intensité sans cesse accrue.

— Mon Dieu, je vous en supplie... Faites que ça s'arrête ! Faites cesser cette guerre !

Pétrifiée de peur, comme une statue, la maîtresse de Hitler priait sans arrêt. En dépit des théories agnostiques développées par son amant, elle avait toujours conservé son vieux fond de foi chrétienne. Depuis deux jours, elle demandait à nouveau à Dieu de leur venir en aide. De permettre à la Wehrmacht de battre les Russes. Surtout de lui rendre son fils sain et sauf.

Jusqu'à cette ultime épreuve, le Seigneur l'avait toujours entendue et exaucée. Même lorsqu'elle avait sollicité des faveurs qui semblaient irréalisables. Par exemple lorsqu'elle lui avait demandé de devenir mère d'un enfant du Führer. D'un fils qui héritât du génie de son père. Dont la naissance resserrerait les liens affectifs qui l'unissaient à son amant. Ce vœu paraissait à l'époque invraisemblable. Hitler ne voulait pas en entendre parler. Elle pouvait même redouter la répudiation si elle tombait enceinte.

Or, le miracle inespéré s'était produit. Frédéric était venu au monde. Contre toute attente, son père en avait éprouvé de la joie, de la fierté. Elle ne doutait pas que cette fois encore, Dieu entendrait son appel. L'enfant qu'il lui avait donné pour la plus grande gloire de l'Allemagne serait rendu à ses parents et à son peuple. Cette conviction ne fit que se renforcer dans son esprit au fur et à mesure qu'elles se rapprochèrent de la Chancellerie. Magda Goebbels fut la première à constater l'étrange apaisement de sa compagne. Sans en connaître la raison profonde, elle s'en félicita car elle craignait que le rendez-vous manqué du café de Wien n'eût affecté profondément Eva.

Tout en courant avec les autres prisonniers le long du Kurfürstendamm, Hermann Fegelein se posait lui aussi bien des questions. Comment cette stupide histoire allait-elle se terminer ? Où les entraînait-on au pas de course, les mains sur la nuque ?

Un jeune officier SS, un Obersturmführer, avait donné au groupe des présumés déserteurs l'ordre de se mettre à courir. Ils étaient environ une vingtaine. Tous des pauvres types ramassés comme lui au hasard des rues. N'ayant pu prouver leur identité ou justifier leur présence à l'arrière du front. Certains d'entre eux, encore en uniformes, étaient manifestement coupables d'abandon de poste. D'autres ne semblaient rien avoir à se reprocher. Tel un petit homme maigre et barbichu qui courait à côté de Fegelein et ne cessait de pleurnicher :

— Mais puisque je vous dis que je suis le docteur Carl Gessler ! Médecin à l'hôpital Spandau !... Téléphonez à mon assistant, le major Stieff, vous verrez bien que je dis la vérité !

— Ta gueule !

L'un des SS mit fin, pour un temps, aux jérémiades du malheureux en lui décochant un violent coup de crosse qui le fit trébucher. Les autres se taisaient. Les vieux s'efforçaient de tenir le rythme des plus jeunes pour ne pas risquer de se laisser distancer et d'être rossés ou abattus sur place.

Le bombardement se poursuivait. Les obus et les roquettes tombaient toujours du ciel avec la même intensité. Les incendies continuaient de faire rage. Tout le quartier était illuminé par une clarté roussâtre qui secouait les ombres de l'avenue. Ici et là, parfois, des civils, principalement des femmes et des enfants, s'élançaient à leurs risques et périls dans la traversée de la chaussée.

La troupe s'immobilisa en bordure d'un trottoir, sur un nouvel ordre du jeune lieutenant. Avec effroi, les prisonniers purent se faire, à cet instant, une idée du sort qui les attendait.

Ils distinguèrent, de chaque côté de la rue, une longue théorie de pendus accrochés aux réverbères. Il devenait évident que les exécutions allaient se poursuivre. Les nouveaux arrivants compléteraient le sinistre ensemble.

Les futurs condamnés ne tardèrent pas à constater que leurs gardiens étaient rodés à leur sale besogne. Deux d'entre eux arrivèrent en portant un escabeau et un écheveau de cordelettes déjà coupées à la longueur voulue. Un troisième installa une échelle légère contre le premier lampadaire. Il y noua l'extrémité de l'une des cordes dont l'autre bout finissait en nœud coulant.

En quelques minutes, vingt nouveaux gibets furent ainsi apprêtés, sous les regards terrorisés des prisonniers.

A côté de Fegelein, un jeune gars d'une vingtaine d'années tremblait comme une feuille. Un homme plus âgé, aux cheveux blancs, priait. Un autre pleurait silencieusement. Chez ces gens, peu à peu, la peur de la mort se substituait à l'esprit de contestation ou de révolte. Tous comprenaient qu'il était inutile de plaider une cause perdue d'avance. Arrêtés sans papiers, personne ne pourrait les arracher à leur tragique destin.

Sans ménagement, à grand renfort d'insultes et de coups, les SS poussèrent leur première victime au pied de l'un des lampadaires. Ils le hissèrent de force sur le tabouret, lui passèrent la cravate de chanvre autour du cou. C'était un homme d'une trentaine d'années. Il portait de fines lunettes rondes sur ses yeux de myope. Il ressemblait à l'un des incorrigibles intellectuels que l'on rencontrait dans les arrière-salles des brasseries où ils passaient leur temps à discourir sur des sujets futiles en buvant de la bière. Beaucoup d'entre eux étaient exemptés de service, soit parce qu'ils étaient tuberculeux ou avaient bénéficié de protection. Celui-ci n'avait en tout cas jamais été appelé sous les drapeaux car il paraissait d'une santé fragile.

— Messieurs... Messieurs, observa-t-il d'une voix efféminée. Je vous en prie, laissez-moi vous expliquer...

Personne ne saurait jamais ce que le malheureux avait voulu exprimer pour retarder la fatale échéance. D'un coup de pied, l'un des SS venait de renverser l'escabeau sur lequel le supplicié était juché. Il eut un hoquet bref, tenta de porter ses deux mains à sa gorge mais sans pouvoir l'atteindre. Vertèbres cervicales rompues par son propre poids, il ne fut bientôt plus qu'un sac mou agité de soubresauts.

Comme tous ses voisin, Fegelein contempla ce spectacle avec répulsion. Une panique intense le gagnait de minute en minute. Instinctivement, ses yeux regardèrent alentour, cherchant désespérément le moyen d'échapper au sort absurde qui l'attendait. Il comprit vite qu'il n'avait aucune chance. Dix SS féroces, portant la mitraillette à hauteur de la ceinture, le doigt sur la gâchette entouraient les prisonniers, prêts à ouvrir le feu à la moindre velléité de rébellion ou d'évasion.

Les cerbères ne tardèrent d'ailleurs pas à démontrer leur implacable vigilance. Le petit homme qui se trouvait à côté du beau-frère d'Eva Braun. Celui qui pleurnichait quelques instants plus tôt et prétendait être médecin à l'hôpital de Spandau, fut incapable de supporter plus longtemps son calvaire. Ecartant ses compagnons, il se lança dans une course éperdue sur la chaussée. Il ne parcourut guère plus de vingt mètres. Une brève rafale de Schmeisser claqua. Il roula sur le bitume en poussant un cri d'agonie. Un SS courut et, pistolet au poing, lui donna le coup de grâce dans la nuque.

Après cet intermède sanglant, la série des pendaisons reprit. Vint le tour d'un homme corpulent, d'environ trente-cinq ans. Il portait une combinaison de conducteur de locomotive. Il grimpa sur l'escabeau et se passa lui-même la corde au cou. D'un geste vif, il éloigna son bourreau. Surpris, le SS le laissa faire.

Deux foyers d'incendie, dans les immeubles voisins, éclairaient violemment la scène. Comme les sunlights d'un studio de cinéma. Le visage de l'homme était mal rasé, barbouillé de suie. Une lueur pathétique brillait dans son regard farouche. Il se mit à crier d'une voix puissante. Comme s'il voulait être entendu dans tout Berlin :

— Nazis ! Sales nazis ! Regardez bien ce qui vous attend tous ! Car les Yvans ne tarderont pas à nous venger ! Regardez ! Regardez comment meurt un communiste ! Prenez-en de la graine !

Tout en hurlant, il leva le poing. Puis brusquement, sous les yeux médusés des spectateurs, il envoya rouler de son propre chef son escabeau et se laissa choir dans le vide. Comme si une trappe s'était soudain ouverte sous ses pieds.

Pendant un instant, malgré le bruit du bombardement, on entendit résonner le branle du lampadaire métallique, le raclement des souliers cloutés du cheminot contre la potence. Puis l'homme cessa de bouger. Son corps se mit à tourner lentement, telle une toupie au bout d'un fil.

Une scène aussi inattendue, aussi incongrue que la précédente suivit aussitôt après. Profitant de l'émoi que les paroles du communiste avaient causé dans les rangs des SS et des prisonniers, l'un de ceux-ci trompa la vigilance des gardiens. Il se précipita vers le réverbère où le dernier pendu continuait de pivoter sur lui-même. Il commença par cracher sur le cadavre et le martela à coups de poings en hurlant d'une voix hystérique :

— Traître ! Traître ! Bolchevique !

Puis, se tournant vers les bourreaux, il se mit au garde-à-vous et, avec un impeccable salut hitlérien, lança :

— Vive Hitler ! Vive le Führer !

Il y eut un flottement parmi les SS. Certains se demandèrent, à cet instant, s'ils n'étaient pas en train de commettre une erreur. S'ils n'allaient pas pendre un authentique nazi.

Un bref commandement les ramena à une plus stricte obéissance et dissipa leurs scrupules.

— Alors ? Qu'est-ce que vous attendez ? Vous ne voyez donc pas qu'il joue la comédie ? Pendez-le ! Comme les autres !

L'ordre lancé par l'Obersturmführer fut exécuté sur-le-champ. Malgré les cris de celui qui continuait de clamer sa profession de foi nationale-socialiste :

— Je suis membre du parti ! Mon Führer... Au sec...

L'appel pathétique s'acheva en couac disgracieux. La nouvelle victime se balança comme les précédentes au bout de sa corde. Les yeux exorbités, agrandis par une stupeur sans nom.

Avec une angoisse de plus en plus forte, Hermann Fegelein vit se rapprocher l'instant où il serait à son tour poussé au pied de la potence. La peur fit gargouiller ses entrailles.

« Ça n'est pas possible, pensa-t-il. Je ne vais quand même pas finir comme ça ! Comme cette racaille ramassée au coin des rues. On ne pend pas un officier SS sans jugement... Il faut absolument que je trouve un moyen de me justifier... prouver à ces types que je suis un des leurs... »

Mais son esprit tournait de plus en plus à vide. La panique le privait d'un raisonnement cohérent. La vision successive des exécutions sommaires annihilait ses réflexes. Il vivait un cauchemar. Les scènes qui se renouvelaient de minute en minute sous ses yeux ne le révoltaient même plus. Il n'éprouvait qu'un sentiment d'effroi.

Le scénario ne variait pas. Tantôt les condamnés criaient, se débattaient, tentaient d'attendrir leurs bourreaux par une ultime procédure. Tantôt ils les injuriaient, leur promettaient pour bientôt le même châtiment. Mais rien, ni prières ni menaces n'arrêtaient les exécuteurs. Tous les prisonniers finissaient étranglés. Tous se tordaient, se tendaient vainement pour essayer de se libérer, puis retombaient, tête déjetée, bouche ouverte sur une langue gonflée et baveuse.

Hermann Fegelein assista, comme dans un état second, à la pendaison des onze hommes qui le précédaient. Lorsque son tour arriva, il en était toujours au même point. Son esprit brassait du vent. Il se sentait incapable de fléchir l'implacable décision des bourreaux.

Une main le poussa rudement en direction d'un réverbère. Il obéit à un ordre proféré d'une voix grossière. Avança comme un automate.

Alors qu'il aurait dû penser à son salut, à un mensonge rédempteur, une idée saugrenue trotta dans sa cervelle. Il se rappela qu'à plusieurs reprises, dans le passé, un lampadaire semblable à celui vers lequel on le dirigeait manu militari l'avait tiré d'affaire. Plus d'une fois, il s'était raccroché à l'un d'entre eux pour ne pas tomber à la sortie d'une des brasseries du Kurfürstendamm, après avoir trop généreusement arrosé une promotion ou une victoire du Troisième Reich. Il se revoyait tournant autour d'un poteau identique, braillant un chant bachique ou le *Hordt wessel lied*. Depuis là, les patrouilles de police l'avaient souvent ramassé et reconduit ivre mort jusqu'à son domicile.

La vue de l'escabeau sur lequel on le forçait à grimper le ramena à la réalité. Il refusa de monter sur le perchoir fatal, tenta d'écarter la sinistre cravate qu'on lui passait au cou.

— Ecoutez-moi, mes amis ! lança-t-il. Je suis de la SS ! Je suis Gruppenführer !

Un éclat de rire général des gardiens salua cette déclaration. L'un d'eux lança, par dérision :

— Et moi, je suis Churchill !

L'hilarité qu'il venait de provoquer n'empêcha pas les autres de poursuivre leur besogne. Une poigne solide emprisonna ses mains. Un second lui tint les jambes. Un troisième lui glissa la hart au col.

Fegelein ferma les yeux. Cette fois, c'était fini. Bien fini. Rien désormais n'arrêterait la fatale échéance.

Lui que l'ambition avait poussé si haut. Qui avait tant intrigué pour parvenir à ses fins. Qui s'était prêté à tant de bassesses, tant de compromissions. Jusqu'à épouser la sœur d'Eva Braun. La petite gourde qu'il méprisait. Lui qui avait toujours trouvé moyen d'évincer ses concurrents. Qui avait même imaginé de soutirer de l'argent à Hitler en usant d'un chantage ne reposant que sur du vent. Qui était sur le point de réussir le coup le plus fumant de toute l'histoire du kidnapping, allait finir ses jours stupidement. Comme un pauvre type. Un simple feldgrau déserteur...

— Arrêtez !

L'ordre impératif retentit à l'instant précis où, selon son habitude, le SS chargé de cette tâche s'apprêtait à balancer un coup de botte dans le tabouret. A faire basculer son nouveau client dans l'au-delà.

Le beau-frère d'Eva Braun ouvrit les yeux. Il vit avec étonnement deux inconnus civils s'avancer vers l'officier commandant les exécuteurs. Ils lui présentèrent chacun une carte que l'autre examina aussitôt avec circonspection à la lueur d'un brasier voisin.

— Qu'est-ce que vous voulez ? demanda l'Obersturmführer avec agressivité.

— Que vous nous remettiez cet homme !

Le plus grand des deux individus, un type vêtu d'un imperméable gris, coiffé d'un feutre de même couleur, désignait Fegelein du doigt.

— Pour quelle raison ?

— Je n'ai pas d'explications à vous fournir ! Vous avez vu ma carte ! Je suis commissaire de la Gestapo ! Je vous demande de libérer immédiatement cet homme !

Visiblement mécontents de la tournure prise par les événements, plusieurs SS s'étaient rapprochés, l'arme menaçante. Ils regardaient leur chef, prêts à liquider les importuns s'ils en recevaient l'ordre.

En proie à un délicat problème d'autorité, l'Obersturmführer réfléchissait. Il se demandait s'il n'était pas plus simple d'éliminer ceux qui se mêlaient de ce qui ne les regardait pas.

Le bombardement russe, sans avoir complètement cessé sur le Kurfürstendamm s'était un peu déplacé vers les quartiers situés plus au nord de Berlin. En raison de ce semblant d'accalmie, on percevait encore mieux le ronflement puissant des incendies, les craquements des charpentes en cours d'effondrement.

Dans ce silence relatif, Hermann Fegelein entendait quant à lui un autre bruit, du haut de son perchoir. Celui de son cœur battant à toute volée dans sa poitrine. Les yeux démesurément ouverts, il regardait, avec une curiosité mêlée d'angoisse, la scène qui se déroulait à ses pieds. Il n'osait pas faire un geste. Proférer un seul mot. De crainte de rompre la trêve fragile qui mettait sa vie en sursis. Celle-ci ne tenait doublement qu'à un fil. Tout se passait dans la cervelle de l'officier SS. Il n'avait qu'un signe à faire et les deux agents de la Gestapo seraient criblés de balles. Lui, Fegelein, se retrouverait au même point qu'avant leur intervention.

— C'est bon... Laissez-le !

La décision de l'Obersturmführer parut si surprenante à ses hommes qu'ils restèrent une dizaine de secondes sans obtempérer. Ils finirent par obéir. Le Gruppenführer demeura seul sur son tabouret. Libre de ses mouvements mais avec encore autour du cou le rugueux collier de la mort. Il s'empressa de s'en défaire. Il descendit sur le trottoir. En reprenant pied sur le sol, il faillit s'effondrer. L'émotion était trop forte. Il avait l'impression de marcher sur du coton.

Instinctivement, il se dirigea vers ses deux sauveurs toujours surveillés par les SS. Ceux-ci ressemblaient à des chiens hargneux auxquels on aurait enlevé un os. Ils les laissèrent finalement s'éloigner avec le rescapé, en direction d'une artère voisine : la Kaiserallée où un grand magasin brûlait dans la nuit comme une torche gigantesque. Les trois hommes marchèrent en silence pendant plusieurs minutes. Hermann Fegelein reprenait peu à peu ses esprits. Ses nerfs se décontractaient. Il respirait plus calmement.

Une nouvelle crainte ne tarda cependant pas à poindre dans son esprit. Qui étaient les inconnus qui venaient de le tirer miraculeusement d'affaire ? Pourquoi avaient-ils agi ainsi ? A quel service de la Gestapo appartenaient-ils ? S'ils l'avaient sorti des griffes des SS, ça n'était certainement pas par pure humanité.

Le beau-frère d'Eva Braun eut de plus en plus l'impression que sa libération n'était pas fortuite. Ces gens-là savaient sans doute qui il était. Ils devaient être au courant du chantage exercé à l'encontre de Hitler à la suite de l'enlèvement de son fils. Connaissant les méthodes employées par les sbires de Himmler pour faire parler les suspects, il n'allait pas tarder à regretter la pendaison. A cette mort expéditive et anonyme se substituerait bientôt le raffinement de tortures sans nom. Un art dans lequel les agents de la Gestapo excellaient. Ils feraient tout pour qu'il avoue. Comme il ignorait, et pour cause, ce qu'était devenu Frédéric, ils le martyriseraient pendant des heures en pensant qu'il mentait.

Dans ces conditions, mieux valait en finir tout de suite. « Auf der flucht erschossen [1] ! » Cette fin-là était préférable à celle qui l'attendait dans les locaux de la sinistre police de la Sécurité d'Etat. Et puis, il pourrait au moins préserver Maricka. Il ne risquerait pas de révéler, sous les sévices, l'existence du petit appartement de la Bleibtreustrasse où elle l'attendait.

Sa décision étant prise, il n'hésita pas à la mettre aussitôt à exécution. Alors qu'ils venaient d'aborder une zone un peu plus sombre, en partie épargnée par les bombardements, il s'élança dans une fuite éperdue, conscient de ce que les secondes avaient d'ultimes.

« Ils vont me tirer dessus ! Ils vont m'abattre comme un chien ! » songea-t-il en s'attendant d'un instant à l'autre à être frappé par un projectile qui stopperait net et définitivement sa course folle. Il pensait aussi que les autres se lanceraient à ses trousses. Qu'il serait rattrapé avant d'avoir pu atteindre l'autre côté de la chaussée.

Mais rien de ce qu'il craignait ne se produisit. Il put, au contraire, traverser l'avenue sans dommage. S'engager dans une rue transversale en partie encombrée de débris. Un étroit passage subsistait au milieu des ruines. Bien qu'il fût complètement dépaysé dans ce quartier qu'il ne connaissait pas, il s'enfonça dans le dédale tortueux.

La peur continuait de remuer comme une bête dans son ventre. Des larmes brouillaient sa vue. Le vertige s'emparait de lui. Il trébucha sur les pierres. Faillit se rompre les os en chutant au fond d'un trou de bombes. Il se releva, s'extirpa de cette position, reprit sa course en avant. Il dérapa ensuite plusieurs fois, se rattrapa in extremis, s'aida des mains et des ongles, franchit un à un les nombreux tas de déblais qui lui barraient la route.

Longtemps après, à bout de souffle, au bord de l'épuisement, il fut obligé de s'arrêter. Il s'accota contre un mur pour reprendre

1. Abattu pendant une tentative d'évasion.

haleine. Incapable d'aller plus loin. De faire un pas de plus. Il avait un goût de sel plein la bouche. Son sang menait une rumeur de crue dans ses oreilles. Des reflets sanglants dansaient devant ses yeux. Sans qu'il pût déterminer s'il s'agissait d'un phénomène hallucinatoire ou des lueurs des incendies.

Peu à peu, cependant, le monde retrouva un semblant d'équilibre. Sa respiration redevint presque normale. Les éclairs et les ombres qui brouillaient sa vision se dissipèrent.

Il constata qu'il était seul. Seul dans cette rue dévastée. Seul et en vie ! Il avait semé ses poursuivants ! Il était sauvé !

Sauvé !

IV

LES LARMES DE HITLER

Dans le minuscule bureau qui lui avait été attribué à l'intérieur du Führerbunker, Martin Bormann venait d'écouter sans broncher le rapport de Hans Kuhlwieg. Ce dernier, un homme maigre, au visage glabre et anguleux, était l'officier de la Gestapo chargé de diriger les opérations de surveillance autour du repaire d'Hermann Fegelein dans la Bleibtreustrasse.

Avant la venue de son informateur, le Reichsleiter savait déjà que le rendez-vous du café Wien n'avait pas eu lieu. Dès son retour, dans le souterrain de la Chancellerie, Eva Braun était venue lui faire part de l'échec de sa démarche.

Pour quelle raison le contact n'avait-il pas pu se faire entre la jeune femme et son beau-frère ? Que s'était-il passé pour que les ravisseurs ne se fussent pas manifestés ? Pendant les heures qui avaient suivi, Bormann s'était interrogé en vain sur les motifs de ce fâcheux contretemps. Ce grippement dans le déroulement du plan d'enlèvement jusque-là si parfaitement huilé du fils de Hitler le chagrinait. Il contrecarrait ses propres desseins.

Il était d'autre part étonné par le comportement d'Eva Braun. Elle ne manifestait pas le découragement qu'elle aurait dû normalement éprouver suite à l'insuccès de sa tentative. Il eût été naturel qu'elle pleurât, le harcelât pour qu'il relançât les recherches, mît de nouveaux policiers aux trousses de Fegelein et de sa compagne. Or, depuis son retour dans le Führerbunker, la maîtresse de Hitler faisait preuve d'une étrange placidité. Comme si elle était rassurée sur le sort de son fils. Ou résignée à sa disparition.

Martin Bormann en conclut que Magda Goebbels devait être pour quelque chose dans la nouvelle conduite d'Eva Braun. Ça venait sans doute du réconfort moral qu'elle prodiguait à la jeune femme.

Cela aussi déplaisait au Reichsleiter. Il voyait d'un très mauvais œil l'ascendant incontestable que les membres de la famille du ministre de la Propagande prenaient sur Hitler et sa compagne.

A la suite du rapport de Hans Kuhlwieg, il venait d'apprendre exactement ce qui s'était passé. Quel dramatique empêchement avait fait échouer le plan conçu par Fegelein ? Pour les mêmes raisons, celui qu'il avait mis au point pour faire progresser ses propres intérêts se trouvait retardé. Il en était contrarié.

— Après avoir sauvé le Gruppenführer de la pendaison, poursuivit l'officier de la Gestapo en terminant son récit, nous l'avons volontairement laissé s'enfuir. Cela en application de vos ordres, monsieur le Reichsleiter, puisque vous nous aviez recommandé de ne pas le mettre en état d'arrestation. Nous n'avons d'ailleurs eu aucun mal à retrouver sa trace. Il est aussitôt retourné dans l'appartement de la Bleibtreustrasse.

— Vous avez parfaitement agi, approuva Bormann. Reste que nous avons frôlé de peu la catastrophe. Si ces imbéciles avaient pendu Fegelein, j'aurais eu bien des ennuis...

Il ne précisa bien sûr pas quelle était la nature de ces ennuis. Il avait toujours agi seul. Sans ami ni confident. Sa discrétion, sa méfiance vis-à-vis d'autrui étaient viscérales.

Bormann médita un instant en silence derrière son bureau. C'était une homme massif et sanguin. Depuis plusieurs jours, il se négligeait. Il ne se rasait plus. Ses vêtements étaient sales, chiffonnés. Un pli soucieux barrait son front en permanence, un tic à la paupière gauche attestait sa nervosité, sinon son inquiétude.

— Pour éviter qu'un semblable incident ne se reproduise, reprit-il, vous interdirez désormais toute sortie du Gruppenführer.

Si lui ou la femme ressortent de l'appartement, vous les arrêterez sur-le-champ et m'en informerez aussitôt. Je vous indiquerai ensuite où vous devrez les conduire.

— Oui, monsieur le Reichsleiter !

— De toute façon, Fegelein et sa maîtresse ne resteront pas longtemps en liberté. Leur arrestation n'est qu'une question d'heures. Dès que je serai en possession des preuves qui me manquent encore à leur sujet, vous aurez mission de les appréhender. En attendant, retournez auprès de vos hommes et incitez-les à la plus extrême vigilance !

— Oui, monsieur le Reichsleiter ! Heil Hitler !

— Heil Hitler...

Bormann répondit mollement à son interlocuteur, en levant à peine le bras droit. Quand l'autre fut sorti, il quitta son siège et se dirigea d'un pas lourd vers un placard mural dont il possédait la clé. Il en ouvrit la porte. La cachette dissimulait un impressionnant alignement de bouteilles de whisky et de cognac. Il en déboucha une et but, à plein goulot, une forte rasade. Il remit le flacon en place et referma le placard. Ensuite, il sortit une boîte de cachous dont il suça deux pastilles. Il procédait ainsi par habitude. Pour masquer l'odeur de l'alcool ingurgité. Son maître Hitler avait une aversion pour les gens de son entourage qui buvaient ou qui fumaient. Il lui était arrivé de retarder l'avancement de certains subordonnés uniquement parce que leurs vêtements ou leurs uniformes sentaient le tabac.

Bormann serra une nouvelle fois ses poings énormes comme ceux d'un boucher. Il avait horreur de ces petites servitudes quotidiennes auxquelles le contraignaient ses fonctions de proche collaborateur du Führer. Il se méprisait secrètement de les accepter. Pourtant, ça faisait déjà douze ans qu'il se pliait servilement à ces mesquines obligations, pour ne pas déplaire au Maître du Troisième Reich. Douze ans qu'il rongeait son frein en attendant son heure. Par chance, le changement espéré approchait. Bientôt, le chef, ce serait lui ! Il deviendrait le seigneur tout-puissant de l'Allemagne. Alors, c'en serait fini à tout jamais de ces compromissions humiliantes. Ce serait aux autres de se prosterner. De ramper à ses pieds. Il n'aurait pas le triomphe modeste. Certains de ceux qui l'avaient méprisé jusqu'ici connaîtraient un réveil saumâtre. Il ne ferait pas de cadeau. A personne !

Avant de pénétrer dans le bureau du Führer, Martin Bormann se recomposa un visage calme et affable. En appuyant sur un bouton, il fit savoir que c'était lui qui demandait audience. Il entra presque aussitôt.

Bien qu'il fût seul à l'intérieur de son cabinet de travail, Hitler était penché, selon son habitude, sur une carte d'état-major. Il y promenait une grosse loupe qui palliait sa déficience visuelle. Par coquetterie, mais surtout parce qu'il voulait toujours apparaître comme un surhomme aux yeux de son peuple, il refusait de porter des lunettes. Depuis l'attentat dont il avait failli être victime en juillet 1944, sa vue, déjà fort médiocre, était devenue encore plus mauvaise.

Lorsque son secrétaire particulier entra, le dictateur releva vivement la tête. Comme s'il s'attendait à obtenir enfin la réponse à la question qui le préoccupait secrètement depuis des heures :

— Alors, Bormann, où en sont les recherches ?

— Elles se poursuivent, mon Führer...

— Vous voulez dire qu'elles piétinent ! Il est inadmissible qu'en trois jours, notre police ne soit pas parvenue à retrouver la trace de ces misérables !

Le Reichsleiter s'attendait à subir ces reproches véhéments. Surtout après le retour d'Eva Braun dans le bunker de la Chancellerie. Son rendez-vous manqué avec Hermann Fegelein avait encore accru l'irritation du Führer.

En fait, mieux que quiconque, Bormann savait que cet emportement cachait une profonde angoisse. Etre excessif, Adolf Hitler était plus vulnérable que tout autre aux coups de l'adversité. Pour avoir été gagnant trop longtemps, il supportait mal le renversement de la situation. Il était atteint dans ce qu'il avait de plus cher : son fils ! L'être pour lequel il luttait désespérément contre le raz de marée qui emportait l'Allemagne vers l'abîme. Ce fils dont il voulait préserver l'héritage : un Etat, un régime qui avaient été pendant vingt ans sa seule raison de vivre. Ce national-socialisme qui devait durer des siècles et à la tête duquel ses descendants lui succéderaient en s'inspirant des préceptes de la bible qu'il avait écrite pour eux : *Mein Kampf* !

Brusquement, par un de ses changements d'humeur, qui déroutaient toujours ceux qui l'approchaient, le Führer se calma. Avait-il pris son parti de l'inefficacité des recherches entreprises ? Un oracle lui avait-il insufflé l'espoir que tout finirait par s'arranger ? Que ses armées triompheraient et qu'on retrouverait Frédéric ?

Il reprit la parole et, en chef d'Etat, lança une de ces idées-forces dont la projection dans l'avenir l'aidait généralement à oublier la dure réalité présente :

— Après la guerre, déclara-t-il, il faudra songer à réorganiser complètement nos services de police. Leur implantation dans les quartiers des villes est insuffisante. Il faudra que nous disposions d'un réseau d'informateurs plus performants. Des gens à nous dans chaque immeuble. Si nous avions aujourd'hui cette organisation, il y a longtemps que nous saurions où se cachent les ravisseurs de mon fils.

— Jusqu'ici, notre quadrillage était pourtant efficace, mon Führer. Je vous l'assure.

— Alors pourquoi n'avons-nous encore aucune information ?

Bormann détourna sournoisement les yeux et accusa :

— Parce qu'il y a sans doute des individus qui ont intérêt à faire traîner nos recherches en longueur. Les traîtres vous environnent, mon Führer. Même dans les plus hautes sphères de l'Etat !

Hitler réagit en entendant ces propos.

— Vous en avez trop dit, Bormann ! Vous savez quelque chose. Je vous ordonne d'aller au fond de votre pensée !

Pris à son propre piège, placé brutalement en face de ses responsabilités, le diffamateur hésita. Ce qu'il allait dire serait lourd de conséquences. Ses calomnies pourraient se retourner contre lui par la suite si elles s'avéraient inexactes. C'était la première fois qu'il allait s'attaquer de front à l'un de ses rivaux. Et non des moindres.

A l'un des grands favoris du Führer. Un des hommes les plus puissants du Troisième Reich. A celui qui avait la haute main sur une grande partie de la police. Qui disposait aussi des forces de la SS. Il allait s'en prendre à Himmler en personne. A celui que Hitler appelait « der treue Heinrich [1] ». Le seul parmi les hiérarques du régime en qui le dictateur avait une confiance aveugle.

Martin Bormann ne fonça pas de front, tête baissée contre l'ombre de ce redoutable adversaire. Il procéda une nouvelle fois par la bande. Par allusions perfides. Selon une tactique dans l'usage de laquelle il excellait :

— Hermann Fegelein appartient à l'état-major du Reichsführer, énonça-t-il lentement. Il bénéficie de sa haute protection. Il n'a certainement pas agi pour son propre compte et celui de sa maîtresse, comme on pouvait le supposer tout au début de son chantage...

La voix restait neutre, sans passion.

Une profonde stupéfaction se peignit sur les traits d'Adolf Hitler. Il demeura même la bouche ouverte. La respiration bloquée quelques secondes. Pendant le bref répit dans la conversation des deux hommes, la sonorité extrême du réduit bétonné propagea des bruits divers : martèlements de bottes dans les couloirs, claquements de portes, ronflement de l'appareil de conditionnement d'air, mais également le grondement lointain de la canonnade.

Le Maître du Troisième Reich rompit le premier le silence. Il le fit à voix basse. Un peu comme s'il craignait d'exprimer une incongruité.

— Le Reichsführer ?... demanda-t-il. Vous voulez parler du Reichsführer ?

Bormann ne répondit pas directement à la question mais secoua affirmativement la tête.

— Heinrich mêlé à cette affaire ?... C'est impossible ! Impossible ! s'exclama Hitler.

1. Le fidèle Henri.

Toujours selon sa méthode, en procédant par suggestions, le Reichsleiter poursuivit son œuvre de démolition de l'idole.

— Seuls vos vrais fidèles sont restés en votre compagnie pendant ces jours difficiles, mon Führer. Les autres, ceux qui ont perdu la foi en votre cause, vous ont quitté. Les traîtres sont partis. Ils essaient actuellement de nouer des contacts avec l'ennemi. Pour essayer de se racheter. Pour sauver leur peau !

Le ton était cette fois plus virulent. L'accusation beaucoup plus précise. Hitler en fut ébranlé.

— Où se trouve actuellement le Reichsführer Himmler ? demanda-t-il.

— Dans son Q G de Hohenlychen.

— Eh bien, qu'on le fasse venir ici immédiatement ! Je veux qu'il me fournisse lui-même des explications ! Qu'il me confirme sa fidélité ! S'il a trahi ma confiance, il sera destitué sur-le-champ ! Il connaîtra les rigueurs de nos lois sur la trahison ! D'ici là, essayez d'en savoir plus sur les éventuels contacts qu'il a pu prendre avec nos ennemis. S'il est mêlé de près ou de loin à l'enlèvement de mon fils ?

— Oui, mon Führer ! Je vais exécuter vos ordres sans tarder.

Bien que rien de ce qu'il ressentait ne transparût sur sa physionomie, Martin Bormann n'en éprouva pas moins à cet instant un petit pincement au creux de l'estomac.

Il venait d'engager une bataille décisive : celle de la succession. De s'attaquer à un adversaire redoutable. Si les renseignements obtenus grâce à l'un de ses informateurs travaillant dans l'entourage de Himmler étaient faux. Si, contre toute attente, le Reichsführer n'avait rien à se reprocher. N'avait pas engagé de pourparlers avec les Occidentaux. S'il revenait docilement au bunker sur l'ordre de Hitler, il y aurait ici, dans quelques heures, une explication orageuse. Le Reichsführer ne se laisserait pas déboulonner facilement de son piédestal. Une lutte au couteau opposerait les deux prétendants au trône en présence du souverain régnant. Martin Bormann avait heureusement mûri son plan. Si « der treue Heinrich » l'accusait de calomnie, il sortirait de sa manche la carte

Fegelein. Contre la promesse d'une évasion, il obtiendrait que celui-ci accusât son ancien patron de complot. De collusion avec les ravisseurs de Frédéric. Himmler ne pourrait pas s'en tirer. Il serait arrêté et aussitôt passé par les armes. Laissant la place libre.

Le Maître du Troisième Reich ne tarda pas à être en proie à d'autres préoccupations.

— En même temps que vous transmettrez la convocation au Reichsführer, déclara-t-il, vous ferez établir un contact avec toutes les unités qui doivent participer demain matin, à l'aube, à la contre-attaque du général Steiner. Je veux être tenu au courant heure par heure des préparatifs de cette offensive et du déplacement de notre corps d'armée.

— Oui, mon Führer.

Le Reichsleiter s'apprêtait à quitter la pièce quand il surprit une étrange lueur au fond des yeux de son interlocuteur. Une flamme aux reflets d'incendie dans son regard d'insomniaque. Bormann avait remarqué trop souvent cette expression chez son maître pour ignorer que celui-ci brûlait du désir d'exprimer les idées qui venaient de germer dans son esprit fiévreux. Il ne se trompait pas. Adolf Hitler s'efforça une nouvelle fois de faire partager à son plus servile affidé les réflexions nées de ses phantasmes et de sa déraison.

— Regardez bien le plan que j'ai conçu pour sauver Berlin, Bormann ! s'écria-t-il en pointant son doigt sur la carte étalée devant lui.

Avec un empressement feint, le Reichsleiter se pencha sur le document abondamment crayonné de rouge et de noir où le Führer avait défini les lignes et les objectifs de la prochaine bataille.

Sur le papier, la tactique paraissait plausible. L'offensive de Joukov était simulée par une tête de flèche dont la base reposait sur l'Oder. La pointe dirigée vers Berlin. Sur le flanc nord de l'armée russe, Hitler avait planté une écharde symbolisée par un nom : Groupe Steiner. Dans les vingt-quatre heures qui allaient suivre, les troupes commandées par ce général SS qui avait fait ses preuves sur d'autres fronts, attaqueraient vers le sud à partir du secteur Oranienbourg-Eberswalde. Steiner stopperait l'avance soviétique en direction de la capitale. Il isolerait et anéantirait les blindés de Joukov imprudemment avancés dans un étroit couloir. Simultanément seraient rétablies les liaisons entre la IIIe armée de von Manteuffel et la IXe armée du général Busse. Quant au corps mécanisé du général Weidling qui battait en retraite au sud-ouest de Berlin, il serait rappelé en hâte pour parachever la destruction des rouges enfermés dans la poche. Coupées de leurs arrières, les divisions ennemies se retrouveraient dans la même position critique que celles de von Paulus pendant la bataille de Stalingrad.

Face à cette carte dont il avait étudié minutieusement toutes les données stratégiques, Hitler se laissait à nouveau griser par l'ivresse de sa mégalomanie. Il se sentait redevenu un grand chef de guerre. Il semblait à nouveau plein d'énergie et d'enthousiasme.

— Vous allez voir, Bormann, le Russe va subir aux portes de Berlin la plus cuisante défaite de son histoire ! Il n'oubliera pas de sitôt la terrible raclée que je vais lui infliger !

— Votre plan est extraordinaire, mon Führer ! Demain soir, les rouges seront pris dans une véritable nasse. Nous les massacrerons comme des rats !

Hitler ne se coucha pas cette nuit-là. Il resta continuellement dans son bureau, penché sur ses cartes, sur les rapports communiqués par son état-major. Un seul souci l'anima durant ces heures de veille : renforcer le groupement Steiner ! Il chercha coûte que coûte le moyen de trouver de nouvelles troupes pour les lancer dans la bataille du lendemain. Il eut l'idée de transformer les rampants de la Luftwaffe à présent inemployés en formations d'assaut. Il ordonna qu'on mobilisât tout ce qu'il restait encore de bureaucrates dans les services administratifs de la ville pour les envoyer sur le front.

Bien qu'il fût toujours rongé d'inquiétude en ce qui concernait le sort de son fils, il repoussa volontairement cette préoccupation personnelle pour ne plus penser qu'à la future bataille. Afin qu'Eva ne vînt pas le détourner de ses responsabilités de chef d'armée, il lui conseilla de prendre une forte dose de somnifère. Avec sa foi communicative, il la convainquit qu'en sauvant Berlin il sauverait aussi leur fils.

Le Führer ne s'accorda que quelques minutes de détente vers le matin. Il alla caresser Biondi, le splendide berger d'Alsace qui couchait dans sa chambre, puis revint dans son bureau où il se fit servir un café. Il ne sut qu'une aube nouvelle se levait sur Berlin qu'en consultant sa montre. Dans les profondeurs du bunker, le jour et la nuit se confondaient. La même lumière tamisée éclairait les couloirs où veillaient des SS armés. Il y régnait en permanence une température tiède, amollissante. Les ventilateurs brassaient un air fétide mêlant des odeurs de ciment frais, de cave et de W.-C. Tous les occupants de l'abri avaient le même teint cireux. Leurs uniformes finissaient à la longue par s'imprégner d'humidité, de moisissure.

En dehors du central téléphonique qui fonctionnait vingt-quatre heures sur vingt-quatre et permettait de communiquer avec ceux du dessus, le seul rappel permanent de ce qui se passait à l'extérieur était le bruit du bombardement. Toutes les dix minutes environ, des coups sourds ébranlaient le bunker. Il s'agissait de très gros obus. Ils explosaient aux abords de la Chancellerie, laquelle servait manifestement de cible privilégiée aux canonniers ennemis. Quelquefois, les lampes se mettaient à vaciller, la lumière faiblissait. Les occupants du souterrain regardaient instinctivement le plafond, comme s'ils craignaient de le voir tomber sur leurs têtes. Il n'y avait aucun risque. L'ouvrage était d'une résistance à toute épreuve. Aucune bombe de gros calibre ne parviendrait à le détruire. Si l'ennemi s'en approchait, il lui faudrait des jours et des jours pour l'investir. Les deux mille SS assurant sa défense étaient des soldats aguerris. Quant aux vivres, les réserves en regorgeaient. Les assiégés pourraient tenir plusieurs mois à l'intérieur de la formidable forteresse enterrée.

Steiner ! Steiner ! Steiner !

Toute la nuit, ce nom fut répété des dizaines et des dizaines de fois dans le bunker. Pour Hitler, ce fut le leitmotiv d'un chant incantatoire. Un synonyme d'espérance. Un prélude de victoire. Le général de ce corps d'armée SS était un pur, un dur. Il ne trahirait pas sa confiance comme l'avaient fait les cadres timorés de la Wehrmacht. Félix Steiner avait commandé la IIe armée blindée sur le front de Poméranie. C'était l'archétype de l'officier nazi, dévoué corps et âme au parti et à son chef. Le Führer était sûr qu'il redresserait la situation.

Les nouvelles concernant les opérations de regroupement commencèrent à arriver au bunker de la Chancellerie à l'aube du 22 avril. La première fut un appel du haut commandement de la Luftwaffe signalant que les derniers avions encore en état de voler ne pourraient prendre l'air par manque de carburant. Les wagons-citernes d'essence avaient été soit détruits par les bombardements russes, soit détournés par les unités en retraite. Steiner ne pourrait donc plus compter sur un appui aérien.

A la même heure, certaines divisions devant participer à l'offensive firent savoir qu'elles ne pourraient pas être au rendez-vous car elles étaient trop engagées dans des combats pour distraire un seul de leurs bataillons. D'autres répondirent qu'elles manquaient de munitions.

En dépit de ces prémices défavorables, Hitler et son entourage continuèrent d'espérer durant toute la matinée que la concentration des troupes s'opérait selon le plan prévu. Inlassablement, les opératrices du central téléphonique souterrain répétèrent la même antienne :

— Ici, Führerbunker ! Appelons Groupement tactique Steiner ! Groupement tactique Steiner ! Répondez !

Hélas ! aucune voix ne vint, en retour, donner des nouvelles de l'offensive tant attendue.

Le drame éclata à quinze heures. Pendant la conférence militaire quotidienne. Lorsque les participants de la réunion pénétrèrent dans la salle, tous comprirent que quelque chose de grave allait se passer. Hitler ne les accueillit pas comme de coutume par un petit speech de bienvenue. Il ne répondit même pas à leur salut. Il demeura rivé à son fauteuil. Derrière un bureau complètement démuni de cartes et de dossiers. Il les regarda entrer les uns après les autres. Avec un air sinistre. Il apparut à tous sous l'aspect d'un vieil homme malade, dépouillé de prestige.

Outre Bormann, Burgdorf, Keitel, Jodl et Krebs, assistèrent à la conférence quelques officiers de moindre rang, de même que l'ambassadeur Hewel et deux sténographes. Tous prirent place en silence sur les sièges entourant le bureau du Führer.

Jodl prit le premier la parole. En raison du climat délétère de la réunion, il voulut employer la méthode de diversion grâce à laquelle il avait précédemment détendu l'atmosphère. Lorsque les choses allaient mal sur le front, il noyait les événements dans les détails. Il montait en épingle des opérations ridicules à l'échelon d'un bataillon pour faire oublier les revers de tout un corps d'armée. Depuis des mois, le Maître du Troisième Reich était berné par ses généraux, enfermé dans un monde irréel où on lui vantait des succès illusoires pour lui faire oublier de cuisantes défaites.

— Mon Führer, commença-t-il, la situation s'est un peu améliorée en Italie. Nos forces sont à présent solidement retranchées. Deux attaques ennemies ont été brisées. Des bandes de partisans qui harcelaient nos arrières ont été liquidées. A ce propos, il serait bon de former de nouvelles brigades antiterroristes avec les Italiens restés fidèles au Duce, qui se sont spontanément enrôlés dans nos rangs depuis quelques jours...

Alfred Jodl marqua un temps d'arrêt et releva la tête pour voir l'effet produit par son rapport sur son principal interlocuteur.

Cette fois, la tentative de diversion était vraiment trop grosse. Hitler ne s'y laissa point prendre. De sa main valide, il frappa violemment sur son bureau.

— Epargnez-moi ces inepties ! lança-t-il. Assez de stupidités ! Je me fous de ce qui se passe en Italie ! Ce qui m'intéresse, c'est Steiner ! Où se trouve-t-il Steiner ? Où en est son offensive ?

Un long silence suivit cette sortie. Aucun des participants de la réunion n'eut le courage de reprendre la parole. Chacun attendit que son voisin se décidât à le faire. A avouer la triste vérité.

La réponse à la question posée ne fut pas donnée par une voix humaine mais par celle du canon. Une nouvelle explosion se fit entendre à cet instant. A proximité immédiate du bunker. Si les projectiles adverses continuaient de tomber sur Berlin, c'était la preuve que l'Armée rouge n'avait pas été défaite. Elle tenait toujours la ville sous la menace de son artillerie.

Pour se donner une contenance, Jodl replongea dans ses dossiers. Il retourna plusieurs feuillets avant de reprendre, d'une voix presque inaudible tellement il était embarrassé :

— Mon Führer... Le général Steiner n'a pas pu... N'a pas encore pu déclencher son offensive...

— Pourquoi ?

— Il lui faut du temps... Plus de temps pour opérer le regroupement de ses forces...

— Du temps ? Du temps ? explosa Hitler. Ça n'est pas de temps qu'il manque ! C'est de courage !

— Mon Führer... tenta de plaider Jodl, le général Steiner a fait tout ce qui était humainement possible... Il n'a pas pu préparer l'offensive... Ses troupes ont été obligées de faire face à une violente attaque ennemie... Cette attaque a commencé au milieu de la nuit... Malgré l'héroïsme de nos soldats les rouges sont parvenus à franchir la ligne Treuenbrietzen-Zossen... Au nord, le front est au bord de la rupture. Les avant-gardes russes sont à présent directement au contact avec les lignes de défense extérieures de Berlin. Depuis ce matin, nous sommes d'autre part sans nouvelle du 56e corps d'armée blindée... On peut craindre qu'il n'ait été anéanti...

Depuis qu'il présidait des conférences militaires, personne n'avait jamais dressé, devant Adolf Hitler, un bilan aussi catastrophique de la situation. Jodl venait d'abandonner son habituelle pusillanimité dans ses commentaires parce qu'il avait compris que c'était un service à rendre à son interlocuteur. Il fallait le préparer au pire. Déchirer le voile qui lui masquait la dure réalité. S'il y avait encore quelque chose à sauver dans la tourmente et le chaos où sombrait le Troisième Reich, il valait mieux qu'il sût la vérité. Toute la vérité !

Après ces stupéfiantes révélations, les autres participants s'attendirent à ce que quelqu'un prît la parole pour atténuer par des paraphrases moins pessimistes l'effet produit sur le Führer.

Personne ne relaya Alfred Jodl. Personne ne chercha à le contredire. Les officiers et les civils présents dans la salle de réunions demeurèrent cois. Abasourdis par la gravité des nouvelles qu'ils venaient d'entendre et que l'un des leurs avait osé communiquer sans ménagement au dictateur.

Hitler resta muet un long instant. Ses yeux enfoncés dans les cernes noirs de ses orbites continuèrent de se poser tour à tour sur les visages de Keitel, de Krebs, de Bormann, dans une dramatique interrogation. De seconde en seconde, son visage devint un peu plus livide, tandis que le tremblement de ses mains s'accentuait, trahissait l'intensité de son émotion.

Il finit par se reprendre. Par se redresser sur son siège.

— La conférence est terminée, annonça-t-il d'une voix rauque. Keitel, Jodl, Burgdorf, Krebs et vous, Bormann, je vous demande de rester... Les autres, vous pouvez partir...

Les participants de la réunion qui n'avaient pas été nommés, l'ambassadeur Hewel, les officiers de moindre rang, les sténographes, se levèrent et sortirent, avec un lâche soulagement. Dès que la porte fut refermée sur les talons du dernier, Hitler se leva. Comme empreint d'une force nouvelle. Il commença à arpenter l'espace étroit entre le mur et son bureau. Tandis qu'une furie démente défigurait ses traits, il se mit à hurler :

— J'ai été trahi ! Trahi ! Trahi par tous ! Par mes ministres ! Mes diplomates ! Mes généraux ! Trahi à présent par ceux en qui j'avais une confiance aveugle ! Par les SS ! Jamais ! Jamais je ne me serais attendu à une chose aussi abominable ! Quelle félonie !

Nourri, bourré, soûlé de haine, il écumait. Venue du tréfonds de son être, une colère destructrice le possédait. Il éructa :

— Les soldats allemands sont tous des lâches ! Des salauds ! Ils s'enfuient devant la plus mal équipée, la plus médiocre armée du monde ! Devant des Slaves ! Des moujiks ignares qui n'avancent que sous le knout des commissaires politiques ! Devant des Mongols pillards ! Ils n'ont même pas à cœur de sauver l'honneur de leurs femmes ! Ils les laissent violer sans réagir par ces sauvages ! Je les avais pourtant menés jusque devant Moscou. Ils n'avaient qu'un petit effort à faire et la ville tombait entre nos mains. La guerre à l'Est se serait achevée. Staline serait mort aujourd'hui. Je l'aurais fait empailler. Sa carcasse pendrait à l'entrée du grand salon de la Chancellerie. Au lieu de cette éclatante victoire, c'est lui qui va gagner cette guerre avec son ramassis de buveurs de vodka. C'est vous qu'il pendra ! Ou qu'il enfermera dans des cages ! Qu'il fera voir comme des singes dans ses zoos !

La fureur allumait des lueurs sinistres dans son regard. Parfois les mots ne parvenaient pas à sortir assez vite de sa gorge. Ils se chevauchaient, devenaient des rugissements, des sortes de râles effrayants.

— Les Allemands n'auront que le sort qu'ils méritent ! Ils ont été incapables de comprendre ce que je voulais faire de ce pays ! Incapables d'apprécier la grandeur de mon œuvre ! De mesurer les sacrifices que j'ai consentis pour eux ! Comme récompense, je n'ai obtenu que l'impéritie, la corruption de mon entourage ! La veulerie, la lâcheté de mon peuple ! La duplicité de ceux qui se prétendaient mes fidèles, mes amis !

La colère l'envahissait avec une telle violence que tout son corps tremblait.

Les cinq hommes présents dans la pièce ne bronchaient pas. Ils n'avaient pas quitté leurs fauteuils. Ils baissaient piteusement la tête. Comme des lycéens pris en faute subissant les réprimandes d'un censeur. Tous s'attendaient à être nommément désignés comme responsables de la catastrophe. Keitel et Jodl en particulier étaient les plus inquiets. Ils avaient assumé durant des années la direction suprême des forces armées allemandes. Ils pouvaient craindre la destitution immédiate. Peut-être l'arrestation ? Le peloton d'exécution ?

Rien de tel ne se produisit. Nul ne pouvait jamais présumer le comportement d'Adolf Hitler. Ses réactions étaient imprévisibles. Elles échappaient à toute logique. Il faisait toujours le contraire de ce qu'on attendait.

Brusquement, sans que rien le laissât prévoir, il s'effondra dans son fauteuil. Toute son énergie venait de se dissiper. De fondre comme neige au soleil. Sa morgue, son orgueil lui-même disparurent. Ce fut comme s'il avait perdu d'un coup son autorité. Tous les attributs de sa puissance. Il se prit la tête entre les mains, se mit à sangloter en murmurant d'une voix brisée :

— C'est fini... Fini... Tout est perdu... Tout...

Les autres le regardèrent. Stupéfaits. Horrifiés. Comme s'ils contemplaient leur propre déchéance. Depuis qu'ils servaient les ambitions de cet être exceptionnel, jamais aucun d'eux n'aurait pu imaginer qu'il leur offrirait un jour le spectacle d'un tel effondrement. D'une telle déliquescence. Lui qui avait commandé des milions d'hommes. Obligé les plus grands à céder devant ses exigences. Bafoué, humilié tant de gens, n'était plus qu'une loque. C'était bien le comportement le plus impensable auquel on eût pu s'attendre de sa part.

Keitel fut le premier à surmonter l'espèce de vertige qui venait de s'emparer de l'assistance.

— Mon Führer, intervint-il de sa voix brève à laquelle l'habitude du commandement donnait un ton désagréable, vous ne devez pas vous laisser gagner par le découragement. Rien n'est encore définitivement perdu. Nous disposons toujours de deux forces puissantes et invaincues : les armées de Schoerner et de Kesselring. Il leur suffira de décrocher en bon ordre et de se regrouper. Ensemble, elles pourront déclencher une offensive sur les arrières de Joukov. Retourner la situation en notre faveur. Ce ne sera qu'une question de quelques jours. Vous aurez le temps de quitter Berlin. De rejoindre Berchtesgaden afin de diriger les opérations.

Apathique, las, découragé, Hitler se contenta d'abord de secouer négativement la tête. Puis, au bout d'un moment il reprit d'une voix brisée, tandis que de grosses larmes continuaient de rouler sur ses joues maigres et parcheminées :

— Non, je ne quitterai pas Berlin. C'est ici que devra se livrer l'ultime bataille du national-socialisme... Je vais prendre personnellement la défense de la ville... Et je mourrai avec ses derniers défenseurs...

Plus sourdement, il ajouta encore, entre deux sanglots :

— Lorsque tout sera fini, je me suiciderai... Pour ne pas tomber vivant entre les mains des bolcheviques...

Les participants de la réunion eurent soudain conscience que le Führer venait de prendre une décision irrévocable. D'une incalculable portée historique. S'il avait accepté de quitter Berlin, de proclamer, par radio, qu'il poursuivait la lutte, celle-ci aurait pu se prolonger encore pendant de longs jours. Voire plusieurs semaines. En se retranchant dans le sud de l'Allemagne, dans les montagnes, avec le potentiel militaire dont il disposait, il aurait pu mener la vie dure aux envahisseurs. Parmi les quatre officiers présents à ses côtés, certains pensaient que Hitler avait encore une chance de signer une trêve séparée avec les Occidentaux. Déjà en effet, en certains points où Russes et Américains avaient opéré leur jonction, on signalait des incidents entre les deux armées ennemies. Tôt ou tard, les envahisseurs de l'Est et ceux de l'Ouest en viendraient à s'affronter. Les prédictions de Hitler se réaliseraient. Mais pour tirer profit de cette situation, le Troisième Reich ne devait pas s'effondrer. Hitler vivant, son postulat pouvait peut-être se révéler exact. Il aurait pu gagner du temps, négocier dans de meilleures conditions. Hitler mort au milieu des ruines berlinoises, aucune unité allemande n'accepterait de prolonger un combat inutile.

Keitel et Jodl avaient ébauché un plan de poursuite des hostilités en se fondant sur le départ du Führer vers le réduit alpin. Ils s'entre-regardèrent à nouveau, sidérés par la résolution du Maître du Troisième Reich. Jodl avait déjà entendu ces propos dans la bouche du dictateur quelques jours auparavant. Il ne les avait pas pris complètement au sérieux, en espérant qu'au dernier moment, Hitler se raviserait. Qu'il quitterait Berlin pour Berchtesgaden. Sa résolution définitive modifiait du tout au tout la situation.

— Si vous restez ici, mon Führer, s'exclama Keitel, je reste aussi !

Le dictateur secoua la tête.

— Non, monsieur le Feldmarschall ! Vous partirez demain pour le Sud !

— A condition que vous veniez m'y rejoindre.

— Non ! Je resterai ici !

— Dans ce cas, je ne bougerai pas !

— Vous obéirez, Keitel ! Je vous l'ordonne ! Quant à vous, Jodl, vous accompagnerez le Feldmarschall à Berchtesgaden !

La voix d'Adolf Hitler s'était raffermie. Elle semblait avoir retrouvé son autorité.

Ce fut au tour de Jodl de protester :

— Mais, mon Führer, vous ne pourrez pas poursuivre longtemps le guerre depuis Berlin ! Vous serez complètement coupé de notre état-major !

Le dictateur balaya cette objection d'un revers de son bras valide.

— Le Reichsmarschall commandera à ma place dans le sud. Quant au nord, j'ai déjà placé nos forces sous le commandement de l'amiral Dönitz.

— Pas un seul soldat n'acceptera de se battre pour Goering ou pour Dönitz, grommela Keitel avec une moue méprisante.

— Eh bien, dans ce cas, Goering entamera des pourparlers d'armistice. Il saura de toute façon mieux s'y prendre que moi...

Après ces propos défaitistes, il y eut à nouveau un long silence entre les six interlocuteurs. Au-dessus du bunker, on continuait d'entendre le sourd martèlement de l'artillerie. Ce bruit terrifiant rappelait à tous quel imminent danger les menaçait. Combien les plans qu'ils échafaudaient pour y échapper étaient devenus illusoires.

Au cours de l'entretien qu'il venait d'avoir avec ses officiers supérieurs, le Maître du Troisième Reich avait retrouvé peu à peu son calme. Ses larmes s'étaient taries. On ne lisait plus qu'une douloureuse indifférence dans son regard.

Wilhelm Keitel reprit la parole :

— En décidant de rester ici, remarqua-t-il, vous venez, mon Führer, de créer une situation entièrement nouvelle. Dans notre esprit, Jodl et moi pensions que l'offensive Steiner était destinée à nous faire gagner du temps. Qu'elle permettrait au maximum de nos troupes de décrocher vers le sud. Nous avions même imaginé une offensive de la XIIe armée de Wenck et la reconstitution d'un front continu...

— Nos troupes ont toujours été plus brillantes en attaque qu'en défense, renchérit Jodl. Trop sûr de lui, Joukov a tenté une percée sans garantir ses flancs. Il est de ce fait vulnérable. Nous n'avons d'ailleurs pas inventé cette tactique du brusque renversement de l'axe de la bataille. Elle est celle que nous a enseignée Clausewitz et que beaucoup de grands stratèges de l'Histoire ont déjà suivie, d'Alexandre le Grand à Napoléon Ier.

Ce dernier nom étant, en la circonstance, de mauvais augure, le chef du bureau des opérations s'empressa de citer un autre exemple.

— Manœuvrer au cœur même des armées ennemies. Les battre en détail les unes après les autres alors qu'elles se croyaient victorieuses, n'est-ce pas aussi le plan génial adopté par Frédéric II pendant l'immortelle campagne de 1757 ?

Adolf Hitler qui se fût passionné, quelques heures auparavant pour cette discussion, demeura cette fois impassible. Il finit par murmurer, d'une voix lasse :

— Hélas ! Messieurs, ce plan est à présent dépassé. Le sort de l'Allemagne ne se décidera pas en rase campagne, mais au cœur d'une grande ville : Berlin. Comme les Russes l'ont démontré à Stalingrad, à nos dépens. Je vais lancer une ultime proclamation à notre peuple. Ce sera la dernière. En voici résumés les principaux termes : « Le Führer est à Berlin ! Le Führer restera à Berlin ! Le Führer défendra Berlin ! Le Führer mourra à Berlin ! » Si les soldats allemands ont encore un peu d'honneur et de fierté, ils sauront ce qu'ils doivent faire... Sinon...

Il esquissa un geste vague qui en disait long sur le peu d'espérance qu'il mettait dans son discours.

Keitel comprit qu'il était désormais inutile d'essayer de le faire changer d'avis.

— Puisque votre décision semble irrémédiable, mon Führer, accordez-moi une faveur...

— Je vous écoute.

— Permettez-moi de me rendre auprès du général Wenck.

— Pourquoi faire ?

— Le mettre au courant de sa nouvelle mission.

— C'est-à-dire ?

— Cette mission sacrée se résume en deux seuls mots : Sauver Berlin !

Le ton emphatique de son interlocuteur ne sembla pas impressionner Hitler ni lui redonner confiance en soi et en l'avenir.

— Faites ce que vous voulez, monsieur le Feldmarschall, murmura-t-il... Allez voir Wenck... Mais vous savez, à présent, tout cela n'a plus beaucoup d'importance... Les jeux sont faits...

Il ajouta d'une voix presque enjouée. Un peu comme s'il avait affaire à des invités sur le départ, à l'issue d'une réunion amicale :

— Auparavant, je tiens à ce que vous preniez un peu de repos et que vous mangiez quelque chose...

Les regards des deux officiers supérieurs se croisèrent, empreints de la même commisération. Etait-ce possible que l'être qu'ils avaient devant eux, le bourreau du temps qu'une minute de retard mettait autrefois dans tous ses états, fût devenu ce petit-bourgeois falot, à présent plus préoccupé par des problèmes de convivialité domestique que par le sort d'une nation ?

Ce détail leur confirma que la fin du Troisième Reich était proche.

Depuis la veille, Herman Fegelein ne cessait de ressasser les événements dont il avait été successivement la victime et le héros.

Ce n'est qu'en refermant la porte du petit appartement de la Bleibtreustrasse, en revoyant Maricka qu'il avait pris conscience du danger auquel il venait d'échapper. Ses nerfs avaient brusquement craqué. Durant un long moment, il s'était mis à trembler comme une feuille. Incapable de se maîtriser.

Inquiétée par ce bizarre comportement, la jeune Hongroise s'était efforcée de le réconforter en lui faisant raconter ce qui s'était passé. Il avait fini par lui narrer, par bribes, toute l'affaire du Kurfürstendamm. Comment il s'était fait arrêter par les SS. Comment, après l'avoir pris pour un déserteur, ceux-ci l'avait conduit au pied d'un lampadaire transformé en potence.

Maricka avait été très impressionnée par le récit des préparatifs de la pendaison. Aussi par la manière inattendue dont on l'avait arraché in extremis à la mort. Qu'on l'eût sauvé juste au moment où il avait la corde au cou tenait du miracle. Qu'il eût ensuite réussi à échapper à ses « bienfaiteurs » pour regagner la Bleibtreustrasse, relevait d'un exploit extraordinaire.

Cette suite de coïncidences providentielles inquiétait le Gruppenführer. Pourquoi était-ce précisément lui qu'on avait délivré ? Pourquoi pas l'un de ses compagnons d'infortune ? C'était parce qu'on connaissait son identité. Si ses sauveteurs étaient intervenus à l'instant où on allait le faire passer de vie à trépas, c'est parce qu'on l'avait suivi de loin jusque-là. Il avait dû être filé dès sa sortie de l'immeuble. Ses suiveurs tenaient certainement à ce qu'il restât en vie. Autrement ils auraient laissé les SS accomplir leur sale besogne. Dans quelles intentions avaient-ils agi ainsi ? Sur quels ordres ? Pourquoi n'avaient-ils pas, par la suite, manifesté plus de volonté dans leur poursuite ? S'ils l'avaient voulu, ils l'auraient abattu facilement lorsqu'il leur avait faussé compagnie.

Fegelein en arrivait à la conclusion qu'on l'avait laissé sciemment s'évader. Parce qu'on savait où le retrouver.

Mais alors, comment se faisait-il que depuis la veille, aucun agent de la Gestapo ne se fût présenté à la porte de l'appartement ?

Ce n'était pas dans les habitudes de ces messieurs de laisser traîner les choses. Cette situation ambiguë cachait sûrement une manigance. Elle ne présageait rien de bon.

Après avoir longtemps gardé pour lui toutes ces appréhensions, le Gruppenführer finit par faire partager ses craintes à sa maîtresse. Celle-ci ne fut pas longue à réagir :

— Si nous faisons l'objet d'une surveillance, observa-t-elle, nous devons en avoir le cœur net.

— Comment ça ? Tu penses bien que depuis ce matin, j'ai regardé plus de cent fois dans la rue afin de voir s'ils n'ont pas installé une planque devant l'immeuble.

— Et alors ? Tu as vu quelque chose d'anormal ?

— Non.

— C'est donc que tu te fais du souci pour rien.

— Je n'en suis pas convaincu. S'ils nous observent, c'est sans doute depuis un endroit discret. Peut-être depuis la loge du concierge ?

— Eh bien, je vais aller m'en rendre compte, s'exclama Maricka. Je vais descendre !

— Non ! Ce serait imprudent, protesta-t-il. Ils t'arrêteront au bas des escaliers !

— S'ils nous surveillent, ils finiront tôt ou tard par venir nous arrêter ici. Alors foutus pour foutus, au lieu de nous ronger le sang, je préfère savoir à quelle sauce ils comptent nous manger.

Fegelein secoua plusieurs fois la tête :

— C'est pas prudent, répéta-t-il. Pas prudent... J'aime pas ça...

— Non, ne t'inquiète pas, mon chéri. C'est toi qu'ils surveillent. Moi, je ne les intéresse pas. D'ailleurs, ils ignorent sans doute ma présence ici. Ils penseront que je suis une locataire de l'immeuble.

Pas convaincu, le beau-frère d'Eva Braun laissa cependant Maricka se préparer. Elle enfila un imperméable, chaussa ses bottillons car depuis la veille une pluie fine s'était mise à tomber sur Berlin. En plus de la fumée jaunâtre qui stagnait au-dessus de la ville dévastée, de gros nuages gris rendaient l'atmosphère de la capitale encore plus sinistre. D'autant que les obus de l'artillerie soviétique y tombaient toujours d'une manière anarchique, continuant de semer au hasard la ruine et la mort.

Avant qu'elle ne sorte de l'appartement, Fegelein attira la jeune femme contre lui et l'embrassa avec beaucoup de tendresse. Elle lui rendit ce baiser et se dégagea de son étreinte. Alors qu'il était bouleversé, rongé d'inquiétude, conscient des dangers qu'elle allait affronter, elle paraissait très calme, parfaitement déterminée.

C'est seulement lorsqu'elle se retrouva seule dans l'ombre de la cage d'escalier qu'elle réalisa la folie de sa démarche. Pourquoi jouait-elle ainsi avec le diable ? Si la Gestapo surveillait Hermann, elle était sans doute aussi suspectée. Malgré toutes les précautions qu'ils avaient prises pour la garder secrète, leur liaison était certainement connue de la police. Celle-ci devait savoir aussi qu'elle avait accompagné son amant à Berchtesgaden. Qu'elle était complice de l'enlèvement du fils d'Hitler ! Elle frissonna en songeant aux conséquences de son implication dans cette affaire d'Etat.

Elle eut le temps d'évoquer ce problème entre le troisième étage et le rez-de-chaussée. Lorsqu'elle arriva en bas de l'escalier, elle ne se sentit plus aussi résolue qu'en quittant Fegelein. Elle décida de prendre des précautions avant de sortir de l'immeuble. De ne pas s'entêter en cas de danger. De rebrousser sagement chemin.

Au lieu de s'engager dans le couloir rejoignant le hall d'entrée donnant sur la rue, elle pénétra dans un petit réduit utilisé autrefois en vestibule externe. Comme dans toutes les autres parties communes de la maison on y avait tiré les volets. Ça faisait belle lurette qu'il n'y avait plus de vitres aux fenêtres. Une atmosphère humide et glaciale régnait dans cette pièce.

Maricka s'approcha d'un volet et, par un interstice, regarda ce qui se passait à l'extérieur. Elle découvrit la portion de la rue que l'on ne pouvait pas voir depuis le troisième étage de l'immeuble.

Elle remarqua immédiatement la présence de deux hommes adossés sous le porche de la maison d'en face. A leur allure, à leur accoutrement, feutres et imperméables gris, elle n'eut aucun doute quant à leurs fonctions. C'étaient des policiers nazis. Au cours de ses démêlés avec la Gestapo, elle avait eu trop souvent l'occasion de les approcher pour ne pas les reconnaître.

Prise d'une brusque panique, la jeune Hongroise faillit remonter précipitamment vers son amant pour lui faire part de cette nouvelle. Elle finit cependant par retrouver un peu son calme et réfléchit aux moyens qu'ils avaient de s'en sortir.

Un jour, par pure curiosité, elle était passée par une arrière-cour donnant sur une rue parallèle à la Bleibtreustrasse. Peut-être pourraient-ils emprunter ce passage et filer par-derrière ?

Silencieusement, elle opéra un discret mouvement de repli dans le couloir sombre. Elle déboucha bientôt dans une véranda autrefois garnie de plantes d'agrément. Elle était maintenant entièrement vide. Toutes les vitres brisées étaient remplacées par des planches ou des feuilles de papier goudronné. Elle se garda bien de sortir de cette resserre et jeta prudemment un coup d'œil à l'extérieur.

Deux autres hommes surveillaient également cet accès. Ils étaient assis sur des caisses, sous un appentis. Nul ne pouvait quitter l'immeuble sans passer devant eux.

Maricka sentit courir un frisson désagréable le long de son échine. Hermann ne s'était pas trompé. Il y avait des agents de la Gestapo tout autour de la maison. Ils devaient y monter la garde à leur insu depuis plusieurs jours...

Sans plus attendre, elle remonta quatre à quatre les étages. Lorsqu'elle se retrouva à nouveau dans l'appartemnt, elle se précipita dans les bras de son amant.

— Tu avais raison, haleta-t-elle. Il y a des policiers partout !

— Je m'en doutais.

— Pourquoi ne nous ont-ils pas encore arrêtés ?

Très pâle, Fegelein hocha la tête.

— J'ai l'impression qu'ils ne tarderont pas à le faire, estima-t-il d'une voix démoralisée. Ce répit fait partie de leur tactique habituelle. Ils laissent les suspects mijoter le plus longtemps possible dans leurs craintes. Lorsque leurs nerfs sont à bout, ils interviennent. A ce moment, les gens sous surveillance avouent tout ce qu'ils veulent...

— C'est affreux... Qu'allons-nous devenir?...

— Je me demande s'il ne vaudrait pas mieux qu'un obus russe tombe sur cette maison et nous écrase sous les décombres, répondit-il d'un air sombre.

V

CHANTAGE

— J'insiste à nouveau, général Koller. Vous comprendrez aisément pourquoi cette question revêt pour moi une telle importance. Etes-vous bien sûr que le Führer a réellement prononcé ces propos ?

— Absolument, monsieur le Reichsmarschall ! J'ai entière confiance en celui qui me les a rapportés. Le général Christian. Vous pourrez d'ailleurs en obtenir confirmation par le Feldmarschall Keitel ou les généraux Jodl et Krebs qui assistaient hier à la conférence du Führer.

— Alors, voulez-vous me répéter textuellement ce qui a été dit ?

Les regards des participants de la réunion se posèrent avec curiosité sur le général Koller. Outre Hermann Goering qui, loin de Hitler, avait à nouveau revêtu son grand uniforme blanc chamarré d'or et trônait dans un fauteuil à haut dossier, plusieurs de ses familiers se trouvaient également dans la pièce. Le colonel von Brauchitsch, Philip Bouhler ainsi que le docteur Hans Lammers, secrétaire d'Etat de la Chancellerie du Reich.

Koller avait quitté Berlin à 3 h 30 du matin, en dépit d'un intense bombardement de l'aviation soviétique, pour venir annoncer l'étonnante nouvelle au Reichsmarschall. Il réalisa l'importance que sa mission allait prendre dans l'histoire du Troisième Reich. Il était en quelque sorte le messager annonçant la naissance d'une nouvelle ère. Conscient de la gravité de ses propos, il déclara, d'une voix lente, empreinte de solennité :

— Le Führer a dit : « Le Reichsmarschall Goering commandera à ma place. Lorsqu'il faudra entamer des pourparlers d'armistice, il saura mieux s'y prendre que moi... » Voilà exactement les paroles qui m'ont été rapportées hier par le général Eckard Christian, monsieur le Reichsmarschall !

Tandis que le chef d'état-major de la Luftwaffe parlait, Hermann Goering avait fermé les yeux, comme pour mieux apprécier tous les termes de l'extraordinaire communication. Les autres auditeurs étaient également très attentifs. Absorbés dans leurs propres pensées, aucun d'entre eux ne songeait à cet instant à contempler le magnifique panorama que l'on découvrait à travers les vitres du bureau : une chaîne étincelante de sommets neigeux brasillant sous le soleil printanier.

Le Reichsmarschall finit par sortir de sa méditation. Tous remarquèrent qu'il transpirait. Comme s'il était subitement en proie à une mauvaise fièvre. Il dévisagea tour à tour tous ses interlocuteurs d'un air un peu égaré. Pour voir l'effet que les propos du général Koller avaient produit sur eux.

Il acheva sa revue dubitative par le secrétaire d'Etat à la Chancellerie et exprima, par cette question, l'immense désarroi qui l'habitait :

— Docteur Lammers, que pensez-vous de la situation ?

Le haut fonctionnaire hocha plusieurs fois la tête avant de répondre :

— A mon avis, la décision du Führer est sans ambiguïté. Il a décidé de se battre et de mourir à Berlin. Il vous demande dès à présent de prendre sa succession à la tête du Reich !

Tous les autres approuvèrent cette analyse en hochant affirmativement la tête. Loin de le rassurer, cette unanimité ne parvint pas à dissiper la circonspection d'Hermann Goering.

— Si le Führer a décidé, étant donné les circonstances, d'abandonner le pouvoir en ma faveur, pourquoi ne m'a-t-il pas fait part officiellement de cette décision ?

Le général Koller s'empressa de répondre :

— Les transmissions à partir du bunker de la Chancellerie deviennent d'heure en heure plus difficiles. Il se peut qu'un message ait été adressé mais qu'il ne vous soit pas encore parvenu...

Il y eut à nouveau un silence prolongé à l'intérieur du grand bureau où se tenait la réunion.

Poussah ventripotent affalé sur son fauteuil, Goering continuait de transpirer abondamment. Son regard reflétait à la fois l'indécision mais aussi une profonde angoisse.

— Adolf me met dans une situation bien ambiguë, constata-t-il. S'il me cède réellement sa place, je lui obéirai bien entendu, malgré la gravité des circonstances. Mais tant que je n'en ai pas obtenu la confirmation officielle, comment savoir si ces propos rapportés ne sont pas un piège ?

— En ces heures difficiles, qui songerait à vous tendre un piège, monsieur le Reichsmarschall ? questionna Philip Bouhler.

— Vous n'ignorez pas, pousuivit Goering, que je n'ai pas que des amis dans l'entourage du Führer. Certains, comme Goebbels et Bormann, me calomnient à longueur de journée.

— Vous êtes quand même toujours le successeur institutionnel du chancelier, observa le général Koller.

— Je n'en suis plus aussi sûr...

— Les paroles prononcées hier par le Führer prouvent qu'il n'a pas changé d'avis quant aux dispositions antérieures, dit Bouhler.

Toujours aussi peu convaincu par ses interlocuteurs, le Reichsmarschall esquissa une grimace.

— Si je me mets en avant sans attendre d'autres précisions, soupira-t-il, on me taxera de trahison. Si je n'agis pas, on m'accusera d'incompétence. D'être demeuré inactif à l'heure où l'Allemagne sombre dans le chaos. Croyez-moi, je connais hélas ! à l'avance les reproches qui me seront faits !

Les conseillers de Goering n'ignoraient rien des rivalités suscitées par la succession du pouvoir. Ils comprirent tous l'angoissant dilemme posé à leur patron. Le docteur Hans Lammers s'empressa de venir à son secours en lui apportant un appui juridique.

— Selon le texte de la loi du 29 juin 1941, énonça-t-il, au cas où la maladie, ou toute autre cause empêcheraient, même temporairement, le Führer d'assumer sa tâche. Au cas où il ne pourrait pas donner personnellement des instructions concernant l'exercice de ses fonctions pendant cette période, il vous a désigné, monsieur le Reichsmarschall, pour assurer tous ses pouvoirs.

Le secrétaire d'Etat de la Chancellerie s'interrompit un instant et retira de sa serviette un dossier qu'il ouvrit sur ses genoux.

— Voici, reprit-il de sa voix calme de juriste, les termes exacts du document signé par le Führer à cette époque, dont tous les hauts fonctionnaires du Reich disposent pour asseoir leur autorité. Je vous lis l'extrait concernant une éventuelle vacance du pouvoir : « *Vu la loi du 13 décembre 1934 sur ma succession et celle du vice-chancelier, j'abroge par la présente toutes dispositions antérieures et désigne pour mon successeur le maréchal du Grand Reich Allemand, Hermann Goering. Aussitôt après ma mort, les fonctionnaires des services civils, du parti national-socialiste, les formations des SA, les SS, les forces armées de terre, de mer et de l'air lui prêteront serment d'obéissance.* »

Le rappel de ce texte officiel qui faisait du Reichsmarschall le dauphin désigné d'Adolf Hitler, n'emporta pas, loin de là, l'adhésion enthousiaste du légataire. Il se borna à hausser les épaules et déclara d'un ton las, avec un soupir de condamné :

— Eh bien, puisqu'on m'a fait ce cadeau empoisonné, je suis bien forcé de l'accepter. Mais je vais au-devant de graves ennuis. Je compte toutefois m'entourer d'un maximum de précautions avant d'assumer mes nouvelles fonctions. Je vous demanderai donc, messieurs, de m'aider à mettre au point le télégramme que j'adresserai au Führer, afin qu'il me confirme ses véritables intentions...

Lorsque l'officier du service des transmissions remit à Martin Bormann le texte décodé du télégramme en provenance de Berchtesgaden, celui-ci n'en crut pas ses yeux. Il se mit à relire posément les lignes parcourues quelques instants plus tôt en toute hâte :

« Mon Führer !

A la suite de votre décision de rester dans la place forte de Berlin, êtes-vous d'accord pour me confier immédiatement le poste de commandement à la tête du Reich, avec liberté totale d'action pour les affaires intérieures aussi bien qu'extérieures ? De la sorte, j'agirais en tant que votre délégué, aux termes de votre décret du 29 juin 1941. Si je n'ai pas de réponse de votre part, à vingt-deux heures au plus tard, je considérerai que vous ne possédez plus votre liberté d'action et que — les conditions de votre décret étant remplies — ce sera à moi de prendre en main, pour le mieux, les intérêts de notre pays et de notre peuple. Vous connaissez mes sentiments à votre égard, en cette heure, la plus grave de ma vie. Les mots me manquent pour exprimer ce que je ressens. Que Dieu vous protège et vous permette de nous rejoindre au plus vite, en dépit de tout.

Votre fidèle,
Hermann Goering. »

A l'issue de cette lecture, un large sourire de contentement éclaira les traits du Reichsleiter. Il s'apprêtait à détrôner Himmler, or voilà qu'un second prétendant lui fournissait les arguments de sa propre destitution !

Goering !

Pendant des années, le titre de dauphin accolé au nom du gros maréchal n'avait pas cessé d'indisposer Bormann. Il s'était sournoisement acharné à le discréditer dans l'esprit de Hitler. Son rival lui avait fait la partie belle avec son incapacité chronique à remplir les missions militaires et politiques qu'on attendait de lui. Aussi avec ses excentricités, ses rodomontades et surtout ses vices. Le vaincu de la bataille d'Angleterre, le « Meyer-Goering » dont les avions s'étaient montrés incapables d'assurer la défense de Berlin, le généralissime piteux commandant la Luftwaffe qui n'avait pu ravitailler les encerclés de Stalingrad, cette baudruche tarée aurait dû être depuis longtemps rejetée par Hitler. Or il n'en avait rien été. Tous les efforts tentés par le Reichsleiter pour le déconsidérer s'étaient révélés vains. Hitler ne s'était jamais irrité autrement qu'en paroles contre Goering. En raison d'une vieille amitié de parti, il lui avait pardonné des erreurs monumentales qui eussent conduit n'importe quel autre ministre à la dégradation.

Cette fois, Martin Bormann eut conscience de détenir enfin l'arme suprême qui allait lui permettre d'abattre son rival. Sans perdre plus de temps, il se précipita dans le bureau du Führer.

Depuis la veille, le dictateur avait refait lentement surface. Remonté du fond du gouffre noir où le désespoir l'avait plongé, il s'efforçait de reprendre en main la situation. Une nouvelle fois, l'étrange euphorie engendrée par sa mégalomanie produisait son effet. Joseph Goebbels s'était quant à lui employé, de tout son génie malfaisant, à remonter le moral de son maître. Il avait rédigé en son nom, la nuit précédente, une série de textes enflammés susceptibles de raffermir le courage du peuple allemand.

Au matin, les murs de Berlin s'étaient couverts d'affiches multicolores sur lesquelles les habitants avaient pu lire :

« Nous sommes prêts. Nous repousserons l'ennemi avec un tel élan, un tel courage que Berlin deviendra un exemple pour l'Allemagne entière. Mais nous serons sans pitié pour les lâches qui s'aviseraient de fuir le combat. Tout individu qui, par des moyens quelconques, tentera d'affaiblir nos forces de résistance ou seulement encouragera par ses propos de telles manœuvres, sera considéré comme un traître et fusillé sur-le-champ. Soldats, blessés, hommes de Berlin, aux armes ! »

Quelques avions de la Luftwaffe, dont l'absence se faisait pourtant si cruellement sentir pour s'opposer aux raids de l'aviation ennemie, avaient pris l'air dans la nuit et répandu au-dessus des ruines fumantes de la ville des dizaines de milliers de tracts où on proclamait :

« Le Führer tiendra parole : Berlin restera allemand ! Des troupes solidement armées s'approchent de notre ville. Bientôt, les défenseurs de Berlin entendront le tonnerre de leurs canons. Courage Berlinois ! L'heure de la victoire est proche. Non seulement Berlin restera allemand, mais Vienne le redeviendra bientôt ! »

Par une supercherie psychologique qui lui avait si souvent réussi autrefois, Goebbels avait eu l'idée de faire jeter aussi sur la ville des tracts prétendument destinés à l'armée de secours en marche vers la capitale. Ces feuillets faussement égarés disaient :

« Soldats du général Wenck ! Les défenseurs de Berlin saluent votre avance victorieuse. Nous saurons arrêter l'ennemi jusqu'à ce que vous entriez en triomphateurs dans la capitale ! »

La rumeur se propagea aussitôt comme une traînée de poudre. S'amplifia d'heure en heure à travers les ruines de la capitale. Jusqu'aux avant-postes où les unités disparates de la Wehrmacht s'accrochaient désespérément, face aux Russes, à leurs fragiles positions. On raconta que l'armée Wenck était déjà à Potsdam. Sa jonction avec les forces du général Busse se produirait d'un instant à l'autre. Berlin serait délivré dans la journée. Les rouges rejetés vers l'Oder connaîtraient la défaite.

Par son talent de propagandiste machiavélique, Joseph Goebbels venait de redonner du courage à des milliers de combattants au bord du désespoir. De rendre confiance au malheureux peuple berlinois terré dans les abris, entassé dans les couloirs puants du métro.

Au fond de son bunker, Adolf Hitler était lui-même en proie à cette auto-intoxication collective. Sur la foi d'informations non contrôlées en provenance des faubourgs de la capitale, il suivait, sur un plan de la ville, la progression supposée de l'armée de secours.

Le dictateur avait retrouvé son allant. Entre toutes, une nouvelle lui avait redonné du punch : celle selon laquelle les Américains avaient cessé tout combat à l'ouest. Cet arrêt de l'offensive américaine allait permettre à Wenck d'opérer en toute sécurité avec l'ensemble de ses troupes, une formidable volte-face pour voler au secours de Berlin. Si les alliés occidentaux marquaient volontairement le pas du côté de Torgau et de Magdebourg, c'est qu'ils ne désiraient pas l'écrasement de la Wehrmacht. Ils ne souhaitaient pas la prise de la capitale du Reich par les bolcheviques. Ils allaient ainsi permettre de signer une honorable paix séparée.

Adolf Hitler donnait à nouveau libre cours à ses phantasmes. Il regonflait le moral de ses proches collaborateurs par des torrents d'éloquence. Il échafaudait de nouveaux plans d'offensive. Poussait des divisions imaginaires bien au-delà de l'Oder et de la Neisse. Reconquérait, sur le papier, à la fois la Pologne et la Prusse orientale.

Entre deux conférences d'état-major, il avait aussi trouvé le temps de consacrer un entretien à Eva Braun. Il l'avait littéralement irradiée de son optimisme. Il était allé juqu'à prédire que les ravisseurs de Frédéric le relâcheraient en voyant arriver l'armée Wenck. Sans avoir tout à fait rasséréné la jeune femme, ces propos lui avaient redonné un peu d'espoir. Jusqu'ici, en raison du chaos extraordinaire qui régnait à Berlin, il n'était pas étonnant que l'enquête menée par la police n'eût pas abouti. Lorsque la ville ne serait plus sous la menace des canons russes. Quand la vie y serait redevenue normale, on retrouverait plus facilement la trace de Fegelein et de sa maîtresse.

Martin Bormann trouva Hitler dans cet état d'âme survolté lorsqu'il vint lui apporter le texte du télégramme que Goering venait de lui adresser depui Berchtesgaden. Le Führer en prit aussitôt connaissance en pensant qu'il s'agissait d'une banale dépêche que son dauphin lui envoyait pour lui signaler qu'il était bien arrivé au Berghof. Le Reichsleiter constata immédiatement sur le visage de son maître l'effet produit par la lecture du message. Son teint déjà gris terreux devint cadavérique.

— Mais... Mais qu'est-ce que... ? Qu'est-ce que ça signifie ? bredouilla-t-il.

— Un ultimatum, mon Führer ! Le Reichsmarschall vous demande d'abandonner le pouvoir à son profit !

Encore incrédule, Hitler relut les lignes que le second personnage de l'Etat avait rédigées, en usant de nombreuses circonlocutions, quelques heures auparavant dans son refuge du « réduit bavarois ». Bien qu'il eût pris soin de s'entourer de l'avis de ses collaborateurs pour éviter d'employer des termes susceptibles de choquer le grand Maître du Reich, son télégramme fit sur celui-ci l'effet d'une véritable bombe.

— Goering a perdu la raison ! s'exclama-t-il.

Martin Bormann sentit que le moment était venu de frapper haut et fort.

— Mon Führer, objecta-t-il, le Reichsmarschall n'est pas devenu fou. Il est au contraire tout à fait conscient de ce qu'il fait. Cette dépêche est la preuve de son infâme trahison. De sa tentative d'usurpation de votre pouvoir !

Adolf Hitler entra à nouveau en transe. Son corps tout entier se mit à trembler. Un rictus déforma le coin de sa bouche. Il écuma. Au vrai sens du terme car une bave mousseuse coula sur son menton.

— Le porc ! Le gros porc ! L'ignoble porc, éructa-t-il en arpentant son bureau.

Il était devenu blême à faire peur. Sa voix haletait comme s'il étouffait.

— Dire que je l'ai élevé, par amitié, aux plus hautes fonctions de l'Etat ! Que j'ai toléré ses incartades pendant des années ! Lui, cet incapable ! Ce corrompu ! Ce drogué !

Les épithètes tombaient, drues, cinglantes, meurtrières. Pour la plus grande jubilation de Bormann. Celui-ci n'hésita pas à en rajouter pour mieux enfoncer son rival.

— Il faut sévir, mon Führer ! Couper le mal à la racine. Pendant qu'il est encore temps. Il faut faire arrêter tous les traîtres. Les juger. Les condamner à mort sur-le-champ !

Hitler venait de se réinstaller derrière sa table de travail. Il était à nouveau étrangement silencieux. Son corps tremblait encore mais la lueur d'acier qui brillait quelques instants plus tôt sous la barre sombre de ses sourcils s'était ternie. Il réfléchit durant un long instant.

— Voilà ce que j'ai décidé, exposa-t-il à l'issue de sa méditation prolongée. Vous allez rédiger immédiatement un télégramme à l'adresse du Reichsmarschall. Vous l'informerez que j'ai pris acte de sa trahison. Vous ajouterez qu'en raison de ses longs services pour le parti et pour l'Etat, l'ignominie de la peine capitale lui sera épargnée. A condition qu'il se désiste de ses fonctions. Il devra répondre aussitôt à cet ordre en m'envoyant sa démission.

Bormann acquiesça d'un hochement de tête. Il s'empressa de quitter le bureau du Führer pour regagner le sien. Bien qu'il vînt d'assister à l'éviction définitive de son principal rival, les conditions de sa répudiation ne le satisfaisaient pas. Une fois encore, Adolf Hitler avait fait preuve d'une incompréhensible mansuétude vis-à-vis de Goering. Comme si un lien mystérieux les rattachait toujours l'un à l'autre, en dépit de tout.

Loin de s'avouer battu, pour prévenir un retournement toujours possible dans l'esprit versatile du Führer, il s'empressa d'interpréter à sa manière l'ordre qu'il venait de recevoir. Il sortit une feuille de papier officiel portant la signature d'Adolf Hitler, d'un tiroir dont il gardait toujours la clé dans sa poche. Il y rédigea le texte d'un radiogramme destiné au général commandant le QG SS de Berchtesgaden.

« Le Reichsmarschall Hermann Goering, sa famille et les officiers de son état-major devront être arrêtés dès réception du présent ordre. Toute tentative d'évasion de leur part ou tentative de délivrance par une force quelconque devra être aussitôt sanctionnée par la mort. Des précisions vous parviendront ultérieurement concernant le sort et la destination qui seront réservés aux détenus.

Adolf Hitler. »

Sur une autre feuille, il écrivit ce communiqué destiné à être diffusé sur les ondes de Radio Berlin :

« L'état de santé du Reichsmarschall Hermann Goering, qui souffre d'une affection cardiaque, a maintenant atteint une phase aiguë. En conséquence, il a demandé à être relevé de son commandement de la Luftwaffe et de toutes ses fonctions ministérielles. Le Führer a fait droit à sa requête. »

Si certains dignitaires du régime nazi, pris de panique en sachant les Russes aux portes de Berlin, ne songeaient plus qu'à s'enfuir pour sauver leur misérable peau, des fanatiques tentaient au contraire l'impossible pour rejoindre le Führerbunker.

Averti par télégramme qu'il devait se rendre au plus tôt auprès de Hitler, le général Ritter von Greim, commandant la 6e Luftflotte à Munich, ne songea pas un seul instant à désobéir à cet ordre insensé. A cause de la chasse ennemie, à présent maîtresse du ciel sur l'ensemble du territoire allemand et des difficultés d'atterrissage sur les aérodromes berlinois pilonnés sans arrêt par l'artillerie soviétique, ce voyage depuis la Bavière paraissait pure folie.

L'officier supérieur de la Luftwaffe décida d'accomplir néanmoins cet exploit. Il mit toutes les chances de son côté. Il prit, comme pilote, la plus célèbre des aviatrices allemandes : Hanna Reitsch. Celle-ci avait été la première à traverser les Alpes à bord d'un planeur. Elle venait aussi de prendre part aux essais du Messerschmitt 163 b, l'avion le plus rapide du monde, volant à plus de 1 000 km/h.

L'ancienne championne d'acrobatie aérienne, réputée pour son audace, qui avait enthousiasmé le public américain à Cleveland en 1938, parvint à conduire son passager sans encombre, à bord d'un Focks Wulf, jusqu'à un aérodrome situé à une cinquantaine de kilomètres de Berlin.

Ritter von Greim avait espéré pouvoir emprunter depuis ce terrain un hélicoptère qui leur permettrait de rejoindre le parc de la Chancellerie. Hélas ! le dernier appareil de ce type avait été détruit, le matin même, par un bombardement ennemi. Le commandant de la base ne put proposer à ses visiteurs qu'un minuscule Fiesseler-Storck dont le cockpit ne pouvait contenir qu'une seule personne.

Greim décida de prendre les commandes du petit avion et demanda à Hanna Reitsch de demeurer sur place, mais elle refusa. Nazie fervente, elle tenait à revoir le Führer pour l'assurer de son dévouement en ces heures difficiles. Le Généraloberst décolla donc avec son illustre passagère qui s'agenouilla derrière lui dans l'étroite carlingue.

La fin du voyage s'effectua au ras des arbres. Pour échapper à la chasse et à la DCA soviétiques. Après avoir survolé le lac Wennsee, puis la forêt de Grünewald, l'appareil déboucha sur une plaine où une division russe était déployée. Ce fut tout de suite l'enfer car l'ennemi ayant repéré le Fiesseler-Storck, celui-ci fut aussitôt canardé à coups de canons et de rafales de mitrailleuses.

Soudain, une vive lueur illumina l'intérieur de l'avion. Greim poussa un cri de douleur. Il venait d'être gravement touché à un pied par un éclat d'obus. Il perdit conscience peu après et l'appareil désemparé se mit à tanguer dangereusement. Dans un ultime réflexe Hanna Reitsch se pencha par-dessus l'épaule du pilote défaillant, saisit les commandes et parvint à redresser l'engin en perdition.

Le Fiesseler-Storck ne tarda pas à atteindre Berlin. La ville, parsemée de milliers d'incendies, était entièrement recouverte d'un épais nuage de fumée. Retrouver la Chancellerie dans cette enfer ne fut pas chose aisée. Finalement, la jeune femme reconnut la tour de la radio, le Zoo, la Colonne de la victoire et la porte de Brandebourg. Tentant le tout pour le tout, elle poussa le manche à balai et atterrit à même la chaussée, parmi les trous de bombes et les gravats, juste au moment où les dernières gouttes de carburant s'échappaient de son réservoir criblé de balles.

Quelques minutes plus tard, un camion militaire prit les deux aviateurs à son bord et les conduisit jusqu'au Führerbunker. Ils y furent accueillis avec autant de curiosité et de questions que s'ils débarquaient d'une autre planète.

Hitler tenait une de ses habituelles conférences lorsqu'on lui annonça l'arrivée des deux intrépides. Dès qu'il put se libérer, il vint leur rendre visite à l'infirmerie où ils se remettaient de leurs émotions.

— Je suis venu saluer deux braves, s'exclama-t-il en pénétrant dans la pièce où le docteur Stumpfegger était en train de soigner Ritter von Greim qui venait de reprendre conscience.

Le dictateur s'adressa ensuite à Hanna Reitsch dont il prit la main en ajoutant :

— Ah ! courageuse femme ! Il y a donc encore de la fidélité, de la bravoure en Allemagne ! Votre exploit demeurera dans l'histoire éternelle du pays un acte fabuleux !

Tandis que l'aviatrice rougissait de plaisir sous ce compliment, son compagnon de voyage tentait de se mettre sur son séant. Sous l'effort, sa blessure déclencha des ondes douloureuses. Il ne put s'empêcher de grimacer. Hitler lui-même l'aida à se recoucher avec une douceur quasi paternelle.

— Généraloberst Greim, je vous remercie pour ce que vous avez fait. C'était une folie de venir à Berlin. Certes, je vous y avais convoqué, mais, étant donné les circonstances, je ne vous en aurais pas voulu de surseoir à mon ordre.

— Mon Führer... balbutia le blessé, très ému.

— Savez-vous pourquoi je vous ai fait venir ?

— Non, mon Führer.

— Parce que Hermann Goering m'a odieusement trahi !

— Je ne comprends pas, mon Führer ?...

— Rien ne m'aura été épargné durant cette guerre... poursuivit Hitler, presque aussi ému que son confident. Tous ceux en qui j'avais placé ma confiance m'abandonnent. La plupart du temps après s'être montrés incapables d'assumer leurs fonctions. Pour avoir été trop longtemps trompé. Trop longtemps dupe, j'ai décidé de m'entourer désormais de gens compétents et surtout courageux en qui je puisse me fier. Je vous ai fait venir ici, Généraloberst, parce que je connais votre fidélité inébranlable au national-socialisme et parce que j'ai besoin de vous !

— J'ai pour vous le plus grand respect, mon Führer, renchérit le blessé d'une voix faible. Je suis prêt à faire pour vous le sacrifice de ma vie...

— Je le sais, ajouta Hitler. C'est la raison pour laquelle j'ai décidé de vous élever au rang de maréchal et de vous donner le commandement en chef de la Luftwaffe du Reich allemand !

Pendant quelques secondes, une forte émotion s'ajouta à la douleur de Ritter von Greim. Il pâlit, resta muet de saisissement. Puis réalisant soudain dans quel piteux état il se trouvait pour faire face à ses nouvelles fonctions. Il murmura :

— Je ne suis pas digne de cet honneur... Mon Führer... Et je suis blessé... Je ne pourrai pas assurer... Du moins pendant quelque temps, les responsabilités que vous me confiez...

Le dictateur balaya cette objection d'un geste.

— Le docteur Stumpfegger va vous remettre rapidement sur pied. Dès que vous le pourrez, vous reprendrez l'avion pour Munich. Vous réorganiserez notre vaillante Luftwaffe dont j'ai eu tort de donner le commandement à un être veule et incompétent. Sous votre impulsion, je suis sûr que nos pilotes redeviendront les meilleurs !

Il s'interrompit un court instant puis reprit :

— J'aurai besoin d'eux prochainement. Dans les plans de la nouvelle stratégie offensive qui nous permettra de rejeter les Russes hors de chez nous, l'aviation tactique jouera un rôle prépondérant !

Une fois encore, avec une extraordinaire inconscience, une capacité d'oubli, de récupération psychologique peu communes, l'homme qui, quelques heures plus tôt, envisageait de se suicider parce qu'il avait enfin compris que la guerre était perdue, entreprit de refaire le Grand Reich allemand. Face à un auditoire médusé et bientôt conquis, il se mit à développer le plan d'une gigantesque offensive. Selon lui, Wenck et Busse allaient opérer leur jonction d'un moment à l'autre. Les forces de Joukov encerclées seraient anéanties. Celles de Koniev et de Rokossovski rejetées en désordre vers l'est.

Dans un climat d'euphorie recréé comme au bon vieux temps des victoires, personne ne se souciait de savoir où se trouvaient les divisions blindées, les troupes d'assaut que le génial stratège lançait dans la bataille. Nul ne se préoccupait de connaître le nombre des bombardiers, des chasseurs qui appuieraient la manœuvre.

Pour eux, le Führer avait tout calculé, tout prévu. Il suffirait de suivre ses directives. Personne ne doutait de la victoire !

Avant de quitter l'infirmerie, Hitler se pencha pour donner une accolade au promu, puis il rejoignit la salle de conférences pour y poursuivre ses vaticinations. Pas un seul instant l'idée ne l'effleura qu'il aurait très bien pu désigner par radiogramme le remplaçant d'Hermann Goering. Ce qui eût évité bien des émotions et des souffrances au nouveau Reichsmarschall : Ritter von Greim !

Sur le terrain des opérations, la situation était loin d'être aussi brillante que celle que le Maître du Troisième Reich venait de brosser avec emphase à ses familiers du bunker.

Certes, l'armée Wenck avait bien déclenché une offensive. Mais en dépit du courage déployé par ses soldats, elle n'était pas parvenue à disloquer le front adverse. La IXe armée du général Busse, pilonnée jour et nuit par les bombardiers soviétiques, était quand même arrivée à faire jonction avec la XIIe armée aux abords de Beelitz, à une vingtaine de kilomètres de Berlin.

En dressant le bilan des pertes subies durant cette manœuvre, Wenck et Busse avaient été effrayés. Les deux généraux ne commandaient plus qu'à des divisions fantômes, privées de matériel, de munitions, de carburant et surtout de moyens de communications. Leurs forces étaient absolument incapables de poursuivre une offensive en vue de délivrer la capitale. Elles risquaient au contraire d'être encerclées à chaque instant par les innombrables réserves que Joukov et Koniev lançaient vague après vague dans la bataille.

Après s'être concertés, les deux chefs des squelettiques armées de secours en arrivèrent à la conclusion qu'il était vain de s'obstiner à vouloir sauver la capitale. Tout était perdu. L'effondrement de la Wehrmacht n'était plus qu'une question d'heures.

D'un commun accord, Busse et Wenck décidèrent de ne plus tenir compte désormais des ordres en provenance du Führerbunker. Chacun mènerait des opérations de dégagement destinées à couvrir l'exode des dizaines de milliers de Berlinois en fuite vers l'ouest. Ils conduiraient leurs propres troupes vers les lignes américaines afin de les soustraire à une humiliante et sans doute terrible captivité chez les rouges.

Ces décisions, sonnant définitivement le glas des espoirs toujours vivaces que les assiégés conservaient encore en une délivrance prochaine, ne furent connues au début que par un très petit nombre de responsables. Hitler lui-même n'en fut pas informé. Il continua, comme avant, de pousser sur ses cartes des divisions imaginaires dont l'avance victorieuse ne relevait que de ses rêves démentiels. Le seul membre de son état-major à être parfaitement au courant de la situation désespérée dans laquelle se trouvait l'armée allemande, fut le Feldmarschall Keitel. Celui-ci eut une entrevue orageuse, près de Fürstenberg, avec les principaux chefs de la Wehrmacht, les généraux Heinrici, Busse, Wenck et Manteuffel. Ceux-ci lui exposèrent, sans farder la vérité, dans quel état lamentable se trouvaient leurs troupes. Pourquoi ils renonçaient à tenter de délivrer Berlin.

Keitel eut beau tempêter, insulter ses subordonnés. Les traiter de lâches et de traîtres. Ni par l'exhortation, ni par la menace, il ne parvint à les convaincre de reprendre le combat. Lorsque plein de morgue et de rage, après avoir limogé Heinrici de son commandement, le Feldmarschall regagna le siège de l'état-major de l'OKW à Waren, il se garda bien d'avertir le Führer de ce qui venait de se passer. A partir de cet instant, il s'en remit à la seule providence pour échapper au sort impitoyable qui attendait tous les pontes du Troisième Reich.

Pour les occupants de la termitière souterraine de la Chancellerie, la vie hors du temps se poursuivait. Tandis que Hitler continuait de parler de la marche victorieuse de l'armée Wenck en direction de Berlin, une réalité plus tangible se précisa. Des agents de liaison, de retour d'une mission en surface, apportèrent au Führerbunker des précisions effrayantes concernant l'avance des forces soviétiques dans le périmètre de la ville. La poussée des rouges était constante, irrésistible. Malgré l'héroïsme des SS et des gamins de la Jeunesse hitlérienne qui se faisaient massacrer sur place plutôt que de reculer. Le nombre de ces défenseurs se réduisait d'heure en heure. Ceux qui se battaient manquaient cruellement de munitions.

A l'inverse, les Russes lançaient sans cesse des troupes fraîches dans la bataille. On signalait l'arrivée sur le front des vétérans de Stalingrad, grands spécialistes des combats de rues et des corps à corps. Pour appuyer ces troupes de choc, Joukov concentrait d'énormes moyens d'artillerie. Les canons ennemis étaient au touche à touche. Ils tiraient à présent à vue sur les barricades, sur les immeubles où se retranchaient les défenseurs de la capitale.

La marée rouge ne cessait pas de monter. Comme un océan de feu, elle engloutissait peu à peu la ville. Les obus tombaient de plus en plus nombreux sur le Führerbunker dont les arcades en béton trémulaient en permanence.

L'inquiétude, la panique gagnaient le personnel subalterne. Tous se demandaient comment l'infernale partie s'achéverait. Grâce au téléphone, orgueil de la technologie avancée des transmissions, les standardistes maintenaient le contact avec les quartiers périphériques de la capitale. Alors que l'éparpillement du front, le morcellement des PC ne facilitaient pas la quête des informations par les circuits militaires, les réseaux téléphoniques civils rendaient d'énormes services. On obtenait des renseignements rapides et précis en appelant des Berlinois dont on relevait les noms dans l'annuaire, après avoir situé leur quartier sur la carte. Les questions posées étaient laconiques :

— Les Russes sont-ils dans votre rue ? A quelle distance de votre immeuble ? Nos unités tiennent-elles le coup ou reculent-elles ?

Neuf numéros sur dix ne répondaient pas. La plupart des abonnés étaient partis, morts, ou réfugiés dans les abris. Ceux qui décrochaient fournissaient par contre des informations précises. Parfois, une voix russe répondait à la communication. On savait alors que le quartier venait de tomber.

Certains correspondants donnaient des détails horribles sur l'arrivée des troupes ennemies. Ils parlaient de massacres en série. De vols. De viols. Tout ce qui portait jupon devait s'attendre à subir des violences sexuelles. Les vainqueurs s'attaquaient aussi bien à des fillettes qu'à des femmes très âgées. Les Berlinois déjà sous l'emprise russe parlaient avec effroi de la multitude mongole. Du nombre impressionnant de chars, de canons dont le flux ininterrompu ne cessait de monter en ligne.

Vers le milieu de la matinée du 27 avril, grâce à la centralisation des renseignements obtenus téléphoniquement et à leur report sur une carte, on put se faire une idée précise de la situation. L'encerclement de Berlin était achevé. L'Armée rouge s'était emparée dans la nuit des routes menant à l'ouest et des deux derniers aérodromes. Ses éléments avancés se trouvaient à présent à moins de trois kilomètres de la Chancellerie !

Ces informations qui venaient contredire l'optimisme officiel plongeait les occupants du bunker dans une étrange perplexité. Si nombre d'entre eux se raccrochaient toujours désespérément au fol espoir de l'arrivée de l'armée Wenck, ils n'en éprouvaient pas moins de mauvais pressentiments en songeant à l'avenir.

Lorsque s'ouvrit la conférence quotidienne, tous les participants faisaient triste mine. Comme la veille, ils redoutaient d'avoir à subir un nouvel accès de colère de Hitler. Ou d'assister à son abattement larmoyant à l'annonce de la terrible situation dans laquelle se trouvait à présent Berlin.

Juste au moment où commençait la réunion, un message radio laconique en provenance du QG du Feldmarschall Keitel fut transmis au Führer. Celui-ci le déchiffra avec avidité. Le télégramme disait :

« *Nous ne savons rien de la IX*e *armée. Wenck avance très bien avec son aile droite au sud de Potsdam. L'attaque de nos blindés en direction de Krampnitz n'a pas réussi. L'aile sud de Heinrici recule vers l'ouest.* »

De ce message en partie circonvenu, mais qui signifiait pourtant clairement qu'il n'existait plus cette fois de front cohérent susceptible de s'opposer à la progression soviétique, Adolf Hitler ne retint qu'une seule information :

« ...Wenck avance très bien... »

Avec son optimisme retrouvé, en s'autosuggestionnant selon son habitude, il rajouta encore de lui-même au passage qu'il venait de lire à haute voix un additif favorable à sa thèse :

— Si Wenck continue à avancer, Berlin sera délivré dans quelques heures !

Malgré l'optimisme délirant de son amant et les apaisements prodigués par Magda Goebbels, Eva Braun vivait dans un état d'angoisse permanent. Elle harcelait sans cesse Bormann pour qu'il la tînt au courant de l'avancée de l'enquête policière. Le Reichsleiter répondait d'une manière évasive. N'étant pas encore décidé à abattre la carte Fegelein qu'il gardait en réserve dans son plan d'accession au pouvoir, il s'efforçait de faire patienter la jeune femme en évoquant les difficultés auxquelles se heurtaient les agents chargés de retrouver la trace des ravisseurs.

Goering étant à présent hors circuit sur la liste des successeurs, Bormann attendait que Heinrich Himmler, le second dauphin, commît lui aussi une faute éliminatrice. Ensuite, rien ne le séparerait plus de la première place. Seul Goebbels pouvait encore le gêner, mais il se faisait fort de l'évincer facilement.

Cependant, plus les choses traînaient en longueur, plus le Reichsleiter avait de mal à calmer l'impatience de Hitler et de sa maîtresse. L'absence de résultats dans l'enquête risquait à la longue d'indisposer le couple, de se retourner contre lui.

Vers la fin de la matinée du 27 avril, un incident vint brusquement précipiter le cours des événements.

Eva Braun était justement en train de parler au Reichsleiter lorsqu'un officier d'ordonnance s'approcha d'eux.

— Mademoiselle, dit le SS après un bref salut hitlérien, on vous demande au téléphone, depuis l'extérieur.

La jeune femme pâlit, pressentant une nouvelle désagréable. Elle se hâta de regagner son appartement. Bormann ne perdit pas non plus une seule seconde. Quelques instants plus tard, il s'installa dans la cabine du service des écoutes téléphoniques intérieures et, sans vergogne, se mit en mesure de capter en direct la conversation qu'Eva Braun allait échanger avec son correspondant.

Dès les premières paroles, il comprit qu'il ne s'était pas trompé sur l'importance de l'événement.

— Allô, dit une voix étouffée à l'autre bout de la ligne. Allô, c'est toi, Eva ?

Il s'agissait d'un homme.

— Oui, c'est moi, dit la jeune femme.

— Ecoute bien ce que je vais te dire...

Manifestement, dès les premières paroles, Eva Braun avait compris à qui elle avait affaire.

— Oui, Hermann... Je t'écoute...

— Je n'ai pas pu me rendre au rendez-vous du café Wien l'autre soir... J'ai eu un empêchement... Mais Frédéric est toujours avec moi... En parfaite sécurité...

— Hermann! Je t'en supplie ! Reviens immédiatement avec lui à la Chancellerie !

— Ne dis donc pas de bêtises...

— Non... Tu te trompes... Le Führer ne dira rien. Tu peux avoir confiance. Tu ne risqueras rien ! Je te le jure !

Il y eut un silence, entrecoupé de grésillements.

— Eva, tu peux raconter tout ce que tu voudras, je ne te crois pas !

— C'est pourtant la vérité. Le Führer est prêt à te pardonner !

— Tu parles ! C'est sans doute pour me décorer ou pour m'élever au grade supérieur qu'il a dressé une haie d'honneur de policiers tout autour de l'immeuble où je suis ?

— Qu'est-ce que tu dis ?

— Des gens de la Gestapo gardent toutes les issues de la maison !

— C'est faux, Hermann ! Personne ne sait où tu es.

— Allez, ça suffit comme ça !... J'ignore ce que vous manigancez Adolf et toi. Mais il faut que vous sachiez que tout ce que vous tenterez contre moi se retournera contre votre fils !

La jeune femme ne put contenir plus longtemps son angoisse. Elle se mit à sangloter.

— Je t'en supplie, Hermann, geignit-elle. Ne lui fais pas de mal... Je t'en supplie...

— Ça dépendra de vous ! Je sais très bien ce qui m'attend si je suis arrêté. C'est pourquoi j'ai pris le risque de te téléphoner depuis l'appartement où je me trouve. J'ai une nouvelle proposition à te faire...

Il y eut ensuite un silence prolongé sur la ligne. Au-dessus du bunker, on continuait à percevoir les échos de l'implacable bombardement soviétique sur le périmètre de la Chancellerie.

La coupure téléphonique se poursuivant, Eva Braun fut soudain saisie de crainte à l'idée qu'elle avait perdu contact avec son beau-frère. Elle appela d'une voix désespérée :

— Hermann ! Allô ! Hermann ?

— Oui, je t'entends !

— Qu'est-ce que tu veux ?... Dis ?... Qu'est-ce que tu veux ? Je ferai tout ce que tu voudras...

— Tu vas venir me rejoindre avec l'argent, exposa-t-il. Avec aussi un laissez-passer total pour moi et les personnes qui m'accompagneront. Auparavant, le Führer devra faire apprêter un avion avec suffisamment d'essence pour atteindre la Suisse. Car c'est seulement dans ce pays que Frédéric vous sera rendu sain et sauf. As-tu bien compris ce que j'ai dit ?

— Oui... Oui... J'ai compris !

— Quand tout sera prêt, tu te feras amener devant l'immeuble de la Bleibtreustrasse où je me trouve. Nous partirons pour l'aéroport. En aucun cas la police ne devra intervenir. A la moindre tentative, je sacrifierai votre fils ! Au point où j'en suis, foutu pour foutu, je n'ai plus rien à perdre !

Cette menace terrible arracha un nouveau sanglot à Eva Braun. Elle entendit cependant le déclic de l'appareil indiquant que Fegelein venait de raccrocher. Prise à nouveau de panique elle se mit à hurler :

— Hermann ! Je t'en prie !... Dis-moi où tu te caches ! Dis-le-moi ! Je ne sais pas où tu es ? Où je dois me rendre ?...

Martin Bormann n'en écouta pas plus. Il raccrocha à son tour. Dérouté par ce qu'il venait d'entendre, il demeura indécis pendant plus d'une minute. Cette nouvelle tentative de chantage déjouait ses plans. Elle l'obligeait à accélérer le cours des événements. Fegelein avait non seulement décelé la présence de ses agents autour de son repaire, mais Eva Braun était à présent au courant de la planque installée dans la Bleibtreustrasse.

Homme des situations tortueuses. Semblable à l'araignée qui tisse sa toile pendant des jours pour y capter ses proies, le Reichsleiter n'aimait pas la précipitation. Il fut contrarié de devoir prendre à chaud une décision. Il comprit qu'il y avait urgence à agir lorsque le standardiste lui tendit la copie de la communication téléphonique qu'il venait d'enregistrer.

Sans plus attendre, Bormann se dirigea vers le bureau du Führer. Eva l'y avait précédé. La scène suivante fut pénible. Effondrée en larmes dans un fauteuil, la jeune femme ne cessa de répéter des phrases incohérentes face à un Hitler incrédule qui ne comprenait pas un mot de ce qu'elle disait :

— Pourquoi m'as-tu menti, Adolf ? Pourquoi ?... Pourquoi ces policiers ?... Qui les a envoyés là-bas ?... Il faut les enlever tout de suite ! Les faire partir !... Autrement, il fera ce qu'il a dit... Il tuera Frédéric !... J'en suis sûre à présent ! Il le fera ! Fais-les partir, Adolf ! Je t'en supplie ! Fais-les partir !...

Sans un mot, Martin Bormann tendit, au dictateur éberlué, le compte rendu de la communication échangée entre Fegelein et Eva Braun. Hitler parcourut rapidement le texte. Lorsqu'il l'eut achevé, il leva des yeux égarés vers son secrétaire.

— Qu'est-ce que cela signifie ?

— Mon Führer... Mes hommes ont localisé, il y a environ une demi-heure, un couple suspect dans l'immeuble de la Bleibtreustrasse ! On vient de me le faire savoir...

— Vous pensez qu'il s'agit de Fegelein et de cette femme ?...

— Sans aucun doute. Les propos tenus par le Gruppenführer ne laissent plus subsister aucune incertitude à ce sujet.

Puis, comme Bormann ne pouvait pas laisser passer une aussi belle occasion de se faire valoir vis-à-vis de son maître, il ajouta :

— Nous avons tout fait pour retrouver ces criminels, mon Führer. Malgré d'énormes difficultés dues à la situation, nous sommes parvenus au but. A présent, nous les tenons ! Ils ne peuvent plus nous échapper ! Vous allez bientôt retrouver votre fils !

En entendant ces propos, Eva Braun se dressa brusquement du fauteuil où elle était prostrée.

— Non ! Non ! Je ne veux pas que vous vous mêliez de ça ! s'exclama-t-elle. C'est moi qui irai là-bas ! Moi seule ! A moi, Hermann rendra Frédéric sain et sauf ! Pas à la police !

Elle s'avança vers le Reichsleiter. S'interposa entre lui et le Führer. Elle tenta de le repousser des deux mains. Mais Bormann ne broncha pas. Toujours aussi massif qu'un bœuf, il plissa ses petits yeux. Il comprit qu'il devait gagner la jeune femme de vitesse dans la solution à adopter. Qu'il perdrait tout le bénéfice de ses intrigues si Hitler se ralliait aux idées de sa maîtresse.

— Céder une fois de plus au chantage de cet ignoble individu ne servirait à rien, mon Führer, expliqua-t-il. Je n'ai aucune confiance dans les promesses de Fegelein. Une fois arrivé en Suisse, ce n'est pas à Mlle Braun qu'il rendra l'enfant. Il le vendra au plus offrant de nos ennemis. On le promènera de pays en pays. De ville en ville. On le montrera comme une bête curieuse en disant : « Regardez ! C'est le fils d'Adolf Hitler ! » Et on fera payer les gens pour le voir !

Une nouvelle fois, Martin Bormann venait de démontrer ses remarquables qualités de psychologue. Sa longue pratique du dictateur lui faisait souvent anticiper ses réactions. Il connaissait à l'avance les mots qui pouvaient attiser les ressentiments ou calmer ses colères. Il savait à quel point la menace qu'il venait d'évoquer : la ridiculisation d'Hitler à travers son fils hérisserait sa susceptibilité. Jamais il n'accepterait d'être placé dans une telle situation. A cause de cette provocation, il préférerait l'action directe à toute nouvelle temporisation.

D'un avis contraire, Eva Braun ne désarma pas. Elle revint à la charge avec d'autres arguments :

— Laisse-moi faire, Adolf, insista-t-elle. Hermann est mon beau-frère. Sa femme attend un enfant. Je saurai le convaincre de me rendre Frédéric. On ne tue pas un autre enfant lorsqu'on va soi-même être bientôt père. Je suis sûre qu'il m'écoutera !

Hitler était toujours hésitant. Partagé entre l'idée d'accéder à la demande formulée par sa maîtresse et celle d'agir brutalement, selon une habitude plus coutumière dans son comportement.

Sentant le danger, Bormann usa aussitôt d'une nouvelle tactique. Il s'adressa cette fois directement à Eva :

— Mademoiselle Braun, expliqua-t-il avec infiniment de patience, il n'est pas dans mon intention de faire prendre d'assaut par mes agents l'immeuble de la Bleibtreustrasse. Nous userons de la ruse avec Fegelein. C'est de bonne guerre. Je compte lui envoyer le Standartenführer Hoegl [1]. Les deux hommes se connaissent bien malgré leur différence de grade. Ils sont amis de longue date et sortent souvent ensemble. Avec Hoegl, le Gruppenführer ne se méfiera pas. Il n'aura aucune peine à le neutraliser.

Hitler retrouva tout à coup le sens des réalités et de l'autorité. Il releva la tête et, comme s'il émergeait d'un songe :

— Parfait ! Voilà la solution ! trancha-t-il. Envoyez-lui Hoegl, à ce salaud !

1. Hoegl était le chef de la garde personnelle de Hitler.

QUATRIÈME PARTIE

LE CRÉPUSCULE DES MAUDITS

I

LE VIOL DE MARICKA

Depuis son appel téléphonique à Eva Braun, Hermann Fegelein n'avait pas quitté le coin de la fenêtre. Par un interstice, il surveillait ce qui se passait sur la Bleibtreustrasse. Maricka se tenait blottie dans l'ombre, à ses côtés. Tous deux étaient chaudement emmitouflés pour se préserver des courants d'air glacés qui se coulaient dans la pièce à travers les carreaux cassés remplacés par des feuilles de carton.

De leur observatoire inconfortable, ils découvraient plusieurs quartiers en direction de Schoneberg et de Kreuzberg. La ville flambait toujours. Ça n'était plus qu'un gigantesque brasier animé d'incessants remous. Le ciel bas, rougeâtre, sillonné de centaines de projectiles traçants formait une fantastique résille lumineuse au-dessus de Berlin. Le bruit de la canonnade aussi continuait d'emplir la nuit de sa fureur rauque. Ce bombardement permanent ébranlait les maisons, faisait s'effondrer des pans entiers d'immeubles.

Il n'y avait plus grand monde dans les étages. Les Berlinois vivaient en permanence dans les caves. Seuls quelques inconscients, quelques fatalistes restaient dans leurs appartements. De temps en temps, un obus venait rappeler à ces téméraires qu'il était vain de compter sur le hasard ou la Providence pour échapper à la mort. Une explosion plus proche les tirait brutalement de leur imprudent attentisme. Ils se précipitaient alors à toutes jambes dans les escaliers pour rejoindre l'abri le plus proche.

Hermann Fegelein et sa compagne étaient quant à eux bien obligés de rester confinés dans leur repaire. A plusieurs reprises, depuis qu'ils s'y trouvaient, le sifflement d'un projectile et son éclatement dans le proche voisinage de l'immeuble leur avaient donné des sueurs froides. La menace était permanente. A chaque instant, un obus pouvait traverser les murs ou le plafond de l'appartement. Les engins les plus meurtriers étaient les bombes incendiaires au phosphore. Elles embrasaient les maisons en quelques minutes. Malheur à ceux qui n'avaient pas programmé un replis rapide pour échapper à la propagation des flammes !

En prévision d'une semblable catastrophe, le Gruppenführer n'avait pas fermé à clé la porte palière. En cas de besoin, ils pourraient fuir rapidement. Ça leur éviterait de rester bloqués comme des rats au troisième étage. De périr dans des conditions atroces.

L'angoisse étreignait à présent en permanence les deux amants. Elle n'était pas provoquée seulement par la menace des bombardements. Ils se demandaient surtout ce qui allait se passer à la suite de l'ultime démarche tentée quelques heures plus tôt.

En téléphonant à sa belle-sœur, Fegelein avait joué leur va-tout. C'était leur dernière chance de se sortir des griffes de la Gestapo. Aussi de pouvoir échapper au sort qui attendait les Berlinois encerclés.

Si Eva venait ici, toutes les barrières dressées sur leur route se lèveraient comme par enchantement. Elle apporterait l'argent, mais surtout le précieux laissez-passer qui leur permettrait de rejoindre un aéroport et de s'envoler vers la liberté. Fegelein ferait croire à la jeune mère que son enfant se trouvait en Suisse. Qu'elle pourrait le rejoindre avec eux d'un seul coup d'ailes. Une fois arrivés en pays neutre, il serait assez tôt de lui apprendre la vérité sur la mystérieuse disparition de Frédéric.

Cependant, plus le temps s'écoulait, plus les espoirs du général SS s'effritaient. Il commençait à douter que Hitler se laissât prendre cette fois à son chantage. Le retard dans le déroulement de son plan était de mauvais augure. Il calculait et recalculait sans cesse le temps qu'il fallait à Eva pour arriver jusqu'à la Bleibtreustrasse. Pour l'heure, le minutage prévu était largement dépassé. Pourtant, il avait conjecturé une marge importante pour le déplacement de sa visiteuse. Tenu compte des difficultés de circulation, des aléas dus au bombardement.

Maricka se posait les mêmes questions. Elle avait entendu la conversation échangée entre son amant et Eva Braun. La docilité avec laquelle la maîtresse du Führer avait répondu favorablement aux exigences d'Hermann la laissait perplexe. Elle se disait bien que la mère de Frédéric était sans doute dévorée d'inquiétude au sujet de son fils. Prête à tout accepter. Cependant, il n'était pas sûr que Hitler serait aussi sensible qu'elle aux arguments de Fegelein.

Cette lancinante interrogation tourmenta longuement le couple. Elle lui fit même oublier l'autre danger toujours latent : celui du bombardement. De temps en temps, pour rassurer sa compagne, le Gruppenführer caressait doucement ses cheveux. Lui mettait un baiser sur le front, sur la joue. Mais ces attouchements manquaient de chaleur. Transie de froid et d'angoisse, Maricka ne réagissait pas plus qu'une statue de marbre à ces cajoleries.

Lorsque la porte s'ouvrit brutalement. Quand une torche électrique se braqua sur eux, les deux amants sursautèrent de la même manière et se levèrent de leur siège. La jeune femme émit un petit cri d'effroi. Ni l'un ni l'autre n'avaient entendu des pas dans l'escalier.

Stupéfait, Fegelein reconnut immédiatement Hoegl. Il remarqua aussi derrière lui d'autres SS en uniforme. Il comprit qu'il avait été imprudent de laisser ouverte la porte donnant sur le palier. A présent, les autres étaient dans la place. Il s'était laissé avoir comme un imbécile.

Le Standartenführer claqua les talons et fit le salut hitlérien. Fegelein lui répondit machinalement. A la vue de celui avec lequel il avait effectué maintes joyeuses sorties et qui, d'ordinaire, faisait toujours montre d'une certaine déférence à son égard en raison de leur différence de grade, il sentit renaître en lui un sentiment d'autorité, sinon de supériorité. D'autant que l'autre paraissait plutôt mal à l'aise à la suite de son intrusion.

— Depuis quand pénétrez-vous chez un supérieur sans avoir préalablement frappé à la porte ? questionna-t-il d'une voix sèche.

Toujours au garde-à-vous, Hoegl répondit d'un ton gêné :

— J'ai reçu l'ordre de vous ramener à la Chancellerie, monsieur le Gruppenführer !

— De qui émane cet ordre ?

— Du Führer.

— Pour quelle raison ?

— Je l'ignore.

Il ajouta presque aussitôt, en désignant Maricka :

— Je dois aussi ramener Madame...

Le beau-frère de Hitler sentit un frisson glacé courir le long de son échine. Il réagit cependant très vite en se disant qu'il ne devait surtout pas perdre la face. Il devait conserver à tout prix son ascendant sur son visiteur. Ne pas se laisser embarquer comme un vulgaire déserteur.

— Quelle que soit la nature de l'ordre que vous avez reçu, il ne vous autorise pas à entrer chez moi comme dans un moulin !

Le Standartenführer ne broncha pas. Fegelein sentit qu'il avait marqué un point. Désireux de ne pas montrer à l'autre la peur qui l'étreignait. Aussi pour contrebalancer l'attitude déplorable de Maricka : elle était pâle, tremblait comme une feuille et semblait au bord des larmes, il continua sur sa lancée :

— Pourquoi avez-vous amené ces hommes avec vous ?

— Sur ordre du Führer, mon général.

Le Gruppenführer haussa les épaules et dit, d'un ton de dérision :

— Ma parole, il faut croire que notre armée dispose de réserves inépuisables pour affecter tout ce monde à une mission aussi banale !

Hoegl, toujours impassible sous son casque, ne répondit rien. Le beau-frère d'Eva Braun en conclut, un peu hâtivement, qu'il avait gagné la partie. Il connaissait trop la fierté, la susceptibilité des SS, pour oublier que lorsqu'ils étaient en mission commandée, ils ne toléraient pas la plus petite objection. Si son interlocuteur se laissait contrer sans réagir, c'est qu'il le considérait toujours comme son supérieur hiérarchique.

— A présent, Hoegl, lança Fegelein, vous pouvez retourner à la Chancellerie. Dites au Führer que je serai au bunker dans moins d'une heure !

Le Standartenführer ne bougea pas d'un pouce. Sa réponse impassible tomba comme le tranchant d'un couperet :

— Je regrette, mon général. J'ai ordre de vous arrêter. Ainsi que Madame !

Le Gruppenführer en eut le souffle coupé. Comme si la corde qui lui entourait le cou quelques heures plus tôt venait de se resserrer brutalement.

— Arrêté ?... Moi ?... Qu'est-ce qui se passe ? Ils sont complètement fous ?

— J'ai ordre de vous ramener tous deux à la Chancellerie, répéta le SS.

Cette fois, Maricka se mit à pleurer pour de bon.

— Je vais téléphoner ! Demander des explications ! dit Fegelein en décrochant le combiné.

Connaissant par cœur le numéro d'appel secret de sa belle-sœur il ne tarda pas à être en communication avec le Führerbunker. Une voix masculine se fit entendre dans l'appareil.

— Je désire parler à Mlle Braun ! déclara-t-il.

A l'autre extrémité de la ligne, on dut lui demander qui il était.

— Gruppenführer Fegelein ! précisa-t-il.

Après une assez longue attente, il reprit :

— Allô ? C'est toi Eva ?... Qu'est-ce que ça signifie ? Hoegl est chez moi avec quatre hommes. Il parle de m'embarquer. Est-ce que le Führer et toi avez bien mesuré les conséquences de cet acte ? Je n'en ai pas l'impression. Tâche de lui faire envoyer immédiatement un contrordre et viens toi-même ici avec ce que je t'ai demandé. Dans le cas contraire, je n'assurerai plus la responsabilité de ce qui se passera !

Les autres n'entendaient que ce que disait Fegelein. Ils ne percevaient pas, par contre, les réponses de son interlocutrice. Ils virent seulement le Gruppenführer changer de couleur. Se mettre à transpirer malgré le froid de canard qui régnait dans la pièce.

— Bor... Bormann ?... bafouilla-t-il tandis qu'une lueur d'affolement passait dans ses yeux.

La coupure fut-elle voulue ou accidentelle ? Il ne le sut pas. La communication avec le Führerbunker fut brusquement interrompue. Il raccrocha machinalement. Cette fois sa totale démoralisation fut visible. Il regarda son entourage d'un air égaré. Il vit Maricka. Aussi pâle, aussi désemparée que lui. Il vit les bagages qu'ils avaient apprêtés pour leur fuite. Outre des effets et des objets de toilette, leurs valises renfermaient aussi des bijoux, de l'argenterie, des pièces d'or, principalement des « Freneli » suisses. Ce pactole leur permettrait de parer au plus pressé. Ils pourraient éventuellement acheter des policiers, des gardes frontières, des passeurs...

Fegelein ne put s'empêcher de se reprocher à cet instant son inconséquence. Comment, connaissant le milieu où il gravitait, avait-il pu se lancer dans cette aventure ? Espéré doubler les requins du bunker ? En agissant aussi stupidement, il courait d'avance à l'échec. Décidément, l'enlèvement mystérieux du fils de Hitler lui avait fait perdre complètement la raison.

Malgré son désarroi, une nouvelle idée jaillit cependant dans son esprit. S'adressant à voix basse à Hoegl, il lui dit :

— Je voudrais que nous ayons ensemble une conversation en particulier...

L'autre parut contrarié par cette demande. Il consulta sa montre et répondit :

— D'accord ! Mais soyez rapide. Le Führer nous attend.

D'un geste, il fit signe à ses hommes de s'éloigner du seuil de la porte d'où ils avaient suivi la scène précédente. Il referma le battant derrière eux.

Pour se donner une contenance, aussi un temps de réflexion, Fegelein tira un paquet de cigarettes de sa poche. Il en offrit une à son visiteur qui refusa en secouant la tête. Une barrière venait de se dresser entre les deux interlocuteurs. Elle succédait à celle de la hiérarchie. Le Standartenführer avait repris l'avantage. Comme au moment de son intrusion dans l'appartement.

— Hoegl, commença le Gruppenführer, après avoir remis son paquet de cigarettes dans sa poche, je serai franc avec vous. Je vais vous poser une question... Une question importante.

Hiératique, le regard lointain, l'officier SS ne broncha pas.

— Croyez-vous encore à la victoire, Hoegl ?

Une certaine surprise se peignit sur le visage du Standartenführer. Il ravala bruyamment sa salive mais ne répondit toujours rien.

— Vous n'y croyez plus ! renchérit Fegelein. Vous n'êtes pas le seul. Aujourd'hui, des millions de gens pensent comme vous en Allemagne. Le Führer lui-même sait que tout est perdu. S'il a tenu à rester à Berlin au lieu de partir pour la Bavière, c'est parce qu'il a compris qu'il n'arriverait pas à retourner la situation. Il a décidé de mourir en combattant. C'est son droit de choisir cette fin. Mais puisqu'il a échoué dans sa tentative de faire du Troisième Reich la plus grande nation du monde, il n'a pas le droit d'entraîner tous les Allemands avec lui dans la mort. Notre patrie a déjà connu d'autres défaites aussi graves dans son histoire. Ce n'est pas pour autant que nos ancêtres se sont sacrifiés dans une gigantesque hécatombe. Les survivants ont au contraire aidé le pays à renaître. Ils lui ont donné le moyen de reprendre le combat quelques décennies plus tard !

Hoegl écoutait ce plaidoyer toujours dans le plus parfait silence. Sans qu'un seul sentiment favorable ou hostile transparût sur son visage.

— Le Führer a choisi son destin, poursuivit le Gruppenführer. Pourquoi n'aurions-nous pas le droit de choisir le nôtre ? Si nous pouvions lui être d'une aide quelconque en restant à Berlin, je serais le premier à me sacrifier. Mais hélas ! il ne s'agit pas de ça. Nous allons tous mourir stupidement. Sans aucune utilité pour l'Allemagne future qui renaîtra un jour de ses ruines. Si nous ne mourons pas, nous tomberons entre les mains des bolcheviques.

Alors, ce sera encore pire que la mort. Vous partagez mon avis, n'est-ce pas, Hoegl ?

L'autre resta farouchement sur son quant-à-soi.

— Moi, j'ai décidé de fuir, reprit Fegelein. De continuer le combat loin de Berlin.

Il baissa encore la voix et ajouta :

— Ecoutez, Hoegl, j'ai bon espoir de pouvoir prendre un avion qui quittera la capitale à destination du réduit alpin. Nos forces sont en train de s'y regrouper en vue d'une contre-offensive. Si vous le voulez, je vous emmènerai là-bas !

Le silence continua de se prolonger entre les deux interlocuteurs. Le bruit de la canonnade arrivait toujours de l'extérieur. Surtout le chuintement des roquettes crachées par les « orgues de Staline ». En profitant de l'obscurité, les rouges avaient encore gagné du terrain. A quelle distance se trouvaient-ils de la Bleibtreustrasse ? Un kilomètre ? Un kilomètre cinq cents ? C'était difficile à évaluer. En tout cas, leur avance était constante.

Comme le SS ne réagissait toujours pas à ses propositions, Fegelein s'emporta. Oubliant qu'il pouvait être entendu par les soldats qui attendaient sur le palier, il explosa :

— Enfin, Hoegl, c'est insensé ! Dites quelque chose ! Vous n'allez pas me faire croire que ça vous fait plaisir de crever dans cette ville pourrie ? Que vous bandez à l'idée d'aller travailler comme esclave dans les forêts de Sibérie ?

Il se calma un peu et continua :

— Vous avez peur des représailles de Hitler ? C'est stupide. Lorsqu'on s'apercevra de notre départ nous serons loin. D'ailleurs dans quelques heures, le Führer sera mort !

Sans quitter son masque impassible. Comme si tout ce qui venait d'être dit ne l'avait pas concerné, le Standartenführer Hoegl se décida enfin à parler. Il répéta simplement :

— Monsieur le Gruppenführer, j'ai l'ordre de vous ramener à la Chancellerie, ainsi que Madame. Vous êtes tous deux en état d'arrestation !

Hermann Fegelein comprit que sa dernière carte avait été aussi mauvaise que les précédentes. Il n'était pas parvenu à ébranler l'esprit de discipline et d'obéissance borné du SS.

— C'est bon, constata-t-il avec amertume, je ne vous ai pas convaincu. Nous allons vous suivre. Puis-je compter au moins sur votre discrétion ? Que ce que je viens de vous dire restera entre nous ?

— Vous avez ma parole, mon général.

— Je vous remercie. J'ai encore autre chose à vous demander...

— Je vous écoute ?

— J'aimerais que vous laissiez partir ma compagne... Elle s'est trouvée bloquée dans cet appartement par le plus grand des hasards. Je ne voudrais pas qu'elle ait des ennuis à cause de moi !

Le SS secoua à nouveau négativement la tête.

— Non, monsieur le Gruppenführer, c'est impossible. J'ai reçu l'ordre d'arrêter aussi cette personne. Je dois la ramener à la Chancellerie avec l'enfant.

— Quel enfant ?

— Le sien, sans doute ? On ne me l'a pas précisé.

— Il n'y a pas d'enfant ici ! s'exclama Fegelein.

L'autre parut un peu surpris. Il se reprit vite.

— Je vais m'en assurer en fouillant l'appartement, insista-t-il. Ensuite nous partirons. Car nous avons perdu beaucoup de temps.

Maricka n'avait pas perdu une seule bribe de la conversation échangée entre les deux hommes. Un instant, elle avait espéré que Hoegl se laisserait convaincre par son amant. Aux derniers propos échangés, elle comprit que le SS ne fléchirait pas. Tout était perdu. Autant dire qu'ils allaient partir à l'abattoir. Elle éclata à nouveau en sanglots.

Plus encore que l'incorruptibilité du SS, les larmes de la jeune femme accrurent le sentiment d'impuissance que Fegelein éprouvait face aux événements. Une profonde amertume se répandit en lui. De rage, il serra les dents et les poings.

— Je pense que vous me laisserez quand même revêtir mon uniforme ? s'enquit-il.

— Oui, mon général. Mais faites vite ! Nous avons déjà perdu beaucoup de temps.

Le Gruppenführer haussa les épaules. Comme si cette remarque l'indifférait. Il se dirigea vers la pièce voisine tandis qu'une autre idée folle germait dans son esprit.

Son parabellum !

Il allait récupérer son arme. Menacer Hoegl. Il se servirait de lui comme otage pour quitter la maison. Les autres n'oseraient pas tirer sur eux. Une fois hors de portée, il liquiderait le Standartenführer et il s'enfuirait avec Maricka, à travers Berlin.

Mais l'officier SS fut plus méfiant qu'il ne l'avait imaginé. Il ne lui laissa pas le loisir de mettre en œuvre cette tentative désespérée. Il pénétra dans la chambre sur ses talons. L'uniforme noir, tête de mort et svastika de Gruppenführer, était soigneusement plié sur une chaise. Le ceinturon et l'étui du pistolet automatique suspendus au dossier. Hoegl s'en empara et accrocha l'arme à côté de la sienne.

Ensuite, tandis que son prisonnier se dépouillait de ses vêtements civils en vue de revêtir sa tenue de général, il entreprit de fouiller le reste de l'appartement pour s'assurer que l'enfant dont on lui avait parlé au Führerbunker ne s'y trouvait pas.

Ils mirent plus d'une heure pour rejoindre la Chancellerie. La Mercedes qui les ramenait dut faire un long détour à travers la ville dévastée pour arriver jusqu'au Kaiserdamm.

Fegelein et son escorte pénétrèrent dans l'abri de Hitler par l'entrée située près de la tour de guet. Bormann les attendait dans une pièce contiguë à la salle de garde. Il eut immédiatement un entretien à voix basse avec Hoegl auquel il posa des questions concernant l'enfant. Son interlocuteur lui apprit que malgré toutes les recherches effectuées dans l'appartement de la Bleibtreustrasse, le gosse de la femme blonde était resté introuvable. Le Reichsleiter n'en parut pas autrement surpris. Presque depuis le début de la disparition du fils de Hitler, il savait que Frédéric ne se trouvait plus avec le couple. Au fond de lui-même, il jubila. L'absence de l'enfant allait lui permettre de manœuvrer une fois de plus à sa guise.

D'un signe de tête, Bormann fit comprendre à Hoegl qu'il devait éloigner la femme. Celle-ci devina son intention et tenta désespérément de s'accrocher à son amant. Elle se mit à hurler :

— Je veux rester auprès de toi, Hermann ! Dis-leur que je veux rester !

— Laissez-la tranquille, intervint Fegelein. Elle n'est absolument pour rien dans cette histoire !

Nul ne tint compte de sa remarque. D'une poigne solide, le Standartenführer entraîna Maricka à travers les couloirs du bunker. En se refermant sur elle quelques instants plus tard, la porte d'une cellule étouffa ses cris.

Le beau-frère d'Eva Braun demeura seul dans la pièce étroite. Seul face à son ancien compagnon de beuverie, devenu depuis deux jours son implacable ennemi.

— Fegelein, dit Bormann en entrant brutalement en matière, vous vous êtes fourré dans de sales draps ! A l'heure qu'il est, personne ne donnerait plus un seul pfennig de votre peau !

— Je sais, convint le Gruppenführer en baissant piteusement la tête. J'ai commis une grosse bêtise. J'espère que le Führer comprendra... Qu'il me pardonnera...

— Alors ça, mon vieux, il vaut mieux ne pas vous faire trop d'illusions. Le Führer est furieux. Il est capable de vous abattre de sa propre main !

— Je ne voulais pas faire de mal à son fils...

— Vous l'en avez pourtant menacé.

— C'était du bluff. Comment aurais-je fait ? Puisque le gosse n'était plus avec moi !...

— Où est-il ? Où l'avez-vous caché ?

— Je n'en sais rien... Il a disparu... Depuis la nuit où je suis revenu de Berchtesgaden...

D'une voix blanche, en bafouillant, en cherchant souvent ses mots, il se mit à raconter la scène qui s'était déroulée durant le bombardement de Tempelhofer Damm. Il évoqua l'intervention de la ravisseuse. Décrivit la vieille femme noire qu'il baptisa du surnom de sorcière. Il narra avec force détails la façon dont elle avait récupéré l'enfant sur la chaussée. Comment elle s'était enfuie en serrant Frédéric dans ses bras. Il parla de ses recherches à travers les ruines. De son découragement en réalisant qu'elles n'aboutiraient pas...

Un étrange sourire naquit sur les lèvres de son interlocuteur à l'issue de ce récit.

— Vous ne me croyez pas, Bormann ? demanda Fegelein

— Non. Pas un mot !

— C'est poutant la vérité. Je vous le jure ! Les choses se sont bien passées ainsi.

Le Reichleiter esquissa une moue sceptique.

— Selon vous, cette vieille femme aurait volé l'enfant ?

— Oui.

— Pour quelle raison ?

— Je l'ignore !

— Elle savait qu'il s'agissait du fils du Führer ?

— Certainement pas.

— Alors ?

— Il est possible qu'elle ait d'abord cru que l'enfant était abandonné... Et qu'ensuite elle ait eu peur de mon uniforme...

Fegelein soupira et ajouta, comme s'il se parlait à lui-même :

— Je suis sûr que je la reconnaîtrais entre mille, cette vieille chouette !

Le sourire narquois de Bormann s'accentua.

— Si vous voulez convaincre le Führer de votre innocence, ricana-t-il, je vous conseille de trouver d'autres arguments. Lui non plus ne croira pas un mot de vos sornettes.

— C'est pourtant la stricte vérité.

— Dans ce cas, il faudra que vous lui expliquiez un certain nombre de faits pas très clairs.

— Lesquels ?

— Par exemple pour quelle raison vous avez emmené cette Hongroise à Berchtesgaden ?

— Comme vous le savez, elle était ma maîtresse... J'ai pensé qu'elle pourrait s'occuper de l'enfant durant le voyage...

— Ça n'explique pas pourquoi, après votre atterrissage à Tempelhof, vous n'avez pas attendu la fin de l'alerte. Ni pourquoi vous avez songé à mettre d'abord cette femme en sécurité dans un abri plutôt que de vous occuper du fils du Führer.

— C'est vrai, convint Fegelein gêné. J'ai un peu paniqué au début. Mais dès que je l'ai pu, je suis revenu chercher l'enfant.

— Vous vous sentez capable d'expliquer ça au Führer ? De lui faire avaler ces couleuvres?

— Qu'est-ce que vous voulez que je lui dise d'autre ? C'est la vérité !

— Non seulement il ne vous croira pas, mais après votre criminelle tentative de chantage, il pensera que vous étiez de connivence avec les misérables qui ont fomenté l'enlèvement de son fils.

Fegelein esquissa un geste fataliste.

— Que voulez-vous que je lui dise d'autre ? répéta-t-il d'un ton résigné. J'ai déjà assez compliqué cette affaire... Je me suis trop enferré dans mes mensonges...

Démoralisé, complètement au bout du rouleau, il énonça cette piètre contrition :

— Si j'avais eu un peu plus de courage, au début, les événements auraient peut-être mieux tourné pour moi. Je serais revenu ici dès mon retour de Berchtesgaden. J'aurais tout raconté au Führer. Il ne m'aurait sans doute pas fait de compliments, mais la situation aurait été plus claire. On aurait pu entreprendre immédiatement des recherches pour retrouver la ravisseuse... Au lieu de ça, il m'est venu cette stupide idée de chantage... Je ne sais pas ce qui m'a pris d'agir ainsi. J'ai tout gâché... A présent, je comprends que je n'ai plus rien à espérer... Après avoir failli être pendu à un réverbère du Kurfürstendamm, je finirai pendu à un crochet de boucher. Comme ceux du 20 juillet 44 !

Il y avait loin entre l'arrogant Gruppenführer SS Hermann Fegelein et le pauvre type qui venait de s'exprimer. Ça n'était plus qu'un être brisé, sans volonté, déjà résigné au sort effroyable qui l'attendait.

Bormann n'avait pas cessé de l'observer en silence durant cette étonnante autocritique. Quand le repenti eut achevé sa confession, il s'approcha de lui et posa familièrement sa main sur son épaule.

— Ecoutez, Fegelein, dit-il d'une voix rassurante, j'ai été longtemps votre ami et je le suis encore. Malgré toutes les bêtises que vous venez d'accumuler en quelques heures et qui devraient m'éloigner de vous, je vais essayer de vous tirer de ce mauvais pas.

Le beau-frère d'Eva Braun regarda son interlocuteur, avec une lueur d'incrédulité au fond des yeux. L'autre se pencha tout contre son oreille et murmura :

— Je vais vous parler très doucement. Personne ne doit entendre ce que j'ai à vous dire. Il y va aussi de ma propre sécurité.

— Je... vous écoute... balbutia Fegelein.

— Avant tout, reprit Bormann, il faut vous convaincre de ceci : Si vous refusez d'entrer dans mon jeu. Si vous ne répétez pas textuellement au Führer ce que je vais vous dire, alors, je ne pourrai rien faire pour vous ! Vous serez irrémédiablement perdu !

Le Gruppenführer eut un geste fataliste et observa :

— Vous ne croyez pas que j'ai déjà assez menti dans cette affaire ? Que la vérité serait préférable ? Même si elle se retourne contre moi ?

— Dans votre cas, mon vieux, un bon mensonge vaudra mieux qu'une mauvaise vérité. Ou vous rapporterez au Führer tout ce que je vais vous suggérer. Ou il vous fera cuisiner par les spécialistes de la Sécurité. Ceux-ci vous feront avouer non seulement ce que vous savez, mais même ce que vous ne savez pas. Vous connaissez leurs méthodes ? Je n'ai pas besoin de vous donner plus d'explications. A vous de choisir !

Née de la fatigue, de l'angoisse et du désespoir, une morne indifférence venait d'envahir l'esprit de Fegelein. Il haussa les épaules et acquiesça d'une voix désabusée :

— C'est d'accord, Bormann. Je dirai au Führer tout ce que vous voudrez. Au point où j'en suis...

Hitler était assis, tassé derrière son bureau, lorsqu'ils entrèrent. Il leva sur les arrivants un visage foudroyé. Pâle, émacié, aux yeux luisants de fièvre. En reconnaissant Fegelein, immobile à la droite du Reichleiter, il eut une réaction surprenante. Comme un déclic fait jaillir le diable d'une boîte à pantin, il se dressa d'un bond hors de son fauteuil. Avec une vélocité tout à fait inhabituelle de sa part, il se précipita sur son pseudo-beau-frère et le gifla en hurlant :

— Salaud ! Schweinehund ! Voilà comment tu m'as récompensé de tout ce que j'ai fait pour toi ?

Le Gruppenführer accusa le coup sans broncher. Il se mit même au garde-à-vous tandis qu'une bouffée de honte colorait son visage décomposé. Un peu en retrait, Bormann assista à la scène en se gardant bien d'intervenir.

— Ordure ! Qu'as-tu fait de mon fils ?

De sa main encore valide, Hitler arracha les décorations de Fegelein. Il s'attaqua maladroitement à ses galons de général qui résistèrent à ses doigts tremblants.

— Vas-tu répondre, chien ? Où est mon fils ?

Comme l'accusé, complètement décontenancé par la violence de l'algarade, perdait tous ses moyens, Bormann jugea cette fois qu'il devait s'entremettre entre les protagonistes.

— L'enfant n'était pas dans l'appartement, mon Führer. Mes hommes ont fouillé partout.

— Où est-il ? Où est mon fils, salopard ? Qu'en as-tu fait ? s'enquit à nouveau Hitler.

Une rage meurtrière convulsait son visage. Mettait une cruauté extraordinaire dans son regard. Ses yeux erraient, hagards, cherchaient un objet contondant, une arme avec laquelle il pourrait frapper Fegelein.

Celui-ci balbutia :

— Je... Je ne suis pas coupable, mon Führer... Je vais... Je vais vous expliquer...

D'une voix au paroxysme de la fureur mais avec des accents de désespoir et de douleur, le Maître du Troisième Reich éructa :

— Pas coupable ? Pas coupable, salaud ? Tu me fais chanter et te prétends après ça blanc comme neige ?

— C'est un malentendu, mon Führer... Moi aussi, je suis une victime...

— Qu'est-ce que tu chantes là ? Je ne te crois pas ! Où est mon fils, crapule ?

— Il a été enlevé le soir de mon retour de Berchtesgaden.

— Enlevé ? C'est toi qui l'as enlevé !

— Non, mon Führer, ce n'est pas moi...

— Qui est-ce alors ?

— Cinq hommes. A bord de deux voitures...

— Cinq hommes ? De qui s'agissait-il ?

Au moment de s'engager dans une nouvelle affabulation, Fegelein marqua un temps d'hésitation. Il ne répondit pas aussitôt à la dernière question posée. Quant au Führer, son excitation était un peu retombée. Sans croire encore à ce que venait de lui révéler son interlocuteur, il commençait à être intrigué. Comme un trop long silence risquait de déstabiliser le Gruppenführer et le faire renoncer au plan qu'ils avaient élaboré ensemble quelques dizaines de minutes plus tôt, Martin Bormann intervint :

— Parlez, général, conseilla-t-il. Vous devez absolument parler ! Informer le Führer de tout ce que vous savez de cette affaire !

Fegelein, dont le visage d'une teinte cendreuse s'était couvert de sueur, commença à expliquer, non sans difficultés :

— Parmi les cinq hommes qui ont enlevé Frédéric, je n'en ai reconnu qu'un seul...

— Son nom ?

— Il s'agit de Dauerbruch.

— Qui est ce Dauerbruch ? Que fait-il ? Pourquoi le connais-tu ?

Fegelein marqua à nouveau un temps d'hésitation. Il venait soudain de réaliser qu'il n'était plus à présent qu'un jouet entre les mains de Bormann. Celui-ci se servait de lui pour compromettre Himmler. Le mensonge qu'il allait énoncer aurait sur-le-champ d'énormes conséquences.

— Vas-tu parler enfin ? s'impatienta Hitler.

— Dauerbruch dirige l'unité spéciale chargée par le Reichsführer de mener à bien toutes les missions délicates pour son compte personnel.

Le Maître du Troisième Reich s'immobilisa au milieu de la pièce. Foudroyé. Son regard éperdu comme celui d'une bête blessée à mort chercha désespérément une aide du côté de Bormann. Celui-ci ne répondit pas à cet appel muet mais se contenta de hocher affirmativement la tête.

Après plusieurs dizaines de secondes de réflexion, le doute et la méfiance l'emportèrent à nouveau dans l'esprit du Führer. Il demanda, cette fois en vouvoyant son interlocuteur :

— Pourquoi n'êtes-vous pas venu m'informer immédiatement de ce que vous saviez ?

— Parce qu'ils m'ont enlevé aussi, mon Führer. De même que ma secrétaire. Ils nous ont séquestrés dans l'appartement. Ils nous ont dicté ce que nous devions dire à Eva par téléphone...

Malgré le nouveau choc qu'il venait d'éprouver, Hitler récupérait peu à peu sa lucidité. Une intuition indéfinissable lui disait que Fegelein mentait. Ses explications manquaient de clarté, semblaient embrouillées.

— Pourquoi vous êtes-vous prêté au jeu de ces misérables ?

— Je n'ai pas pu faire autrement, mon Führer...

— Un homme d'honneur ne se prête pas à ces compromissions !

— Même sous la torture, je ne l'aurais pas fait, mon Führer. Mais ils m'ont dit qu'ils tenaient Gretl à leur merci. Qu'ils tueraient ma femme si je ne leur obéissais pas !

Adolf Hitler revint lentement à sa place. Le dos voûté, les traits ravagés par l'angoisse. Il se laissa choir en gémissant dans son fauteuil.

— Himmler a fait enlever mon fils par ses affidés ! Pourquoi s'en est-il pris à mon fils ? Pourquoi une telle lâcheté ?

— D'après ce que j'ai cru comprendre, mon Führer, précisa Fegelein, ils veulent utiliser votre fils comme moyen de pression sur vous...

— Pour de l'argent ?

— Non.

— Alors pourquoi avez-vous demandé à votre belle-sœur de venir vous rejoindre avec une valise bourrée de devises suisses ?

— Ça n'était qu'un prétexte, mon Führer. En réalité, le projet du Reichsführer Himmler était, je crois, d'enlever aussi Eva.

— Qu'est-ce que ce misérable attend donc de moi ?

— Votre capitulation. Pour prendre le pouvoir à votre place. Pour gagner la confiance de nos ennemis. Aussi pour vous empêcher de fuir.

Après ces révélations qui lui apparurent cette fois d'une implacable logique, Hitler resta une nouvelle fois sans réaction. Il esquissa un geste de désespoir et laissa échapper un gémissement.

— Des lâches... A présent des traîtres... Je n'ai eu que des gens ignobles dans mon entourage... Rien d'étonnant à ce que les bolcheviques soient aujourd'hui aux portes de Berlin ! Ils me trahissent tous les uns après les autres... Tous ceux qui se disaient mes amis... Tous ceux que j'ai élevés au plus haut rang... A présent, pour essayer de se racheter aux yeux des juifs et des rouges, ils s'en prennent à mon fils... A cet être innocent... A mon petit Frédéric...

En prononçant ce prénom, sa voix se brisa. Les larmes jaillirent de ses yeux. Il se mit à grelotter, comme s'il avait froid.

Pour Fegelein qui n'avait pas assisté à la précédente défaillance de Hitler, dans le même bureau, quelques heures auparavant, le spectacle de cette déchéance physique et morale fut un choc extraordinaire. Il se demanda s'il ne rêvait pas.

Le Führer finit par s'apercevoir de la stupéfaction de son futur beau-frère. Son orgueil toujours vivace malgré sa démoralisation en fut affecté. Il se remit à hurler d'une voix où la fureur se mêlait aux sanglots, en désignant le prisonnier du doigt :

— Il a aussi trempé dans le complot, ce salaud ! Dégradez-le complètement, Bormann ! Fourrez-le au cachot ! Interrogez sa soi-disant secrétaire pour savoir s'il a dit la vérité ! Je n'ai aucune confiance en ce gros porc ! S'il a menti, il paiera ! Comme les autres ! Comme tous les autres !

Une nouvelle fois, la haine l'emportait en fin de compte sur le désespoir. Hitler était redevenu un fauve.

Le Reichsleiter s'empressa de pousser Fegelein hors du bureau. Il parla ensuite quelques instants avec Hoegl qui se tenait dans l'antichambre et lui communiqua ses instructions. Le Standartenführer entraîna le prisonnier à travers un long couloir, au bout duquel des SS montaient la garde. Les sentinelles rectifièrent la position à leur passage. Elles durent être étonnées en constatant que le Gruppenführer était emmené manu militari par Hoegl, plus encore en voyant que celui-ci poussait le général dans une cellule.

La scène qui se déroula ensuite fut brève et n'eut pas de témoin. Le Standartenführer sortit un couteau de sa poche. Il s'approcha de Fegelein et s'excusa :

— Je suis désolé...

La lame glissa dans les coutures des galons. Hoegl accomplit aisément l'acte auquel Hitler n'était pas parvenu quelques instants plus tôt. Complètement désemparé, le beau-frère d'Eva Braun se laissa faire sans esquisser le moindre geste. Sans élever de protestations.

Lorsqu'il eut terminé sa tâche, Hoegl, qui dissimulait mal son embarras, quitta rapidement la cellule et referma la porte à clé derrière lui.

De son côté, Martin Bormann n'avait pas non plus laissé traîner les choses. L'affaire Fegelein étant réglée en attendant la suite, il se rendit dans la pièce où Maricka était incarcérée. Lorsqu'il avait vu la jeune femme, une idée précise lui était venue. Il avait su quel sort il lui réserverait.

Appliquant le plan prévu, il fit sortir la maîtresse de Fegelein de sa prison et lui ordonna de le suivre. Elle avait encore des larmes plein les yeux. Elle demanda timidement :

— Que va-t-il arriver au Gruppenführer ?

Elle connaissait Bormann de vue. Pour l'avoir entr'aperçu deux ans plus tôt lors d'une soirée donnée dans les salons de la Chancellerie en l'honneur du corps diplomatique. Elle savait qu'il était l'éminence grise de Hitler. Qu'il avait été aussi le compagnon de beuverie de son amant.

Perfide comme d'habitude, le Reichsleiter sourit :

— Ne craignez rien pour lui, la rassura-t-il. On ne lui fera certes pas de compliments, mais avec un peu de chance, il s'en tirera sans trop de mal...

Un peu tranquillisée, Maricka suivit son guide à travers le dédale des couloirs du bunker. Il y avait des SS partout. Tous saluèrent le Reichsleiter avec empressement. Ils suivirent ensuite le couple des yeux avec curiosité. Beaucoup avec envie. Malgré ses vêtements modestes, la jeune Hongroise était une élégante et très jolie femme. Or, des jolies femmes, il n'y en avait pas pléthore au fond du souterrain nauséabond où ils s'étiolaient tous depuis plusieurs semaines.

Bormann et Maricka grimpèrent rapidement l'escalier qui conduisait dans le jardin de la Chancellerie. Dès qu'ils furent dehors, la lumière de Berlin embrasé leur sauta au visage. Deux sentinelles, surgies d'un recoin ombreux leur barrèrent le passage. Bormann n'eut pas un mot à dire. Les SS le reconnurent, rectifièrent la position et les laissèrent passer.

La canonnade soviétique était toujours aussi intense. Une pluie de projectiles continuait de tomber sur la capitale du Reich. L'un d'eux explosa à moins de cent mètres. En entendant la déflagration toute proche, le Reichsleiter marqua un temps d'arrêt prudent. Prenant ensuite Maricka par la main, il l'entraîna en courant vers l'arrière d'un des bâtiments voisins.

Trente secondes plus tard, ils pénétrèrent, par une porte de service, à l'intérieur d'une aile encore intacte du palais. Bormann devait avoir une parfaite connaissance des lieux. On eût dit qu'il y voyait comme un chat dans le noir.

Maricka s'inquiéta brusquement.

— Où m'emmenez-vous ? demanda-t-elle d'un ton peu rassuré.

— Nous arrivons.

Ils entrèrent dans une pièce hermétiquement close. Une odeur de renfermé et de tabac les prit à la gorge. Bormann pressa sur un bouton. La lumière jaillit d'un lustre magnifique suspendu au plafond. C'était un autre miracle dû à la technologie avancée dont bénéficiait la Chancellerie. Malgré les bombardements, malgré les effroyables destructions subies par l'édifice, l'éclairage fonctionnait toujours dans plusieurs pièces. Le camouflage aussi était très efficace. Ni de l'extérieur, ni même du couloir, il n'était possible de déceler la moindre trace de lumière.

La pièce où ils venaient d'arriver était un adorable boudoir décoré de tapisseries, garni de meubles d'une grande valeur. Il y avait longtemps que Maricka n'était plus entrée en un lieu aussi luxueux. Elle en fut éblouie. Instinctivement, en voyant son visage reflété par une superbe glace vénitienne, elle retrouva un geste de coquetterie féminine et arrangea une mèche rebelle sur son front. Bormann crut-il qu'elle affectait une minauderie galante à son égard ? Il lui décerna un clin d'œil équivoque et, en lui désignant un divan confortable, lui proposa tout de go :

— Assieds-toi, ma belle !

Surprise et choquée par cette façon cavalière et par le tutoiement, la jeune femme faillit refuser. Mais elle réalisa qu'il valait mieux, dans un premier temps, ne pas heurter son hôte. A présent qu'elle savait pourquoi il l'avait emmenée en cet endroit discret, il lui faudrait jouer serré pour repousser ses avances. Elle s'installa sur le rebord du siège.

Le Reichsleiter se dirigea vers un petit meuble d'où il sortit une bouteille et deux verres.

— Un doigt de cognac ?

Elle n'osa pas encore refuser et aquiesça d'un signe de tête. Il vint près d'elle, s'assit à sa gauche sur le divan. Pour servir, il eut la main lourde et versa deux rasades impressionnantes dans les verres. De près, Maricka remarqua qu'il ne souffrait pas des restrictions. Il était aussi gros que Fegelein. En moins séduisant. Boudiné dans son uniforme, il avait plus l'air d'un flic de quartier que d'un hiérarque du régime.

— Prosit ! lança-t-il en levant son verre et en lui décochant un nouveau clin d'œil.

Il but sa première rasade d'un trait et s'en reversa incontinent une seconde. Maricka absorba d'abord une petite gorgée. Elle avait toujours aimé le cognac. Celui-ci était d'excellente qualité. Elle l'apprécia d'autant plus qu'il y avait longtemps qu'elle n'en avait pas consommé. Autant par plaisir que pour se donner un peu de tonus avant d'affronter l'épreuve suivante, elle liquida aussi son verre.

— Nous avons beaucoup de choses à nous dire, susurra Bormann en lui versant une nouvelle rasade. Des choses qui n'intéressent que toi et moi. C'est pourquoi j'ai préféré t'amener ici. Nous y serons plus tranquilles pour bavarder.

Il s'interrompit brusquement et leva les yeux vers le plafond. Un sifflement strident déchira l'air. Il se rapprocha à une vitesse terrifiante. Instinctivement, ils rentrèrent tous deux la tête entre les épaules. Mais le projectile ne fut pas encore cette fois pour eux. Il explosa dans une autre partie de la Chancellerie. Le lustre se mit à bouger et la lumière à papilloter.

— Je crois qu'il va falloir faire vite ! s'exclama Bormann. L'endroit devient malsain...

Il but une nouvelle gorgée de cognac et poursuivit :

— Avant de penser à la bagatelle, j'ai besoin que tu me dises un certain nombre de choses...

Il s'interrompit, lampa le reste de son verre et reprit :

— Tout à l'heure, le Führer a interrogé longuement Hermann. Ce qu'il lui a raconté ne l'a pas du tout convaincu. Il croit qu'il ment. Je crois moi-même qu'il ne nous a pas tout dit. J'aimerais connaître ta propre version des faits.

Maricka se tenait toujours sur ses gardes. Des interrogatoires, elle en avait subi plusieurs au temps où on la soupçonnait de complicité avec son mari. Elle savait que ses confidences pouvaient se retourner contre son amant.

Bormann comprit son embarras. Il sourit pour la rassurer.

— Tu me connais mal, petite madame, précisa-t-il. Je ne suis pas un flic. Je ne l'ai jamais été et je ne le serai jamais. J'assume des fonctions heureusement beaucoup plus honorables auprès du Führer. Si je t'ai amenée ici, c'est aussi pour rendre service à Hermann. Il a été et reste mon ami. C'est pour te soustraire toi-même à la Gestapo. Elle ne t'interrogerait pas dans un salon... Ne t'offrirait pas de cognac... Dans ton intérêt et dans celui d'Hermann, tu vas me dire toute la vérité sur la disparition du fils du Führer. Afin que je puisse vous sortir tous les deux du merdier où vous vous êtes fourvoyés !

La jeune femme regarda son interlocuteur un peu de biais. Elle continuait à se méfier. A hésiter. Pouvait-elle vraiment faire confiance à cet homme dont le visage transpirait l'hypocrisie ? A cet individu dont la vulgarité transparaissait dans le moindre geste ? Le moindre sourire ?

Elle comprit vite qu'elle n'avait guère le choix. Après le crime de lèse-majesté que son amant et elle avaient commis contre le Maître du Troisième Reich, ils devaient s'attendre au pire. Si quelqu'un s'offrait à les aider, c'était inespéré. Elle ne pouvait pas refuser la main qu'on semblait lui tendre. Même si cette main était des plus douteuses.

Pour se donner encore un peu de temps, afin de rassembler ses idées, Maricka absorba lentement une nouvelle gorgée de cognac. Elle entreprit ensuite de raconter en détail le déroulement des événements qu'elle avait vécus les jours précédents.

Bormann la laissa parler sans l'interrompre une seule fois. Elle fit exactement le même récit que Fegelein concernant le voyage à Berchtesgaden. Leur retour à Berlin. La disparition de Frédéric. Leur consternation. Leur crainte des sanctions de la part du Führer. L'idée stupide que Hermann avait eue en voulant faire chanter celui-ci... Le Reichsleiter, maître ès machinations, n'en mesura que mieux la sottise de Fegelein. Comme si un tel plan avait eu la moindre chance d'aboutir ! C'était un ridicule enfantillage !

Lorsque la jeune femme eut achevé son histoire, Bormann

demeura à son tour un instant pensif. Il sembla absorbé dans la contemplation des dessins géométriques du tapis de haute laine qui recouvrait le sol.

Maricka ne cessait d'observer son interlocuteur. De guetter ses réactions. A présent qu'elle venait de parler, elle se sentait de nouveau très inquiète. Elle réalisait une fois encore la gravité de l'acte dont elle s'était rendue complice. Brusquement, il lui vint un autre doute. Et si son amant avait reculé au moment d'assumer ses responsabilités ? Et si, pour tenter de se disculper, il avait donné une version différente de la sienne lors de son interrogatoire ? Dans ce cas, on allait les mettre face à face, les confronter pour éclaircir leurs contradictions.

Le Reichsleiter vint à propos lui enlever ce doute.

— Tu viens de me donner exactement la même version que Hermann, admit-il. A moins que vous ne vous soyez préalablement concertés tous les deux, elle me paraît plausible.

— Pourquoi aurions-nous menti ? Notre cas est déjà assez compliqué...

— Cette femme en noir qui s'est sauvée avec Frédéric, tu l'as vue ?

— Non. A ce moment, j'étais dans l'abri de Tempelhofer Damm. Hermann est le seul à l'avoir vue. Le seul qui pourrait la reconnaître.

Elle ajouta, anxieuse :

— Vous me croyez, n'est-ce pas ?

Il hocha affirmativement la tête.

— Moi oui. Mais le Führer ne te croira jamais.

Il s'interrompit puis reprit :

— Il voit des complots partout depuis l'attentat où il a failli laisser sa peau l'été dernier.

L'angoisse étreignit à nouveau Maricka.

— Qu'allons-nous devenir ? s'inquiéta-t-elle d'une voix blanche.

— Au début, le Führer était si remonté contre vous qu'il voulait qu'on vous liquide tous les deux séance tenante. J'ai dû plaider longuement votre cause pour qu'il change d'avis... Tout au moins provisoirement. Car avec lui, rien n'est jamais acquis.

— Que lui avez-vous dit pour notre défense ?

Bormann esquissa un sourire bizarre.

— Pour Hermann, j'ai joué disons... de la corde familiale. Tu sais bien sûr qu'il est marié avec la sœur de Mlle Braun ? Elle-même compagne du Führer ?

— Oui, je sais.

— Gretl, Mme Fegelein, attend un enfant. L'exécution a été différée uniquement à cause de ça.

— Et pour moi ? demanda-t-elle dans un murmure.

— C'est plus grave. Le Führer est très monté contre toi. Il pense que tu as dévoyé Hermann. Que tu l'as détourné de ses devoirs de chef de famille. Et d'officier supérieur...

— Je vous ai pourtant dit la vérité, plaida Maricka. J'ai été entraînée malgré moi dans cette affaire. Je n'ai accepté d'accompagner Hermann que pour lui rendre service. Pour m'occuper de l'enfant pendant le voyage.

— Le Führer n'admettra jamais cette explication.

Une grosse boule se noua dans la gorge de la jeune femme. Elle se mit à pleurer.

— Alors il n'y a plus rien à faire ?... je suis perdue ?... geignit-elle avec consternation.

Toujours avec son étrange sourire, Bormann répondit à cette question angoissée :

— Il te reste encore une chance. Une seule !

Maricka le regarda d'un air incrédule. La peur remuait en elle. De grosses larmes coulaient le long de ses joues. Elle était livide.

En réplique à cette pathétique et muette interrogation, le Reichsleiter lança :

— Ta chance, c'est de faire comme Hermann. C'est-à-dire de m'obéir. Parce qu'il a accepté de faire ce que je lui demandais, il a eu la vie sauve. Avec toi, ce sera un peu différent... Je ne te demanderai pas la même chose qu'à lui...

Il eut une sorte de gloussement qu'elle ne comprit pas tout de suite.

— Si tu m'obéis, je te donne ma parole que tu auras aussi la vie sauve ! précisa-t-il.

Malgré son angoisse, Maricka devina cette fois où son interlocuteur voulait en venir en voyant s'allumer une lueur lubrique dans son regard. Cette idée l'avait déjà effleurée lorsqu'ils étaient entrés dans le boudoir. Elle n'eut plus aucun doute sur le genre de propositions que Bormann allait lui faire.

— Chère petite madame, reprit-il d'un ton doucereux, tu penses bien que si j'ai entrepris de te venir aussi en aide, ça n'est pas par pure philanthropie. J'ai toujours été grand amateur de cognac et de jolies femmes. Je rends hommage à celui que nous venons de déguster ensemble, mais également à ta beauté. Tu es l'une des plus jolies, l'une des plus attirantes parmi toutes celles que je connais. En d'autres temps, je t'aurais fais une cour assidue. Jusqu'à ce que tu acceptes de coucher avec moi. Mais nous vivons hélas ! une autre époque où la galanterie en est réduite à sa plus simple expression. Aujourd'hui, les choses vont très vite. La vie et la mort se côtoient en permanence. Notre destin ne tient qu'à un fil : un obus qui explose et nous déchiquette !... Un mot qu'on peut dire ou ne pas dire au Führer pour éviter la pendaison... Il est donc urgent de profiter des bonnes choses...

Insensiblement, tout en parlant, il venait de se rapprocher de Maricka. Il essaya de lui prendre la main, mais elle se déroba.

— Depuis que je t'ai vue, tout à l'heure, poursuivit-il, je suis devenu amoureux fou. J'ai eu envie de faire l'amour avec toi. Il faut dire que, compte tenu de mes obligations, il y a longtemps que je n'ai pas eu le temps de songer à la bagatelle. Le Führer est exigeant. Il n'accorde pas une heure de répit à ses collaborateurs. Nous menons tous une existence infernale dans le bunker. Quand tu y es arrivée, je me suis pourtant promis de te consacrer quelques agréables instants...

Sans plus tarder, Bormann relança son assaut galant. Passant son bras autour du cou de la jeune femme, il tenta de l'embrasser. De près, elle sentit mieux l'affreuse odeur du cosmétique avec lequel il collait ses cheveux noirs. Elle en éprouva un brusque haut-le-cœur et tenta de le repousser.

— Je vous en prie, monsieur, laissez-moi... supplia-t-elle.

Cette résistance, loin de le calmer, le rendit au contraire plus ardent.

— Tu es tout à fait dans mes goûts. Tu as un joli visage, de beaux yeux, un corps superbe. Je suppose que tu possèdes aussi d'autres trésors plus secrets qui ne demandent qu'à être découverts ? J'ai de plus en plus envie de toi !

— Je vous en supplie, monsieur, ça n'est pas bien... Laissez-moi...

Il ne tint pas compte de cette prière. Cette fois, sa main se glissa sous sa robe. Comme elle continuait de défendre sa pudeur, il lança d'une voix sèche. En se redressant :

— Voilà le marché que je te propose : ou tu me cèdes volontairement et, dans ce cas, tu as la vie sauve ! Ou tu fais la mijaurée et tu m'obliges à te violer ! Inutile de te préciser qu'ici, tu es entièrement à ma merci. J'arriverai à mes fins sans grande difficulté. Tu pourras gueuler autant que tu voudras, personne ne viendra ! Je te précise que si tu n'acceptes pas notre marché, je ne réponds plus de ce qui t'arrivera par la suite. A l'issue de notre partie de jambes en l'air, je te reconduirai à l'intérieur du bunker et tu y subiras le sort décidé par le Führer !

Ce disant, il porta sa main sous son cou en signe de strangulation, avant de poursuivre :

— Sans compter qu'à cause de ton entêtement, il se pourrait bien que je révise aussi ma position vis-à-vis d'Hermann...

Une colère plus forte que la peur et la honte envahit Maricka. Elle repoussa le gros homme des deux mains et cria :

— Vous êtes ignoble ! Ignoble !

L'insulte n'émut pas Bormann.

— Allons allons, ma belle, pas de grands mots ! Je sais que tu n'es pas si prude que ça avec les autres ! Tu es tombée facilement dans le lit de Fegelein. Parce que tu avais déjà des histoires avec la

Gestapo. A présent, tu en as avec Adolf Hitler ! C'est bien autre chose... Au point où tu en es, il n'y a que moi qui puisse te sauver. Remarque, ça me ferait regret qu'une jolie femme comme toi finisse sa vie en gigotant au bout d'une corde. A tout faire, je préfère que tu gigotes sous moi !

Il l'enlaça de nouveau. Elle sentit son souffle chaud sur son visage, dans ses cheveux.

— Laissez-moi partir, je vous en supplie, répéta-t-elle dans un sanglot.

Avec la force du désespoir, elle parvint à se mettre debout. Elle tenta de s'enfuir vers la porte. Il ne lui en laissa pas le temps. Il la reprit par la taille, la renversa brutalement sur le divan.

Avec une technique acquise au cours de sa longue carrière de séducteur bestial, il lui emprisonna les deux mains. Il l'embrassa goulûment au hasard sur le visage. Elle vit de très près sa bouche avide, ses petits yeux vicieux.

Désespérée, comprenant que cette fois elle ne lui échapperait plus, elle se mit à pleurer, à geindre comme une petite fille battue.

Il fut déconcerté, gêné par ces larmes, reflets d'une innocence bafouée. Ça calma un peu son ardeur.

— Bon Dieu ! grommela-t-il, je ne te demande quand même pas une chose extraordinaire ! Tu n'es plus vierge. Ça n'est donc pas la première fois que tu vas faire ça ! Tu ferais mieux de l'accepter. D'y prendre un peu de plaisir. Tu ne sais pas si ce ne sera pas la dernière occasion que tu auras de faire l'amour ? Avec tout ce que les Yvans nous envoient sur la gueule, personne ne peut savoir s'il ne sera pas écrabouillé d'un instant à l'autre ! Et si par malheur les rouges arrivent à prendre Berlin, ce qui t'attend sera pire.

Ravalant sa honte et ses larmes, Maricka demanda :

— Que se passera-t-il si je vous cède ?

— Tu seras libre !

— Quand ?

— Tu pourras partir tout de suite après... Quitter la Chancellerie... Aller où bon te semblera...

— Qui me dit que vous ne mentez pas ?

Il haussa les épaules.

— Ne sois donc pas idiote ! Tu sais bien que pour t'avoir, je n'ai pas besoin de m'embarrasser de promesses...

C'était d'une logique implacable. Elle en fut consciente et cessa de se défendre. Une grande lassitude, un profond dégoût de soi-même l'envahit. Le cognac aussi commençait à produire son effet. Elle n'avait plus les idées très nettes. Un engourdissement morbide la gagna. Elle se sentit fatiguée et lâche... Surtout fort lâche... Avec au fond de la conscience le même remords indéfinissable qui s'était emparé d'elle lorsqu'elle avait cédé à Fegelein, la première fois...

La sentant faiblir, Bormann se remit à l'embrasser. D'abord assez doucement. Sur la joue. Puis, plus fébrilement, sur la bouche. Au passage, visage contre visage, son regard croisa celui de la jeune femme.

— Tu veux bien maintenant ? demanda-t-il.

Elle ne répondit pas. Il prit son silence pour une acceptation. Fier de cette victoire, il emprisonna ses lèvres sous un nouveau baiser. Puis il se remit à explorer les charmes de son corps. Elle le laissa faire. Avec une indifférence, une docilité totales. Il retroussa sa robe. Elle portait des bas de laine assez grossiers. Par contre, ses sous-vêtements étaient d'une finesse extrême. Hermann les lui avait achetés car il aimait ces agréments coquins. A la vue de son slip noir. De la mince bande de peau blanche comprise entre le porte-jarretelles et les bas, Bormann poussa un nouveau grognement :

— Tu me plais ! Tu me plais de plus en plus !

Il fit glisser le slip sur les cuisses de Maricka. Il reprit ses lèvres sous les siennes. A nouveau, son horrible odeur de cosmétique lui souleva le cœur. Elle ferma les yeux lorsqu'il la pénétra. Un souvenir désagréable remonté de son adolescence lui revint à cet instant. Celui de sa première aventure amoureuse avec un homme. Un cousin maladroit, boutonneux et inexpérimenté qui l'avait déflorée dans un grenier de la maison familiale. Elle avait conservé de cet acte une impression de mutilation, de dégoût. Elle éprouva la même répugnance pendant toute la durée de l'étreinte. Après celle-ci, il ne s'attarda pas longtemps à ses côtés sur le divan. Comme un animal repu, il se leva et rajusta son pantalon. Il apparut alors comme un personnage ridicule et grossier. Un vacher qui venait de trousser une servante de ferme sur la paille d'une étable.

Toujours autant répugnée, la jeune Hongroise remit à son tour de l'ordre dans ses propres vêtements. Une angoisse latente continuait de la hanter. A présent que le triste individu avait abusé d'elle. Qu'elle lui avait procuré son horrible jouissance, elle se demandait s'il tiendrait ses promesses.

Apparemment satisfait de leur copulation, Bormann ne semblait plus lui prêter la moindre attention. Réinstallé sur le divan, il reprit la bouteille de cognac. Au lieu de se verser une nouvelle rasade dans son verre, il colla le goulot contre sa bouche, liquida d'un trait le reste de l'alcool. Il s'essuya ensuite les lèvres d'un revers de la main et émit un rot d'autosatisfaction.

Ce ne fut qu'après cette grossièreté qu'il s'intéressa de nouveau à sa victime. En achevant de boucler son ceinturon sur son ventre replet, il conseilla, d'une voix neutre :

— Inutile qu'on nous voie sortir ensemble. Tu attendras environ cinq minutes avant de le faire.

Maricka sentit les battements de son cœur s'accélérer dans sa poitrine. C'était vrai. L'autre allait tenir parole. Elle pourrait s'en aller librement. Comme il l'avait promis avant d'abuser d'elle. Un dernier doute traversa cependant son esprit.

— Mais ?...Les sentinelles ?... demanda-t-elle.

Il haussa les épaules.

— Je vais les avertir. Elles te laisseront partir.

Au moment où il allait quitter le boudoir, elle posa encore cette question :

— Et Hermann ?

Il eut un sourire égrillard.

— Sois sans crainte. Je n'ai pas l'habitude de lui rendre compte de mes bonnes fortunes. Il ne saura jamais rien de ce qui vient de se passer entre nous.

— Ce n'est pas ce que j'ai voulu dire, insista-t-elle. Quand sera-t-il libre, lui aussi ?

Il se rengorgea, plein de suffisance et affirma :

— Je n'ai qu'une parole ! J'ai promis de le faire libérer. Il le sera !

Par mesure de sécurité, avant de franchir le seuil de la porte donnant sur l'extérieur, il éteignit la lumière. Elle resta seule dans la pièce. Dans l'obscurité la plus complète.

Dehors, le bombardement se poursuivait. Les obus, les roquettes continuaient de tomber en chapelets sur les abords de la Chancellerie. Il s'élança en courant en direction du bunker.

— Halte !

La sommation le figea à vingt mètres de l'entrée. Il laissa le SS s'approcher. Lui mettre brièvement le faisceau lumineux de sa torche sous le nez.

— Excusez-moi, Excellence...

Ils se hâtèrent de rejoindre l'abri. Lorsqu'ils furent tous deux sous la voûte bétonnée, Bormann commanda :

— J'ai laissé la prisonnière dans l'aile droite du bâtiment. Là-bas. Il est possible qu'elle profite du bombardement que nous subissons pour tenter de s'échapper. Dans ce cas, ce sera tant pis pour elle. Tu tireras à vue. Sans sommation !

— A vos ordres, monsieur le Reichsleiter !

Après avoir négligemment levé le bras en réponse au salut du SS, Bormann disparut dans l'escalier qui descendait dans les entrailles du Führerbunker.

Moins de cinq minutes après cette scène, la sentinelle qui regardait à l'angle du palais de la Chancellerie, distingua à la lueur des incendies une mince silhouette féminine qui venait de s'élancer au pied de la haute façade de marbre.

Le soldat ne tira qu'une seule rafale de son pistolet-mitrailleur. L'ombre s'immobilisa aussitôt et s'effondra, foudroyée, à quelques mètres de la sortie du bâtiment...

II

LES NOCES FUNÈBRES DU FÜHRER

Eva Braun s'était à nouveau effondrée en larmes lorsque son amant l'avait mise au courant des révélations de Fegelein concernant les circonstances de l'enlèvement de leur fils. Depuis plus d'une heure, elle ne cessait de pleurer, de gémir.

— Frédéric... Mon petit Frédéric... Nous ne le reverrons plus...Plus jamais...

Face à cette douleur poignante, Hitler se sentait dépassé. Incapable de prononcer les paroles qui auraient pu, sinon la consoler, tout au moins atténuer son chagrin. Affalé sur un fauteuil, totalement désemparé, il errait à l'intérieur de lui-même comme un voyageur perdu. Ne sachant quelle attitude adopter pour résoudre ce problème insoluble.

Lui qui avait fait depuis douze ans couler des torrents de larmes à travers l'Europe. Dont la monstrueuse idéologie avait causé des dizaines de millions de morts innocents, était bouleversé par cette mère en pleurs. Il n'avait jamais aimé le spectacle de la souffrance. Il n'avait jamais, par exemple, visité les premières lignes des champs de bataille. Ni les ruines des villes allemandes dévastées. La guerre, sa guerre, s'était toujours déroulée dans les lieux protégés où se réunissaient ses états-majors. Elle s'était résumée pour lui à des traits sur des cartes. A des statistiques. Il ne s'était jamais soucié du nombre de morts, de blessés, des destructions matérielles que ses décisions avaient provoqués, même dans son propre camp.

Pour la première fois, il pouvait juger, dans son proche entourage, les effets cruels engendrés par le conflit qu'il avait déclenché pour satisfaire ses démentielles ambitions.

A la longue, le chagrin de sa maîtresse lui devint insupportable. Il quitta discrètement la chambre pour regagner son bureau où l'attendait une dérisoire réunion des généraux encore présents à l'intérieur du bunker.

Le général Weidling, commandant d'arme de Berlin, fut chargé de présenter le rapport quotidien de la situation militaire. L'officier supérieur n'essaya pas d'embellir ni de farder la triste réalité. Il la dépeignit avec un réalisme implaccable.

— Mon Führer, exposa-t-il, d'après les dernières dépêches envoyées par le général Wenck, nous ne devons plus espérer être délivrés par ses troupes. Celles-ci sont harcelées par des forces russes dix fois supérieures en nombre. L'armée Wenck est trop faible pour se maintenir sur les positions tenues au sud de Potsdam. Dans quelques heures, après avoir évacué ses blessés, elle battra en retraite en direction de l'Ouest...

La veille encore, en entendant le mot abhorré de « retraite », Hitler eût bondi hors de son fauteuil. Il eût proféré des insultes, menacé de faire fusiller sur-le-champ le chef qui osait reculer devant l'ennemi.

Cette nuit, il ne prononça pas un seul mot de désapprobation. Son visage ne manifesta pas le moindre signe de contrariété. Noyé, dépassé par les événements, il acceptait d'entendre à présent des propos défaitistes. Comme s'il n'était plus du tout concerné par ce qui se disait en sa présence.

— Pour le moment, poursuivit Weidling, nos unités combattant à l'intérieur de la capitale luttent avec un héroïsme inouï. Les rouges n'avancent qu'au prix de pertes énormes. Cependant, comme ils reçoivent sans cesse des renforts, ils ne pourront pas être contenus pendant plus de deux ou trois jours... Peut-être beaucoup moins ?...

En entendant ces prévisions pessimistes, les généraux Krebs et Burgdorf, qui faisaient face à Hitler s'attendirent à le voir réagir. Il n'en fit rien. Dans son regard ravagé par la fatigue et par l'angoisse, aucun sentiment de révolte ne s'exprima. Il sembla plongé dans une insondable torpeur. Ses yeux étranges n'eurent pas plus de reflets que ceux d'un lac enfoui au fond d'un gouffre.

— Mon Führer, reprit Weidling, les défenseurs de Berlin sont encore parfaitement en mesure de tenter avec succès une percée en direction du sud-ouest et d'effectuer leur jonction avec l'armée Wenck...

Il s'interrompit, afin de chercher les mots les plus appropriés pour convaincre son interlocuteur. Il ajouta d'une voix sourde, empreinte d'une dramatique émotion :

— Mon Führer, je m'engage personnellement à vous conduire sain et sauf hors de Berlin ! Jusqu'à un aérodrome encore entre nos mains. D'où vous pourrez vous envoler en toute sécurité vers le réduit alpin !

L'émotion et l'embarras lui serrant la gorge, il toussa avant d'ajouter :

— A moins que vous ne préfériez partir vers une autre destination ? Vers un pays ami qui pourrait vous accueillir en attendant des jours meilleurs ?

Cette proposition ne fit même pas sortir Hitler de sa torpeur. Face à un tel désintérêt de la situation, une telle indifférence, le général commandant les troupes défendant la capitale sentit monter en lui une profonde indignation. Révolté par le mutisme du Führer, il s'enhardit à exprimer la réprobation à laquelle tous songeaient secrètement :

— Nous n'avons pas le droit de poursuivre une lutte désormais inutile ! De sacrifier nos courageux soldats. De provoquer la mort de dizaines de milliers de civils innocents. Tout ça pour défendre une cité déjà plus qu'à moitié en ruine !

Cette fois, le Maître du Troisième Reich comprit qu'il devait répondre à son interlocuteur. Ce dernier avait prononcé ces propos provocateurs uniquement pour le tirer de son incompréhensible prostration. Il se mit donc à parler, d'une voix brisée, rauque comme le râle d'un agonisant :

— J'ai déjà dit que je ne quitterais pas Berlin, répéta-t-il. Rien, ni personne ne me fera changer d'avis. C'est ici que je livrerai mon dernier combat. Que je mourrai si je ne puis obtenir la victoire...

Ce fut au tour des autres d'observer un long silence consterné. Si tous pensèrent la même chose, personne n'osa quand même faire remarquer à Hitler qu'en ce qui concernait son dernier combat, il ne se pressait guère d'aller rejoindre les barricades où ses fidèles continuaient de se faire tuer pour lui permettre de survivre encore quelques heures de plus au fond de son trou.

Un instant plus tard, alors que la conférence s'achevait, la porte s'ouvrit. Joseph Goebbels entra. Son visage chafouin était encore plus crispé, ses yeux plus luisants que d'habitude. Il brandissait une feuille de papier.

— Mon Führer, hurla-t-il comme un coyote, la trahison vient encore de faire un adepte ! Himmler s'en est mêlé à son tour !

Sans très bien comprendre ce qu'il voulait dire, les participants de la réunion regardèrent avec étonnement le ministre de la Propagande. Tous se demandèrent quelle nouvelle catastrophe celui-ci allait leur apprendre.

Goebbels poursuivit, sur le même ton exalté :

— Heinz Lorenz, l'un de mes collaborateurs, vient de me communiquer le texte d'une dépêche de l'agence Reuter que la BBC a diffusée il y a quelques minutes dans son dernier bulletin d'informations.

Hitler écoutait aussi ces propos avec une attention retrouvée. En dépit des accusations formulées par Bormann, accusations confirmées par Fegelein quelques heures auparavant, il n'était toujours pas convaincu jusque-là de la duplicité de « der treue Heinrich ». Trop de points demeuraient obscurs dans l'enlèvement de Frédéric pour qu'il en fît porter la responsabilité au seul Reichsführer.

— Selon les nouvelles transmises par Londres, poursuivit l'horrible gnome du régime nazi, Himmler aurait entrepris depuis plusieurs jours, par l'intermédiaire du comte Folke Bernadotte, délégué de la Croix-Rouge suédoise en Allemagne, des négociations secrètes avec les alliés occidentaux. En échange de sa reconnaissance comme interlocuteur officiel du Troisième Reich, il offrirait à Eisenhower la capitulation sans conditions de nos armées du front Ouest !

Goebbels eut un ricanement sinistre et conclut :

— Les Anglo-Américains ont tout de suite compris l'importance qu'il fallait attacher aux propositions de ce fantoche. Ils ont purement et simplement rejeté ses offres de service ! Si ce salaud a cru pouvoir échapper à la corde en trahissant son pays, il est à présent fixé sur le sort qui l'attend ! Personne n'a été dupe de ses promesses !

Le ministre de la Propagande explosa ensuite d'un rire aigre tout en chiffonnant le papier qu'il tenait à la main. Il fut le seul à se réjouir de l'incroyable nouvelle. Les autres témoins observèrent un silence atterré. Tous regardèrent Hitler à la dérobée. Pour essayer de deviner quelle serait sa réaction après ce nouveau mauvais coup du sort.

L'explosion du Führer fut aussi brutale qu'inattendue. L'homme qui venait de demeurer prostré, indifférent pendant toute la durée de la conférence, se mua brusquement en un monstre hurlant et vociférant. Retrouvant une vigueur étonnante après son abattement prolongé, il se mit à nouveau à arpenter, comme autrefois, son bureau au pas de charge.

— Des incapables ! Des traîtres ! glapit-il. Voilà avec qui j'ai gouverné l'Allemagne depuis douze ans ! Comment s'étonner aujourd'hui de la situation dans laquelle se trouve le pays ? Ah ! les salauds ! Lorsqu'il s'agissait de récolter des lauriers, des étoiles, d'obtenir des prébendes, ils étaient tous là à se presser autour de moi ! A m'encenser ! A me flatter ! C'était à celui qui emboucherait le premier les trompettes de la victoire ! A présent que le vent a tourné, ils s'éloignent de moi. Comme si j'étais un pestiféré. Himmler, le plus flagorneur de tous. Celui qui se voulait sans pitié pour nos adversaires. Qui a eu l'idée de faire massacrer industriellement les juifs, les communistes, les démocrates, n'hésite pas lui aussi à changer de camp pour essayer de sauver sa misérable peau. Je le hais ! Je le hais ! Je souhaite qu'il crève ! Qu'il pourrisse comme une charogne aux branches d'un gibet.

Il prononça cette diatribe d'une voix étonnamment forte, avant de retrouver un ton plus calme mais toujours implacable pour ordonner :

— Bormann, vous ferez transmettre dans le Schleswig-Holstein, à toutes nos autorités militaires et civiles, l'ordre d'arrêter Himmler sur-le-champ ! Il devra être aussitôt passé par les armes ! Sans jugement ! Comme un chien !

Un sourire de satisfaction éclaira fugacement les traits lourds du Reichsleiter. Il venait d'assister à l'élimination d'un de ses plus redoutables rivaux. Jamais deux sans trois, songea-t-il. Le dernier était Goebbels. Celui-ci, il n'aurait pas beaucoup de mal à l'évincer le moment venu. Il suffirait de ressortir, opportunément, quelques documents compromettants sur ses magouilles financières, ses dépravations sexuelles, pour convaincre le Führer qu'il ne pouvait pas confier les rênes du pouvoir du Troisième Reich à un être aussi corrompu.

Hitler fit un signe de la main et déclara :

— Messieurs, la séance est levée.

Il ne retint que Bormann. Les autres saluèrent et sortirent.

— J'ai pris une autre décision, dit-il. Au sujet de Fegelein. Je le soupçonne d'avoit été l'instigateur de la machination visant à enlever mon fils pour me faire chanter. Nul autre que lui n'était au courant de la mission que je lui avais confiée pour ramener Frédéric de Berchstesgaden.

Le Reichsleiter subodora brusquement un danger. Il comprit qu'en dépit de tous les soucis qui l'accablaient, Hitler n'avait pas cessé de songer aux circonstances de l'enlèvement. Il devait trouver bizarres certains points de détails. Sans doute allait-il exiger de nouvelles précisions de la part de son futur beau-frère. Or, un interrogatoire plus poussé du prisonnier se révélerait catastrophique. Le Gruppenführer craquerait à la première occasion. Il divulguerait la fable qu'on lui avait apprise. Bormann se retrouverait dans une sale situation. Pour éviter une nouvelle confrontation, il s'empressa de dire, en faisant preuve de son habituelle perfidie :

— Je n'ai pas voulu influencer votre jugement, mon Führer. Etant donné les liens familiaux rattachant Fegelein à Mlle Braun... Mais dès le début, je l'ai soupçonné aussi d'avoir été complice de la machination. Sa compagne n'a pas nié qu'ils devaient s'enfuir tous les deux vers la Suisse. Peut-être y allaient-ils pour mener d'autres tractations avec les Anglo-Américains ?

— Alors il faut les fusiller ! Tous les deux !

Bormann s'empressa d'opiner de la tête.

— C'est une juste décision, mon Führer. Je vais la faire exécuter.

Pressé de partir avant que Hitler ne revînt sur cette idée, le Reichsleiter tourna les talons. Mais le Maître du Troisième Reich, qui avait retrouvé son équilibre, l'arrêta par ces mots, avant qu'il n'eût quitté la pièce :

— J'ai autre chose à vous demander, Bormann...

L'éminence grise du dictateur regarda son chef. Celui-ci ne s'était pas réinstallé derrière son bureau. Il était resté debout. Apparemment calmé. Seuls la lueur étrange qui brûlait au fond de ses prunelles, le tremblement de ses mains et le tic nerveux au coin de sa bouche démentaient l'image de parfaite maîtrise de soi qu'il voulait donner.

— Vous serez le premier à le savoir, Martin. Parce que je vous considère non pas comme un collaborateur, mais comme un ami... Un véritable ami... L'un des rares amis qui me soient restés fidèles...

Bien qu'il fût depuis longtemps blindé face aux sautes d'humeur de son patron, Bormann n'en éprouva pas moins un choc en entendant les propos de celui-ci. Depuis qu'il le servait, c'était la première fois qu'il lui manifestait une telle sympathie. La première fois qu'il l'appelait par son prénom !

— Vous serez le premier à le savoir, reprit Hitler. J'ai décidé d'épouser Mlle Braun.

Un silence palpable s'instaura entre les deux hommes. Comme si l'étonnante nouvelle méritait une longue réflexion. Celui qui venait de l'annoncer chercha à lire sur le visage de son interlocuteur l'effet qu'elle venait de produire. Eût-il remarqué à cet instant chez Bormann une marque de réprobation ou d'ironie qu'il en eût été profondément affecté. Ça signifierait tout simplement pour Hitler qu'il laisserait une image dérisoire à la postérité.

Mais le Reichsleiter ne broncha pas. Son regard, ses traits impassibles ne reflétèrent aucun sentiment. Malgré le trouble qui l'avait gagné en entendant son maître lui parler avec une telle franchise, une telle amitié, c'est d'une voix toujours empreinte de la même flagornerie qu'il déclara :

— Je vous remercie, mon Führer, de la marque de confiance que vous venez de me manifester en me faisant part, avant quiconque, de cette heureuse nouvelle.

— Ce n'est que justice, Bormann. Je sais tout ce que vous avez fait pour moi. Votre fidélité. Votre dévouement... Je vais encore vous mettre à contribution... Ce sera la dernière fois...

— Je suis à vos ordres, mon Führer.

— Je vais vous demander de faire venir ici, avant minuit, un officier d'état civil. De trouver aussi deux alliances. Je vous charge également d'annoncer la nouvelle de mon mariage avec Mlle Braun à tout le personnel militaire et civil du bunker.

— Oui, mon Führer. Il sera fait selon votre désir !

Après le départ de son secrétaire, Hitler demeura un long instant pensif. Il jeta un regard sur la carte de Berlin étalée sur son bureau, secoua la tête d'un air affligé puis sortit. Il se dirigea lentement, le front soucieux, le dos voûté, vers la chambre d'Eva.

Lorsqu'il entra, la jeune femme avait cessé de pleurer. Mais son visage avait l'expression même de la douleur. Elle lui lança aussitôt une phrase en forme de reproche, sans doute longuement mûrie :

— Tu es le Führer ! Tu as tous les pouvoirs en Allemagne ! Tu dois faire quelque chose pour qu'ils nous rendent notre fils !

Il eut un geste las qui en disait long sur son impuissance.

— Je ne suis plus rien, murmura-t-il. Plus rien... Ils m'ont tous trahi... Tous... Les uns après les autres ! Même Himmler ! Quand Fegelein l'a accusé d'avoir organisé l'enlèvement, j'ai douté. Je n'arrivais pas à croire ce misérable coupable d'une telle duplicité. A présent, j'ai acquis la certitude qu'il a machiné le rapt de Frédéric. La radio anglaise vient d'annoncer qu'il a entamé des pourparlers avec nos ennemis occidentaux.

— Dans ce cas, pourquoi a-t-il pris notre enfant ? En quoi peut-il lui être utile ?

Hitler serra son poing valide. Sa mâchoire se crispa.

— Entre leurs mains, Frédéric est désormais un otage. Ils vont s'en servir pour exercer une pression morale sur moi. Au besoin, Himmler le remettra aux Américains en échange de sa propre vie.

Une supplication jaillit comme une bramée des entrailles maternelles d'Eva Braun.

— Laisse-moi aller voir Himmler ! Je veux lui parler ! A moi, il me rendra mon fils !

Le dictateur secoua la tête.

— Non, Effie. Ce serait inutile. C'est un homme sans honneur. Capable de toutes les compromissions. De toutes les bassesses. J'ai d'ailleurs donné l'ordre de le faire abattre !

— Tu as donné cet ordre ?

— Oui.

— Mais alors ? demanda-t-elle, d'une voix horrifiée. Notre fils sera perdu ? Nous ne le reverrons plus jamais ?

Les épaules affaissées sous le poids du désespoir et de la honte, les yeux fuyants, la bouche amère, Hitler exhala à nouveau son impuissance face aux événements :

— Je ne sais pas, Effie... Je ne sais plus.

— Je refuse de me résigner ! hurla-t-elle. Tu dois me ramener mon fils ! Frédéric est ton héritier ! C'est lui qui reprendra, plus tard, ta place à la tête de l'Etat ! Tu me l'as assez dit autrefois ! Tu dois tout faire pour le sauver ! Autrement, tu seras un lâche !

Elle s'exprimait avec une violence extrême, cherchant à libérer son angoisse par ses reproches cinglants.

Il eut une réponse étonnante.

— Si tu veux vraiment sauver Frédéric, dit-il d'une voix sourde, il faut oublier qu'il est mon fils...

— Comment ça ?

— En dehors de quelques personnes, peu nombreux sont ceux qui savent que nous avons eu un enfant. Nos ennemis n'en ont jamais entendu parler. Si Himmler essaie de marchander Frédéric contre sa propre liberté, les Américains le prendront pour un imposteur. Ce traître n'attend sans doute qu'une chose : que j'intervienne personnellement auprès de l'ennemi en faveur de Frédéric. J'apporterais ainsi la preuve qu'il détient bien mon fils en otage.

— Que se passera-t-il si les Américains apprennent la vérité ?

— Ce sera terrible. Frédéric deviendra une bête curieuse. Il sera condamné à la prison à vie. Pour éviter qu'il ne me succède un jour dans mes fonctions. On le surveillera, on l'espionnera continuellement. Il sera élevé dans la haine du national-socialisme. Dans le reniement total de son père. Il connaîtra la triste existence du duc de Reichstadt, le fils de Napoléon Ier !

En entendant ces propos extraordinaires dans la bouche de son amant, Eva Braun se sentit encore plus désemparée. Elle qui avait tellement réfléchi à la situation. A ce qui pouvait arriver à leur enfant, n'avait jamais imaginé une telle solution.

— Mais alors ?... Si nous l'abandonnons ? Que va-t-il devenir ?

Hitler se rapprocha d'elle. Il tenta maladroitement de lui caresser les cheveux.

— Rassure-toi, Effie. Je vais tout prévoir. Je donnerai des ordres pour que quelqu'un s'occupe de lui. Il ne manquera de rien. Si nous ne sommes plus là...

A l'évocation de ce qui se passerait après leur disparition, sa voix se brisa.

— Il ne manquera de rien, répéta-t-il pour la rassurer. Il aura une vie normale...

— Personne ne saura la vérité sur sa naissance ?

— On ne la lui révélera qu'à sa majorité. On lui dira qui était son père. Qui était sa mère. Je laisserai un testament secret à mes fidèles. Ils lui communiqueront mes dernières volontés.

— Et d'ici là ? Que deviendra-t-il ?

Le Führer ne répondit pas aussitôt à cette question. Ses yeux ternis par la fatigue et la désespérance semblèrent fixer le vide.

— D'ici là, reprit-il d'une voix sourde, il connaîtra le même sort que tous les Allemands. Celui d'un peuple réduit à l'esclavage. Il subira la dure loi du vainqueur. La crise que l'Allemagne traversera au cours des deux ou trois prochaines décennies sera pire que celle qui a suivi la guerre 14-18. Notre malheureux pays va vivre des années terribles. Une grande misère matérielle et morale...

Il s'interrompit un court instant, avant d'affirmer avec conviction :

— J'ai confiance dans la pérennité du national-socialisme. Mes idées renaîtront d'elles-mêmes des cendres du Troisième Reich. La prochaine génération puisera dans l'adversité les forces qui lui permettront de briser ses jougs. En s'inspirant de mon testament, de *Mein Kampf*, Frédéric Hitler reprendra la lutte. Il triomphera de la juiverie et du bolchevisme !

A nouveau sa mégalomanie maladive reprenait le dessus. Elle l'emportait sur la réalité implacable du moment. A nouveau, il refaisait le monde qu'il venait de détruire. Dans le magma informe de la catastrophe, il remodelait l'image d'une Allemagne revancharde et belliqueuse.

Mais, pour Eva Braun, le miracle tant de fois renouvelé ne se répéta pas. Elle demeura insensible à cette dialectique. Que lui importait ce qui se passerait en Europe dans vingt ou trente ans ? Que lui importait l'avenir politique de l'Allemagne ? Elle se moquait du sort des gens qui survivraient au désastre. Une seule chose comptait pour elle : son fils ! Où était-il à présent ? Entre quelles mains malveillantes ? Que deviendrait-il s'il était sauf après cette horrible épreuve ? Comment grandirait-il ? Sans elle, sans son affection ? Elle se reprochait amèrement de l'avoir abandonné à Berchtesgaden pour venir rejoindre son amant. Si elle ne s'en était pas séparée, les événements se seraient déroulés autrement. Si, passant outre à l'interdiction de Hitler, elle était allée le chercher elle-même au lieu de confier cette mission à Fegelein, on ne l'aurait sans doute pas enlevé. Ou on les aurait pris tous les deux.

Dans le mutisme persistant de sa maîtresse, le Maître du Troisième Reich devina à quel point, désormais, elle était indifférente à son discours. A quel point, sans Frédéric, sa vie était privée de sens. Plus encore que la sienne, car il conservait toujours chevillé en lui l'espoir d'un renouveau futur de ses idées.

Il se pencha vers la jeune femme et, doucement, en lui posant la main sur l'épaule, il murmura avec une tendresse qu'il manifestait rarement :

— Nous allons nous marier, Eva. J'ai décidé de t'épouser. J'ai chargé Bormann de faire venir ici un officier d'état civil. La cérémonie se déroulera dès que ce fonctionnaire sera arrivé.

Elle leva vers lui un visage ravagé par l'angoisse et la détresse. Où les larmes avaient, en séchant, tracé de longs sillons. Seuls ses grands yeux clairs étaient encore vivants. Mais hantés par un doute indicible.

Face à son incrédulité, il ajouta :

— C'est vrai, Eva... Nous allons nous marier... Tu vas devenir Frau Hitler.

Elle ferma les paupières. Comme si elle venait de recevoir un flash en plein visage.

Frau Hitler !

Depuis treize ans, chaque soir, elle s'était endormie en murmurant ces deux mots ! Elle avait prié des heures entières. Offert des cierges, des ex-voto, sollicité l'appui du Très-Haut pour qu'il influençât le Führer afin qu'il l'épousât. Elle avait fréquenté aussi des officines de mages, de cartomanciennes. Elle avait sans cesse harcelé son amant. Lui avait habilement démontré l'intérêt que représenterait pour lui leur mariage. Aux yeux de son peuple, il aurait enfin une vie familiale normale. Ses détracteurs ne disaient-ils pas que son célibat cachait d'horribles déviations sexuelles ? Elle avait même fait en sorte qu'il lui fît un enfant. Bref, toutes ces prières, ces roueries n'avaient visé qu'un seul but : devenir madame Hitler !

Cette minute tant espérée était enfin venue. Le Führer venait de prononcer la petite phrase magique : « Nous allons nous marier, Eva... »

Contrairement à ce qu'elle avait toujours pensé, l'annonce de cette nouvelle ne lui causait plus aujourd'hui aucune émotion, aucune joie. Elle eût mille fois mieux préféré entendre son amant lui dire : « On a retrouvé notre fils, Eva... Il va arriver... »

C'est donc en pensant à Frédéric et non pas à leur futur mariage qu'elle se remit à pleurer. Face à cette douleur maternelle, l'homme auquel elle avait sacrifié sa jeunesse, sa dignité, sa liberté, baissa un front coupable. Il venait de comprendre enfin combien il avait été jusqu'ici injuste avec elle.

— J'ai menti ! Il faut que je dise la vérité ! Laissez-moi m'expliquer ! Laissez-moi revoir le Führer !

Insensible à ce plaidoyer, le jeune lieutenant SS répéta d'un ton neutre mais ferme :

— Hermann Fegelein, au cours d'une séance extraordinaire, le Conseil de guerre vient de vous condamner à mort pour haute trahison. Cette décision est sans appel. J'ai été chargé de vous la faire connaître et d'en assurer l'exécution. Veuillez me suivre !

Très pâle, les yeux hagards, le Gruppenführer regarda son interlocuteur figé devant lui au garde-à-vous au milieu de la cellule. Il comprit l'inanité de ses protestations. Il était vain d'espérer un recours. Sa cause était entendue. Le jeune officier ne lui permettrait pas d'avoir un nouvel entretien avec Hitler. Ça n'était pas prévu dans ses consignes. Après lui avoir décliné la fatale sentence, il le conduirait sur le lieu du supplice et le ferait fusiller. Sa mission était précise. Il n'y dérogerait pas.

Fegelein se tourna vers l'étroite paillasse accolée au mur. La veste de son uniforme désormais sans galons y était soigneusement rangée. Il avait toujours été méticuleux. Une tache sur un vêtement, un faux pli le contrariaient. Il aimait se sentir élégant. C'était un des secrets de sa réussite auprès des femmes. Tout à l'heure, en pénétrant dans la cellule, un autre eût laissé sa vareuse sur ses épaules. Lui l'avait pliée avec soin. Pour éviter de la froisser. Il la revêtit et la boutonna sans hâte. Ensuite, il se campa devant un petit miroir en équilibre sur une étroite tablette et entreprit de se recoiffer.

Le jeune Obersturmführer devenait de plus en plus nerveux. Ça se remarquait à la crispation de son visage comprimé par la jugulaire du casque. Il n'osa pas cependant demander au condamné à mort de se hâter.

— Quel âge avez-vous, lieutenant ?

Toujours au garde-à-vous, l'autre, un peu interloqué par cette question, répondit, avec une certaine réticence :

— Dix-neuf ans, monsieur le Gruppen...

Il allait prononcer le grade de l'officier déchu mais n'alla pas jusqu'au bout de sa phrase.

— Dix-neuf ans et déjà lieutenant... Ça n'est pas mal, constata Fegelein. Si nous avions gagné cette guerre, vous auriez eu un bel avenir...

Il s'interrompit pour lisser ses cheveux sur ses tempes avec la paume de ses mains.

— Moi aussi, reprit-il avec un soupir, j'étais promis à un bel avenir... En qualité de beau-frère d'Adolf Hitler, je pouvais espérer faire une grande carrière... Vous voyez ce qu'il en est ? Ça me rappelle ce que disait mon pauvre père. Il disait que si on voulait arriver à quelque chose dans la vie, il ne fallait jamais faire confiance aux membres des familles rapportées... Il avait raison !

Il se redressa, donna une dernière tape sur le pli de son pantalon. Même sans galon, malgré son embonpoint, il conservait fière allure.

— Voilà ! Je suis prêt !

Il allait mettre sa casquette mais se ravisa et la reposa sur le lit.

L'autre s'effaça. Ils sortirent de la cellule. Dix autres SS les attendaient, alignés comme à la parade dans le couloir mal éclairé. Ils rectifièrent la position, dans un raclement de bottes, un cliquetis d'armes. Ils se mirent en marche, en encadrant Fegelein.

A présent qu'il connaissait son destin, le condamné ne ressentait plus la moindre angoisse. Seulement un profond sentiment de rage à l'idée qu'il avait été floué par Bormann. Celui-ci s'était bien moqué de lui. En lui faisant raconter l'histoire de l'enlèvement de Frédéric par une équipe à la solde de Himmler. Que cachaient ces manigances ? Quel jeu tortueux le Reichsleiter jouait-il ? Bien qu'ils eussent fait ensemble autrefois les quatre cents coups, il n'avait jamais eu totale confiance en cet homme. Dans cette affaire, il le soupçonnait d'avoir voulu déconsidérer le Reichsführer pour prendre sa place. Cette duplicité était bien dans ses méthodes habituelles. Heureusement, Fegelein savait que Bormann ne profiterait pas longtemps de cette dernière turpitude. Les Russes se chargeraient bientôt de réduire ses ambitions à néant !

Tout en arpentant une dernière fois le couloir du bunker, le condamné espéra un instant qu'il pourrait croiser Hitler. En ces ultimes minutes avant la mort, il se reprochait de ne pas avoir eu le réflexe de lui sauter à la gorge quelques heures plus tôt. Parce qu'à ce moment il avait encore l'espoir de s'en tirer en récitant la fable inventée par Bormann, il s'était comporté comme un lâche. Il avait accepté les insultes, la gifle du Führer. Admis sans broncher qu'il portât sa sale main tremblotante, ses doigts griffus sur ses décorations. Comme dans un mauvais rêve, il revoyait les traits grimaçants du dictateur. Sa mèche, sa moustache ridicules. Il se souvenait encore de son haleine fétide. Il entendait sa voix rauque. Les insanités prononcées à son encontre. Ah ! pourquoi n'avait-il pas, à cet instant, eu le courage de l'étrangler ? De l'écraser comme un cafard ? Qu'aurait-il risqué de pire que ce qui l'attendait ?

Mais la route de Fegelein ne croisa pas celle de son beau-frère. Lorsqu'il eut gravi les marches de l'escalier, franchi la double porte blindée du bunker, il se retrouva à nouveau plongé dans l'enfer de Berlin embrasé par le déchaînement de la bataille.

La troupe entreprit de traverser le jardin de la Chancellerie. On ne reconnaissait plus les allées et les parterres labourés par les projectiles. Ils durent contourner des trous d'obus, des tas de terre, de gravats.

Soudain, un sifflement déchirant se fit entendre. En combattants habitués de longue date à prévoir les points de chute, les SS comprirent aussitôt que ce coup-là était pour eux. Avec un ensemble parfait, comme à l'exercice, tout le peloton, y compris l'officier, se jeta à plat ventre. Hermann Fegelein resta le seul debout. A la fois très conscient du danger encouru, mais aussi complètement indifférent aux conséquences de son imprudence.

L'engin explosa à une cinquantaine de mètres de là. Un bouquet de flammes s'éleva vers le ciel. Un souffle chaud le déséquilibra tandis que des débris divers retombaient en pluie autour de lui.

Pendant les vingt secondes qui suivirent la déflagration, le condamné aurait très bien pu profiter des circonstances pour s'enfuir. Il eût sans doute réussi à rejoindre l'ombre d'un pan de mur calciné. Se perdre ensuite dans le dédale des ruines de cette partie de la Chancellerie. Il n'en fit rien. Une fatalité morbide l'avait envahi. Il se sentait psychologiquement au bout du rouleau.

Mais déjà, il était trop tard pour mettre cette velléité d'évasion en pratique. Les soldats se relevaient. L'un d'entre eux le fit avec plus de retard que ses camarades. Il poussa un gémissement et lâcha son fusil.

— Tu es touché ? interrogea le lieutenant.

Le SS regarda sa main gauche à la clarté des incendies.

— J'ai reçu un éclat... Ça saigne beaucoup...

— C'est bon, dit l'officier, rejoins l'infirmerie. On se passera de toi.

Le blessé ramassa maladroitement son arme et rebroussa chemin en direction du bunker. Le reste de la troupe se remit en rang. Elle reprit sa marche à travers le jardin. Dans le fond de celui-ci se dressait un grand mur à peu près intact. L'Obersturmführer fit aligner ses hommes face à ce mur et y conduisit son prisonnier.

Hermann Fegelein était toujours étrangement calme. Il se sentait surtout très las. Il éprouvait une irrésistible envie de dormir. Depuis le début de l'affaire, il n'avait presque pas fermé l'œil. Une grande fatigue physique et intellectuelle l'empêchait de se concentrer. Il vivait dans une sorte d'état second. Un peu comme s'il jouait un rôle. Il n'avait pas du tout l'impression que ce qui se passait le concernait.

Toujours comme dans un songe, le condamné se plaça lui-même le dos au mur. En face de lui, le peloton s'était déployé sur une seule ligne. Il ne distinguait pas le visage des soldats. Seulement leurs silhouettes. En contre-jour sur le fond du ciel embrasé. Ça lui rappela un film qu'il avait vu autrefois, montrant l'exécution d'un espion américain durant la guerre 14-18.

Le lieutenant extirpa un morceau de tissu noir de sa poche. Le prisonnier comprit qu'il voulait lui bander les yeux.

— Non, déclara-t-il en écartant la main du SS. Offrez-moi plutôt une cigarette... Il paraît que c'est le dernier droit du condamné à mort...

Le petit officier rempocha le bandeau. Il sortit un paquet de cigarettes. Le calme de Fegelein l'impressionnait. On le devinait mal à l'aise dans l'accomplissement de sa mission. Son trouble se manifesta lorsqu'il donna du feu au prisonnier, avec son briquet. Il ne put maîtriser le tremblement de ses doigts.

— Herr Gruppenführer, reconnut-il, je tiens à vous dire que ça n'est pas de gaieté de cœur que je vais exécuter l'ordre reçu de M. le Reichsleiter Bormann...

— Je vous comprends, approuva Fegelein. On vous fait faire un sale boulot. Rassurez-vous, comme pour moi, ce mauvais moment à passer ne sera pas long...

— Adieu, dit le SS en pivotant sur les talons, mais sans saluer à l'hitlérienne.

Le condamné trouva que l'officier mettait un temps très long pour rejoindre ses hommes. Comme s'il traînait volontairement la jambe. Derrière le peloton, l'horizon continuait de haleter. Telle la gueule énorme d'un monstre crachant le soufre et le feu.

A sa troisième bouffée de cigarette, Fegelein retrouva brusquement le sens de la réalité.

— C'est absurde, pensa-t-il. Je ne vais quand même pas mourir ?

— Legt an !

Un commandement bref retentit. Neuf fusils se levèrent d'un même mouvement.

Une panique soudaine s'empara du condamné. Il retrouva aussi le goût oublié de la vie. Simultanément, la peur le paralysa. Il en revint au même point que quelques dizaines d'heures auparavant. Lorsque, grimpé sur un escabeau, il attendait le coup de pied fatal qui le ferait basculer dans le néant.

D'autres idées se précipitèrent, se bousculèrent dans son cerveau. Il estima qu'il était indispensable qu'il criât. Qu'il protestât avant de mourir. Qu'il lançât une réprobation. Une insulte contre Hitler ! Contre Bormann ! Mais les mots s'embrouillèrent dans son esprit. Il ne put en exprimer aucun.

— Feuer !

La mort le foudroya dans cet état d'extrême confusion mentale.

Après avoir une nouvelle fois quitté sa maîtresse en pleurs, Hitler était revenu dans son bureau. Les dépêches reçues pendant sa courte absence ne le rassurèrent pas. En provenance des ambassades allemandes dans différents pays neutres, les informations selon lesquelles Goering et Himmler avaient entrepris des pourparlers d'armistice avec les Occidentaux se confirmèrent. Le dictateur en conçut un regain de haine contre les deux traîtres. Dans la crainte que les ordres qu'il avait donnés pour les faire arrêter et exécuter ne fussent pas suivis d'effet, il décida de confier à von Greim, le nouveau chef de la Luftwaffe, le soin de s'assurer que tout s'était passé selon ses desiderata. Il se rendit aussitôt à l'infirmerie où l'état du blessé ne s'était guère amélioré. Son pied avait doublé de volume. L'infection lui causait une forte fièvre. Sans s'occuper du handicap physique de son interlocuteur, Hitler exposa :

— Monsieur le maréchal, je vous charge d'une mission sacrée. Vous partirez dans deux heures avec Mlle Reitsch à bord d'un

Arado-96 dont on vient de m'annoncer le récent atterrissage sur l'Axe. Vous vous rendrez au Quartier Général de l'amiral Dönitz et veillerez à l'exécution de mes ordres concernant la mise hors d'état de nuire de Goering et de Himmler. Voici le double de ces ordres précédemment transmis par radio ! Vous pensez pouvoir tenir le coup ?

— Oui, mon Führer !

Aussitôt connue la nouvelle du prochain départ de Ritter von Greim et d'Hanna Reitsch, une véritable fièvre épistolaire s'empara des habitants du bunker. Tous pensèrent que le couple d'aviateurs serait sans doute les seules personnes à pouvoir quitter Berlin et à porter au monde extérieur connaissance de leurs ultimes adieux et volontés.

Avec une sérénité retrouvée, Eva Braun écrivit à ses parents une missive résignée en guise de testament :

« Chers parents,

« Je vous écris ces quelques mots afin que vous ne soyez pas attristés par notre mort. C'est plutôt nous qui sommes remplis de tristesse à l'idée que vous allez continuer à vivre dans le chaos qui va suivre.

Pour moi, je suis heureuse de mourir ici, à côté d'Adolf. Qu'est-ce que la vie pourrait encore me donner ? Ne répandez pas de larmes sur nos morts. C'est la fin la plus parfaite. La plus convenable... »

Dans la suite de sa missive emplie de banalités, la jeune femme ne parla pas une seul fois du sort de Frédéric. Elle se conforma en cela aux recommandations de son amant, lequel voulait éviter qu'après leur disparition, leur fils eût à souffrir de ses origines. Seuls quelques initiés seraient chargés de retrouver l'enfant. De veiller sur lui jusqu'à sa majorité en attendant qu'il pût jouer le rôle qui lui était promis à la tête du Quatrième Reich.

Quant à la lettre destinée à sa sœur Gretl, Eva Braun n'y fit pas allusion aux événements auxquels Hermann Fegelein avait été mêlé ni bien sûr à son exécution sommaire sur les ordres du Führer.

Dans un bureau voisin, Magda Goebbels rédigea aussi un dernier message à l'adresse de son fils Harald Quandt. Celui-ci, alors âgé de vingt-quatre ans, était issu de son premier mariage avec un richissime industriel du textile, Günter Quandt, dont elle avait divorcé en 1931 pour épouser Goebbels. En ce mois d'avril 1945, Harald était interné dans un camp de prisonniers allié.

Dans l'abri du Führer, avril 1945.

« Mon fils bien-aimé,

« Voilà déjà six jours que nous sommes ici près du Führer : Papa, tes six frères et sœurs et moi. Nous sommes ici pour donner à notre manière de vie nationale-socialiste la seule fin possible et honorable pour elle.

« Je ne sais pas si tu recevras jamais cette lettre ? Mais peut-être qu'une âme pitoyable permettra qu'on te transmette mes dernières tendresses. Tu dois savoir que c'est contre le désir de papa que je suis restée ici avec lui. Dimanche dernier, le Führer lui-même a voulu me décider à partir. Tu connais ta mère, car nous sommes du même sang. Pour moi, il n'y avait aucune autre alternative. La vie ne vaudra plus d'être vécue dans le monde qui viendra après Hitler et le national-socialisme.

« Par conséquent, j'ai amené les enfants avec moi. Ils sont trop précieux pour la vie qui viendra après nous. Un Dieu de pitié me comprendra quand j'aiderai moi-même à leur délivrance. Tu continueras à vivre et pour toi, je n'ai qu'une requête à faire : n'oublie jamais que tu es allemand. Ne fais rien contre ton honneur et prends soin que jamais tu ne fasses dans ta vie quelque chose qui rendrait notre mort sans effet.

« Hier soir, le Führer a retiré son insigne d'or du parti et l'a épinglé sur ma robe. J'en suis fière et comblée de joie. Dieu veuille que j'aie la force d'accomplir la tâche dernière et la plus difficile de toutes.

« Il ne nous reste plus qu'une idée en tête : être fidèles au Führer jusqu'à la mort; avoir la permission de finir notre existence avec lui est une faveur du Destin sur laquelle nous pouvions difficilement compter.

« Cette lettre va partir, Hanna Reitsch l'emportera. Elle doit s'envoler bientôt.

« Je jette mes bras autour de toi avec l'amour le plus profond venant du cœur d'une mère.

« Mon fils bien-aimé, vis pour Allemagne !

Ta mère,

Magda Goebbels. »

La plupart des autres occupants du Führerbunker rédigèrent aussi des lettres destinées à leurs familles ou à leurs amis. Hitler fut le seul à ne pas confier de message personnel aux deux aviateurs. Il se réservait de faire partir ses dernières volontés par une autre filière. Avant de les quitter, il remit au nouveau maréchal de l'air et à sa compagne un petit cylindre de cuivre contenant deux minuscules ampoules en leur disant :

— Il s'agit de deux doses d'un poison violent. Du cyanure de potassium. Si, par malchance, vous tombez entre les mains des Russes, vous pourrez leur échapper en avalant le contenu de ces fioles ! Bonne route !

Dès qu'on l'eut hissé hors du Führerbunker, von Greim comprit que Hanna Reitsch et lui n'étaient pas au bout de leurs peines. Au cours des heures précédentes, les rouges s'étaient beaucoup rapprochés du centre de Berlin. Ils concentraient leurs tirs de plusieurs côtés à la fois sur la Wilhelmstrasse, la Friedrichstrasse et la porte de Brandebourg. Ils pensaient que Hitler et ses fidèles se tenaient en ces lieux pour y mener leur ultime combat. Tout le périmètre situé autour de la Chancellerie était pilonné par un effroyable feu roulant. Chaque minute, des dizaines de projectiles explosaient au hasard entre les murailles calcinées de la Chancellerie. La traversée du Tiergarten s'avérait extrêmement périlleuse.

Aidé par deux officiers qui le soutinrent aux aisselles, le nouveau maréchal du Reich et sa compagne parvinrent jusqu'à la Vosstrasse où une voiture blindée les prit à son bord. Commença alors une randonnée acrobatique entre les décombres, les cratères, les éclatements d'obus, jusqu'au poste de contrôle aérien situé près de la Colonne de la Victoire. Il leur fallut près de deux heures pour arriver à destination après avoir quitté le bunker.

L'avion de la dernière chance attendait ses passagers sous un hangar à moitié démoli. Grâce à l'incandescence des incendies, on voyait très bien le tracé de l'Axe qui allait servir de piste d'envol improvisée. Apparemment, ce terrain n'était pas encore trop parsemé de trous ni encombré de gravats. Mais la situation pouvait changer d'une minute à l'autre si l'ennemi s'apercevait qu'un appareil cherchait à quitter Berlin en utilisant cette artère. Dans ces conditions, le décollage serait une question de chance.

En hâte, toujours aidés par leurs accompagnateurs, les deux messagers de l'impossible se hissèrent dans la carlingue. Von Greim souffrait atrocement de sa blessure. Il geignait, était au bord de l'évanouissement. Hanna Reitsch semblait de son côté très calme. Parfaitement sûre d'elle.

Après la mise en route du moteur, l'Arado-96 se dégagea du hangar et vint se placer face à la piste. Il roula quelques minutes en cahotant, tous feux éteints, parmi les débris éparpillés sur l'allée, puis, après un ultime soubressaut, s'arracha du sol en pleine vitesse.

Il était temps !

Sans doute alertés par leurs guetteurs, les servants des batteries soviétiques venaient de se mettre à arroser d'obus les abords de la Colonne de la Victoire !

Du haut des airs, un spectacle véritablement dantesque s'offrit à la vue des aviateurs. Le centre de Berlin n'était plus qu'un énorme cratère. Un bouillonnement de flammes rouge, jaune, violette s'en échappait comme des entrailles d'un volcan. Des lueurs vives cernaient à courte distance ce calice incandescent. Elles formaient un collier de pointillés irréguliers. C'étaient les coups de départ des canons russes. Ils étaient regroupés au touche à touche sur tout le périmètre du réduit nazi. A l'extérieur de ce cercle infernal, les quartiers de la ville déjà conquis par les rouges continuaient à se consumer, mais les incendies y semblaient moins ardents.

A hauteur de la porte de Brandebourg, l'Arado-96 fut pris soudain dans les rets des projecteurs soviétiques qui biffaient la nuit de leurs longs faisceaux livides. Les obus traçants de la DCA environnèrent bientôt l'appareil. Il fut secoué durement et même frappé par plusieurs éclats. Il parvint cependant à échapper à ce nouveau danger. A mille cinq cents mètres d'altitude, il entra enfin dans une couche de nuages dont l'épaisseur lui permit de se soustraire aux regards des canonniers ennemis.

Après un voyage sans histoire durant le reste de leur parcours, les deux derniers visiteurs d'Adolf Hitler se posèrent, vers minuit, sains et saufs sur l'aérodrome de Reichling. Ils en repartirent peu après en direction de Ploen, siège du Q G de l'amiral Dönitz.

En cette soirée du 28 avril 1945, les éléments avancés russes n'étaient plus éloignés que d'environ un kilomètre de la Chancellerie, le sanctuaire du nazisme. Face à la résistance farouche des hitlériens qui leur disputaient le terrain mètre par mètre, les rouges commençaient à s'impatienter. La bataille avait atteint son paroxysme. On s'entre-tuait partout. Dans les cages d'escaliers des immeubles. Dans les appartements aux cloisons perforées par les obus. Derrière les monceaux de gravats servant de barricades. Dans les gares, au milieu des enchevêtrements de locomotives, de wagons déraillés. Dans les bouches et les couloirs du métro. Dans les égouts...

Les troupes d'assaut de la Garde, élite de l'armée soviétique, n'avaient plus en face d'elles que des forces disparates. Sans commandement centralisé. Sans logistique. Ces desesperados faisaient partie des débris de divers corps blindés. Ils n'avaient plus à leur disposition que quelques poignées de Panthers ou de Tigers. Ils étaient appuyés par ce qu'il restait des régiments défaits de la Wehrmacht. Par des rampants de la Luftwaffe. Des marins ramenés en hâte des ports de la Baltique. Des réservistes de la Wolksturm. Des Russes dévoyés, de l'armée Vlassov. Des volontaires des Légions antibolcheviques française, belge, norvégienne...

On comptait aussi parmi ces troupes un nombre important de SS. De ceux qui avaient combattu courageusement sur la Vistule et sur l'Oder. Contrairement à leur chef Himmler, ces hommes fanatisés n'avaient pas perdu leur foi nationale-socialiste. Ils étaient prêts à mourir jusqu'au dernier pour leur idéal.

Les plus acharnés étaient les lycéens de la Hitlerjugend. Ces adolescents faisaient preuve d'une rare audace. Ils se défoulaient en tirant au Panzerfaust contre les chars russes. Insaisissables, ils se glissaient jusqu'à l'arrière des lignes ennemies et y causaient des ravages considérables.

Ces enragés n'étaient cependant plus qu'une poignée. L'armée allemande dans son ensemble n'existait plus. Au cours des huit jours précédents, des centaines de milliers de soldats avaient déserté. S'étaient rendus aux Russes. Il ne restait plus face à ces derniers que les fanatiques du régime. Les meilleurs d'une impitoyable sélection par le feu. Une phalange redoutable, bien décidée à vendre chèrement sa peau.

Plus le front rétrécissait, plus la lutte devenait opiniâtre. Les lignes allemandes, qui avaient couvert autrefois les rivages de l'Atlantique, de la Méditerranée, englobé la Neva et les lacs de Finlande, couru sur les sommets du Caucase, n'embrassaient plus en cette fin avril 1945 qu'un parc de plein air, un jardin zoologique, quelques quartiers populaires et les palais délabrés où s'était élaborée, des années durant, la politique hégémonique du Troisième Reich. La capitale, qui s'étendait jadis sur quatre cent trente et un mille kilomètres carrés s'était rétrécie comme une peau de chagrin pour n'en plus comprendre qu'une dizaine.

Hitler, dont l'ambition avait été de diriger le monde, ne régnait plus que sur un royaume de ruines embrasées. Sur les jardins du Tiergarten où les arbres arrachés, les bancs déchiquetés, les statues abattues, les entonnoirs d'obus, les centaines de cadavres épars sur les pelouses, ressemblaient plus au champ de bataille de Verdun qu'à un agréable lieu de promenade.

Durant la soirée du 28, un nouveau coup dur frappa les occupants du Führerbunker. Jusque-là, ils avaient pu continuer à communiquer avec le monde extérieur par l'intermédiaire d'un ballon captif muni d'une antenne radio, se balançant en plein ciel au-dessus de Reinsberg. Un projectile russe ayant frappé de plein fouet la saucisse, tous les contacts directs cessèrent à partir de cet instant avec les Q G de l'O K W et de l'amiral Dönitz.

Désormais, Hitler ne pouvait plus influencer le cours des événements. Il ne pouvait plus que les subir !

Lorsqu'on vint arracher Walter Wagner à la barricade où il combattait, près de la Friedrichstrasse, avec la compagnie de la Wolksturm à laquelle il appartenait, on lui expliqua brièvement qu'il s'agissait de venir célébrer un mariage. Pris depuis des heures, comme tous ses camarades de combat, sous les tirs nourris des canons et des mitrailleuses soviétiques, le fonctionnaire berlinois de l'état civil accueillit très mal ce qu'il considéra d'abord comme une plaisanterie de mauvais goût. Mais les deux sous-officiers SS chargés de le requérir lui montrèrent l'ordre qui émanait directement du Führerbunker. Il s'empressa donc d'obtempérer. Il fit cependant observer à ses deux visiteurs qu'il ne portait pas sur lui les formulaires officiels et que sans ces papiers il ne pouvait valablement procéder à la cérémonie.

Les SS réquisitionnèrent aussitôt une voiture blindée et, après de multiples détours à travers les rues de Berlin, conduisirent le fonctionnaire jusqu'à son domicile où il put se munir des documents nécessaires.

Durant tout le voyage, le brave homme interrogea ses accompagnateurs pour essayer de savoir quels étaient les deux originaux, sinon les cinglés, qui avaient décidé d'unir leurs destinées en cette nuit du 28 au 29 avril 1945. Il leur fit remarquer que le concert qui éclatait dans le ciel berlinois ressemblait plus aux trompettes de l'Apocalypse qu'à une marche nuptiale.

Les deux sous-officiers SS furent incapables de lui répondre.

Comme d'habitude, ils avaient obéi à cet ordre aberrant sans chercher à comprendre.

Ce fut seulement en arrivant dans le Bunker de la Chancellerie que Walter Wagner apprit les raisons de son déplacement. Bormann l'informa qu'il allait procéder au mariage du Führer. Il en fut littéralement sidéré.

A peine remis de son étonnement, on le conduisit dans une petite salle aux murs recouverts de cartes d'état-major où se trouvaient déjà plusieurs officiers supérieurs ainsi qu'un certain nombre de civils. On lui fit prendre place derrière une table où il étala ses papiers.

Transplanté en moins de deux heures des avant-postes où il participait à une sanglante bataille jusqu'à ce souterrain où beaucoup de hauts dignitaires du régime semblaient s'être donné rendez-vous, Wagner avait du mal à réaliser ce qui lui arrivait. Il n'avait même pas eu le temps de changer de vêtements. Il portait un vieux costume râpé et des souliers boueux. Fort heureusement, son brassard de la Volksturm attestait sa qualité de combattant. Ça excusait son laisser-aller vestimentaire.

Lorsqu'il releva la tête, après avoir consulté une dernière fois ses formulaires, il reconnut soudain Adolf Hitler. Il venait de faire son apparition dans la pièce et se tenait debout en face de lui. Il n'avait jamais eu l'occasion de l'approcher d'aussi près. Par rapport aux nombreux portraits qu'il avait vus de lui, il le trouva changé. Terriblement vieilli.

Le Führer avait revêtu une veste grise et un pantalon foncé. En dehors de son brassard orné de la croix gammée, il n'arborait aucune autre décoration. Une femme, jeune et jolie, se tenait à sa gauche. Elle portait une longue robe en taffetas noir. Un corsage sans manches au décolleté carré orné de deux roses. Elle avait un collier de perles autour du cou, une montre en platine sertie de diamants au poignet.

L'officier d'état civil se rasséréna peu à peu. Il commença même à mettre un nom sur les visages des personnes qui se tenaient derrière le couple. Il identifia le docteur Goebbels et son épouse. Le Reichsleiter Martin Bormann qui s'était entretenu avec lui dès son arrivée. Arthur Axmann, chef des Jeunesses hitlériennes, facilement reconnaissable parce qu'il était amputé d'un bras. Parmi les militaires, les généraux Krebs et Burgdorf...

Le Führer prit le premier la parole. D'une voix calme, un peu altérée par l'émotion :

— Monsieur Wagner, j'espère que vous comprendrez qu'en raison des événements, nous n'avons pu respecter les formalités préalables concernant la publication des bans.

— Oui, mon Führer... Je comprends...

— Cependant, pour tout le reste, vous pourrez procéder ainsi que vous le faites d'habitude.

— Oui, mon Führer.

Walter Wagner plongea aussitôt le nez avec empressement dans les paperasses étalées devant lui. Comme s'il cherchait dans la lecture des textes officiels un bon moyen de surmonter définitivement son trouble. Il releva enfin la tête et, après avoir toussé discrètement pour s'éclaircir la voix, il demanda :

— Mon Führer... Et vous aussi, madame... Voulez-vous jurer que vous êtes tous deux de purs aryens ? Exempts de maladies héréditaires susceptibles d'empêcher votre union ?

Les deux candidats au mariage levèrent la main droite et affirmèrent en chœur :

— Nous le jurons !

Le reste de la cérémonie administrative fut expédié avec la même célérité. On passa ensuite à la remise des alliances. Celles-ci s'avérèrent nettement trop grandes. Les nouveaux époux furent obligés de s'en contenter. Il n'y en avait point d'autres à l'intérieur du bunker. Pour trouver ces deux anneaux, Bormann avait dû solliciter les services de la Gestapo. Les bagues avaient une sinistre provenance. Elles faisaient partie des milliers de bijoux et de prothèses dentaires en or que les bourreaux de la police nazie arrachaient après leur mort à leurs victimes.

Vint le moment de remplir les formulaires d'état civil. Le

Führer se contenta de répondre aux deux premières questions. Pour ne pas offrir sans doute à la postérité l'occasion de s'interroger sur ses véritables origines [1]. D'après la loi, les personnes désirant se marier devaient apporter la preuve que leurs quatre grands-parents immédiats étaient de pure race aryenne. Or, Hitler ne savait pas précisément qui était son aïeul paternel.

Quant à Eva, émue comme le sont toutes les jeunes mariées, elle se trompa en signant l'acte. Elle commença par tracer un B à la suite de son prénom. Puis, se ravisant, elle biffa cette lettre d'un trait de plume. Rougissante d'une émotion mal contenue, elle écrivit enfin pour la première fois de sa vie au bas d'un document officiel : Eva Hitler, née Braun !

Sur la même feuille, Goebbels et Bormann apposèrent à leur tour leurs signatures en qualité de témoins et Wagner y ajouta son propre paraphe. Comme il était lui-même fort troublé par l'événement auquel il participait, il signa « Waagner » avec un « a » de trop [2].

La cérémonie administrative s'acheva quelques minutes avant minuit, le 28 avril 1945.

Après ces formalités, le couple se dirigea bras dessus bras dessous vers leur appartement privé. Entre une double haie d'honneur formée par les familiers du bunker, lesquels applaudirent à tout rompre.

Grand ordonnateur de ces épousailles, Martin Bormann avait tenu à ce que tout se déroulât normalement. Il avait fait dresser la table d'un lunch dans le salon. Demandé qu'on approvisionnât la salle des gardes et le central téléphonique en bouteilles de champagne. Les nouveaux époux reçurent les félicitations d'usage puis vidèrent une coupe en compagnie de l'assistance. Une secrétaire

---

1. On a, depuis, beaucoup épilogué sur cet « oubli » de Hitler. Fallait-il voir dans cette omission une précaution ultime afin qu'on ne tentât pas, plus tard, de remonter jusqu'à Aloïs Hitler, son père, fils naturel de Maria Schiklgruber et peut-être d'un jeune bourgeois juif de Graz ?

2. Par la suite, après l'occupation du bunker par les Russes, la copie de l'acte de mariage traîna plusieurs mois sur le sol boueux avant que quelqu'un ne s'avisât de l'importance historique de ce document.

crut bon de brancher un phonographe et de faire entendre à nouveau la scie à la mode :

« Blutrote Rosen erzählen
Dir von Glück... »

La musique, pas plus que le champagne, ne détendit l'atmosphère sinistre de la réunion. Les visages crispés des nouveaux mariés n'engendraient guère l'allégresse. L'un des officiers subalternes, qui avait armé son appareil photographique, renonça à prendre un cliché. Cette noce étrange ressemblait plus à une sortie de cimetière qu'à une sortie d'hôtel de ville.

Tous les invités s'efforcèrent de parler de choses futiles afin de détourner le couple de ses préoccupations. On évoqua des souvenirs du bon temps. De l'époque des premières réunions du parti dans les arrière-salles des brasseries munichoises. Des premiers défilés. Des heurts avec les organisations de gauche. Avec la police. Des banquets monstres qui avaient suivi les succès électoraux des nationaux-socialistes.

Au grand étonnement de ceux qui l'avaient entendu parler de suicide quelques heures plus tôt, Hitler se mit soudain à évoquer l'avenir en des termes qui sidérèrent une nouvelle fois son auditoire.

— Ne croyez pas, déclara-t-il, que j'ai accompli tout ce que j'ai fait par ambition. Une force plus forte que moi m'a poussé en avant. M'a dicté tous mes actes. Moi, dans le fond, je n'étais qu'un bon Allemand moyen. Qui eut un jour pour son plus grand tracas la révélation de son destin national. A toute cette puissance, à tous ces honneurs concentrés sur ma personne, j'aurais préféré, croyez-le bien, une vie beaucoup plus normale. Beaucoup plus simple. En épousant Eva, je viens d'avoir conscience d'aborder une phase nouvelle de mon existence. A présent que la guerre s'achève, je vais être heureux de pouvoir me décharger de toutes mes responsabilités. Je vais pouvoir enfin mener une vie de petit-bourgeois. Dans une propriété enfouie sous la verdure. Dont je ferai interdire l'accès à quiconque portera une serviette de fonctionnaire ou un uniforme !

Il eut un petit rire forcé qui n'engendra aucun écho chez ses interlocuteurs stupéfiés par ces paroles. Hitler venait-il de parler sérieusement ? Le champagne qu'il n'avait guère l'habitude de consommer le faisait-il divaguer ? Etait-il possible que le Maître du Troisième Reich tînt des propos aussi aberrants ? Qui cherchait-il à bercer d'illusions ? Sinon lui-même ?

Ce beau rêve utopique ne dura pas longtemps. L'implacable réalité extérieure se chargea de le détruire. Des coups sourds, énormes, répétés, martelèrent à nouveau les voûtes du bunker. Pendant plusieurs minutes, les explosions se succédant en surface ébranlèrent l'ouvrage de béton jusqu'en ses profondeurs. La lumière vacilla, s'éteignit et se ralluma à trois reprises. Des morceaux de plâtre se détachèrent du plafond, s'éparpillèrent dans le salon, polluèrent les coupes de champagne.

Une même lueur d'incertitude, sinon d'épouvante passa dans les regards de tous les invités.

La fête était finie. Chacun se rappela brusquement que les rouges ne se trouvaient plus qu'à quelques centaines de mètres de là. Bientôt, il faudrait subir leur loi impitoyable. Leur rendre des comptes.

Pendant plusieurs minutes, lorsque le silence se fut enfin rétabli, personne ne prononça un mot. Tous se sentirent envahis par une indicible angoisse. Comme s'ils s'attendaient à voir surgir, d'un moment à l'autre à l'intérieur du bunker, la meute sauvage et hurlante des Yvans.

Adolf Hitler mit un point final à la cérémonie. Il le fit en des termes qui ne trompèrent personne sur ses véritables intentions. Tout ce qu'il avait dit quelques instants plus tôt, emporté par une douce euphorie, s'estompa.

— Frau Junge, demanda-t-il en s'adressant à l'une de ses secrétaires présente dans la salle, voulez-vous me suivre dans mon bureau ? Nous allons travailler...

Puis il ajouta, d'une voix presque normale, afin que tout son entourage en fût informé :

— A présent, le temps presse. Je voudrais vous dicter mon testament politique. Ainsi que mes dernières volontés privées !

III

LA FIN DE HITLER

D'heure en heure, l'Allemagne sombrait militairement, politiquement et surtout moralement au fond de l'abîme. L'édifice du national-socialisme conçu par Hitler, qui devait selon lui durer mille ans, n'avait vécu que douze années. Il s'écroulait par pans. Mur après mur. Comme les immeubles lézardés de Berlin. Partout, l'armée allemande se désagrégeait, se débandait. Ses soldats au courage indomptable, dont les exploits avaient fait vibrer les foules. Ses divisions de panzers et d'infanterie qui avaient fait trembler le monde se dissolvaient dans le chaos de la défaite, dans l'humiliation de la débâcle.

Les tankistes abandonnaient leurs chars au bord des routes. Les artilleurs immergeaient leurs canons dans les lacs, les rivières. Les fantassins jetaient leurs fusils, se dispersaient dans les bois. Tous les soldats de la Wehrmacht s'enfuyaient en une course éperdue en direction de l'Ouest. Vers les lignes anglaises ou américaines. Chaque combattant cherchait à se débarrasser de son uniforme, se livrait à une quête désespérée de vêtements civils afin de pouvoir se fondre dans la masse anonyme et pitoyable des réfugiés, des travailleurs étrangers en marche sur les routes, qui tentaient eux aussi d'échapper à l'encerclement des armées soviétiques.

Mais, tandis que les glorieuses troupes hitlériennes détalaient piteusement devant les Russes, par une de ces ironies du sort dont l'Histoire est souvent coutumière en période de grande catastrophe, les derniers défenseurs de Berlin étaient en majorité des étrangers. Surtout des Français !

Dès 1940, Heinrich Himmler avait eu l'idée d'enrôler des volontaires originaires des pays vaincus dans la Waffen SS. Au départ, en 1933, cette unité d'élite de l'armée allemande avait été conçue comme un ordre national-socialiste purement aryen. Une caste, une communauté fraternelle liée par le sang et l'idéologie. Elle devait, dans l'esprit de ses fondateurs, être le creuset de la régénérescence du peuple germanique. Les combats à l'ouest et surtout ceux de l'est n'avaient pas tardé à creuser des vides sanglants dans les rangs des divisions SS. Le Reichsführer entama alors une campagne de propagande effrénée à travers toute l'Europe occupée, afin de recruter des effectifs susceptibles de compenser les pertes enregistrées. Aux Nordiques, aux Scandinaves, vinrent se joindre bientôt des Roumains, des Hongrois, des Ukrainiens et aussi des Français.

Dès 1943, la Waffen SS apparut comme une grande armée internationale de choc. Soudée par la haine du bolchevisme, par la fraternité des combats. Ayant le mépris de la mort, mais aussi de la vie de ses victimes. Sous le même uniforme, portant au col l'écusson noir avec le double S d'argent, sous l'emblème de la Totenkopf [1] indiquant qu'ils étaient toujours prêts à tuer ou à être tués, ces mercenaires étrangers qui n'étaient au départ qu'une poignée devinrent bientôt majoritaires. En 1945, sur le million de combattants de la Waffen SS, plus de six cent mille n'étaient pas d'origine allemande. Durant les rudes combats de l'Est, face à la marée russe déferlant vague après vague, loin d'être affrayés, ces hommes sentirent au contraire croître leur fanatisme. Ils crurent que leur mission avait un caractère sacré. Qu'ils étaient vraiment le dernier rempart de l'Occident contre la barbarie venue des steppes.

Depuis déjà plusieurs jours, avec l'idée qu'ils défendaient l'Europe et non la capitale du Reich, les soldats de la 33e division SS de grenadiers blindés « Charlemagne » s'accrochaient aux ruines de

1. Tête de mort.

Berlin dans l'espoir de stopper la progression des bolcheviques. Solidement retranchés dans les immeubles de la Hedemannstrasse, malgré le feu terrible de l'artillerie russe, malgré les assauts répétés des Yvans, les Français tenaient bon. Sans eux, le bunker de la Chancellerie eût été sans doute investi depuis longtemps par les rouges. Les personnages grotesques qui s'y agitaient encore eussent été obligés de vider précipitamment les lieux. Comme les rats-taupes abandonnent leurs galeries lorsque l'inondation fait monter le cours des rivières.

— Voici mes testaments, Bormann. J'ai travaillé toute la nuit avec Frau Junge pour les rédiger. A présent, tout est réglé. Je suis débarrassé de ce souci !

Hitler laissa échapper un soupir et grimaça un vague sourire.

— J'aurais voulu pouvoir offrir une autre nuit de noce à ma chère épouse. Malheureusement, les circonstances ne me l'ont pas permis. Dans un autre monde peut-être... ? S'il existe ?... J'espère que la Providence m'accordera plus de temps. Que je pourrai enfin couler des heures paisibles... Sans me soucier du sort des autres. Je pourrai me consacrer entièrement à mon épouse. Nous serons heureux... Car nous allons bientôt franchir ensemble le grand pas. Eva a en effet décidé de mourir avec moi. Je ne m'opposerai pas à sa volonté...

Hypocrite selon son habitude, le Reichsleiter s'efforça de jouer les affligés :

— Pourquoi vous obstiner dans cette funeste décision, mon Führer ? Vous pourriez encore partir ! Je vous rappelle que j'ai tout prévu pour que vous puissiez quitter Berlin. Afin de continuer la lutte autre part. Vous pouvez même quitter le sol allemand si vous le désirez. L'un de nos sous-marins, l'U.977, est prêt à vous transporter jusque dans un pays ami, soit en Espagne, soit en Argentine [1]...

1. Commandé par le capitaine Heinz Schaeffer, ce sous-marin quitta effectivement l'Europe le 2 mai 1945. Après une traversée de 66 jours sous l'Atlantique, sans remonter en surface, ce qui constitua un exploit unique à l'époque, le submersible aborda les côtes d'Argentine. A partir de ce moment naquit une légende selon laquelle Hitler et Eva Braun auraient voyagé à bord de l'U.977 et se seraient réfugiés dans ce pays sous la protection du général Perón.

Tassé derrière son bureau, Hitler portait le même uniforme que la veille. La lassitude se lisait sur son visage. Aussi une sorte d'apaisement. Comme s'il avait dépassé les limites de l'angoisse.

— Non, Bormann... Non, rétorqua-t-il en secouant la tête. N'essayez pas vous aussi de me faire changer d'avis. Pour un homme d'honneur, il n'existe pas d'autre solution que celle que j'ai volontairement choisie. Ma décision est prise. Je ne la remettrai plus en question. Pour mon fils, pour l'Allemagne, pour la résurrection future de mes idées, je dois disparaître. Je n'offrirai pas aux historiens de ce siècle terrible l'image d'un Hitler contraint de fuir son pays envahi. D'un Führer obligé de se cacher comme un criminel. Je n'ai d'ailleurs plus assez de force physique pour mener une existence de proscrit...

Il baissa la tête et s'interrompit pour réfléchir. A l'extérieur, le bombardement ne décroissait pas. Parfois, aux explosions des obus de gros calibres, se mêlaient celles des bombes lâchées par des avions. Rendus furieux par l'acharnement des derniers défenseurs de Berlin, les Russes employaient tous les moyens pour réduire les nids de résistance. Joukov avait promis à Staline qu'il prendrait la capitale du Troisième Reich le 1er mai. Il mettait toutes ses forces humaines et matérielles en œuvre pour tenir ce pari.

Sous cet ouragan de feu et d'acier, le bunker de la Chancellerie commençait à donner des signes de défaillance. Déjà, les couches supérieures du béton armé étaient transpercées en plusieurs endroits. Le système de ventilation s'était enrayé. L'air frais n'arrivait plus que par des gaines mal dégagées. L'antenne de l'émetteur de 100 watts ayant été sectionnée, il n'existait plus aucune liaison radio avec les différents secteurs de défense de la ville. Les communications ne se faisaient plus à présent que par des estafettes humaines.

A l'issue d'une longue réflexion, Hitler reprit :

— Ainsi que je vous l'ai dit, Bormann, si j'ai décidé de mourir, c'est surtout pour préserver mon fils. Sa pensée ne m'a pas quitté un seul instant tandis que je dictais mes dernières volontés à Frau Junge. Frédéric... Je porte une lourde responsabilité dans tout ce qu'il lui arrive... J'aurais dû le faire venir plus tôt à Berlin... Ici, auprès de moi, il aurait été en sécurité... J'aurais dû permettre à sa mère d'aller le chercher à Berchtesgaden... Eva l'aurait protégé... Ce salaud de Fegelein n'aurait pas eu la tentation de l'enlever...

Il soupira et esquissa un geste de désespoir.

— Dire qu'il est actuellement entre les mains de Himmler ! De ce monstre insensible. Il est capable de tout pour m'arracher une décision contraire à l'honneur. Car il se servira de Frédéric pour me faire chanter ! J'en suis sûr ! Comment pourrais-je refuser de céder à ses menaces s'il s'en prenait à mon enfant ?

Il secoua à nouveau la tête et reprit d'une voix rauque, mais plus assurée :

— Je ne veux pas que la vie de mon fils soit le prétexte d'un marchandage ! Eva et moi préférons donner la nôtre pour le sauver ! Notre sacrifice le sauvera !

Comme son interlocuteur ne semblait pas très bien comprendre le sens de ces propos, il ajouta, d'une voix nouée par un sanglot mal contenu :

— Lorsque nous serons morts, Heinrich Himmler ne pourra plus user de son otage pour assouvir son ambition. Il ne pourra plus troquer Frédéric contre sa propre sécurité, sa propre vie. Rien ne prouvera qu'il dit la vérité en prétendant détenir mon fils. Frédéric ne sera plus le fils d'Adolf Hitler. Ce sera un enfant sans nom. Un enfant perdu. Un parmi les milliers d'orphelins que cette guerre aura faits...

Bien qu'il fût depuis longtemps à son service, Martin Bormann était toujours impressionné par les qualités divinatoires de son maître. Celui-ci avait la prescience de certains événements. Certes, il lui arrivait de se tromper. La chute du Troisième Reich en était la preuve sanglante. Souvent, aussi, les circonstances lui donnaient raison. C'était vrai en ce qui concernait son fils. Il croyait extrapoler en le représentant comme un petit chien perdu sans collier dont Himmler ne parviendrait pas à prouver les origines. Or, à la suite du récit de Fegelein et de sa maîtresse, le Reichsleiter avait appris que Frédéric Hitler n'existait déjà plus légalement. Personne ne savait et ne saurait jamais ce qu'il était devenu. Dans quel but la femme en noir l'avait-elle enlevé ? S'agissait-il d'un rapt concerté ? Du geste d'une folle, comme le prétendait le beau-frère d'Eva Braun ? Il s'était interrogé en vain sur les mobiles de la ravisseuse et en était arrivé à penser lui aussi que c'était à la suite d'un enchaînement d'événements totalement fortuits que l'enfant avait disparu.

Après avoir évoqué l'avenir de son fils et tracé à l'avance le prestigieux destin qui serait le sien lors de la renaissance du national-socialisme, le Führer revint à des préoccupations plus immédiates.

— J'ai rédigé deux testaments, expliqua-t-il d'une voix calme. Le premier est destiné à masquer mes véritables intentions en ce qui concerne l'avenir de l'Allemagne. J'y désigne, comme mon successeur à la tête du Troisième Reich, le grand amiral Dönitz...

Bormann eut un sursaut en entendant ces paroles. Son visage se crispa et son regard ne put dissimuler une lueur haineuse.

Dönitz dauphin de Hitler !

C'était une éventualité à laquelle il n'avait jamais songé. Ce choix avait échappé jusqu'ici à toutes ses analyses. Il sentit croître en lui un ressentiment féroce envers l'homme qui venait de lui jouer ce sale tour. Il fut sur le point de sortir de sa réserve. De sa servilité. De cracher en pleine figure à son maître ce qu'il avait sur le cœur.

Le dictateur ne s'aperçut pas de la transformation qui venait de s'opérer dans le comportement de son secrétaire particulier. Il poursuivit, d'un ton toujours très pondéré :

— Ce premier testament ne servira qu'à berner nos vainqueurs. Je doute fort, d'ailleurs, qu'après notre défaite, ils maintiennent longtemps en fonction le chef d'Etat que j'aurai désigné. A mon avis, ils s'empresseront de démanteler l'Allemagne. De la morceler en plusieurs régions pour mieux la dominer. C'est ce que j'avais fait moi-même en 1940 avec la France en y créant différentes zones d'occupation.

— Dans ce cas, il n'y aura plus d'espoir pour l'Allemagne,

observa méchamment Bormann, pour contredire Hitler. L'Allemagne sera définitivement foutue !

— Non, reprit le Führer. Nul ne pourra jamais éteindre l'esprit germanique. Dans le passé, il a survécu à des catastrophes aussi graves. L'Allemagne renaîtra de ses cendres. Sans doute plus vite que ses ennemis ne le croient. J'ai consacré entièrement mon second testament à sa résurrection.

De sa main valide, Hitler saisit une liasse de feuillets reliés par des agrafes. Il la tendit à son interlocuteur.

— Voici ce document secret, Bormann. Il vous est destiné. Car c'est vous, le plus fidèle, le plus dévoué, le plus capable de tous mes disciples que j'ai désigné comme véritable continuateur de mon œuvre. Après ma mort et celle de mon épouse, vous serez le seul à pouvoir parler et agir en mon nom !

Pourtant familier de ce genre de coup de théâtre, le Reichsleiter n'en crut pas ses oreilles. Cette décision ultime retournant la situation en sa faveur le laissa pantois. Il ne put que bégayer stupidement :

— Mon Führer... Mon Führer...

— Nul autre que vous n'avez mieux mérité cette place, Martin. Vous êtes le seul de tous mes adjoints qui n'ayez jamais failli. Comme moi, vous avez toujours tout sacrifié aux intérêts supérieurs de la nation. Vous n'avez jamais recherché les honneurs, comme Goering. Intrigué dans l'ombre par ambition, comme Himmler. Altéré votre réputation en oubliant les devoirs de votre charge et de votre famille par des relations féminines scandaleuses...

Il n'ajouta pas : « Comme Goebbels », mais cela se sous-entendit.

— Dans quelques heures, vous serez le nouveau Führer du Reich ! Mon testament contient des pièces officielles qui vous feront reconnaître comme tel par toutes les instances du parti. Par toutes les autorités civiles et militaires. Par tous ceux qui poursuivront la lutte clandestinement afin que perdure et triomphe le national-socialisme !

Il poursuivit d'un ton plus grave :

— Je n'ai assorti cette désignation que d'une seule condition : que vous vous occupiez de mon fils. Je veux que vous l'arrachiez des griffes de Himmler. Ce sera d'autant plus facile qu'après ma mort et celle d'Eva, Frédéric ne représentera plus rien aux yeux du Reichsführer. Vous vous chargerez de son éducation. Comme s'il s'agissait de votre propre enfant. Je tiens à ce qu'il pousse ses études jusqu'au plus haut niveau. Physiquement, il devra acquérir par le sport la force d'un athlète. C'est cette force qui me manque aujourd'hui pour surmonter nos épreuves. De mon temps, hélas ! le sport n'était pas une discipline pratiquée comme à présent dans les écoles.

Il s'interrompit un court instant et reprit :

— Jour après jour, vous devrez préparer Frédéric à devenir un chef. Trente années exactement après ma disparition, j'entends que vous remettiez à votre tour vos pouvoirs entre ses mains. Afin qu'il devienne le Führer du Quatrième Reich !

Il avait parlé longuement. Sa voix se brisa à nouveau. De fatigue et d'émotion. Il fut obligé de s'arrêter pour reprendre son souffle, avant de conclure :

— Jurez-moi, Bormann, sur la tête de vos propres enfants, que vous respecterez scrupuleusement les termes de notre accord.

Après un trouble passager, le Reichsleiter avait retrouvé la maîtrise de soi. Il se rapprocha du bureau et leva la main droite au-dessus de la liasse de feuillets que Hitler avait déposée devant lui. Comme s'il s'agissait de la sainte Bible, il déclara, d'un ton solennel :

— Mon Führer, je jure d'obéir à vos ordres ! Ainsi que je l'ai toujours fait jusqu'à ce jour !

Puis il ajouta, d'une voix emphatique, en claquant les talons et en saluant à l'hitlérienne:

— Gloire et longue vie à Frédéric Hitler ! Le Führer du Quatrième Reich !

— Merci, Bormann... Merci... A présent, je suis rassuré... Je sais que vous tiendrez parole. Je vais pouvoir mourir en paix.

Il enchaîna :

— J'avais espéré finir mes jours le 5 mai. Anniversaire de la mort de l'empereur Napoléon Ier. Lui aussi était un grand homme. Je l'ai toujours révéré. Hélas ! Je crains de ne pas pouvoir attendre jusqu'à cette date...

Il réfléchit un court instant et s'inquiéta :

— Quelles sont les nouvelles ce matin ? On dirait que le bombardement s'est encore accru ?

— Mon Führer, les bolcheviques ont déclenché une nouvelle attaque.

— Quelles sont leurs bases de départ ?

— Belle-Alliance-Platz, en direction de la Wilhelmstrasse.

Le front du dictateur se plissa. Il calcula mentalement la distance qui séparait encore l'Armée rouge de son repaire. Elle se chiffrait en quelques centaines de mètres seulement.

— Et Wenck ? Où est-il à présent ?

— Aucune nouvelle de lui, mon Führer. Nous avons perdu tout contact avec nos forces combattant à l'extérieur de Berlin.

Le Maître du Troisième Reich soupira, mais sans paraître vraiment accablé par cette nouvelle. Comme s'il s'agissait d'un détail sans importance, il déclara :

— Dans ce cas, la fin est proche. Je m'y suis préparé. A ce propos, j'ai donné, dans mon testament public, toutes les instructions concernant ma mort et celle de mon épouse. J'exige que nos corps soient brûlés. Que nos cendres soient dispersées au vent.

Il ricana, mais sans conviction :

— Ainsi, j'enlèverai à Staline le plaisir de me faire empailler. De garder ma dépouille dans son cabinet de travail pour la montrer à ses visiteurs !

Quelques instants plus tard, à sa demande, Bormann, Goebbels, ainsi que les généraux Krebs et Burgdorf se retrouvèrent dans le bureau du Führer pour apposer leurs signatures au bas de son testament. Pour raison de sécurité et ne pas prêter à confusion, les deux officiers supérieurs n'eurent pas connaissance de ses volontés secrètes concernant l'avenir de son fils. Outre le Reichsleiter, seul le ministre de la Propagande en avait été informé. La veille, au cours d'un long entretien, Goebbels avait manifesté clairement l'intention de mettre lui aussi fin à ses jours. Hitler avait tenté vainement de l'en dissuader. Il aurait voulu que, dans un premier temps, il puisse assurer sa succession. Il lui avait fait cette proposition en premier. Avant de se rabattre sur Bormann. Malgré les différends nombreux qui les avaient séparés à plusieurs reprises au cours des années précédentes, le Führer avait conscience que le ministre de la Propagande était plus intelligent que le Reichsleiter. Plus capable d'assurer la survie puis la renaissance des idées nazies. Malgré tous les arguments de son interlocuteur, Goebbels n'avait pas voulu renoncer à son funeste projet.

— Non, mon Führer, avait-il répondu d'une voix ferme. Pour la première fois de ma vie, je refuse catégoriquement d'obéir à l'un de vos ordres !

— Pourquoi voulez-vous suivre mon exemple ? Pourquoi voulez vous mourir aussi ?

— En dehors du fait que des sentiments d'humanité, de fidélité personnelle à votre cause m'interdisent de vous abandonner en ces instants suprêmes, avait dit Goebbels, si je quittais Berlin actuellement, je serais un traître. Un lâche qui n'oserait plus se regarder dans une glace jusqu'à la fin de ses jours !

— Vous avez des enfants, Joseph... Une épouse... Vous devez penser à eux en premier... A leur avenir...

— Non, mon Führer, je ne partirai pas ! J'ai pris la décision de mourir avec vous. En accord avec ma femme. Elle me suivra dans l'au-delà avec nos enfants.

— Le mort de ces petits êtres innocents sera une chose terrible... Y avez-vous songé ?

— Certes, ils sont encore très jeunes. Trop jeunes pour pouvoir exprimer une opinion personnelle. Mais je suis sûr qu'ils m'approuveraient sans réserve s'ils étaient en âge de comprendre [1] !

1. On retrouve les termes de cet entretien dans un texte intitulé *Appendice du Testament politique du Führer*, que Goebbels écrivit quelques heures avant sa mort et qui fut lu lors du Procès de Nuremberg.

A la suite de cette inébranlable résolution, Hitler décida de désigner Bormann comme légataire du pouvoir occulte de l'après-nazisme. Krebs et Burgdorf ignorèrent l'existence du testament secret.

Trois messagers furent choisis pour faire sortir de Berlin chacun des exemplaires du document destiné à l'amiral Dönitz. Il s'agissait du commandant Willi Johanmeier, aide de camp du Führer; de Wilhelm Zander, officier SS proche de Bormann et enfin de Heinz Lorenz, fonctionnaire au ministère de la Propagande. Le responsable de la section radio du bunker qui, la veille, avait capté le message de l'agence Reuter annonçant la trahison de Himmler.

Selon le plan prévu, les trois hommes devaient traverser les lignes russes et se rendre à Plon, dans le Holstein où le grand chef de la Kriegsmarine avait établi son quartier général. Hitler leur serra chaleureusement la main avant le départ. Il les exhorta à détruire les documents qu'ils transportaient et à garder le silence sur son testament au cas où l'ennemi les ferait prisonniers [1].

Lorsque les trois messagers furent partis, la vie reprit son cours lugubre à l'intérieur du bunker. Le climat devint d'heure en heure moralement et physiquement plus étouffant.

En surface, le bombardement soviétique se poursuivait, avec la même intensité. A chaque instant, des estafettes arrivaient porteuses de nouvelles tragiques. La situation ne cessait d'empirer. Des points d'appui pourtant âprement défendus tombaient. Charlottenburg était presque totalement investi. On se battait de pièce en pièce, de cave en cave dans les immeubles du quartier. Les rouges lançaient attaque après attaque sur la Wilhelmstrasse. Sans tenir compte de leurs pertes énormes. Leur seul objectif était à présent la prise de la Chancellerie. D'après les renseignements fournis par les

1. Les trois hommes parvinrent à franchir tous les obstacles, mais beaucoup trop tard pour que les documents pussent servir à Dönitz. Après la guerre, on eut connaissance des termes du testament politique de Hitler par Lorenz, devenu journaliste professionnel.

prisonniers qu'ils avaient faits, ils savaient que Hitler s'y terrait dans un abri bétonné.

Dans le bunker, où les climatiseurs ne brassaient plus qu'un air vicié, empesté par des odeurs de moisi et les relents d'égouts, une morne torpeur s'emparait des occupants. Les couloirs surpeuplés ressemblaient de plus en plus à ceux des catacombes. Ils étaient déjà hantés par des gens promis à la mort.

La discipline s'étant relâchée, les soldats, au début confinés dans les postes de garde, occupaient à présent la presque totalité des lieux. Même l'antichambre centrale des appartements du Führer.

Il y avait des SS dans tous les couloirs. Couchés à même le sol ou assis. Les clivages hiérarchiques n'existaient plus. Officiers et simples soldats se côtoyaient dans une promiscuité malodorante. Comme l'eau manquait depuis plusieurs jours personne n'avait pu se laver. Les visages sales étaient mangés par la barbe, les mains maculées. Certains avaient ouvert, de leur propre autorité, les réserves à nourriture. Ils s'empiffraient de saumon en boîte, de foie gras, de caviar, de chocolat. Des caisses de champagne, de cognac, de vins fins traînaient partout. Lorsqu'ils avaient bien mangé, bien bu, les grands gaillards blonds s'allongeaient par terre et s'endormaient, insensibles au grondement proche des canons, au tremblement permanent du béton.

Le laisser-aller général avait aussi gagné le personnel administratif. Secrétaires, dactylos, téléphonistes, hommes et femmes de service à présent désœuvrés traînaient sans but à l'intérieur du bunker. Ils ne se gênaient plus pour fumer à deux pas du bureau du Führer. On assista même à une scène extraordinaire. A l'issue d'une de ses stériles réunions, Hitler fut obligé d'enjamber plusieurs corps de SS et d'employés ivres morts qui ronflaient, la bouche ouverte en cuvant leur vin.

A présent, plus personne ne se souciait du Maître du Troisième Reich. Comme tous les autres, ce n'était plus qu'un condamné en sursis. Lui-même se faisait oublier. On ne lisait plus aucune marque d'autorité, de dureté sur son visage. Il ressemblait à un vieillard inoffensif errant, désemparé, dans les couloirs d'un asile.

Vers la fin de l'après-midi, l'officier des transmissions préposé à l'écoute des radios étrangères capta une nouvelle diffusée par l'Agence télégraphique suisse à Berne. Elle annonçait l'arrestation puis l'exécution par les résistants antifascistes italiens de Benito Mussolini et de sa maîtresse Clara Petacci.

Premier officiel à en être informé, Goebbels décida de prendre conseil auprès de Bormann avant de faire connaître ce tragique communiqué à Hitler. Il était pour sa part partisan de ne rien dire. Afin de ne pas impressionner le Führer en ces heures déjà si dramatiques. Le Reichsleiter se montra d'un avis contraire.

Depuis quelques heures, le nouveau dauphin du dictateur vivait sur des charbons ardents. Bien qu'étant déjà virtuellement le Maître du Troisième Reich, il savait que ses fonctions officieuses à la tête du parti et des autorités restées fidèles au national-socialisme, ne prendraient effet qu'à partir du moment où son prédécesseur aurait cessé de vivre. Or, Hitler qui avait parlé à plusieurs reprises de se suicider, ne se pressait plus de passer aux actes. Bormann le connaissait mieux que quiconque. Il savait ce qui retardait sa décision : tout simplement son manque de courage. Le Führer était viscéralement un lâche ! Lui qui avait fait couler des fleuves de sang à travers le monde, il l'avait vu tourner de l'œil un jour qu'une de ses secrétaires s'était mise à saigner du nez. Cette peur physique de la souffrance l'avait toujours retenu de visiter les premières lignes des champs de bataille. De parcourir, même en voiture, les villes allemandes rasées par les bombardements de l'aviation alliée. Après chacun des attentats manqués contre lui, il avait éprouvé une frayeur rétrospective et était entré en transe. Depuis celui perpétré par le colonel comte von Stauffenberg, le 20 juillet 1944 il était devenu maladivement soupçonneux à l'égard de son entourage. Bien qu'il fît fouiller tous ses visiteurs par des SS, il n'était jamais rassuré. Souvent, son regard de bête traquée suivait le geste de ses interlocuteurs lorsque ceux-ci portaient leur main à leur poche pour en sortir un stylo ou un simple mouchoir.

Bormann était de plus en plus irrité par les atermoiements de

Hitler. S'il tardait trop à se suicider, il n'aurait plus aucune chance de s'en tirer lui-même. Les Russes bloqueraient les sorties du bunker. Il devrait se rendre à eux ou se tirer une balle dans la tête pour ne pas tomber entre leurs mains. Or, il avait une terrible rage de survivre. D'abord parce qu'il allait enfin devenir le premier personnage du régime. Mais même sans cette perspective, il tenait à se sortir indemne du chaos. Depuis plusieurs mois, il avait soigneusement mis au point sa propre filière d'évasion. Elle était différente et plus fiable que le fameux plan « Odessa » imaginé par Himmler pour l'évasion des autres hiérarques en cas de défaite de l'Allemagne. Lui savait avec précision quel itinéraire il emprunterait après avoir franchi les lignes soviétiques. En quel lieu il se terrerait en attendant un relâchement des mesures draconiennes que prendraient les vainqueurs pour retrouver les dignitaires nazis. Côté financier, il n'avait pas non plus de souci à se faire. Une fortune considérable placée dans des banques suisses, espagnoles ainsi qu'en Amérique latine lui permettrait de mener plus tard une existence aisée. Il fallait cependant que Hitler se hâtât de franchir le pas. S'il tardait trop longtemps, s'il attendait le dernier instant, l'arrivée des Russes à l'entrée du bunker, alors ce plan d'évasion ne servirait à rien. Il serait pris au piège.

— Nous n'avons pas le droit de cacher cette nouvelle au Führer, répondit-il à Goebbels. Ce serait lui faire injure que de ne pas lui annoncer la mort de son ami Mussolini...

Le ministre de la Propagande regarda son interlocuteur d'un air étrange. Pourquoi celui-ci tenait-il à ce qu'on annonçât brutalement cette tragédie à Hitler ? N'était-ce pas pour lui assener un nouveau coup ? Pour accroître encore son désespoir ? Précipiter sa propre fin ? Expert en machiavélisme, Goebbels ne fut pas dupe de l'empressement mis par Bormann à révéler la vérité à leur maître. Il devina ses véritables intentions. Il s'était toujours méfié de cet individu équivoque avec lequel il n'avait jamais noué de liens amicaux. Aujourd'hui, il lisait fort bien dans son jeu. Le Reichsleiter souhaitait la mort rapide du Führer. Pour lui succéder. Il fut sur le point de lui dire ce qu'il pensait de ce comportement mais y renonça. Depuis qu'il avait pris lui-même la décision de se tuer avec toute sa famille, il se détachait de plus en plus de la réalité, des contingences de l'existence. Il se contenta de hausser les épaules et de déclarer d'un ton las :

— Après tout, si vous y tenez.... Vous pouvez annoncer la nouvelle au Führer... Au point où nous en sommes, ça n'est qu'un malheur de plus...

Hitler était dans son salon, en train de bavarder à voix basse avec sa femme lorsque Bormann et Goebbels entrèrent. Eva avait encore des larmes plein les yeux.

— Mon Führer, commença le Reichsleiter, j'ai une bien triste information à vous communiquer.

En prononçant ces mots, il s'était composé un visage de circonstance. Le couple le regarda d'un air hagard.

— Son Excellence le Duce est mort !

Hitler avait atteint depuis longtemps les profondeurs du désespoir. Comme Goebbels, il n'attendait plus rien de la vie. Cette nouvelle brutale le bouleversa cependant. Malgré tout ce qui les séparait sur le plan des ambitions et du caractère, il avait toujours éprouvé de la sympathie pour Mussolini. Lorsque celui-ci s'était trouvé prisonnier du général Badoglio, en 1943, il n'avait eu de cesse de le faire délivrer. Il avait mis au point un plan hardi et un de ses meilleurs officiers SS, Otto Skorzeny, à la tête d'un commando parachutiste avait pu faire évader le Duce de sa prison du « Gran Sasso » dans les montagnes des Abruzzes.

— Benito est mort ?... murmura-t-il.

— Oui, mon Führer.

— Dans quelles circonstances ?

— Il a été arrêté par des partisans... Des terroristes... Avec plusieurs de ses ministres et... sa secrétaire... Mlle Petacci...

— Arrêté par des partisans ! Par des bandits ! C'est incroyable !

— Le convoi à bord duquel le Duce et ses proches se repliaient est tombé dans une embuscade. On les a fusillés et emmenés à

Milan. Leurs corps ont été offerts, sur une place, aux outrages de la populace.

D'un geste instinctif, en entendant ce récit, Hitler se rapprocha de son épouse. Il entoura ses épaules de son bras valide.

— C'est horrible... horrible, balbutia-t-il. Ce déchaînement de haine... Cette bestialité débridée... C'est un retour en arrière, aux méthodes du Moyen Age... La disparition provisoire de notre civilisation nationale-socialiste va faire régresser le monde de mille ans !

Son visage déjà très pâle se crispa de nouveau. La réaction que Bormann attendait de lui se produisit.

— Je ne veux pas quc nous subissions le sort abominable du Duce ! Que nos corps soient profanés après notre mort ! s'exclama-t-il avec l'énergie du désespoir. Vous m'entendez ? Je ne veux pas !

— Soyez sans crainte, mon Führer, le rassura Bormann, avec son habituelle flagornerie. Vos dernières volontés seront respectées. Votre corps et celui de Madame votre épouse seront incinérés.

Il avait le ton impersonnel d'un ordonnateur des pompes funèbres. Il ajouta encore, avec une fourberie calculée :

— Tout sera fait selon vos désirs, mon Führer... A moins que les bolcheviques ne nous en laissent pas le temps...

Goebbels fut le seul à comprendre le sens caché de ces propos. L'impatience qu'ils dissimulaient. Il garda cependant pour lui ses présomptions quant à la perfidie de Bormann et se contenta de demander :

— Comment comptez-vous vous suicider, mon Führer ?

A nouveau en évoquant cette perspective, une lueur d'effroi passa dans le regard de Hitler. Il eut du mal à affermir sa voix pour expliquer :

— Eva et moi avalerons une ampoule de cyanure...

Le ministre de la Propagande secoua plusieurs fois la tête en faisant la moue.

— Pour ma part, exposa-t-il, je n'ai guère confiance en ce genre de poison pharmaceutique. Je préfère me tirer une balle de revolver dans la bouche !

Le dictateur ne put réprimer un geste de répulsion.

— Quelle horreur ! Il paraît qu'on saigne énormément. Et puis, on prétend que beaucoup de gens se ratent...

De plus en plus mal à l'aise, il ajouta, d'une voix presque inaudible :

— Je ne veux pas que le si joli visage de mon épouse soit défiguré...

— Alors, il faut en rester au cyanure, reprit Bormann sans se départir d'un calme glacial. L'effet est rapide et ne laisse pas de trace.

— Comment pouvez-vous avoir confiance en cette chimie ? questionna Goebbels. Moi, je n'en ai pas. D'ailleurs, c'est Himmler qui nous a procuré cette cochonnerie. Qui sait s'il n'a pas voulu nous jouer un mauvais tour avant de quitter le bunker ?

— Quel mauvais tour ? demanda Hitler.

— Par exemple, remplacer le poison par un puissant somnifère. Afin de nous endormir pendant plusieurs heures pour que les Russes nous prennent vivants !

Bormann jugea bon d'enfoncer le même clou.

— Monsieur le Reichsministre a raison, approuva-t-il. Il faut absolument s'assurer que les ampoules ne contiennent pas autre chose que du poison.

Il avait espéré que le Führer, mis quasiment au pied du mur, expérimenterait sur l'heure et sur lui-même la qualité mortelle du produit. Il fut déçu de l'entendre dire :

— Faites demander le professeur Haase. Je tiens à ce qu'il injecte immédiatement le contenu d'une de ces ampoules à ma chienne Blondie. Nous verrons bien quel sera le résultat.

La rage au cœur en raison de ce nouveau contretemps, Bormann alla donner des ordres afin qu'on fasse venir le praticien. Celui-ci se trouvait à cet instant dans une antenne chirurgicale proche de la Chancellerie où il opérait des blessés en provenance du front tout proche. Il eut un sursaut d'indignation lorsqu'on lui apprit qu'il devait apporter une seringue pour piquer un chien ! Il fut cependant bien obligé se suivre les SS venus le quérir.

Haase n'eut pas à renouveler son expérience sur un autre animal. A peine eut-il introduit son aiguille dans la cuisse de la pauvre bête que celle-ci tomba foudroyée.

Bormann esquissa presque un sourire de satisfaction en constatant le résultat.

— Le produit est bon, mon Führer, dit-il. Vous pouvez l'utiliser !

Hitler garda quant à lui ses réflexions mais gratifia ses proches collaborateurs, quelques instants plus tard, d'une distribution extraordinaire. Sortant de son appartement, il retrouva sa générosité du temps de sa splendeur. Celle de l'époque où il épinglait des croix du Mérite sur les poitrines de ses fidèles. En grand seigneur, il offrit cette fois à ceux qui restaient dans le bunker des petites ampoules de cyanure.

— Ça n'est pas tout à fait le cadeau d'adieu que j'aurais souhaité vous faire, ma chère Traudl, dit-il à sa secrétaire. Mais je crois que si par malheur vous tombiez entre les mains des bolcheviques, vous seriez contente de pouvoir échapper à ces sauvages en absorbant ce poison.

Une scène hallucinante se déroula ensuite. Tous les officiers, les sous-officiers, les strandardistes, les dactylos, même le personnel des cuisines envahirent le salon du Führer pour lui faire leurs adieux. Ce fut comme les cérémonies qui suivent les enterrements. Lorsque les personnes assistant à des funérailles viennent présenter leurs condoléances à la famille du défunt. Cette fois, en l'occurrence, c'était par anticipation à un mort vivant que s'adressaient ces témoignages de compassion.

Au bout d'un instant, Hitler fut épouvanté par ces marques funèbres de sympathie. Crispé, désespéré, un voile de larmes devant les yeux, il regarda défiler ses partisans. Incapable de prononcer un seul mot, il les laissa, sans réaction, s'emparer de sa main moite de sueur, comme on s'acquitte d'une corvée désagréable.

Assise dans un fauteuil, prostrée dans sa propre douleur muette, Eva échappa à cette pénible obligation. Lorsque tout fut fini. Lorsque le dernier subalterne du bunker eut quitté le salon en refermant la porte derrière lui, le Führer à bout de forces ne put retenir un sanglot rauque.

— Pourquoi ?... Pourquoi ?... demanda-t-il.

Cette question pathétique resta sans réponse. Elle concernait aussi bien les raisons de sa chute que la cruelle obligation qui allait en découler : son suicide.

Le couple resta ensuite un long moment enlacé, silencieux, à pleurer sur soi.

La cérémonie des adieux se propagea rapidement à travers tout le bunker. Loin d'en être affligés, les simples soldats qui n'avaient quand même pas été admis à présenter leurs condoléances anticipées au Führer, se sentirent libérés de leurs astreintes. L'idole, le dieu qu'ils avaient servi aveuglément venait de tomber de son piédestal. La hiérarchie implacable qui faisait la force de la SS avait perdu sa clé de voûte. Tout l'édifice nazi s'effondrait. Il ne restait plus que le chaos. Un abîme tout noir. Puisque leur chef suprême avait décidé de les quitter, comme un père indigne abandonne ses enfants, ils pouvaient, à leur tour, reprendre leur libre arbitre. Leurs yeux dessillés découvraient une atroce réalité. Ils s'étaient battus pour rien. Leurs camarades étaient morts par centaines de milliers pour du vent. Pour permettre à Hitler de se marier à la sauvette. Comme un petit-bourgeois. D'achever sa vie tel un rat peureux, au fond d'un trou. Le pire, c'est qu'en les contraignant à le protéger jusqu'à la fin, il les avait aussi condamnés à crever misérablement. Les Russes ne feraient pas de quartier lorsqu'ils atteindraient le bunker. Des rumeurs sinistres couraient sur le traitement qu'ils réservaient aux SS. On prétendait qu'ils les émasculaient. Ceux qui survivaient à cette mutilation pratiquée sans asepsie étaient envoyés en Sibérie, pour ouvrir des routes dans la taïga, par moins cinquante degrés, ou travailler au fond des mines de l'Oural.

Les quelque quatre cents hommes de la garde personnelle du dictateur, répartis dans les abords immédiats et à l'intérieur de son refuge firent la même effrayante constatation : ils allaient tous subir le même sort que Hitler !

Pendant ce temps, à quelques centaines de mètres de là, sur le front rétréci comme une peau de chagrin, d'autres hommes poursuivaient une lutte acharnée. Ils ne savaient rien des derniers événements. Ils continuaient de se faire hacher par la mitraille en tentant de contenir la progression des Yvans. Dans le feu de la bataille, ceux qui tombaient avaient encore l'impression de mourir pour une cause sacrée : la survie du national-socialisme. Certains croyaient toujours à la prochaine arrivée de l'armée du général Wenck qui délivrerait Berlin. Ils étaient presque tous persuadés que Hitler parviendrait à retourner la situation.

Pour les défenseurs rapprochés du bunker, l'avenir se présentait par contre sous des perspectives moins glorieuses. Si leur dieu les avait entraînés à sa suite sur les barricades, ils eussent tous accepté de le suivre. Ils seraient tombés à ses côtés en tuant du bolchevique. Mais Adolf Hitler avait choisi une fin sans honneur. Une mort efféminée. Par le poison. Lui qui avait été durant des années un foudre de guerre terminait sa vie comme un lâche.

En réalisant cette incroyable déchéance, tous les SS adoptèrent la même attitude face aux événements. Ils décidèrent de profiter au maximum, chacun selon son propre penchant, des dernières heures qu'il leur restait à vivre.

Pour les uns, ce fut une nouvelle razzia dans les réserves à alcool. Pour d'autres, le sexe l'emporta. Ils se précipitèrent sur les femmes présentes à l'intérieur du bunker : souris grises, fonctionnaires, filles de service. Elles tinrent aussi le même raisonnement que les mâles. Elles se donnèrent avec une morbide frénésie. Comme si ces accouplements pouvaient exorciser leur peur. En dépit de leur appétit sexuel exacerbé, ces femelles ne furent pas assez nombreuses pour satisfaire la gent masculine de la Chancellerie souterraine. Alors s'organisèrent à l'extérieur des commandos baptisés « patrouilles de harem ». Des groupes de SS se glissèrent hors du bunker. Sous les bombardements, au risque de se faire tuer, ils prospectèrent les abris voisins. Ils racolèrent des jeunes femmes, même des adolescentes de treize ou quatorze ans. Ils les appâtèrent par des promesses. Leur offrir des vivres, des boissons, des bijoux volés. Ces expéditions eurent beaucoup de succès. Plusieurs dizaines de femmes suivirent les soldats. Beaucoup vinrent simplement par curiosité. Pour voir l'endroit où se trouvait le Führer. D'autres par vice, pour le plaisir. Parce qu'elles étaient elles-mêmes travaillées par la fièvre érotique qui régnait dans la population berlinoise.

Le sanctuaire de Hitler ne tarda pas à se transformer en un véritable lupanar. Des joueurs d'accordéon, d'harmonica firent de la musique. On commença à danser. Comme une chaleur anormale régnait dans l'abri souterrain à cause du mauvais fonctionnement de la climatisation, les corps se dénudèrent. Des accouplements licencieux se déroulèrent publiquement. Ponctués par les rires hystériques des femmes, les braillements avinés des hommes. Partout, dans les bureaux, les postes de garde, les centraux téléphoniques, les couloirs, des corps s'enlacèrent, se chevauchèrent dans des postures obscènes. Comme le champagne, le cognac et le schnaps continuaient de couler à flots, il y eut bientôt des disputes entre les femelles, des affrontements entre les mâles. Des coups furent échangés. On sortit même les baïonnettes, les couteaux. Dans les labyrinthes fétides au ciment mal séché, l'odeur du sang se mêla à celle du suint et de la vomissure.

Seuls Hitler et sa femme, de même que le couple Goebbels échappèrent à cette débauche. Bormann lui même y succomba. A deux reprises, durant la nuit du 29 au 30 avril 1945, il se fit amener dans son bureau de pauvres filles éméchées, complètement nues, avec lesquelles il copula sans grande joie. Pour apaiser ses sens exacerbés par la frénésie charnelle ambiante.

Après cet exercice, le Reichsleiter absorba le contenu d'une bouteille de cognac et sombra dans un sommeil profond de fin du monde.

Lorsque Bormann se réveilla, le lendemain matin, les bacchanales se poursuivaient toujours à l'intérieur du bunker. Elles se renouvelaient sans discontinuer par l'arrivée de nouvelles femmes avec lesquelles les SS qui avaient pu récupérer des forces viriles reprenaient incontinent leurs ébats frelatés.

Dissipant, par l'absorption d'une tasse de café noir, les vapeurs d'alcool qui embrouillaient son esprit, le Reichsleiter se préoccupa aussitôt du sort de Hitler. Il se précipita vers l'appartement du dictateur et demanda à Linge, son valet de chambre, des nouvelles de son maître. Le domestique lui apprit que le Führer ne l'avait pas appelé ce matin-là, comme il en avait l'habitude dès son réveil. Il lui dit, d'un ton inquiet, qu'on n'entendait aucun bruit à l'intérieur de la chambre à coucher...

— Ils ont peut-être avalé le poison ? supputa Bormann.

— Je le crains...

— Alors, il faut en avoir le cœur net !

Comme le Reichsleiter s'apprêtait à frapper contre la porte, Heinz Linge s'interposa.

— Le Führer m'a recommandé, hier soir, de ne pas les réveiller. De les laisser dormir...

Le dauphin hésita à passer outre à cette consigne. Une nouvelle fois, la servilité l'emporta sur son impatience. L'attente se prolongea encore environ une heure. Plus comique que tragique, car des curieux avinés et des filles dépoitraillées se pressèrent à plusieurs reprises devant la porte des illustres époux. Bormann dut se fâcher pour modérer leurs réflexions salaces et les chasser.

Finalement, on entendit remuer à l'intérieur de la chambre nuptiale. Quelqu'un se levait. La porte s'entrouvrit et Adolf Hitler parut. Il était en pyjama. Ni lavé, ni rasé. Avec un visage chiffonné, des yeux cernés. Il ne manifesta pas la moindre surprise en voyant le groupe de curieux agglutinés dans le couloir. Ni en entendant, venu du corps de garde, un air guilleret d'accordéon. Il demanda simplement :

— Nous avons faim. Voulez-vous faire apporter notre déjeuner ?

Par la porte entrebâillée, les autres distinguèrent le corps d'Eva, allongé sur le lit. Elle était aussi réveillée.

Bormann s'éloigna d'un pas rageur. En serrant les mâchoires et les poings. Il allait être bientôt quatorze heures. Hitler était toujours en vie ! Comme s'il avait repoussé son suicide aux calendes grecques. Pourtant, il devenait de plus en plus urgent qu'il mît son projet à exécution. Le général Burgdorf, croisé dans un couloir, lui apprit avec un air catastrophé que les derniers points de résistance étaient en train de tomber. Les rouges progressaient partout. En surface et même sous la terre. Ils avançaient par les égouts, par le métro. Bien que Hitler eût ordonné qu'on inondât ces passages souterrains en ouvrant les vannes de la Sprée et celle du canal de la Landwehr. Selon le chef du QG de l'OKW, la chute du bunker n'était plus qu'une question d'heures. Elle se produirait avant minuit ou au plus tard le lendemain matin.

Le Reichsleiter se sentit gagné par la panique. A présent, sa propre peau était en jeu. A force de tergiverser, Hitler allait le mettre dans l'impossibilité de s'enfuir. Il devait coûte que coûte prendre la situation en main. Précipiter les événements !

Il commença par appeler Kempka, le chauffeur particulier du Führer.

— Procurez-vous deux cents litres d'essence avant quinze heures ! ordonna-t-il.

— Nous n'avons plus ici une seule goutte de carburant, expliqua l'autre. Pour avoir une telle quantité, il faudrait pouvoir aller déterrer les réserves cachées sous le Tiergarten. C'est impossible, les Russes y sont déjà...

— Mon vieux, débrouillez-vous comme vous voulez, mais j'ai besoin de ces deux cents litres d'essence pour le Führer ! Vous les ferez déposer devant la sortie de secours.

Bormann regagna ensuite rapidement sa chambre. Il était décidé à agir vite. D'un tiroir, il sortit son Walther Calibre 7,65. L'arma d'un chargeur et le glissa dans sa ceinture, sous sa veste. Avant de quitter la pièce, il fit un sort au reste d'une bouteille de cognac. Puis, d'un pas décidé, il revint vers l'antichambre où Hitler et son épouse devaient déjeuner. Mais le couple venait d'achever son repas. Il s'était retiré dans un studio voisin.

Toute l'assistance affichait un air consterné. Se trouvaient là notamment Goebbels, Krebs, Linge, Axmann et Frau Junge la secrétaire. Celle-ci pleurait à chaudes larmes. Magda Goebbels entra sur les talons de Bormann.

— Que se passe-t-il ? demanda-t-elle.

— Cette fois, c'est la fin, dit Frau Junge.

— Pourquoi ?

— Parce que Madame Eva m'a embrassée, sanglota la secrétaire. Elle m'a donné son manteau de fourrure en me disant : « Tenez, je n'en ai plus besoin, puisque je vais mourir... Ce sera un souvenir de moi... Adieu Frau Junge ! Essayez de sortir de Berlin. Si vous y parvenez, saluez bien la Bavière de ma part... J'y ai été heureuse autrefois... »

La jeune femme s'effondra sur une chaise. Incapable de prononcer un mot de plus. Magda Goebbels poussa un cri. Un cri de bête affolée. Elle se précipita contre la porte et se mit à hurler :

— Mon Führer ! Ne vous tuez pas ! Je vous en supplie, ne nous abandonnez pas ! Venez avec nous... Nous allons tous partir... Tous ensemble !

Guenche, l'aide de camp de Hitler qui se trouvait lui aussi dans l'antichambre, repoussa doucement Magda Goebbels, lui interdisant l'entrée de la pièce.

Témoin de cette scène, Martin Bormann sentit une rage froide l'envahir. C'était le bouquet ! Alors que depuis des heures il s'employait à convaincre le couple de passer l'arme à gauche, voilà que cette idiote tentait de les en dissuader ! Connaissant l'influence qu'elle avait sur Eva, tout pouvait être remis en question.

— Laissez-moi passer, Guenche ! ordonna-t-il d'un ton sec. J'ai quelque chose d'important à dire au Führer !

L'autre s'écarta. Le Reichsleiter poussa la porte du studio, et la referma aussitôt derrière lui lorsqu'il fut entré. Il se retrouva dans une petite pièce qu'il connaissait parfaitement. Longue de quatre mètres, large d'un peu moins de trois, avec un plafond bas au plâtre lézardé. A droite de l'entrée, au-dessus d'un secrétaire en bois précieux, était accroché un portrait de Frédéric le Grand peint par Anton Graff. Hitler se faisait accompagner par ce tableau partout où il se rendait. Même pour un très court déplacement. Il l'accrochait dès son arrivée, en face de lui. Devant cette œuvre fétiche représentant le personnage auquel il vouait une admiration sans bornes, le Maître du Troisième Reich lui avait dit une fois : « Vous voyez, Bormann, comparé à cet homme exceptionnel, je ne suis que de la merde ! »

Face à la porte se trouvait un canapé rustique, flanqué à droite d'une petite table supportant un poste de TSF. A gauche, sur un guéridon était disposé un bouquet de fleurs. Des fleurs modestes, cueillies la veille dans les serres en ruine de la Chancellerie. Près de l'entrée de la salle de bains un autre portrait était aussi accroché. Celui d'une femme qui ressemblait étonnamment au Führer. Il s'agissait de Klara, sa mère. Au milieu de la pièce, une table et trois chaises constituaient le reste de l'ameublement.

Lorsque Bormann entra, il remarqua immédiatement Eva. Assise en face de lui sur le canapé tapissé d'une étoffe imprimée bleu et blanc. Elle ne pleurait plus. Ses yeux secs regardaient le vide. Elle tenait dans sa main droite un petit cylindre en métal jaune, scellé par une capsule. Un objet semblable à un étui de bâton de rouge à lèvres.

Hitler était debout près du guéridon. Il baissait la tête, semblait remâcher son amertume. Comme s'il attendait qu'un événement extérieur vînt lui dicter son ultime conduite.

Bormann précipita l'évolution des choses. Il n'y alla pas par quatre chemins. En feutrant sa voix afin qu'on ne l'entendît pas depuis l'antichambre, il déclara :

— Mon Führer, il faut vous décider... Les Russes arrivent !... Ils sont aux portes de la Chancellerie !

Le dictateur ne broncha pas. Ça n'était plus qu'un vieillard sans volonté, sans ressort. Eva prit la parole à sa place.

— C'est dur de mourir ainsi, murmura-t-elle tristement en montrant l'ampoule de poison qu'elle tenait à la main. Cette nuit... Nous avons déjà essayé... A plusieurs reprises... Nous n'avons pas eu le courage... Nous n'avons pas pu...

— Il le faut pourtant ! argumenta Bormann d'un ton rude.

Faites-le tout de suite ! Faites-le pour votre fils ! Car si vous ne disparaissez pas, c'est lui qui en subira les conséquences !

Elle lui lança un regard désespéré.

— Vous en êtes sûr ? Vous ne croyez pas qu'en restant en vie nous pourrions au contraire mieux le protéger ? Nous offrir en otage à sa place ? Lui n'est qu'un petit innocent... Il n'a rien fait de mal...

— Tout ce que vous pourriez faire serait aujourd'hui inutile. Toute démarche se retournerait contre votre fils. Il deviendrait l'enjeu d'un odieux marchandage. Le seul service que vous pouvez lui rendre à présent, c'est de disparaître !

Ces paroles d'un réalisme implacable précipitèrent le geste fatal de la jeune mère.

— Frédéric ! murmura-t-elle. Mon Frédéric... Mon petit Frédéric...

Fébrilement, ses doigt décapsulèrent la fiole. Elle la porta à sa bouche. Comme sur la chienne Blondie, l'effet du poison fut sur elle instantané. Elle poussa un profond soupir, se raidit, lutta pour se redresser, puis retomba sur le côté, inerte.

— Non, Eva ! Non !

La voix de Hitler fut à peine audible tant la rapidité de la scène l'avait pris de court. Il resta figé par l'hébétude, à la regarder. Elle conservait les paupières grandes ouvertes et semblait les fixer d'un air interrogatif. Ses yeux clairs reflétaient encore la lumière de la lampe qui éclairait la pièce. Une lourde odeur d'amande se répandait peu à peu, se mêlait à celle des fleurs coupées, aux effluves moins agréables de l'air vicié.

Bormann se trouvait à moins d'un mètre derrière le dictateur. Avec un réflexe de gangster, il sortit son arme de dessous sa veste. Il leva le bras et, sans viser, pressa sur la détente. Le coup partit. Il fit un bruit épouvantable sous la voûte de béton. Hitler s'éffondra sur le côté gauche, entraînant dans sa chute le petit guéridon et le vase de fleurs.

L'assassin ne resta pas longtemps inactif. Avec un calme, une maîtrise de soi extraordinaires, il prit sa victime à bras-le-corps, la transporta sur le canapé, à côté de son épouse. Le moribond vivait encore. Il tenta d'ouvrir la bouche. Voulut dire quelque chose. Mais ses yeux étaient déjà troubles, révulsés. Il passa, après un râle très court. Un long filet de sang se mit à sourdre de sa tempe droite. A ruisseler sur sa joue, son menton. Il coula même jusque sur le canapé en y formant une grosse tache rouge.

Lentement, après avoir posé l'arme du meurtre sur le tapis, au pied de son ancien maître, Bormann se dirigea vers la porte de l'antichambre.

— Voilà, c'est fait ! révéla-t-il en sortant, le Führer et son épouse viennent de se donner la mort !

Statufiés, les autres le regardèrent, les yeux agrandis de stupeur. Aucun d'entre eux n'osa, sur le moment, franchir le seuil du studio où le drame venait de se dérouler. Le Reichsleiter les laissa à leur sidération. A leur incertitude quant à la conduite à tenir face à l'événement. Lui s'éloigna dans le couloir en direction de l'escalier communiquant avec l'extérieur.

Il était parfaitement calme. Soulagé. Il n'éprouvait pas le moindre sentiment. Ni regret, ni joie. Il sortit un paquet de cigarettes de la poche de sa vareuse, en porta une à ses lèvres.

— Tu as du feu ? demanda-t-il à un SS qui tenait une fille enlacée contre le mur.

Le soldat éméché, au regard flou, esquissa un vague salut hitlérien en reconnaissant son interlocuteur. Puis, à grand-peine car il titubait, il alluma son briquet.

— Merci, dit Bormann en s'éloignant.

Tandis qu'il gravissait les marches accédant au jardin de la Chancellerie, il croisa Kempka, le chauffeur de Hitler.

— Je n'ai trouvé que cent quatre-vingts litres d'essence, expliqua celui-ci. Il a fallu siphonner les réservoirs des épaves. J'espère que ça suffira ? Qu'avec ça, le Führer pourra partir ? ...

— Oui, je crois qu'avec ça, le Führer et sa femme pourront partir... Partir en fumée, précisa-t-il avec un humour grimaçant. Ils viennent de se suicider... Cette essence servira à brûler leurs corps...

IV

SAUVE QUI PEUT !

Inexorablement, les combats de rues se rapprochèrent de la Potsdamerstrasse, le quartier où résidait Esther Weizmann avec l'enfant trouvé qu'elle considérait désormais comme son petit-fils. Des projectiles de tous calibres s'abattirent de plus en plus souvent sur leur refuge. Le plafond de leur abri se lézarda. Elle comprit qu'il devenait urgent de rechercher une autre cache quelque part à travers les ruines de Berlin.

Un matin, la vieille juive entendit des voix tout près de leur gîte. Des hommes s'interpellaient dans une langue étrangère. Ils s'exprimaient en français. Avec d'infinies précautions, elle se glissa hors du réduit et, sans se démasquer, regarda ce qui se passait à l'extérieur.

Il y avait de nombreux soldats tout autour de l'immeuble où elle se trouvait. Tous portaient l'uniforme allemand mais avec sur la manche droite un insigne tricolore. Ils s'étaient installés dans le quartier tandis qu'elle dormait comme une masse, harassée par des nuits de veille. De l'autre côté de la rue, dans une cour, elle distingua une batterie d'artillerie, des affûts automoteurs à canons longs. Plus loin, deux gros chars étaient embusqués à l'angle d'un immeuble. Un peu partout, des hommes allongés derrière des murets de gravats surveillaient les environs, armés de fusils-mitrailleurs et de panzerfausts.

Pour l'instant, personne ne tirait. Ni d'un côté, ni de l'autre. L'artillerie soviétique ne bombardait plus les lignes allemandes. Sans doute pour ne pas risquer de pilonner ses propres combattants. Les soldats qui avaient réveillé la vieille juive se trouvaient à une dizaine de mètres de son refuge. Ils mangeaient. Elle les voyait croquer à belles dents dans des sandwiches garnis de saucisses. Se repasser des bouteilles de bière qu'ils buvaient à la régalade. Il s'agissait de jeunes hommes, portant sur la manche droite de leurs uniformes SS un insigne tricolore surmonté du mot « France ».

Bien que la matinée fût déjà bien avancée, il devait être neuf ou dix heures, le soleil était invisible, le ciel masqué par une nappe de brouillard. Comme en automne. En fait, il s'agissait d'un épais nuage de fumée. Une pluie de cendres grises, de poussières de briques retombait sur Berlin, comme autrefois sur Pompéi.

Esther se retira avec précaution à l'intérieur de son réduit. Le calme apparent des militaires ne lui disait rien de bon. Leur présence toute proche, leur armement signifiaient que le front s'était rapproché. Elle n'allait pas tarder à se trouver au cœur de la bataille. Comme pour confirmer cette appréhension, un obus de gros calibre tomba soudain dans les environs. Une fissure nouvelle s'ouvrit dans le plafond de la pièce. Des débris de plâtre ruisselèrent dans la corbeille où dormait l'enfant. Il se mit à pleurer.

Une voix venue de l'extérieur dit en français :

— T'as entendu, Paul ? On dirait qu'il y a quelqu'un là-dessous ?

Elle comprit très bien ce qu'il disait car elle avait appris cette langue, autrefois.

Affolée, la juive prit l'enfant dans ses bras. Elle chercha un endroit pour s'enfuir. Pour se cacher. Mais la pièce était minuscule. Elle ne disposait que d'une seule issue.

Quelques secondes s'écoulèrent. Puis des pas lourds se rapprochèrent. Des gravats roulèrent. Un grand gaillard barbu et casqué parut dans l'encadrement du trou béant qui servait à communiquer avec l'extérieur. Il tenait un pistolet-mitrailleur.

Il dévisagea la vieille et l'enfant avec une profonde surprise.

— Bon Dieu ! Qu'est-ce que vous foutez ici ? questionna-t-il dans un très mauvais allemand.

Comme elle ne répondait pas et le regardait avec frayeur, il poursuivit :

— Tout le quartier a été évacué. Les Yvans vont attaquer d'un instant à l'autre. Ça va barder !

Elle ne disait toujours rien. Elle continuait de bercer l'enfant dans ses bras car il ne cessait de pleurer.

Deux autres hommes ne tardèrent pas à rejoindre le premier. L'un d'eux portait un galon sur la manche.

— Vous ne pouvez plus rester ici, dit-il en voyant les fissures du plafond. Si un obus tombe dans les parages, tout s'écroulera. Vous serez écrasés comme une merde !

S'adressant au soldat qui le suivait, il commanda, en français :

— Forestier, tu vas les conduire jusqu'au tunnel ! Ensuite, tu reviendras ici dare-dare. Les rouges continuent de se concentrer. Cette fois, ils ne tarderont plus à attaquer !

— Bien, mon lieutenant !

Comme Esther ne bronchait toujours pas, il s'avança vers elle et pénétra à l'intérieur de la pièce. Lorsqu'il lui toucha le bras, elle eut un mouvement de recul et serra farouchement l'enfant contre sa poitrine maigre.

— Allons, allons, grand-mère ! plaisanta le jeune soldat. On ne te veut pas de mal ! Je vais te mener jusqu'à l'abri du tunnel. Beaucoup de civils s'y sont réfugiés. Le gosse et toi y serez en sécurité.

La juive hésita un instant puis finit par comprendre que si elle n'obéissait pas, les autres la contraindraient de force. On la séparerait peut-être de son petit-fils. Toujours muette, elle suivit le SS français.

— Complètement fondue la pauvre vieille ! lança le mercenaire à l'adresse de ses camarades. Elle a dû être sonnée par une bombe !

C'était un traumatisme courant. Il choquait même les combattants. Ça leur enlevait pendant des heures, parfois des jours, l'usage de la parole, rendait leur comportement incohérent.

Dehors, ils ne tardèrent pas à se retrouver dans l'enfer de la bataille. Les Russes venaient de déclencher un violent tir de katiouchkas auquel les défenseurs de Berlin répondaient à l'aide de leurs stürmgeschützes, des canons d'assaut de 7,5. Des obus explosifs éclataient ici et là. Des flammes s'élevaient, en geysers. Une pluie de terre, de ciment, d'acier, retombait en crépitant sur le macadam ou sur les toits encore intacts.

La Potsdamerstrasse était complètement déserte. Aussi loin que portait le regard, on ne voyait que des pans de murailles, des fenêtres béantes, des monceaux de ruines. Face à ces vestiges, il était difficile d'imaginer que ce quartier avait pu être autrefois animé par une vie active. Ici se trouvaient de nombreux ministères. Des centaines de fonctionnaires y travaillaient. Un incessant ballet de voitures officielles y circulaient.

Prudent, le soldat fit faire un long détour à sa protégée. Ils abandonnèrent la grande artère pour emprunter des rues moins menacées. A chaque carrefour, ils débouchèrent cependant sur les mêmes perspectives désastreuses. Des amas de pierres au milieu de la chaussée. Des successions de murs noircis aux fenêtres vides, pareilles à des yeux crevés, ouverts sur le néant.

Des groupes de militaires se déplaçaient par bonds successifs ou en file indienne en longeant les façades meurtries. Beaucoup étaient allongés dans leur dernier sommeil. Ils croisèrent un tombereau tiré par un cheval, rempli à plein bord de cadavres de soldats et de civils. Les corps, souvent atrocement mutilés, y avaient été entassés en hâte, pêle-mêle, dans des positions grotesques, pieds ou bras levés comme des moulins à vent.

Ils finirent par rejoindre une voie ferrée. Ils la suivirent sur environ deux cents mètres. Elle aboutissait à l'entrée béante d'un tunnel. L'ouvrage assurait la jonction de plusieurs lignes ferroviaires. Il passait sous un bras de la Sprée et sous le canal de la Landwehr.

— Voilà, grand-mère, t'es arrivée ! dit le SS toujours en français car il ne devait pas connaître l'Allemand.

Il s'éloigna sans plus attendre pour rejoindre son unité. Esther Weizmann, pas très rassurée, regarda à l'intérieur du tunnel. Elle y discerna, dans l'ombre, quelques vagues silhouettes. Un instant, elle eut la tentation de rebrousser elle aussi chemin. De retourner sur ses pas. Vers le centre de la ville. Pour essayer d'y trouver un nouveau refuge sous les ruines. Elle n'eut pas le temps de mettre ce projet à exécution. Une grande femme blonde, d'une quarantaine d'années, s'approcha d'elle. Une infirmière de la Wehrmacht, vêtue de la blouse à rayures grises, comme la jupe, portant une coiffe blanche peu seyante sur des cheveux tirés en chignon.

— Vous n'êtes pas blessée ? L'enfant non plus ? demanda-t-elle.

La vieille ne répondant pas à cette question, elle en déduisit que les arrivants étaient tous deux indemnes.

— Suivez-moi ! ordonna-t-elle. Je vais essayer de vous trouver un petit coin !

Machinalement, Esther suivit la virago et pénétra sur ses talons dans un lieu inimaginable. Un véritable antre de la douleur, du désespoir. De chaque côté des voies, les quais étaient occupés par des milliers et des milliers de gens allongés ou assis à même le bitume. Pressés les uns contre les autres comme des sardines. Seules quelques lampes rougeâtres à pétrole éclairaient les lieux. On ne distinguait les corps qu'au fur et à mesure de la progression. Leur entassement était hallucinant. Ça ressemblait à un gigantesque mouroir.

La juive suivit l'infirmière sur plusieurs centaines de mètres. Plus elles avancèrent, plus le nombre de corps augmenta de densité. Tous avaient la tête du côté de la muraille, les pieds perpendiculaires à la voie. Selon la largeur du quai, il y en avait parfois sur trois ou quatre rangs. Chaque famille était installée avec ses proches dans un espace, dans « son espace », reconstituant avec une obstination de fourmis un lieu de survie qui lui soit propre. Avec ses valises, ses sacs, ses maigres provisions.

Ce qui frappait en premier lieu les nouveaux arrivants, c'était le bruit infernal que faisaient tous ces gens agglutinés. Une rumeur puissante que la voûte bétonnée répercutait à l'infini. Ça ressemblait à la marée montante s'engouffrant dans les anfractuosités des rochers le long des côtes. Ce brouhaha permanent mêlait à la fois des hurlements de douleur, des pleurs, des cris d'enfants, des appels désespérés mais aussi des rires et même des chants et des airs de musique. Les agonisants, les morts et les vivants en sursis se côtoyaient dans cette caverne infernale. Le tunnel avait six kilomètres cinq cents de long. Tout son parcours était jalonné du même entassement d'êtres humains de tous âges, de toutes conditions sociales.

Outre le bruit, ce qui agressait le plus ceux qui pénétraient pour la première fois dans cette antichambre de l'enfer, c'était la puanteur. Elle croissait à chaque pas. Un remugle de suint, de sanie, d'excrément. Il prenait à la gorge, soulevait le cœur des plus endurcis. En avançant, on comprenait mieux les causes de cette putréfaction. En premier lieu, il n'existait aucune ventilation dans le tunnel obstrué par un effondrement à l'une de ses extrémités. Il ne disposait pas non plus de lieu d'aisances. Blessés, moribonds ou bien portants faisaient sur place leurs besoins naturels. Comme les gens avaient commencé à s'installer ici dix jours plus tôt, l'endroit était devenu un véritable cloaque.

A cinq cents mètres environ de l'entrée stationnait un train sanitaire. Une succession de wagons blancs ornés de croix rouges. Au passage, par les vitres baissées, Esther Weizmann remarqua la présence de dizaines et de dizaines de soldats blessés étendus sur des couchettes. Avec des têtes bandées, des membres emmaillotés dans des pansements. Des hommes en blanc, des infirmières s'affairaient auprès de ces malheureux. Mais les soignants n'étaient pas assez nombreux. Partout, des mains se tendaient. Des voix imploraient :

— J'ai mal... J'ai soif... A boire !... A boire, par pitié !...

La femme qui accompagnait la vieille juive étant sans doute chargée de s'occuper uniquement des civils, resta insensible aux appels des occupants du train sanitaire.

D'abord étonnée, puis bouleversée par le spectacle de toute cette misère, Esther se sentit soudain étreinte par l'angoisse. Elle éprouva brusquement un sentiment de claustrophobie. L'impression instinctive d'aller au-devant d'un danger. La foule, le bruit, les odeurs la paniquèrent. Elle qui vivait isolée depuis deux ans ne supporta pas cette promiscuité. Il lui sembla qu'en poursuivant plus avant, en s'enfonçant dans le tunnel, elle ne reverrait jamais la lumière du jour.

Tout à coup, sa décision fut prise. Elle n'irait pas plus loin. Elle s'arrêta net à environ un kilomètre de l'entrée. Découvrant une place minuscule contre la muraille, elle s'y accroupit.

— Vous ne pouvez pas rester ici ! aboya l'infirmière. Cet espace est réservé à l'armée. Le quai des civils est là-bas !

Du doigt, elle désignait un point indéterminé vers le fond ténébreux du tunnel. Esther Weizmann aurait pu rétorquer que ce partage des places était arbitraire. De nombreux civils s'intercalaient en effet entre les militaires. Notamment des jeunes femmes. Certaines semblant prodiguer d'étranges soins aux soldats blessés. Elle préféra ne rien dire, selon son habitude.

— Allons, venez ! insista le dragon en jupe grise. Vous ne pouvez pas rester ici, c'est interdit ! Et puis, plus loin, on vous donnera du lait pour l'enfant !

La juive secoua la tête et ne bougea pas. Tout près d'elle, une fille serrée contre un soldat se mit à rire. L'infirmière la regarda d'un air courroucé :

— Sale truie ! l'insulta-t-elle avec mépris.

L'autre émergea de dessous la couverture où elle était allongée avec un blessé. Elle n'avait, pour tout vêtement, qu'une mince combinaison laissant à découvert ses formes capiteuses.

— Si t'es jalouse, ma vieille, faut pas te priver ! répliqua-t-elle, d'une voix gouailleuse. Ici, y'en a pour tout le monde ! Même pour les mochetés dans ton genre ! T'as qu'à choisir. En plus, tu rendras service à l'armée !

La grosse blonde fut stupéfaite par l'impudeur de la réponse. Elle se contenta de maugréer :

— Si c'est possible ! ... Une telle décadence...

Jugeant sans doute qu'après cette scène équivoque elle serait mal venue de continuer à exiger le départ de la vieille et du bébé, elle rebroussa chemin en direction de l'entrée du tunnel. En la voyant s'éloigner, Esther poussa un soupir de soulagement. Elle se mit à caresser et à embrasser l'enfant qui babilla.

— C'est à vous ce gosse ? demanda la fille à soldats.

La vieille regarda cette nouvelle interlocutrice d'un air craintif. Elle recouvrit instinctivement le visage du bébé avec son châle, comme pour le protéger.

— N'ayez pas peur ! Je ne veux pas vous le prendre ! Quand je voudrai un petit, je suis tout à fait capable d'en fabriquer un ! Pas vrai, Karl ?

— D'accord, chérie ! Quand tu voudras ! On peut commencer tout de suite si tu veux ?

— Dis donc, toi, pour un blessé, tu manques pas de vitalité !

— Heureusement pour moi, l'éclat d'obus ne m'a pas mutilé le membre essentiel ! plaisanta-t-il.

Il avait un fort accent prussien. Au mouvement qu'il fit pour rabattre la couverture sur leurs corps dénudés, son bras gauche fut un instant à découvert. Il n'en restait qu'un moignon, bandé au niveau du coude. Une blessure sans doute déjà ancienne. En voie de guérison. Elle ne l'empêchait apparemment pas de s'occuper, de sa main valide, des charmes généreux de sa compagne.

A partir de cet instant, le couple ne s'intéressa plus à la juive. Il reprit ses ébats sous la couverture qui ne tarda pas à s'agiter furieusement et à prendre des formes bizarres.

Autour d'Esther Weizmann, d'autres blessés plus mal en point étaient allongés. L'un d'eux, âgé d'une vingtaine d'années ne cessait de se plaindre. D'un ton monocorde et pitoyable. Un troisième, inerte, semblait ne plus avoir une seule goutte de sang dans les veines. Il fixait, de ses grands yeux vides, la lumière vacillante de la lampe à pétrole accrochée contre la muraille, juste au-dessus de sa tête. Deux autres soldats, couchés en chien de fusil, paraissaient dormir. Au-delà, sur des dizaines et des dizaines de mètres carrés, ça n'était qu'un moutonnement de corps étendus couverts de bandages. Des visages exsangues. Des malheureux aux regards déjà figés par l'approche de la mort.

De cet immense hôpital de fortune montait une rumeur

lugubre. Le chant lancinant des plaintes, des lamentations, des prières. S'y mêlait aussi le martèlement sourd, permanent du bombardement. De temps en temps, le bruit plus violent d'une déflagration se propageait, amplifié par les voûtes du souterrain. Provoqué par un projectile mieux ajusté qui venait d'exploser juste à l'entrée du tunnel. Son fracas laissait derrière lui une onde de silence. Blessés et bien portants terrorisés se taisaient. Chacun se rappelait qu'à l'extérieur la guerre cruelle et dévastatrice se poursuivait.

Esther Weizmann finit par s'habituer aux bruits de ce monde inhumain. A la chaleur atroce et suffocante. A l'odeur épaisse de la défécation, de la sanie et de la mort. Elle se laissa peu à peu gagner par la torpeur et finit par s'endormir, rompue de fatigue.

David la réveilla deux heures plus tard. Il criait parce qu'il avait faim. Or, elle n'avait aucune nourriture à lui donner. Rien. Elle était partie si précipitamment qu'elle n'avait pas eu le temps d'emporter quelques-unes des boîtes d'aliment en poudre qu'elle préparait pour l'enfant délayé dans un peu d'eau. Elle s'efforça en vain de consoler le petit en le berçant. Rien n'y fit. Il ne cessa de hurler.

Les pleurs du bébé finirent pas importuner la fille, toujours allongée près du manchot.

— Vous ne pouvez donc pas le faire taire ?

La vieille, désespérée, secoua la tête.

— Tenez, dit la putain après avoir fouillé dans un sac, donnez-lui ça. Peut-être que ça le calmera ?

C'étaient deux biscuits de soldat. Esther s'en saisit avec avidité. Elle les tâta et jugea qu'ils étaient trop durs pour être consommés directement par le petit. Elle les porta à sa propre bouche, les mâcha, en fit des sortes de boulettes qu'elle donna ensuite à l'enfant. Il cessa de pleurer dès qu'il commença à s'alimenter.

Plusieurs heures s'écoulèrent encore. Dans la même atmosphère. Dans une ambiance hors du temps, hors des réalités. La vieille était retombée dans une morbide léthargie. Des gens dont elle ne distinguait que les vagues silhouettes continuaient d'affluer dans le tunnel. Parfois, on pouvait mieux les voir car le courant électrique se rétablissait. L'allumage des lampes disposées de part et d'autre des quais soulevait un immense « Ah ! » de satisfaction et des applaudissements. Hélas ! ça ne durait pas. Quelques dizaines de minutes au plus avant le retour à l'obscurité.

Pendant les intermèdes lumineux, on voyait mieux les nouveaux arrivants : principalement des femmes et des enfants, quelques vieillards, des infirmes. En majorité des Berlinois mais aussi des réfugiés en provenance de l'Est, reconnaissables à leurs vêtements déchirés et crottés. A la maigreur de leurs bagages car ils s'étaient dessaisis de tout le superflu durant leur long calvaire sur les routes verglacées, sous les bombardements ennemis, dans la panique d'une gigantesque migration.

Brusquement, alors que l'électricité venait d'être à nouveau coupée, une rumeur formidable s'éleva, en provenance de l'entrée.

— Qu'est-ce qui se passe ? interrogèrent des voix dans la pénombre.

— Qu'y a-t-il ? Pourquoi ces cris ?

Volant de bouche en bouche, la réponse mit un certain temps à parvenir jusqu'à l'endroit où se trouvait Esther Weizmann.

— Les Russes ! ... Les Russes ! ... Ils sont entrés dans le tunnel !

De très loin parvint le bruit des armes automatiques, celui des grenades à main. Ça dura une bonne dizaine de minutes, puis, curieusement, la fusillade se calma. La rumeur d'épouvante perdit de son intensité.

Un long moment après, un brancardier donna quelques nouvelles de la situation.

— Nos troupes ont repoussé l'attaque des Yvans ! annonça-t-il. On leur a flanqué une bonne raclée. Ils ont eu de lourdes pertes. On dit que le Führer a déclenché une grande contre-offensive. Que les rouges sont en train de quitter Berlin !

Cette information optimiste ne tarda pas à être démentie. De nouveaux arrivants venus de l'extérieur propagèrent une autre version des faits.

— La ville est presque complètement entre les mains des rouges ! Ils amènent sans cesse de nouveaux chars, de nouveaux canons. Ça grouille de partout. Ils ne vont pas tarder à remettre ça pour entrer dans le tunnel. Personne ne pourra les empêcher de passer. Il n'y a plus qu'une poignée de défenseurs et ils manquent de munitions !

— On ne devrait pas rester ici, Karl, dit la fille, en entendant ces propos défaitistes.

— Où veux-tu aller ? demanda le blessé d'un ton désabusé. On ne peut plus sortir. D'ailleurs, à l'extérieur, ça doit pas être drôle. Rien qu'en entendant le bruit des canons, je peux te dire que c'est l'enfer. Ici, au moins, on ne risque pas de prendre un obus sur le coin de la gueule !

— De toute façon, on est tous foutus ! constata un autre soldat étendu sur une civière, qui venait d'entendre la conversation. Si les Yvans entrent dans le tunnel, ils nous massacreront. J'étais dans l'unité qui a repris Nemmersdorf après le passage des rouges. C'était pas beau à voir. On a dénombré des dizaines de cadavres civils. Ils avaient tué toute la population. Même les vieux et les enfants ! Ici non plus ils ne feront pas de quartier !

Personne ne le contredit. Depuis des semaines, on savait à quoi s'en tenir sur le comportement des troupes d'assaut soviétiques. Combattants et réfugiés allemands répandaient des récits effroyables. A force d'être propagées, personne ne mettait ces horreurs en doute.

Un long moment s'écoula encore. Toujours rythmé par le grondement de l'artillerie. Animé par l'arrivée de nouveaux civils, de soldats blessés. Dans l'univers ténébreux et empuanti où ils croupissaient, les rescapés devenaient incapables de se rappeler quel jour on était. Si c'était la nuit, le soir ou le matin à l'extérieur.

Un homme, encore jeune, portant un bras en écharpe et un pansement sur la tête, passa en courant. Il prononça quelques mots qui se perdirent dans le brouhaha général, mais soulevèrent une rumeur consternée.

— Qu'est-ce qu'il a dit ? demanda quelqu'un.

— Le Führer est mort répondit un autre.

— Le Führer est mort ! Le Führer est mort ! répétèrent plusieurs voix avec stupéfaction.

— Comment est-il mort ?

— On ne sait pas.

Pendant une dizaine de minutes, la nouvelle étonnante alimenta toutes les conversations. Chacun l'apprécia selon l'idée qu'il se faisait de sa propre destinée.

— Si le Führer est mort, ça n'est plus la peine de vivre ! s'exclama l'un des blessés. J'aime mieux mourir tout de suite !

— Ce salaud a eu le sort qu'il méritait ! rétorqua l'un de ses voisins. C'est lui le vrai responsable de tout ce que nous endurons !

— Oui ! Oui ! approuvèrent un certain nombre d'autres soldats. Il a bien fait de crever !

Esther Weizmann ne réalisa pas immédiatement l'importance de ces propos. Elle vivait depuis trop longtemps coupée des réalités militaires et politiques de l'Allemagne. La bataille de Berlin, sa présence dans le tunnel n'étaient que le prolongement d'une longue série d'événements pour elle aussi incohérents qu'incompréhensibles. La seule chose qu'elle savait, c'est que sa vie était menacée en permanence. Elle devait se tenir sans cesse sur ses gardes. La phrase qu'elle venait d'entendre fit cependant son chemin dans son subconscient. Tout à coup, elle se prit à murmurer :

— Hitler est mort... Hitler est mort... La guerre va finir...

Au même moment, une suite d'explosions d'une violence extrême se firent entendre. De même que le staccato frénétique des mitrailleuses.

Des informations fragmentaires arrivèrent :

— Les Russes attaquent à nouveau !

— Les SS défendent l'entrée du tunnel !

— Les Yvans se sont infiltrés derrière nos lignes. Ils sont sur la digue du canal, au-dessus de nos têtes !

— Alors tout est perdu. On ne pourra plus sortir d'ici...

— Puisque Hitler est mort, les SS feraient mieux de se rendre.

— Non, ils ont raison de se battre ! Si je pouvais marcher j'irais les rejoindre ! Je tuerais, je tuerais du bolchevique avant de mourir !

— C'est insensé ! Plus on se battra, plus les Russes nous feront payer cher notre résistance !

— De toute façon, ils finiront par arriver ici ! Ils nettoieront le tunnel au lance-flammes... On crèvera tous comme des rats !

L'annonce de la mort d'Adolf Hitler avait vraiment bouleversé le raisonnement des Allemands. Deux jours auparavant, il eût été inconcevable que de tels propos contradictoires et provocateurs fussent échangés entre des militaires. Même entre les blessés graves. Des hommes accusés de défaitisme, d'insultes envers le régime où ses chefs avaient été exécutés pour moins que cela.

Les échos de la furieuse bataille qui se déroulait en surface continuaient d'arriver par bouffées jusqu'au centre du souterrain. A présent, plus personne ne parlait dans l'entourage d'Esther Weizmann. La fille et le manchot avaient cessé leurs ébats amoureux. Ils s'étaient rhabillés, semblaient fort inquiets sur leur avenir immédiat.

Curieusement, l'électricité venait d'être à nouveau rétablie. Par la volonté des défenseurs SS. Sans doute pour leur permettre de mieux discerner les Russes qui commençaient à progresser à l'intérieur du tunnel. Personne ne se faisait plus d'illusion quant à l'issue de ce combat désespéré. Chacun savait que les rouges ne tarderaient pas à écraser les derniers fanatiques hitlériens. Ensuite, ce serait le carnage.

Les événements évoluèrent différemment. Une catastrophe imprévue se produisit. Tout à coup, une nouvelle série de très fortes explosions se fit entendre. Un autre grondement suivit. Un bruit terrifiant dont personne, au début, ne détermina l'origine ni les conséquences. Aussitôt après, une immense clameur s'éleva, s'amplifia par vagues sous la voûte bétonnée.

— Sauve qui peut ! Sauve qui peut !

De nouveau, toutes les lumières s'éteignirent. A l'exception des quelques lampes à pétrole ou à carbure. A la clameur sans cesse croissante de la foule apeurée se mêla une sorte de roulement. Comme si vingt rames de métro se fussent précipitées au même instant dans le souterrain.

Des cris inhumains se répercutèrent de proche en proche.

— Ils viennent de faire sauter les vannes de la Sprée ! hurla une voix. Nous allons tous périr noyés !

— Aaah ! Les salauds !... Au secours !... Au secours !...

En quelques minutes, l'eau déferla sur les quais, lécha les chevilles des gens debout, imprégna les vêtements, les couvertures des malheureux allongés. Tous ceux qui pouvaient se relever et marcher refluèrent en direction du fond du tunnel. Inconscients du fait qu'il ne comportait pas d'issue puisque sa sortie était entièrement obstruée par des tonnes et des tonnes de gravats.

Un énorme remous humain se produisit dans les ténèbres. Des milliers d'hommes, de femmes, d'enfants valides se mirent en mouvement. En colonne compacte, pressés les uns contre les autres, ils coururent éperdument. Sans se soucier des handicapés, des blessés couchés sur le ciment qu'ils piétinèrent sans pitié.

La juive s'était redressée tout au début de l'incroyable panique. Mue par un farouche instinct de conservation, elle se mit à fuir à son tour. En serrant l'enfant contre sa poitrine. La masse sauvage la prit dans son élan, la bouscula, la secoua comme un fétu dans un tourbillon. A plusieurs reprises, elle sentit qu'elle marchait sur des corps. Elle ne s'en préoccupa pas plus que les autres. Elle tenta désespérément de demeurer au milieu du quai. Pour ne pas risquer de tomber sur les rails. Une force quasi centrifuge la projeta rudement contre la muraille. La pression devint telle qu'elle sentit les pierres de la voûte s'imprimer dans son dos. Elle éprouva du mal à respirer. L'enfant suffoqua aussi. A tel point qu'il ne pouvait plus pleurer.

Pendant plusieurs minutes, elle lutta pour ne pas défaillir. Puis l'étreinte se relâcha un peu. En chancelant, elle parvint à effectuer quelques mètres. Les reins toujours collés contre la muraille. L'eau continuait de monter dans le tunnel. Avec une régularité effrayante. Elle en avait déjà jusqu'aux genoux.

Tout en avançant, elle se demanda à quelle distance elle se trouvait de la sortie. Ne serait-elle pas engloutie avant d'arriver à l'air libre ?

Une sauvage rage de survivre continua de la pousser en avant. Pas après pas. A présent, elle ne voyait absolument plus rien dans l'obscurité totale. Elle n'entendait plus la rumeur de la foule affolée. Ni le bruit de cataracte que faisait le grand collecteur en se déversant dans le souterrain avec l'impétuosité d'un torrent. Seul le grondement de son propre sang bruissait dans ses oreilles.

Soudain, elle sentit l'angle aigu d'un mur contre son dos. En tâtonnant, elle devina qu'un couloir de dérivation partait de cet endroit. Perpendiculairement au tunnel.

Au lieu de continuer à fuir comme les autres vers la sortie, elle décida de se glisser dans l'étroit passage que les gens paniqués ignoraient. Bien que l'eau, poursuivant son inexorable montée, rendît de minute en minute sa marche plus difficile, elle progressa mieux par ce nouvel itinéraire, nullement gênée par la cohue.

La voie lui sembla longue. Interminable. Sans issue. En pataugeant dans la boue gluante, elle crut qu'elle n'en verrait jamais la fin. Les flots continuèrent à monter. Elle en eut bientôt jusqu'à la taille. Les vagues, de plus en plus puissantes, heurtaient les murs par le ressac. S'enroulaient autour de ses jambes, de sa robe en haillons. Elle trébuchait de plus en plus sous leurs coups de boutoir répétés. Le souffle et les forces commençaient à lui manquer. D'un instant à l'autre, elle s'écroulerait. Ce serait la fin. Elle ne pourrait plus se relever. L'enfant et elle finiraient noyés. Leurs corps seraient emportés par les remous.

Dans le lointain, les cris de terreur s'estompaient. Elle en perçut soudain d'autres. Plus stridents. Plus inhumains. Elle n'en comprit l'origine qu'en ressentant une morsure à la main droite. Elle l'avait posée contre une aspérité de la muraille pour conserver son équilibre. Elle la retira aussitôt, en comprenant que les cris qu'elle entendait étaient ceux d'une colonie de rats d'égout effrayés. Ils s'étaient réfugiés sur une espèce de corniche d'où ils tentaient eux-mêmes d'échapper à la noyade. Tout son être se révulsa à l'idée qu'elle venait d'être mordue jusqu'au sang par l'une de ces immondes bestioles.

La morsure du rat eut pour effet d'accélérer sa progression. Elle tenait à présent l'enfant le plus haut possible, pour éviter qu'il ne fût mouillé.

Un nouveau tournant se présenta. Elle s'engagea dans un passage qui allait encore en se rétrécissant. Brusquement, dans le lointain, elle distingua une faible lueur.

Une sortie !

Un espoir insensé lui revint. Alors qu'elle était au bord de l'abandon, de l'effondrement fatal, cette lumière ténue lui redonna de l'énergie. Serrant les dents, elle progressa aussi vite que ses vieilles jambes le lui permettaient. Hélas ! L'eau la gagna de vitesse. Une énorme vague arriva, violente comme une lame de fond. Elle la déséquilibra. Pour éviter de tomber, elle porta sa main gauche en avant. L'enfant glissa, lui échappa.

— David ! hurla-t-elle avec terreur.

Le petit corps s'éloigna d'elle, flottant sur son burnous de laine comme sur une nacelle. Au risque de tomber elle-même, elle tendit désespérément les bras pour essayer de le récupérer. En vain. Happé par le reflux, le bébé disparut dans les ténèbres.

— David ! David !...

Elle défaillit. Ses jambes se dérobèrent sous elle. Tout était perdu. Elle s'était battue pour rien. Elle n'avait plus qu'à se laisser emporter à son tour par les flots.

Juste au moment où elle allait céder au désespoir, un nouveau tourbillon fit bouillonner l'eau noire devant elle. Une petite tache rose réapparut. C'était le nid d'ange du bébé. Elle le happa au passage de ses doigts avides. Elle serra follement le paquet tout dégoulinant qui contenait ce qu'elle avait de plus cher au monde. L'enfant terrorisé ne cessait de hurler. Elle recommença à avancer, en titubant. En reculant parfois de deux pas sous la pression contraire du courant. La lueur au fond du tunnel était désormais son seul but. Sa source d'espérance.

Soudain, sous ses pieds, un obstacle la fit trébucher. Elle faillit encore tomber. Il s'agissait de la première marche d'un escalier. S'arrachant à l'étreinte liquide, elle commença à gravir les degrés qui s'élevaient vers la voûte à cet endroit éclairée par la lumière.

Celle-ci filtrait à travers la grille d'un soupirail. Il donnait sur l'extérieur. Sur la liberté...

Arrivée en haut des marches, Esther Weizmann n'eut plus de l'eau qu'à mi-mollets. Dressé sur la pointe des pieds, elle essaya, de la main droite, de soulever la trappe. Vainement. Elle manquait de force car elle ne pouvait utiliser qu'un seul bras, l'autre tenant toujours l'enfant.

Non sans épouvante, elle constata que l'eau continuait de monter. Bien qu'elle fût à présent au sommet de l'escalier, elle n'était pas encore tirée d'affaire. Dans quelques minutes, elle serait à nouveau submergée.

Alors, de toute la force de ses vieux poumons, elle se mit à appeler :

— Au secours !... Au secours ! ...

Elle cria longtemps, avec la même régularité que les vagues venant, toutes les vingt secondes, se briser contre la muraille, y grimper sans cesse un peu plus.

Peu à peu, la voix de la juive alla en s'affaiblissant. Elle finit par espacer ses appels, comprenant qu'ils étaient inutiles. A l'extérieur, les bruits de la bataille devaient couvrir ses cris.

Elle finit par se taire. Résignée à son triste sort. Seul l'enfant continuait à pleurer. Il avait été terrorisé par l'eau. Par les hurlements de la vieille. Il devinait confusément son angoisse.

Tout à coup, la lumière grise filtrant par le soupirail fut masquée par une ombre. Esther Weizmann ne réalisa pas immédiatement ce qui se passait. Quelqu'un parla à cet instant au-dessus de sa tête. Elle ne comprit pas ce qu'il disait. Cette présence ranima sa volonté de survivre.

— Au secours ! Au secours !... lança-t-elle d'une voix cassée.

Une tête se pencha au-dessus de la trappe. Une grosse figure ronde et plate surmontée d'une toque de fourrure. D'autres visages semblables parurent dans l'étroite lucarne grillagée, portant la même étrange coiffure.

La juive continua de lancer ses appels de détresse. Elle avait l'impression qu'aucun son ne sortait de sa bouche. Que les autres ne l'entendaient pas.

Elle perçut des rires. Ceux qui l'observaient d'en haut se moquaient d'elle. Ils lui adressaient des quolibets dans une langue inconnue. Elle ne s'interrogea pas pour savoir ce qu'ils disaient. A quelle race, quelle nationalité ils appartenaient. Elle éleva simplement l'enfant à bout de bras. Elle le montra aux hommes hilares qui la regardaient.

Les rires s'apaisèrent aussitôt. Elle vit l'un des inconnus s'agenouiller. Il tenait une arme. Une mitraillette à chargeur en forme de boîte à fromage. Il introduisit le canon à travers les barreaux.

Esther ferma les yeux. Elle venait de comprendre qu'il s'agissait d'un soldat russe. Il allait les massacrer...

Mais le coup de grâce n'éclata pas. L'autre se servit seulement du canon de son arme comme levier. Il débloqua la grille, la dégagea. L'instant d'après, une demi-douzaine de mains se tendirent. Saisirent la juive par les épaules et, avec un bel ensemble, la hissèrent ainsi que l'enfant hors du tunnel.

Le « Königstiger [1] » était à l'arrêt derrière les murailles d'une usine en partie démantelée. Près d'une voie ferrée et d'un pont franchissant la Sprée. Une escouade de panzergrenadiers flanquait l'énorme char dont la présence en cet endroit n'avait pas encore était décelée par les Russes.

— Il faudra attaquer dans cinq minutes, dit Bormann au lieutenant commandant l'unité. J'ai demandé à l'officier de la Volksturm de déclencher le tir pour nous couvrir. Nous suivrons vos hommes derrière le char. En profitant de l'effet de surprise, on devrait pouvoir passer de l'autre côté de la rivière. Ensuite, par le Tiergarten, nous gagnerons facilement le Plotzensee...

Dans la nuit rouge, striée d'éclairs jaunâtres, la bataille de Berlin se poursuivait toujours avec autant d'acharnement. Bien que depuis trente-deux heures le Maître de l'Allemagne et son épouse

1. Tigre royal.

eussent été rayés du monde des vivants, des milliers de fanatiques continuaient de se battre au nom de son idéologie.

Après la mort d'Adolf Hitler, la dispersion de ses complices ne s'était pas produite aussi rapidement qu'on aurait pu le penser. On n'avait pas assisté à un sauve-qui-peut général ni à une fuite désordonnée. La vie avait continuée à l'intérieur du bunker. Comme si rien ne s'était passé. Les mêmes orgies sans joie s'étaient déroulées à l'abri du béton et des portes blindées. En surface, dans le périmètre immédiat de la Chancellerie, les défenseurs s'étaient livrés à une résistance qui n'avait rien d'un baroud d'honneur. Comme s'ils espéraient toujours un retournement de la situation qui leur permettrait de l'emporter sur les rouges.

Profitant du sursis que l'héroïsme de ces desesperados lui procuraient, Bormann avait échafaudé une nouvelle manigance. Il avait cherché à convaincre Goebbels, ainsi que les généraux Krebs et Burgdorf, qu'il fallait traiter avec les Russes. Il avait pris prétexte que Goering et Himmler étaient en train de mener des pourparlers avec les Occidentaux. Pourquoi les derniers occupants du bunker ne s'entendraient-ils pas avec l'ennemi de l'Est ? Pour essayer de sauver ce qui pouvait l'être du Troisième Reich ? Reprenant à son compte l'idée de Hitler selon laquelle Américains et Soviétiques s'opposeraient tôt ou tard pour asseoir leur suprématie en Europe, il pensait que Staline ne serait peut-être pas hostile à un ralliement de l'Allemagne à son camp.

Le ministre de la Propagande avait été long à convaincre. Lui qui avait décidé de suivre le Führer dans la voie du suicide admettait difficilement qu'on pût chercher à survivre au régime. Après la défaite, le sort que subiraient le pays et ses habitants lui importait peu. Selon lui, les Allemands méritaient le châtiment qui les attendait. Il accepta la proposition de Bormann beaucoup plus par haine pour Goering et Himmler, ces deux traîtres puants, que par bonté d'âme envers ses compatriotes.

« Après tout, avait-il conclu, on peut toujours essayer de négocier avec les Russes. Ce sont eux les vrais vainqueurs de cette guerre. S'ils en prennent conscience grâce à nous, je ne donne pas cher de la peau des Anglo-Américains ! Ils ne tarderont pas à être rejetés à la mer. Ceux qui ont comploté contre le Führer en pensant que les banquiers juifs de Wall Street leur en sauraient gré s'en mordront bientôt les doigts ! »

Krebs fut chargé de prendre contact avec les Soviétiques. Il rencontra le général Tchouikov sur le Pont, à l'occasion d'une trêve. Il lui fit part des fallacieuses propositions de Bormann. Quelques heures plus tard, au cours du dernier conseil de guerre qui se tint à l'intérieur du bunker, le plénipotentiaire rapporta la réponse des Russes. Elle se résumait en un seul mot : Niet !

Fidèle aux engagements pris à Yalta, Staline n'acceptait aucune capitulation séparée. Il demandait la reddition pure et simple et sans conditions de toutes les troupes allemandes encore en état de se battre.

Il n'y avait dès lors plus rien à espérer. Un instant suspendus durant les pourparlers, les combats reprirent de plus belle. Goebbels ne s'était jamais fait d'illusions sur les chances d'une négociation de dernière heure avec les rouges. Il en revint à sa première idée : le suicide collectif de sa famille. Il n'eut pas à convaincre sa femme que l'heure fatale était venue. Elle était encore plus fanatique que lui. Depuis la mort de Hitler, elle ne cessait pas de pleurer. Elle vouait depuis toujours une véritable passion au Maître du Troisième Reich. Beaucoup plus qu'à son mari volage. Le sacrifice qu'elle allait accomplir serait la plus belle preuve d'amour et de fidélité posthume qu'elle offrirait au Führer.

La mise en œuvre du sinistre projet du couple eut lieu dans des conditions épouvantables. Il y avait encore, à ce moment, à l'intérieur du bunker, de nombreux officiers supérieurs, des hauts fonctionnaires et plusieurs femmes qui occupaient des postes importants dans la hiérarchie du régime. Aucun de ces témoins n'essaya de dissuader les parents maudits de leur intention criminelle. Seule une humble domestique, Liesl Ostertag, proposa de quitter Berlin en emmenant les enfants. De les cacher jusqu'à la fin de la guerre, ensuite aussi longtemps qu'il le faudrait. Magda repoussa cette charitable proposition et passa aux actes.

Aidée du docteur Stumpfegger, elle pénétra dans la chambre où dormaient les six petits Goebbels. Les deux monstres tenaient chacun à la main une seringue contenant une ampoule de cyanure de potassium.

La première à subir l'horrible traitement fut la petit Heide. Elle souffrait d'amygdalite depuis plusieurs jours et on lui avait administré un calmant. Elle succomba en plein sommeil. Puis ce fut le tour d'Helmut, le blondinet qu'Eva Braun avait beaucoup aimé et dorloté. Avec lui aussi l'affaire se passa en douceur. Ensuite, les assassins s'attaquèrent à Holde. Tandis qu'elle subissait le sort des deux précédents, les trois dernières fillettes se reveillèrent.

— N'ayez pas peur, mes chéries, dit Magda, nous allons vous vacciner avant de partir en voyage... Pour retrouver l'oncle Adolf dans les montagnes...

Sans trembler, sans verser une larme, la mère monstrueuse qui n'avait pas cessé de pleurer pendant des heures sur le sort de Hitler, administra les doses mortelles à Hedda et à Hilde.

Après chaque piqûre, les petits corps des suppliciés avaient tous la même réaction. Ils ouvraient la bouche et de grands yeux étonnés, se raidissaient et mouraient, après un râle très bref.

En voyant se répéter ces scènes hallucinantes, Helga, l'aînée, comprit soudain la vérité. Elle se leva, terrorisée, tenta de s'enfuir en hurlant :

— Je ne veux pas mourir !... Je ne veux pas !...

Les tortionnaires la rattrapèrent rapidement. Tandis que le docteur Stumpfegger lui maintenait de force les mains dans le dos pour l'empêcher de se débattre, malgré ses cris désespérés, la malheureuse gamine reçut la dose mortelle injectée par sa mère.

Après cette effroyable série, Magda Goebbels rejoignit son mari dans le jardin de la Chancellerie. Pendant que son épouse assassinait froidement leurs six enfants, il venait d'organiser leur propre suicide. il avait demandé à Gunther Schwagermann, son aide de camp, de brûler leurs corps après leur mort.

La cérémonie funèbre n'eut pas d'autres témoins que cet officier subalterne. Elle passa inaperçue de la plupart des autres occupants du bunker. Elle se déroula sous le feu du bombardement russe qui continuait de démolir le palais de marbre où le Satan nazi et ses suppôts avaient œuvré pendant des années au malheur du monde.

Sur les lieux où on avait immolé quelques heures plus tôt les restes d'Adolf Hitler et de sa femme Eva, Joseph Goebbels et Magda se tirèrent une balle dans la tête. Après leur avoir donné le coup de grâce à l'aide de son propre pistolet automatique, Schwagermann répandit sur les deux cadavres les quelques bidons d'essence qu'il avait pu récupérer. Il y mit ensuite le feu. L'officier ne s'attarda pas dans la contemplation de l'holocauste des deux monstres. Les obus soviétiques tombaient avec une telle précision sur le jardin qu'il devenait extrêmement dangereux d'y demeurer plus longtemps.

Dans son délire mégalomane, Hitler avait imaginé que son suicide serait suivi par des milliers et des milliers de morts volontaires. Il avait espéré que ses derniers fidèles réfugiés dans le bunker se détruiraient, en hommage à sa mémoire. Son exemple n'eut pas l'impact qu'il espérait sur les adeptes du nazisme. A part les Goebbels, ils ne furent que trois à en finir avec la vie : les généraux Burgdorf et Krebs, ainsi que le capitaine SS Schedle, qui se tirèrent une balle dans la tête.

Les autres se hâtèrent de quitter le repaire des maudits par toutes les issues praticables. Dans le seul souci de sauver leur propre peau. Sans s'inquiéter du sort de leurs voisins. Cinq à six cents officiers, soldats, fonctionnaires, membres du parti, personnels subalternes, sortirent du bunker au crépuscule et s'engouffrèrent dans la station de la Wilhelmsplatz. Ils remontèrent à pied, en suivant les rails du métro, jusqu'à la gare de la Friedrichstrasse.

Ensuite, les fugitifs se scindèrent en petits groupes d'une dizaine de personnes et tentèrent de s'infiltrer à travers les lignes soviétiques.

La troupe dans laquelle se trouvait Bormann comprenait plusieurs personnages qui avaient joué un rôle important dans la vie de Hitler. Notamment l'odieux docteur Stempfegger, Linge, valet de chambre du dictateur, Kempka, son chauffeur. Il y avait également Arthur Axmann, chef des Jeunesses hitlériennes, lequel venait d'abandonner son bataillon de jeunes garçons près du pont de Pichelsdorf pour tenter de sauver sa misérable peau. Une demi-douzaine de comparses de moindre envergure suivaient le mouvement. Ils étaient tous persuadés que le Reichsleiter les tirerait d'affaire. Au courant de bien des secrets d'Etat, Axmann avait laissé entendre que Bormann disposait d'une filière d'évasion très sûre à travers l'Allemagne. Ceux qui le suivraient pourraient s'enfuir ensuite facilement à l'étranger.

Ces suppositions étaient exactes. Le secrétaire particulier du Führer avait depuis longtemps envisagé une catastrophe. Pour en pallier les effets désastreux, il avait mis au point un plan lui offrant la possibilité non seulement de quitter Berlin, mais de trouver dans d'autres pays des asiles sûrs. Des sommes importantes dissimulées dans différentes caches et dans des banques l'attendaient. Il disposait de toute une gamme de faux papiers, de postiches lui permettant de se grimer. Il y avait d'ailleurs tellement longtemps qu'il envisageait l'éventualité d'une défaite du Reich que, par un réflexe de « maffioso », il avait évité de se laisser photographier lors des manifestations officielles. De tous les dignitaires nazis, il était celui qu'on connaissait le moins. Ces précautions antérieures faciliteraient son évasion. Lui éviteraient d'être immédiatement reconnu par le premier policier ennemi venu.

Arthur Axmann ignorait, par contre, que Bormann n'était pas du tout disposé à faire bénéficier des tiers de son plan remarquable. Le Reichsleiter savait qu'un seul homme pouvait, à la rigueur, passer entre les mailles du filet. Dix personnes n'avaient par contre aucune chance de s'en tirer. Il fallait donc qu'il semât le plus tôt possible ses compagnons d'évasion !

Après avoir discuté avec le lieutenant commandant la section de panzergrenadiers appuyant le « Königstiger », Martin Bormann attendait l'instant de s'élancer avec les autres sur le pont intact franchissant la Sprée. Autour de lui, les civils allongés le long de la voie ferrée avaient tous des visages défigurés par la peur. Nul n'ignorait que le bond qu'ils allaient effectuer dans quelques minutes serait décisif mais aussi très dangereux. A quelques centaines de mètres d'eux les obus continuaient de pleuvoir. Le mugissement des « orgues de Staline « n'en finissait pas de torturer leurs tympans. Une lueur d'un rouge intense illuminait les berges de la rivière, éclairait le pont comme en plein jour. Dans ces conditions, la traversée ne serait pas une partie de plaisir.

Soudain, du côté des lignes allemandes, une fusillade dense se déchaîna. Un tir roulant de canons antichars, de mortiers, de mitrailleuses, de LMG, de tout ce qui pouvait encore impressionner les bolcheviques. C'était le début de la contre-attaque. Elle devait permettre à la Wolksturm de reprendre pied sur l'autre rive. L'unique panzer dont diposaient encore les assaillants s'ébranla, massif, sur ses larges chenilles. Son interminable canon de 8,8 se mit à cracher en direction des lignes russes.

— C'est le moment ! Allons-y !

Bormann fut le premier à se lever de derrière le talus. Aussitôt imité par ceux qui l'accompagnaient. Ils prirent le sillage des panzergrenadiers qui, eux-mêmes, suivaient le char à courte distance. Celui-ci franchit le ballast d'un bond, traversa les voies dans une gerbe d'étincelles, se retrouva sur le pont où il s'engagea dans un train d'enfer. Au début de l'attaque, les canonniers soviétiques parurent totalement déroutés par la hardiesse de cette manœuvre. Leurs obus et leurs roquettes mal ajustés allèrent se perdre au loin, derrière les lignes allemandes.

Lorsque le Königstiger fut sur l'autre rive, les événements se gâtèrent par contre rapidement. Un véritable déluge de projectiles commença à environner le gros panzer. A ricocher contre sa carapace. Des essaims de balles et d'éclats s'abattirent sur les assaillants. Deux d'entre eux furent touchés, ainsi qu'un civil. Le groupe poursuivit sa course, sans se soucier des victimes. Tous avançaient à l'abri du blindé. En faisant le gros dos sous l'averse. Martin Bormann se trouvait immédiatement derrière les panzergrenadiers. Il trébucha soudain, zigzagua comme un homme ivre et s'écroula. Parmi les gravats qui encombraient le quai. Axmann, qui le suivait, s'arrêta :

— Vous êtes touché, Bormann? demanda-t-il d'un ton angoissé.

Il n'obtint aucune réponse à sa question. Linge et Kempka, un peu en retard, arrivèrent à leur tour près du Reichsleiter. Ils se penchèrent anxieusement sur lui. Le retournèrent sur le dos. A la lueur des incendies, ils virent qu'il avait le visage grimaçant de douleur, les yeux déjà révulsés.

— Il a son compte, dit Axmann. Inutile de perdre notre temps !...

Tous se remirent aussitôt à courir, pour essayer de rattraper le char. Celui-ci les avait devancés d'une cinquantaine de mètres environ. Il n'alla pas plus loin. Un obus russe le frappa de plein fouet. Il explosa dans une gerbe de flammes, un vacarme de ferrailles. En même temps que ses débris, plusieurs corps furent aussi projetés en l'air. Ils retombèrent, atrocement mutilés.

Les fuyards ne s'attardèrent pas auprès de la carcasse embrasée. Ils s'empressèrent de bifurquer vers les immeubles en ruine, en bordure de la Sprée.

Bormann n'avait quant à lui pas été touché. Il avait seulement simulé la mort. Après l'explosion du panzer, lorsque les autres eurent disparu derrière les maisons riveraines, il commença à ramper lentement. En prenant soin de s'éloigner du char qui continuait de flamber en illuminant le quartier comme en plein jour.

Plusieurs minutes après, il atteignit une zone d'ombre et se redressa, à l'abri d'un mur. Une furieuse et indécise bataille se déroulait à proximité de là. Entre une unité de la Volksturm et un régiment d'assaut soviétique. Il décida de ne pas moisir en cet endroit malsain. Alors que tous ses compagnons s'étaient enfuis en direction de l'ouest, lui se dirigea au contraire vers le nord. C'était totalement inattendu. Il savait exactement ce qu'il faisait. Selon son habitude, il emprunterait la voie la plus tortueuse, la plus invraisemblable pour se tirer d'affaire. Il avait tout prévu. Sa route serait longue et difficile mais elle le conduirait au but qu'il s'était fixé.

Un jour, il serait le nouveau Führer du Quatrième Reich !

ÉPILOGUE

Les rameurs envoyés par le Mossad [1] étaient tous de solides gaillards, spécialement entraînés pour ce genre de mission. Malgré cela, les canots surchargés n'avançaient pas vite. Ils étaient remplis à ras bord. A la limite de la sécurité. Il eût suffi d'un tout petit grain pour les faire chavirer.

Heureusement, la mer était calme. Lisse et huileuse. Bercée par une longue houle régulière. Peu avant le crépuscule, l'horizon s'était couvert de nuages. Le temps lourd ne générait pas un brin de vent. La nuit épaisse, murée de partout, était d'un noir extraordinaire. Cette opacité serait un atout majeur lors des opérations de débarquement. Déjà, deux heures plus tôt, grâce à ce ciel bouché, le *Kavalla* avait échappé à de sérieux ennuis. Il venait à peine de mouiller, à la limite des eaux territoriales, lorsqu'un garde-côte anglais l'avait croisé à quelques encablures. Passagers et équipage ayant respecté strictement les mesures de sécurité, notamment le camouflage parfait des lumières, le cargo était passé inaperçu.

Le bateau grec s'était ensuite rapproché de la côte à vitesse réduite. Avant de stopper à nouveau ses machines. On avait commencé à mettre les canots à la mer. Le transbordement s'était déroulé sans affolement. Dans les ténèbres les plus complètes. Durant le voyage, à plusieurs reprises, les réfugiés avaient répété

1. Mossad Aliya Bet, nom de l'organisation clandestine pour l'immigration illégale des juifs en Palestine.

cette délicate manœuvre. Chacun savait exactement ce qu'il devait faire. Les femmes et les enfants avaient pris place les premiers dans les embarcations. Les hommes étaient descendus les derniers.

Avant de quitter le *Kavalla*, beaucoup de passagers avaient tenu à remercier silencieusement les officiers et les marins. Certes, ils ne faisaient pas ce métier par philanthropie. Ils y gagnaient même des sommes fort rondelettes. Il n'en restait pas moins que les traversées n'étaient pas pour eux sans risques. Les Anglais arraisonnaient beaucoup les bateaux le long des côtes palestiniennes. De nombreux équipages malchanceux croupissaient ensuite durant de longs mois dans les geôles de Haïfa ou de Jaffa.

Esther Weizmann et David se trouvaient dans le second canot. L'équipage de celui-ci était composé pour moitié de marins grecs et de militants du Mossad. Seuls les premiers repartiraient avec les barques lorsque les passagers auraient pris pied sur la terre ferme.

La vieille juive n'arrêtait pas de prier. Elle ne parvenait pas encore à se persuader que son interminable calvaire allait prendre fin. Qu'elle touchait au but de son interminable voyage. Il lui semblait que ça faisait des années qu'elle avait quitté Berlin. Pourtant, il n'y avait pas plus d'un mois qu'elle était montée à bord du camion militaire français. Trois semaines qu'elle était arrivée à La Ciotat. Dix jours seulement qu'elle avait embarqué à bord du *Kavalla*.

La traversée de la Méditerranée s'était déroulée dans des conditions inconfortables. Les réfugiés entassés au fond de la cale du vieux rafiot, dans l'odeur du goudron et du mazout, n'avaient eu le droit de sortir prendre l'air sur le pont que pendant la nuit et par roulement.

Plus d'une fois, la vieille avait ressenti, dans la promiscuité, l'atmosphère confinée du bateau, la sensation de claustrophobie éprouvée un an plus tôt dans le tunnel où elle avait failli périr noyée, à la fin de la bataille de Berlin.

Comme tous ces événements semblaient déjà lointains et si proches à la fois ! Elle avait traversé beaucoup d'autres épreuves depuis cette époque. La terrible disette de 1945-1946. La recherche d'un nouveau gîte dans le froid et la neige abondante qui était tombée cet hiver-là. Elle n'avait retrouvé un peu de bien-être qu'après être retournée chez l'abbé Brueckner. Le brave prêtre s'était aussitôt occupé d'effectuer des démarches en vue d'obtenir des renseignements sur le sort des autres membres de la famille Weizmann. Elles s'étaient toutes révélées négatives. On commençait à dire que six millions de juifs avaient péri dans les camps nazis. Les trois quarts de ces victimes ne seraient jamais identifiées.

Un détail avait cependant intrigué le curé. Comment sa protégée avait-elle pu retrouver l'un de ses petits-fils dans le chaos qui avait précédé l'écroulement du Troisième Reich ? Par quel miracle l'enfant avait-il échappé au massacre des innocents ? En dépit de toutes ses questions à Esther Weizmann, il n'était pas parvenu à éclaircir cette énigme. Sa protégée s'était bornée à répéter :

« C'est mon petit David ! Dieu me l'a rendu ! »

L'abbé Brueckner avait fini par se contenter de cette sommaire explication. Il s'était pourtant rendu compte que l'âge de l'enfant ne coïncidait pas avec celui du véritable petit-fils de la vieille. David était beaucoup plus jeune.

Avec l'obstination des êtres atteints de déraison, la juive n'avait pas cessé non plus de manifester une autre extravagance.

« Il faut que j'aille en Palestine ! » avait-elle répété.

Le prêtre avait finalement cédé à cette inébranlable sollicitation. Par le canal de l'Evêché, il avait pris des contacts avec une organisation juive clandestine de Berlin. Après des mois d'attente, grâce à une filière française utilisant des véhicules militaires pour transporter les réfugiés israélites, Esther Weizmann et l'enfant avaient pu quitter l'Allemagne. Après un court transit à La Ciotat, dans un camp de « personnes déplacées », le jour du grand départ pour la Terre Promise était arrivé. Avec plusieurs centaines d'autres émigrants, la vieille et son petit fils avaient pris place à bord du *Kavalla*, un cargo grec affrété par le Mossad pour une traversée de la Méditerranée.

A présent, le long et périlleux voyage s'achevait. Ils étaient une bonne cinquantaine entassés dans le canot où se trouvait Esther.

Femmes, vieillards, enfants serrés les uns contre les autres gardaient un silence angoissé. Pour plus de sécurité, on avait distribué des somnifères aux plus petits. Afin qu'ils ne se mettent pas à pleurer au moment critique : celui du débarquement. Cinquante pour cent des tentatives d'immigration clandestine échouaient au cours de cette ultime manœuvre. Outre les vedettes rapides qui surgissaient souvent à l'improviste dans la nuit et coupaient la route des flottilles surchargées de réfugiés, les Anglais organisaient aussi de nombreuses patrouilles sur les plages du littoral. Les occupants de la Palestine se montraient impitoyables. Les arrivants étaient aussitôt arrêtés, questionnés puis rembarqués sur des navires de Sa Majesté en direction de la Crète. Les malheureux rescapés d'Auschwitz, de Bergen-Belsen, de Treblinka, se retrouvaient parqués dans d'immenses camps de regroupement. Derrière des réseaux de fils de fer barbelés surveillés par des miradors. Comme si l'univers concentrationnaire était désormais attaché à leur misérable condition de juifs.

Pourtant, en Palestine, le sionisme représentait de plus en plus une force avec laquelle Anglais et Arabes devaient compter. Des mouvements de résistance très actifs menaient la vie dure à l'occupant. Pour compenser sa faiblesse numérique, la minorité israélite s'efforçait de faciliter par tous les moyens l'arrivée de nouveaux immigrants.

Cette nuit, c'étaient les militants du Palmach qui accueilleraient les passagers du *Kavalla*. Ils quadrillaient déjà le secteur où les réfugiés allaient prendre pied. Si une patrouille anglaise s'approchait de trop près, elle serait immédiatement attaquée par ces hommes décidés. De sanglants affrontements se déroulaient parfois sur les plages, entre résistants et Tommies. Comme il était difficile de reconnaître les combattants et les civils durant ces accrochages, un grand nombre de réfugiés se faisaient tuer quelques minutes seulement après avoir débarqué.

Esther Weizmann était assise à l'avant du canot, l'enfant endormi sur les genoux. Pour tout bagage, elle ne possédait qu'un sac de cuir dont elle avait noué les sangles autour de son cou pour se laisser l'entière liberté de ses mains. La nuit était merveilleusement calme. C'est à peine si on entendait le bruissement des rames s'enfonçant en cadence dans les flots.

Malgré son âge, la vieille juive avait conservé une très bonne vue. Elle fut parmi les premières à apercevoir la côte. Une bande plus noire sur l'horizon. Une lampe s'alluma soudain dans cette direction. Elle fut visible à trois reprises. C'était le signal. Les marins souquèrent plus énergiquement sur les avirons. Le barreur redressa le gouvernail et fit route vers l'endroit où la lumière était apparue.

Quelques minutes après, le canot fut un peu secoué. Il finit par s'immobiliser dans un crissement d'étrave. Des hommes tapis sur le rivage sortirent de l'ombre. L'un d'eux commanda à voix basse, en anglais :

— Descendez vite ! Surtout sans bruit !...

Esther Weizmann comprit très bien ce qu'il disait. Sans lâcher l'enfant, son sac ballant autour du cou, elle enjamba le bord de la barque. Elle sentit l'eau monter autour de ses chevilles. Ça ne fut pas sans lui rappeler le souvenir désagréable de sa fuite dans le tunnel berlinois.

Elle ne tarda pas à prendre pied sur la terre ferme. A la faveur d'une confuse clarté, elle vit qu'ils venaient d'accoster sur une plage immense où des vagues molles étalaient leur parure d'écume. A droite et à gauche, les autres canots abordaient le rivage. Dans le même silence irréel.

Aussitôt sur la grève, les réfugiés s'agenouillaient tous. Certains se mettaient même à plat ventre pour embrasser le sol.

Esther Weizmann s'agenouilla à son tour. Elle tenait toujours sur le bras le bébé endormi. De sa main libre, elle se mit à creuser le sable. Elle en récolta une poignée qu'elle porta d'abord à sa bouche. Puis elle en fit couler une autre entre ses doigts et la répandit sur la tête brune de l'enfant.

— David ! murmura-t-elle avec ferveur. Mon petit David... Nous sommes arrivés en Palestine ! Dans ton pays !

Déjà, les combattants du Palmach couraient le long de la plage.

— Allons, dépêchez-vous ! Ne restez pas ici ! L'endroit est dangereux ! Il faut partir tout de suite !

Une longue colonne se forma. Dans le plus grand silence. Guidée par les hommes de la résistance juive, elle s'enfonça à l'intérieur des terres. En empruntant des sentiers de chèvres.

Derrière les réfugiés, les barques repartirent à leur tour les unes après les autres vers le large. Elles retournèrent vers le *Kavalla*. Le bateau reprendrait, cette nuit même, la route de la vieille Europe. L'Europe, ce continent maudit avec lequel les rescapés de la barbarie nazie venaient de rompre définitivement les ponts...

FIN

TABLE DES MATIÈRES

Quatrième partie
LE CRÉPUSCULE DES MAUDITS

Cet ouvrage a été réalisé par la
SOCIÉTÉ NOUVELLE FIRMIN-DIDOT
Mesnil-sur-l'Estrée
pour le compte des Éditions France-Empire
en février 1995

Imprimé en France
Dépôt légal : mars 1995
N° d'impression : 30125